TROVARE KENNA

Forze Speciali alle Hawaii, Libro 3

SUSAN STOKER

Copyright © 2021 di Susan Stoker

Titolo originale: Finding Kenna

Traduzione dall'inglese: Well Read Translations

http://wellreadtranslations.com

Design di copertina: AURA Design Group

Prodotto negli Stati Uniti

Salvare Annie (Feb 2022)

Armi e Amori
Proteggere Caroline
Proteggere Alabama
Proteggere Fiona
Il Matrimonio di Caroline
Proteggere Summer
Proteggere Cheyenne
Proteggere Jessyka
Proteggere Julie
Proteggere Melody
Proteggere il Futuro
Proteggere Kiera
Proteggere i figli di Alabama
Proteggere Dakota

Ace Security
Il riscatto di Grace
Il riscatto di Alexis
Il riscatto di Bailey
Il riscatto di Felicity
Il riscatto di Sarah

CAPITOLO UNO

"FAMMI CAPIRE BENE," disse Carly sbeffeggiandola con un enorme sorriso in volto. "Ti sei tuffata *su* quel poveretto? Non potevi inventarti nient'altro per cercare di salvarlo? Dovevi proprio tuffarti su di lui?"

"Stai zitta," brontolò Kenna con un sorrisetto imbarazzato. "Cioè, non è che *intendessi* finirgli sulla schiena. Ho calcolato male il tuffo."

"Mi sembra chiaro," disse Paulo con sarcasmo, appoggiandosi sul bancone del bar.

"Erano dei SEAL?" domandò Kaleen, che lavorava al bar insieme a Paulo.

"Eggià," confermò Kenna, "stavo correndo nel parco di Ala Moana, davanti alla laguna di Magic Island, pensavo ai fatti miei, poi guardo più in là e lo vedo che galleggia a faccia in giù nell'oceano. Non sono stata lì a pensarci. Mi sono tolta la maglia e le scarpe e sono saltata in acqua per salvarlo. Peccato che, come ormai sapete, non aveva affatto bisogno di essere salvato. Stava solo osservando i suoi amici sott'acqua, stavano facendo una specie di esercitazione militare. Un imbarazzo dell'altro mondo, non mi capacitavo di averlo fatto."

"Ve lo giuro, è il miglior incontramore di sempre," disse Kaleen.

"Cosa sarebbe un incontramore?" domandò Paulo.

"Dici sul serio?" gli chiese Kaleen.

"Non te l'avrei chiesto, se non volessi saperlo sul serio," ribatté Paulo.

Kenna sorrise alle prese in giro tra colleghi: le piaceva moltissimo lavorare al Duke's. Gli altri colleghi erano tipi a posto, le sembrava di lavorare con una grande famiglia, piuttosto che con altri camerieri e cameriere. Il ristorante si trovava nel cuore di Waikiki, sull'isola di Oahu, bene o male era sempre pieno. Si trovava appena dietro l'Outrigger Waikiki Beach Resort, un grande albergo che dava sulla spiaggia.

Il ristorante aveva preso il nome di Duke Kahanamoku, un hawaiano che aveva vinto sei medaglie olimpiche nel nuoto e nella pallanuoto, progenitore del surf contemporaneo. A lui si ispiravano tre ristoranti alle Hawaii e tre in California, tutti famosi per i cocktail e per gli *hula pie*, i tipici dolcetti goduriosi a base di gelato con crosta di cioccolato.

Era venerdì, il ristorante era sempre molto affollato di venerdì sera, un'occasione per guadagnarsi laute mance.

"Un incontramore," spiegò Kaleen con molta pazienza, "è quando un tipo e una tipa si incontrano e si innamorano in modo molto carino, unico."

"Solo un tipo e una tipa?" chiese Paulo.

"Beh, no, immagino di no."

"Cioè, se sono due tipi a incontrarsi, come si chiama, incontra-macho? E se sono due donne, incontra-spasso?"

"Ma stai buono," gli disse Kaleen, sbuffando al collega.

Kenna si era sempre divertita ad ascoltare le diatribe tra i due baristi. Era il motivo milleventidue per cui amava lavorare in quel posto.

Si sapeva bene al Dukes, Paulo voleva davvero incontrare un ragazzo serio, quindi ogni sera qualcuno dei colleghi cercava di presentargli un ragazzo nuovo. Peccato che si erano sempre tutti tirati indietro... incluso Paulo. Un peccato, perché era uno dei ragazzi più bravi che Kenna conoscesse. Si offriva sempre di accompagnare le ragazze alla macchina, quando era tardi, insisteva perché le cameriere gli mandassero un messaggino, arrivate a casa.

"Cosa mi sono persa?" chiese Charlotte, un'altra cameriera accorsa al bar con il suo vassoio, pronta a comunicare l'ordine di uno dei tavoli che serviva quella sera.

"Kenna ci stava per spiegare come le è venuta la brillante idea di invitare qui stasera il SEAL della marina a cui è saltata addosso, per passare del tempo insieme a lui," spiegò Carly molto volentieri con un bel sorriso.

"Non sto dicendo che sia un'idea brillante, ma lui mi ha chiesto se poteva rivedermi e il mio cervello è andato come in corto circuito," si difese Kenna.

"Ti ha detto alle sette, vero?" chiese Kaleen.

"Sì."

"Beh, sono le sette e un quarto, è in ritardo," disse Paulo con un certo cipiglio.

"Il traffico da queste parti fa schifo," disse Kenna, difendendo Marshal, che pur non conosceva bene.

"Vuoi chiedere a Vera di assegnargli uno dei tuoi tavoli?" domandò Charlotte.

"Non sono sicuro che Alani approverebbe," disse Paulo.

Alani era la manager del locale in servizio quella sera. Anche se era una persona molto alla mano, non le andava a genio che il servizio al tavolo si confondesse con le chiacchiere, quando parenti e amici venivano a mangiare al ristorante. Kenna non poteva certo biasimarla: il locale era sempre pieno di clienti, era pur sempre un ambiente di lavoro. Motivo in più per cui era stata una pessima idea invitare Marshall al Duke's proprio quella sera. Lei non poteva certo sedersi al tavolo per fare conoscenza.

"Di' a Vera di metterlo qui, al bar," suggerì Paulo con un certo bagliore negli occhi.

"Sì, te lo controlliamo noi," concordò Kaleen.

"Non se ne parla," rispose Kenna ridendo, "va a finire che me lo spaventate, di sicuro."

Risero tutti.

"D'accordo, ma magari, con un po' di fortuna, si porta dietro anche i suoi compagni SEAL," disse Paulo, "non ci farebbe male, lustrarci un po' gli occhi anche qui." Poi mise sul vassoio di Carly un *mai tai* e un Lava Flow Cocktail.

"Speriamo che porti degli amici e che siano single," aggiunse Charlotte facendo l'occhiolino.

"A me non interessa," disse Carly tenendo in equilibrio il suo vassoio: "Io ho chiuso con gli uomini."

"Solo perché Shawn non si è rivelato quello giusto, non significa che dovresti smettere del tutto di frequentare gli uomini," le disse Kaleen.

"Gli uomini sono solo dei maiali," ribatté Carly, che poi si voltò e si diresse al tavolo in cui due clienti aspettavano i loro drink.

Kenna guardò l'amica andarsene con il viso imbronciato.

"Cosa le ha fatto il suo ex, a ogni modo?" domandò Paulo.

"L'ha trattata di merda, l'ha fatta sentire in colpa

perché veniva a lavorare, o perché frequentava le sue amiche. Faceva il superiore, poi quando Carly si è stufata e gli ha detto che il rapporto era finito, Shawn ha messo il broncio, l'ha implorata, si è messo a piangere, ha fatto di tutto per farsi riprendere. Poi, dato che lei non ci è cascata... è diventato cattivo," spiegò Kenna.

Lei e Carly erano molto amiche, nonostante Carly avesse cinque anni in meno dei trenta di Kenna. Avevano parlato molto di Shawn, Kenna era stata felicissima quando Carly finalmente aveva rotto con lui. O almeno ci aveva provato.

"Che schifo," mormorò Paulo mentre passava un panno sul bancone.

"Infatti," concordò Kenna.

"Santa madre di Dio, ti prego, dimmi che uno di quegli esemplari perfetti è il tuo Marshall," mormorò Charlotte con un filo di voce.

Kenna si girò e vide un gruppo di uomini, con due donne, che veniva accompagnato nel ristorante da Vera. Tutti gli altri clienti sembravano osservarli con molta attenzione. Non erano solo belli, era più l'aria sicura che sembravano emanare dai pori, mentre venivano accompagnati al tavolo. Forse erano solo fantasie, ma avevano persino *l'aspetto* di uomini su cui si poteva contare al massimo, in caso di pericolo.

"Aiuto!" esclamò Paulo, facendosi aria con una mano.

"Allora? È uno di quei tipi? le chiese Kaleen.

"Sì. Adesso vado da Alani a dirle che mi licenzio," scherzò Kenna, "sono troppo in imbarazzo per andare a parlare con lui, voglio andare a vivere su un'isola deserta."

Charlotte rise. "Ma dai, smettila, a te piace troppo questo posto."

Aveva ragione... ma diamine.

A Kenna di solito non mancava l'autostima; non era il solito tipo da spiaggia, ma faceva ginnastica e si impegnava per limitare gli spuntini extra. Le piaceva tenere i capelli lunghi, erano castano chiaro, anche se spesso si divertiva a fare degli esperimenti con dei colori diversi. A volte si colorava delle ciocche, altre volte solo le punte. Era piuttosto alta, uno e settantadue, con gambe e braccia toniche, le dicevano sempre che il sorriso le illuminava il volto.

Tutto sommato, Kenna era contenta del proprio aspetto fisico... ma in quel momento non riusciva a evitare l'attacco di insicurezza, scatenato dal vedere di nuovo Marshall.

Quella sera lui non indossava una muta da immersioni, era chiarissimo che era in perfetta forma. Era difficile capire quanti anni avesse, ma lei immaginava fossero grossomodo coetanei. Era più alto di lei di qualche centimetro, l'accenno di barba sul viso non era in disordine, anzi, lo faceva più sexy. Indossava una maglia nera che metteva in evidenza gli enormi bicipiti e le ampie spalle.

Insomma, Kenna poteva dire ufficialmente di essere intimidita.

"Immagino che il tuo Marshall non sia uno di quei due che si tengono per mano con le rispettive signore," osservò Kaleen con un certo sarcasmo.

"Ma no, è l'ultimo," rispose Kenna. Aleck si guardava intorno, come perlustrando la sala del ristorante... forse cercava qualcuna con gli occhi.

Lei.

"Allora? Cosa aspetti, vai a salutarlo!" esclamò Charlotte quasi spintonando Kenna.

"Ma no, penso che farò finta di non conoscerlo."

"Eh? ...ma lui *ti conosce*," le disse Paulo confuso.

"Merda," borbottò Kenna.

Kaleen rise: "L'imperturbabile Kenna Madigan è perturbata."

"Cosa vuol dire?" chiese Paulo. "Non esiste neanche, quella parola."

"Sì che esiste," insisté Kaleen.

"A quanto pare, Vera li ha messi nel settore di Carly," disse Charlotte, interrompendo le diatribe tra i baristi. "Dai, devi andare a salutarlo."

Dopo un bel respiro profondo, Kenna annuì. Era stata lei a invitare Marshall al ristorante, per quella sera, dopo essergli piombata quasi in testa quel mattino in cui era andata a correre. Sarebbe stata molto maleducata se l'avesse ignorato. Kaleen aveva ragione: poteva anche far finta di non conoscerlo, ma lui *la conosceva*.

"Allora vado," disse agli amici.

"Se per caso ordina uno dei nostri drink più fru-fru, allora è un no secco," le disse Paulo a mezza voce. "Anche se... potrebbe valerne comunque la pena."

Paulo aveva la pessima abitudine di giudicare i clienti in base al tipo di alcolici che ordinavano. Secondo Kenna, poteva essere deformazione professionale... un problema che non lo aiutava certo a trovare il ragazzo giusto.

Kenna respirò profondamente, poi si avviò verso il tavolo a cui si erano seduti i sei uomini con le due donne. Vera li aveva fatti sistemare a un enorme tavolo rotondo che il personale chiamava "il palco", su una piattaforma leggermente rialzata, in fondo alla sala, vicino alla spiaggia. Chi si sedeva a quel tavolo poteva vedere bene sia la sala del ristorante che il tramonto. Di solito ci si sedevano comodamente una decina di persone, era un tavolo ampio, ma con la corporatura di Marshall e degli altri suoi amici, non rimaneva molto spazio libero.

"Dai, dammi una mano con quel tavolo," le disse Carly, che si era come materializzata dal nulla.

Kenna ridacchiò: "Il giorno in cui avrai bisogno di aiuto con un tavolo di otto persone sarà il giorno in cui smetterò di lavorare qui per darmi alla danza con lo *hula*."

Carly le fece l'occhiolino dicendole: "Tanto a ballare fai proprio schifo, non funzionerebbe. Però non preoccuparti, ti riferisco tutto ciò che riesco a origliare, soprattutto se sento che quel *tuo* Marshall è un deficiente."

"Prima di tutto non è *mio* e poi non è un deficiente."

Carly le sorrise appena.

Kenna scosse la testa esasperata.

"Dai, andiamo," le disse Carly, "è chiaro che ti sta cercando e gli dovrai spiegare la situazione."

Era così, Kenna lo sapeva. Ma temeva di vedere la reazione probabilmente irritata di Marshall, quando avrebbe capito che non potevano passare il tempo insieme, perché lei doveva lavorare.

Del resto, *lui* si era presentato con altre sette persone, quindi non poteva certo aspettarsi un appuntamento intimo, vero?

Marshall continuava a sorprenderla, anche se in bene. Non si era arrabbiato quando lei aveva interrotto l'esercitazione, quel mattino; non aveva fatto lo stronzo dicendole che poteva fargli davvero male, quando gli era piombata sulla schiena. Quella sera si era presentato con gli amici, il che era... insolito. Kenna non lo conosceva e non sapeva come ragionava, ma era senz'altro sollevata di non averlo visto arrivare con dei fiori, vestito da elegantone per darle una buona immagine di sé.

Certo, le aveva fatto comunque un'ottima impressione, con quei jeans e con la maglia nera, ma almeno non trasmetteva l'idea di tenerci particolarmente, meglio così.

Lei non aveva *bisogno* di un ragazzo da accontentare, per essere felice; Kenna era molto felice del lavoro che aveva, viveva in un appartamento accogliente, aveva degli ottimi amici.

Ma quel Marshall le faceva uno strano effetto, le faceva fare cose che normalmente non avrebbe fatto, come invitarlo al Duke's mentre lei lavorava.

Ti prego, non essere un deficiente, pensò mentre si avvicinava al tavolo.

———

Marshall "Aleck" Smart vide Kenna dall'altra parte del ristorante mentre camminava verso il tavolo con gli altri. La vide vicino al bar, rideva di qualcosa che aveva detto uno dei baristi. Lui fu colpito subito da quel sorriso e avrebbe voluto scoprire cosa la faceva divertire tanto, come mai sembrava così felice.

"È lei?" gli chiese Jag mentre si avvicinavano al grande tavolo circolare. Quando Elodie e Lexie andarono a sedersi, Aleck annuì.

"È carina."

Aleck si girò di scatto per guardare i suoi compagni di squadra.

Jag semplicemente annuì: "Calma, tigre, è solo che stamattina non sono riuscito a guardarla bene. Tra l'altro, con i capelli bagnati è diversa."

"La vostra cameriera arriverà tra poco. Sul tavolo trovate il menu dei cocktail, offriamo sia birra che vino alla spina. Vi consiglio caldamente la birra chiara di Duke's, se vi piace la birra chiara, oppure un classico *mai tai*, o magari un bel mojito al cocco, in tipico stile hawaiano. *Aloha!*"

Aleck quasi non guardò nemmeno la bionda che se ne andava dal tavolo: aveva occhi solo per una persona.

"Eccola che arriva," gli disse Pid, dal posto vicino.

Aleck aveva già notato che Kenna si era avviata verso il tavolo con un'altra donna. Non serviva un'intelligenza geniale per capire dalle uniformi che lavoravano entrambe nel ristorante. Per un breve attimo, Aleck fu confuso e non riuscì a trattenere la sensazione di una stretta allo stomaco, era deluso perché non avrebbe cenato con lei e non l'avrebbe conosciuta meglio, come sperava.

"Ciao a tutti! mi chiamo Carly e sarò la vostra cameriera per questa sera," disse la donna più alta.

"Io sono Kenna e sono quella che è saltata addosso al vostro amico stamattina. Beh, non proprio saltata addosso, ma quasi."

Kenna era chiaramente nervosa, ma Elodie anticipò Aleck nel rassicurarla.

Si alzò in piedi meglio che poté e allungò una mano verso Kenna, dall'altra parte del tavolo rotondo, presentandosi con enfasi: "Ma che piacere incontrarti! Quando Scott è arrivato a casa stamattina e mi ha raccontato cos'è successo, mi sono quasi immaginata la scena."

"Te lo giuro, poteva capitare anche a me," disse Lexie con un ampio sorriso, per poi stringere la mano di Kenna.

Kenna sorrise a entrambe: "Grazie. Però è stato assai imbarazzante. Di sicuro il povero Marshall si sarà chiesto cosa diavolo stesse succedendo. Un attimo prima era là che vi osservava, l'attimo dopo gli è arrivato lo tsunami vivente."

Aleck si alzò lentamente e le porse la mano. Kenna gli sorrise timidamente, ma quando gli strinse la mano lui non poté fare a meno di notare che pelle morbida e liscia avesse. Lui aveva le mani piene di calli, un po' per il lavoro, un po' per i continui allenamenti. "Di sicuro è stata una sorpresa," le disse, "ma quando ho capito cosa stava succedendo, è stata una bella sorpresa. Non molti si comporterebbero come ti sei comportata tu, ti sei fatta coinvolgere. Anzi, nessuno è mai intervenuto prima come sei intervenuta tu."

Lei arrossì, diventando ancora più bella. La coda di cavallo alta finiva con una punta molto carina, gli occhi marrone scuro erano molto espressivi. Kenna era poco più bassa di lui, il che gli faceva molto piacere, perché potevano guardarsi negli occhi direttamente. In quel momento, Aleck la vedeva imbarazzata, forse un po' in difficoltà per il modo in cui si erano conosciuti.

"Vuol dire solo che tutti gli altri sono abbastanza furbi da capire che eri nell'oceano per qualche motivo e che non stavi davvero affogando," gli disse Kenna.

Risero tutti e lui si accorse che Kenna si stava chiaramente rilassando.

"Ciao, io sono Jag," disse l'amico, facendo capire ad Aleck che doveva presentare Kenna a tutti gli altri. Ma quando Aleck si girò, vide che Jag non stava guardando Kenna.

Stava guardando l'altra cameriera.

"Ciao, io sono Carly," gli rispose, fissando Jag come se nel ristorante ci fossero solo loro due.

Decidendo di prendere per il culo Jag solo più tardi, Aleck presentò rapidamente Kenna agli altri: "Allora, questi sono Mustang e sua moglie Elodie, lui è Midas con la sua Lexie. Jag si è già presentato da solo, loro sono Slate e Pid."

"Ciao a tutti," disse Kenna con un cenno della mano un po' timido, poi si girò di nuovo verso Aleck per dirgli: "Possiamo parlare per un secondo?"

"Ma certo," le rispose senza esitare. Come se fosse la cosa più naturale al mondo da fare, la prese per il gomito. Nel ristorante affollato non era possibile appartarsi più di tanto, Aleck sentì Carly che chiedeva agli altri cosa volessero da bere, intanto che lui e Kenna si portavano in un corridoietto che collegava la sala ristorante con il banco di accettazione all'ingresso.

"Scusami, non ti ho detto che lavoravo qui," gli disse Kenna senza esitare. "Non è che volessi ingannarti, niente del genere. A dire il vero, quando mi hai chiesto di uscire mi hai spiazzata e quando mi hai chiesto dove e quando, il Duke's mi è saltato fuori da solo. Probabilmente perché ci passo molto tempo."

"Va bene," le disse Aleck, "di sicuro tu non ti aspettavi che mi presentassi con tutti i miei amici. Ma quando ho detto a Midas che ti incontravo qui, stasera, si è invitato da solo con Lexie al seguito. Lex l'ha detto a Elodie e prima che me ne accorgessi si erano già invitati *tutti* al nostro appuntamento."

Lei arrossì di nuovo e Aleck dovette sforzarsi per non metterle una mano sulla guancia.

"Vorrei tanto fermarmi con voi, conoscere un po' tutti, ma stasera devo proprio lavorare," si scusò di nuovo.

"Va bene, però dobbiamo metterci d'accordo per un'altra sera," le rispose Aleck in modo molto naturale e rilassato. Non glielo stava dicendo solo per cortesia, voleva davvero rivederla.

"Penso che mi farebbe piacere."

"Ottimo, anche a me."

"Kenna! Al tavolo trentacinque hanno chiesto il conto," disse un uomo in fondo al corridoietto in cui si erano fermati.

"Arrivo subito, Justin. Grazie," gli rispose Kenna.

L'uomo le fece un cenno con la mano e sparì di nuovo nella sala ristorante.

"Immagino di dover andare, devo pensarci io," disse Kenna guardando Aleck.

"Va bene."

"Se per te va bene... mi fermo a chiacchierare quando posso."

"Va più che bene," le rispose Aleck.

"Ah... alle otto e mezza ho una pausa di quindici minuti," aggiunse Kenna, "se ti interessa possiamo passarla insieme."

"Ma certo."

"Va bene."

"Va bene," le fece eco Aleck.

Si fissarono negli occhi per un lungo momento, poi Kenna ridacchiò e arricciò il naso: "Sono stralunata, scusami."

"Ma no, non c'è problema," la rassicurò Aleck. "Elodie e Lexie morivano dalla voglia di passare la serata insieme. Immagino che ci molleranno presto e a un certo punto si porteranno al bar."

"A Paulo farà molto piacere. Probabilmente le tormenterà per sapere tutto su di te. Non è che per caso uno dei tuoi amici è gay?"

Aleck rise: "No, mi dispiace."

Kenna fece spallucce: "Forse è meglio così, Paulo è un po' un mangiauomini. In senso buono, ovviamente."

"Ovviamente," concordò Aleck, anche se non aveva idea di cosa volesse dire.

"Ecco che parlo a vanvera. Comunque, grazie per essere venuto, stasera. Mi fa piacere vederti."

Aleck si rese conto che la stava squadrando dalla testa ai piedi, ma non riusciva a resistere; quel mattino le aveva dato una sbirciata da vicino al sedere, mentre saliva sulle rocce per uscire dall'oceano; poteva ben dire di aver ammirato lo spettacolo. Ma ora che la vedeva con indosso un paio di pantaloncini color kaki, una maglia di Duke's annodata in vita e un paio di scarpe da tennis robuste, chissà perché, gli sembrava più eccitante che con i pantaloncini da corsa e il reggiseno sportivo.

A quel punto Aleck scosse la testa leggermente, rendendosi conto che la stava fissando senza dir nulla, così parlò: "Stamattina ti ho trovata intrigante, volevo rivederti."

"Adesso sai che sono solo una cameriera che a volte non pensa a quello che fa," scherzò Kenna.

"Adesso ti trovo ancor *più* intrigante," ammise Aleck. "Dai," la esortò, sapendo che poteva rimanere in quel corridoietto a parlare con lei tutta la sera, il che le avrebbe fatto passare di sicuro dei guai. "I clienti ti aspettano."

Kenna fece un passo indietro dicendogli: "Grazie per averla presa bene, stasera."

Aleck annuì e la guardò girarsi per andarsene.

Lui invece rimase lì più a lungo, prima di tornare al tavolo con gli altri. Quella sera non stava andando come se l'aspettava, poco ma sicuro. Lui voleva chiedere a Kenna di sedersi a un tavolo lontano dagli altri, per poter parlare, conoscersi meglio, prima di unirsi agli altri. Sperava che Kenna andasse d'accordo con Elodie e Lexie, oltre che con gli altri.

Gli era dispiaciuto non poter parlare con lei come sperava, ma non poteva certo rimanerci male, se passava la serata con gli amici.

"Allora?" gli chiese Pid vedendolo tornare al tavolo.

"Allora cosa?" gli chiese Aleck di rimando.

"Com'è andata? È chiaro che stasera lavora, lo sapevi che faceva la cameriera? Pensi di riuscire a parlare?"

"Mamma cara! Non sapevo che ti interessasse così tanto la mia vita amorosa," scherzò Aleck.

"Infatti non mi interessa," protestò Pid, "è solo che è strano, le hai chiesto di uscire e lei ti ha invitato qui, dove non potete nemmeno stare un po' insieme."

"Non è strano," intervenne Elodie, inserendosi nella conversazione, "anzi, è un'idea furba. Cioè, pensaci."

"Infatti," concordò Lexie, "penso che sia molto divertente il modo in cui vi siete incontrati, ma sei pur sempre un estraneo, per lei. Per questo ti ha fatto venire qui, dove la conoscono tutti, mentre tu non conosci nessuno, è più sicuro che trovarsi in un ristorante qualunque."

Elodie concordò annuendo.

"Non è un problema," disse Aleck, "ha detto che passa da noi ogni volta che può. Inoltre, comunque passo il tempo con i miei amici."

Jag alzò gli occhi al cielo dicendo: "Appunto, perché non ci vedevamo da taaaanto tempo. Cos'è passata, tipo, un'ora da quando ci siamo salutati alla base a quando ci siamo ritrovati qui?"

"Mi chiedo quanto ci metteranno a portarci da mangiare, c'è un sacco di gente," borbottò Slate.

A quel leggero brontolare, risero tutti. Slate era sempre impaziente su tutto, anche per mangiare, tanto che faceva ridere.

"Vedrai che non muori di fame," gli disse Elodie con un sorriso, "Carly ci porterà subito da bere e ordiniamo qualche stuzzichino, per calmarti l'appetito."

Aleck smise di ascoltare gli altri e cominciò a guardare Kenna, che stava sorridendo a due clienti mentre passava vicino al loro tavolo, dall'altra parte del ristorante. Camminava alla svelta, ma con grazia, sembrava essere nel suo elemento. Comunicava con il corpo che le piaceva il suo lavoro.

Mentre la stava guardando, lei si voltò verso di lui e Aleck la salutò con un piccolo cenno del mento; lei gli sorrise di rimando, per poi rivolgersi ai clienti di un altro tavolo.

Dannazione. Anche se non erano seduti vicini, guardarla in azione e osservarla da lontano era comunque divertente. Aleck non poteva che apprezzare i continui sguardi che lei gli lanciava. Era un modo molto particolare di flirtare. Era... interessante. Era diverso. Un po' come la stessa Kenna. Nessun dubbio: gli piaceva.

CAPITOLO DUE

"MAMMA CARA, voi due sprizzate tensione sessuale da tutti i pori, mi state scombussolando," disse Carly per provocare Kenna, un po' più tardi.

Kenna fece del suo meglio per nascondere un gran sorriso, ma non ci riuscì più, quando Carly alzò gli occhi al cielo. Poi le disse, cercando di spremere altre informazioni alla collega: "Non mi sembra che se la sia presa troppo, perché non gli ho detto che stasera non potevo passare tanto tempo con lui."

"Non mi sembra se la sia presa," confermò Carly, attenuando così subito qualunque timore dell'amica. "Cioè, ogni volta che vado al suo tavolo lui è sempre molto cordiale."

Kenna si sentì sollevata. Sollevata e felice, perché Aleck era carino anche con Carly, una donna meravigliosa, fantastica, che però aveva ancora i suoi problemi con quello stronzo dell'ex e quindi in quel momento non aveva una grande considerazione degli uomini, in generale.

Senza pensarci, Kenna spostò gli occhi verso il tavolo a cui sedevano Marshall e gli altri. Proprio come le altre cinquecento volte in cui aveva guardato, notò che anche lui la stava guardando.

"Vedi? Proprio come ti dicevo," confermò Carly con un sorriso. "Però non sarei tua amica se non ti mettessi in guardia..."

Kenna si agitò un poco e tornò a guardare l'amica: "In guardia su cosa?"

"È proprio così che ha cominciato anche Shawn, pensavo che fosse il suo istinto di protezione. Mi guardava di continuo. Voleva sempre avermi a portata di sguardo. Ti ricordi la prima sera che è venuto qui e si è messo al bar? Pensavamo che fosse quasi un eroe, perché si è incazzato con quel turista che ci provava con me, te lo ricordi?"

Kenna se lo ricordava, ma a pensarci bene, ricordava anche che era stata *Carly* a crederlo quasi un eroe. Invece Paulo e Kaleen poi le avevano detto che Shawn era un po' inquietante e che non era stata una bella mossa, far partire una zuffa nel ristorante, in mezzo alla gente. Carly chiaramente non aveva dato corda a quel turista, lo stava solo servendo, Shawn avrebbe dovuto capirlo.

Ma Kenna sapeva anche che Carly le parlava con cuore sincero e che era molto meglio un'amica che le parlasse sinceramente, piuttosto che una a cui venissero gli occhioni da cerbiatta per un tipo, così le disse: "Lo so, grazie."

Carly annuì.

"Che mi dici degli altri amici, ti sembrano tipi a posto?" domandò Kenna.

"Oh, sì. Le due ragazze sono esilaranti. Lexie ha versato tutto il drink sul suo ragazzo, ma lui non se l'è presa per nulla, si è messo a ridere e gliene ha ordinato un altro."

Kenna avrebbe voluto puntualizzare che un drink versato per sbaglio non era una buona scusa per *nessuno*, per arrabbiarsi, ma non voleva mortificare ulteriormente l'amica, già un po' giù. Shawn le aveva fatto molto male, ma finalmente sembrava essere tornata quella di sempre, era la prima volta dopo tanto tempo.

"Che mi dici di Jag? ...si chiama così, vero?"

"Il tipo che sembra in grado di ammazzare qualcuno solo con l'intensità degli occhi?" domandò Carly.

Kenna fece un sorrisone.

"Cosa?" chiese Carly.

"Nulla. È carino anche lui?"

"Sì, sono tutti a posto," rispose Carly. "È quasi ora della tua pausa, vero?"

"Eh sì."

"Ottimo. Allora ti guardo io i tuoi tavoli, così puoi prenderti un po' più di tempo, se vuoi."

"Ma dai, non è giusto," le disse Kenna.

"Chi se ne frega del giusto," ribatté Carly, "senti, io posso anche aver chiuso con gli uomini, almeno per un bel po', ma per te è diverso. Marshall mi sembra a posto. Non ha perso la pazienza solo perché non avete avuto modo di parlare molto, stasera, ti guarda con quegli occhi stuzzicanti e quel mezzo sorriso in volto. Kenna, tu sei una delle persone più carine che io conosca, mi hai sempre sostenuto e mi aiuti sempre con i miei tavoli. Quindi se posso essere *io* ad aiutarti per un quarto d'ora non è mica la fine del mondo."

"Grazie mille," le disse Kenna tendendo le braccia e tirando la collega più giovane in un abbraccio. "Dico davvero."

"Su, dai," rispose Carly, "quando vi sarete sposati e avrete tanti bambini, allora potrai ringraziarmi."

Kenna rise: "Adesso, se solo riuscissi a convincere quei

deficienti del tavolo ventisette a mangiare più alla svelta, la mia serata sarebbe perfetta."

"Ma che cos'hanno? Le donne fanno le stronze totali e gli uomini stanno lì e non dicono nulla."

"Eh, lo so, te lo giuro, si inventano di tutto solo per farmi impazzire. L'ultima volta che ci sono andata per vedere se avevano bisogno di qualcosa, la bionda mi ha chiesto un'altra forchetta perché la sua le era caduta (*ancora*) e la mora invece voleva degli altri tovagliolini di carta. Mi ha persino detto che era assurdo anche solo immaginare di poter mangiare le ali di pollo con quel poco che le avevo portato."

"Sarebbe anche una spiegazione convincente, se fosse *lei* a mangiarle veramente, non il tipo con cui sta, a parte che le hai già portato una ventina di tovaglioliini," commentò Carly.

"Sarà meglio che mi dia una mossa, vado dalle principesse, non vorrei che mi facessero una scenata. Grazie ancora, per il tempo in più che posso passare con Marshall."

"Quando vuoi," le disse Carly.

Kenna si diresse in cucina per prendere un'altra forchetta e altri tovaglioliini, poi tornò al tavolo ventisette. Passò vicino al tavolo rotondo di Marshall e degli altri amici, mentre andava verso i clienti difficili da accontentare, così si fermò un attimo. Era tutta la sera che faceva così, trovava delle scuse per passare vicino al tavolo del gruppo, così poteva fermarsi a salutare. Avrebbe tanto voluto potersi sedere, conoscere davvero quelle persone, perché le sembravano molto divertenti.

"Ciao, tutto bene?" chiese.

"Tutto alla grande!" le rispose Elodie. Aveva le guance paonazze, chiaramente si era gustata molto i *mai tai* che aveva ordinato. "Dopo il dolce (quello là, lo *hula pie*), io e Lexie andiamo al bar e facciamo finta che non ci siano i nostri amici."

Kenna guardò prima il marito di Elodie, poi il partner di Lexie, ma sui loro volti non vide altro che divertimento.

Lexie si sporse sul tavolo e Midas le spostò rapidamente il piatto perché il cibo non le sporcasse il vestito. Era un piccolo gesto, ma Kenna aveva incontrato un'infinità di coppie, negli anni, e le attenzioni che quel tipo riservava alla sua partner erano veramente lodevoli. "Io non potrei mai fare il tuo lavoro, quelle là sono proprio delle stronze!" le sussurrò sonoramente.

Kenna sbatté le palpebre sorpresa; certo, si era accorta anche lei che quelle clienti non erano affatto gentili, ma non si era fatta influenzare più di tanto. Il suo lavoro la costringeva ad affrontare stronzi di ogni tipo, ma lei preferiva concentrarsi sui clienti più gentili. Così fece spallucce: "Non sono poi così terribili."

"Non sono così terribili?!" esclamò Elodie. "Da quando sono arrivate, non fai altro che correre avanti e indietro dal loro tavolo. Ma non preoccuparti... io e Lexie abbiamo un piano."

Kenna si fece seria: "Un piano?"

"Lascia stare," le disse Marshall tranquillamente.

Kenna si voltò verso di lui. Nel momento in cui i loro sguardi si incrociarono, le sembrò di essere attraversata di nuovo da una scossa elettrica. Si era sentita così per tutta la sera. Ogni volta che lo guardava, le veniva la pelle d'oca alle braccia. Tra loro sembrava esserci una chimica sorprendente.

"Niente di brutto, promesso," disse Lexie, attirando l'attenzione di Kenna.

"Devo tornare a lavorare, ma..." guardò di nuovo

Marshall, "tra dieci minuti ho una pausa e Carly mi ha detto che prende lei i miei tavoli, così ho un po' più di tempo."

"Grande notizia," commentò Marshall con un ampio sorriso.

Kenna si sentiva di nuovo come al primo anno delle superiori. Fremeva di entusiasmo e non vedeva l'ora di conoscere quell'uomo.

"Se non ci trovi quando torni, vuol dire che siamo al bar," disse il marito di Elodie, "facciamo la guardia a Elodie e Lexie."

"Sarà meglio che vada," disse Pid.

"Idem," gli fece eco Slate.

"Potete rimanere quanto volete," disse loro Kenna, "non è un problema. Di solito non ci arrivano gruppi grandi a quest'ora tarda, quindi il tavolo non ci serve." Non voleva che se ne andassero controvoglia.

"Non c'è problema," disse Midas.

"Io pensavo di rimanere ancora un po'. Qualcuno dovrà pur fare in modo che questi qua non si mettano nei guai," disse Jag ridacchiando; stava parlando dei suoi amici, ma aveva gli occhi puntati dritti dietro di lei.

Kenna si girò per capire cosa stesse guardando Jag e vide Carly che si avvicinava al tavolo. Sorrise interiormente: era più che ovvio che l'amico di Marshall fosse interessato a Carly. Kenna non ebbe il coraggio di dirgli che Carly aveva giurato di stare alla larga dagli uomini per il prossimo futuro.

Tornò a guardare Marshall: "Ci vediamo tra dieci minuti all'ingresso del ristorante, sai, dove c'è il leggio con il menu?"

"Ci sarò," le rispose Aleck.

Kenna gli sorrise timidamente, poi si voltò per andare a

portare la forchetta e i tovagliolini al tavolo ventisette. Non si era accorta che le due clienti si erano alzate e le stavano andando incontro, quindi quando si voltò andò a sbattere proprio nella bionda, facendo cadere per terra la forchetta e i tovagliolini.

"Attenta!" esclamò la mora, che poi ridacchiò con l'amica bionda, mentre andavano insieme verso i servizi.

Kenna sospirò e si inginocchiò per raccogliere il casino che aveva fatto... e si accorse che Marshall era proprio vicino a lei, raccoglieva i tovagliolini.

"Ce la faccio," gli disse.

"Lo so," le rispose, senza rialzarsi per tornare al suo posto.

Fu un piccolo aiuto, ma lei apprezzò il gesto, per quanto non le pesasse affatto raccogliere quei pochi oggetti. Dopo dieci secondi, avevano già raccolto i tovagliolini prima che la leggera brezza proveniente dall'oceano li facesse volar via.

"Che stronze," mormorò Marshall alzandosi e passandole i tovagliolini che aveva raccolto.

"Ma no, dai... fidati, nella mia graduatoria di stronzaggine dei clienti quelle due non entrano nemmeno in classifica."

"Ti direi che mi farebbe piacere sentirti raccontare qualche aneddoto, ma ho la sensazione che sentendo come ti trattano mi incazzerei," le disse Marshall.

"Dieci minuti?" gli chiese di nuovo conferma, tenendosi i tovagliolini sul petto.

"Scusa, dobbiamo andare in bagno," disse Elodie con un tono un po' affrettato.

"Oh cavolo," mormorò Pid spostandosi sul divanetto intorno al tavolo per far passare Lexie ed Elodie.

Le due amiche si avviarono nella stessa direzione della

bionda e della mora. Kenna guardò gli uomini rimasti al tavolo: "Dovrei preoccuparmi?"

"No," le disse Midas.

Ma Mustang disse allo stesso tempo: "Forse."

"Dieci minuti," ripeté Marshall, sfiorandole appena il braccio.

Kenna annuì, poi si voltò per tornare in cucina. Gettò i tovaglioli sporchi in un cestino appena dietro la porta e prese una decisione sui due piedi, quella di andare in bagno. Non conosceva ancora Elodie e Lexie, ma non voleva che si mettessero nei guai per lei. Lei aveva a che fare da anni con clienti come quella bionda e quella mora, quindi tutto ciò che le dicevano o che le facevano non la sfiorava minimamente.

Spinse la porta dei servizi per aprirla e vide Elodie e Lexie in piedi davanti ai lavandini. Non c'era traccia delle altre, ma le porte dei gabinetti erano chiuse e all'interno si vedevano dei piedi, quindi Kenna immaginò fossero loro.

Elodie le fece l'occhiolino e poi si voltò ancora verso Lexie. "Ho sentito che una delle cameriere è parente del produttore dell'ultimo film su *Jurassic Park*."

"Ma davvero?!" esclamò Lexie con la voce più falsa che Kenna avesse mai sentito.

"Sì, davvero! Sai che le riprese sono nella zona nordest dell'isola, a quel ranch... com'è che si chiama?"

"Kualoa Ranch?" chiese Lexie.

"Proprio quello!" confermò Elodie con un'enfasi quasi teatrale. "Comunque ho sentito che Chris Pratt è sull'isola per il film e che servono delle comparse per alcune scene."

"Ma daaaaai, che forte!" commentò Lexie pomposamente.

"Vero? Sembra che la cameriera aiuti il papà a trovare le comparse, no, forse è lo zio, insomma chiunque sia. Perché lei incontra un sacco di gente e chiede a dei clienti se sono interessati a lavorare un giorno al ranch," disse Elodie.

Kenna si mise una mano davanti alla bocca per cercare di trattenere una risata.

"Sai chi è?" chiese Lexie. "Così posso leccarle il culo, magari lo chiede pure a me!"

"Non lo so," rispose Elodie con un tono rattristato, "ma sarà meglio esser gentili con la cameriera. Cioè, te lo immagini, fare la stronza con il personale e poi scoprire che ti potevano prendere per il film *Jurassic Park* se solo fossi stata più gentile?"

"Sarebbe proprio una scocciatura," confermò Lexie con un sorriso enorme.

"Penso che i capelli non mi stiano meglio di così," concluse Elodie, "torniamo al bar? Ho voglia di un drink."

"Pronta," rispose Lexie.

Le due donne al gabinetto non dissero una parola, ma Kenna immaginò che Elodie e Lexie avessero trasmesso perfettamente il messaggio. Così uscì dai servizi, seguita a ruota dalle altre due amiche, che ridevano come pazze.

Nel momento stesso in cui la porta si chiuse dietro di loro, Lexie scoppiò a ridere.

"Shhhh," la riprese Elodie sussurrando. "Possono ancora sentirci!" Si incamminarono verso la sala del ristorante, solo quando arrivarono si misero entrambe a ridere.

"Che idea fantastica!" esclamò Lexie.

"Adesso di sicuro leccheranno il culo a tutte le cameriere!" aggiunse Elodie.

Kenna non si ricordava se qualcuno si fosse mai dato tanto da fare per lei. Uno stratagemma innocuo e divertente, che molto probabilmente avrebbe funzionato. Certo, ci sarebbe sempre stato qualche cliente maleducato, convinto di poter trattare di merda il personale, ma almeno per quella sera quelle due avrebbero cambiato modo di fare.

"Grazie mille," disse Kenna alle due amiche, "davvero, non erano poi così terribili, ma lo apprezzo comunque."

Elodie si fece seria e guardò Kenna negli occhi: "Stasera mi sa che ho bevuto più del solito, perché altrimenti non direi mai nulla del genere..."

Kenna si preparò al peggio.

"Mi piaci. Cioè, anche se non ti *conosco* ancora, mi piace che Aleck non riesce a toglierti gli occhi di dosso. Mi piace come sorridi e come continui a guardarlo. Mi fa *impazzire* come ti sei gettata senza esitazione per salvarlo, perché pensavi che stesse affogando. Aleck è un bravo ragazzo, è divertente... anche se fa sempre il sapientone. Ma quando ci siamo invitati tutti, stasera, lui non ha detto di no. Non ha fatto una piega. Anzi, penso che fosse anche in parte contento, perché era un po' nervoso. L'unico motivo per cui era nervoso è che ci tiene. Quindi... detto questo... spero che le cose tra voi funzionino."

Kenna fu sorpresa. In un certo senso, si aspettava che Elodie le dicesse di non farsi l'amico, qualcosa del genere. Quella donna le piaceva senz'altro. "Lo spero anch'io," le rispose.

Lexie sgomitò Elodie e le fece un cenno molto evidente con la testa verso il tavolo a cui erano sedute prima. I loro uomini le stavano raggiungendo.

"Wow, ci hanno lasciate da sole per ben cinque minuti," scherzò Elodie facendosi una risata.

Incapace di trattenersi, anche Kenna guardò allo stesso tavolo e incontrò gli occhi di Marshall.

"Tutto bene?" gli lesse sulle labbra.

Kenna gli annuì.

Marshall fece un gran gesto con il braccio, lo alzò e si

guardò l'orologio al polso. Kenna sorrise e alzò una mano aperta, mostrandogli le cinque dita. Lui annuì.

"Vedi? Voi due potete anche conversare perfettamente a distanza," disse Elodie, "è meraviglioso."

Infatti *era* meraviglioso.

Kenna annui a Midas e Mustang, che raggiunsero le loro donne.

"Tutto a posto?" le chiese Mustang.

Kenna non poté trattenere un sorriso. "Tutto a posto," gli rispose, "tua moglie e Lexie sono state fantastiche."

"Possono diventare un po'... esuberanti," le disse Midas, avvolgendo un braccio intorno alle spalle di Lexie.

"Noi *siamo* fantastiche," confermò Lexie, accoccolandosi al suo uomo.

"Il dolce è arrivato mentre voi due portavate a termine il vostro smacco morale," disse Mustang.

"Non abbiamo fatto nulla del genere," protestò Elodie, "abbiamo solo parlato, una semplice conversazione. Può darsi che ci abbiano sentito, come anche no."

"Ce ne accorgeremo quando le due stronze tornano al loro tavolo," disse Lexie.

"A proposito, sarà meglio che prenda degli altri tovagliolini," disse Kenna, "grazie ancora."

"Quando vuoi," le disse Elodie, "le amiche servono a questo."

Kenna sorrise alle due amiche e tornò in cucina. Sentì Mustang che diceva: "Siete già diventate grandi amiche con la donna di Aleck?"

"Eggià," rispose Elodie, Kenna la sentì poco prima di entrare in cucina, così sorrise e prese una forchetta e dei tovaglioli, un antipasto per un altro tavolo, pronto alla consegna, poi tornò nella sala ristorante. Fece in tempo a fare un controllo veloce dei suoi tavoli, prima della sua tanto attesa pausa anticipata.

Dopo aver consegnato i tacos e wonton di granchio al tavolo quarantatré, tornò al tavolo ventisette.

A quel punto, la bionda e la mora non potevano essere più gentili: si scusarono per il loro comportamento fastidioso e la bionda fece persino i complimenti a Kenna per i capelli. Un complimento totalmente stupido, perché la coda di cavallo che Kenna si era fatta non era niente di così speciale; ma lei si limitò a sorridere e chiese al gruppo se avessero bisogno di altro.

Kenna doveva ammetterlo: Elodie e Lexie avevano tramato un trucchetto davvero efficace. Non avevano dato vita a una litigata tale da venire alle mani, non avevano svergognato quelle due: avevano mentito alla grande, creando un quadretto ad arte che aveva funzionato alla perfezione.

Kenna capì di non dover mai sottovalutare le due amiche (sempre che avesse l'opportunità di passare con loro più tempo, in futuro) e poi passò al tavolo successivo, per chiedere se andasse tutto bene.

Dopo cinque minuti, si tolse il grembiule, lo appese a un gancio vicino alla porta delle cucine, fece un cenno a Carly e si diresse all'ingresso del ristorante. L'aspettavano ancora un paio d'ore di lavoro, ma non era mai stata così emozionata per una pausa come quella sera.

CAPITOLO TRE

ALECK ERA in piedi a poca distanza dai clienti del Duke's che attendevano di farsi indicare il tavolo, quando si accorse che stava giocherellando con le mani. Lui non giocava mai con le mani, ma l'emozione di passare finalmente del tempo con Kenna, anche se solo per una mezz'ora, lo faceva agitare sul posto come un bambino di dieci anni davanti alla porta del preside.

Non capiva cos'avesse, Kenna, per spiazzarlo in quel modo. Sapeva solo che era molto emozionato ed entusiasta di conoscerla meglio.

Quando Aleck vide Kenna che lo stava raggiungendo, non poté trattenere un sorriso. La vide ridere con la signora che riceveva i clienti, con cui si fermò a parlare un attimo. Poi Kenna lo raggiunse.

"Ciao," gli disse avvicinandosi.

"Ciao," le rispose.

Si guardarono a vicenda in silenzio, poi Kenna gli chiese: "Vuoi fare due passi o no?"

Aleck scosse la testa. "No. È tutta sera che cammini,

preferisco trovare un posto e sederci, così ti puoi rilassare davvero, almeno per un po'."

Lei rimase in silenzio per un lungo momento.

"Ma se ti va di fare due passi, mi va bene," aggiunse Aleck goffamente.

Kenna scosse la testa: "No, no, se ci sediamo è molto meglio. Solo che non ero sicura ti andasse di starcene seduti... magari ti annoi."

"Kenna, stasera ti sei fatta il mazzo al lavoro. Sarei un bastardo se insistessi per farti fare altra fatica." Poi Aleck si guardò intorno, la zona commerciale era molto illuminata, tanto che gli venne un lamento perché non c'era alcun punto particolarmente riservato e le panchine erano tutte occupate.

Fu Kenna a venirgli in soccorso suggerendo: "Possiamo sempre sederci fuori, in spiaggia... sempre se ti va."

"Sì," rispose Aleck immediatamente. Il sole era tramontato non da molto e la temperatura era proprio perfetta.

"Dobbiamo attraversare di nuovo il ristorante," disse Kenna, "cioè, non è che dobbiamo, ma è il modo più veloce per raggiungere la spiaggia."

"Ti seguo," le disse Aleck facendo un cenno con il braccio verso il Duke's.

La seguì da vicino, sperando egoisticamente con tutto se stesso che nessuno la chiamasse, mentre passavano vicino ai tavoli che davano sulla spiaggia. Per fortuna nessuno la fermò e ben presto si ritrovarono a camminare sulla sabbia, verso una zona attrezzata a salotto.

"Qui ti va bene?" gli chiese Kenna.

"Qui è perfetto," la rassicurò Aleck; era proprio così, il brusio e la confusione del Duke's erano dietro di loro, il suono tranquillo dell'oceano che lambiva la spiaggia era molto rilassante. Aleck attese che Kenna fosse seduta, poi si accomodò sulla sedia vicina.

"So di essermi già scusata, ma sento di doverlo fare ancora..." esordì Kenna.

Ma Aleck la interruppe: "No, non devi scusarti."

Lei lo guardò e protestò: "Non sai nemmeno per cosa volevo scusarmi."

"Non importa. Non c'è nulla di cui tu debba scusarti. Se pensavi di scusarti ancora per esserti tuffata in acqua stamattina, *di sicuro* a me non dispiace che tu l'abbia fatto. L'esercitazione che stavamo portando a termine era troppo noiosa. Sì, era importante, ma star su a guardare per monitorare la sicurezza non è certo il modo che preferisco per passare il tempo, quindi mi hai anche fatto un favore. Poi, perché mai dovrei prendermela, se una bella donna mi salta addosso?"

"Non ti sono saltata addosso," protestò di nuovo Kenna con un sorrisetto. Lui la vide abbassare gli occhi e guardarsi le mani che teneva sulle gambe. Faceva tenerezza. Aleck l'aveva osservata per tutta la serata, aveva un carattere chiaramente estroverso e alla mano; vederla in imbarazzo ogni volta che stava con lui era proprio carino.

"Se invece pensavi di scusarti per avermi chiesto di venire qui questa sera, quando tu dovevi lavorare, proprio non c'è motivo. Anche perché mi ha fatto piacere guardarti interagire con gli altri, mi sono divertito anche vedendo Elodie e Lexie lasciarsi andare e rilassarsi come si deve."

"Ti stanno proprio simpatiche, vero?" gli chiese, per poi arricciare il naso in modo adorabile. "Cioè, è chiaro che è così, perché sono tue amiche, ma a volte ai ragazzi non piacciono le ragazze degli amici, le sopportano appena."

"So cosa intendi. Con 'simpatiche' intendi che mi piacciono perché sono le compagne dei miei migliori amici e mi divertono? In questo senso, sì. Sono brave persone e se la sono vista brutta, ma ne sono uscite più forti di prima."

Al che Kenna inclinò la testa chiedendogli: "Ma stanno bene?"

Ad Aleck piaceva l'interesse sincero e spontaneo nella voce di Kenna. "Sì, sono sicuro che ti racconteranno cos'è successo, se glielo chiedi. Non si vergognano, a dirtela tutta, sono tra le donne più forti che abbia mai conosciuto. In breve, Elodie si è ritrovata a fare da chef per un mafioso, questo se l'è legata al dito perché lei si era rifiutata di avvelenare uno degli ospiti a una cena, così è finita su una nave mercantile, sempre a fare la cuoca; ma la nave è stata assalita dai pirati in Medio Oriente. Lei è venuta alle Hawaii, ma quel mafioso non la voleva lasciar perdere, quindi ha cercato di farla uccidere."

Gli occhi di Kenna erano spalancati: "Porca vacca!"

"Eggià. Ma adesso sta bene, il mafioso è uscito di scena, Elodie e Mustang si sono sposati e sono follemente innamorati."

"Si vede chiaramente," commentò Kenna, annuendo, "sono contenta che sia andata a finire bene."

"Anch'io."

"E Lexie?" gli chiese Kenna.

"Lexie lavorava in Africa ed è stata rapita con un collega. Noi l'abbiamo salvata, ma purtroppo l'altro tipo non è sopravvissuto all'operazione, gli è venuto un infarto. Lei è venuta a lavorare alle Hawaii, ma il fratello gemello di quell'uomo non l'ha presa bene, perché lei è sopravvissuta e invece il suo gemello no, quindi ha cercato di sfogare rabbia e frustrazione su di lei."

"Wow, dicevi proprio sul serio, se la sono vista davvero brutta!"

"Infatti, ma comunque, è sempre bello vederle felici e rilassate. La vicenda di Lexie è successa non molto tempo fa, quindi vederla più spensierata è un sollievo. Vedi? Non c'è nulla di cui ti debba scusare," ribadì Aleck, "tra l'altro sono rimasto piacevolmente colpito da come si mangia al Duke's."

"Come mai? Pensavi facesse schifo?" lo provocò Kenna.

"No, ma Waikiki non è proprio il mio posto preferito per andare a mangiare."

"Lo so, ma penso che questa zona si sia fatta una brutta reputazione, chissà per quale motivo. Ci sono dei posti meravigliosi in cui mangiare, qui vicino. I proprietari sono anche molto gentili."

"Immagino di dover sperimentare un po' più spesso," le disse Aleck.

"Sarei felice di mostrarti i posti che preferisco," gli rispose Kenna.

"Volentieri," disse subito Aleck.

Si sorrisero a vicenda.

"Allora... come sei arrivata alle Hawaii?" le chiese Aleck, che voleva sapere tutto sulla donna al suo fianco; sentiva l'orologio correre e la pausa non gli lasciava minimamente il tempo che avrebbe desiderato, per conoscere meglio Kenna.

"Sono arrivata alle Hawaii quando facevo il college, ero con alcuni amici, mi sono innamorata di tutto quello che ho trovato. Il tempo, i tramonti, la gente, la cultura. Dopo la laurea sono andata a lavorare a Pittsburgh: odiavo quella città. Inverni terribili, stavo quasi tutto il tempo in uno stanzino. Allora ho deciso d'istinto, ho mollato tutto e sono venuta qui. Sono arrivata con tre valigie piene di aspettative." Fece spallucce. "Ma la vita non mi ha portato dove pensavo. Sai, grandi guadagni in qualche multinazionale, cambiando in meglio il mondo... ma sono felice."

"Mi fa piacere," intervenne Aleck, "è tanto che lavori al Duke's?"

"Ho cercato un posto da contabile, perché sono laureata in economia, me ne hanno offerti un paio, ma c'era sempre qualcosa che mi impediva di accettare. Non riuscivo a immaginarmi di vivere qui e di chiudermi in un altro stanzino a guardare numeri tutto il giorno. Un conto era in Pennsylvania, dove d'estate c'è appena tiepido e d'inverno è tutto grigio e c'è il ghiaccio per le strade, ma qui alle Hawaii, dove il clima è sempre perfetto in ogni stagione, mi sembrava proprio sbagliato."

"Allora, intanto che capivo la strada da prendere, ho trovato un posto da cameriera. Era terribile, una paga misera... ma ho capito che mi piaceva incontrare ogni giorno persone di ogni tipo. Da quel posto sono passata a un altro, dopo un po' ho conosciuto qualcuno che ha messo una buona parola per me qui al Duke's. Ormai è passato qualche anno e non vorrei lavorare da nessun'altra parte."

Nel tono di voce di Kenna si sentiva chiaramente l'entusiasmo, quel lavoro le piaceva davvero, non lo diceva solo per raccontargli una storia come un'altra. Sembrava sincera, amava fare la cameriera. Per Aleck fu come una rivelazione. Lui si era immaginato che fare la cameriera fosse una scelta temporanea, mentre si cercava un lavoro "vero". Invece era ovvio che *quello* era il vero lavoro, per lei.

"Tu invece?" gli chiese Kenna.

"Io invece, cosa?" le chiese di rimando.

"Tu sei un SEAL. Come ci sei arrivato? Eri uno di quei ragazzini che sognano da sempre di entrare in marina per diventare dei supereroi? Oppure sei stato costretto a fare il militare perché ti mettevi sempre nei casini?"

Aleck ridacchiò: "Nessuna delle due, a dire il vero. A scuola andavo benino, nessun casino in particolare, anzi, ero il pagliaccio ufficiale della classe," le spiegò. "Dopo le superiori, mi sono un po' perso. Non sapevo bene cosa fare, nella vita. Non mi sentivo pronto per proseguire con gli studi. Così sono andato in un ufficio di reclutamento, a San Francisco, ho parlato con i responsabili. La marina è quella che mi ha offerto di più, sia in termini di paga che di vantaggi. Per questo ho firmato."

Kenna sorrise. "In pratica hai messo le forze armate le une contro le altre?"

"Sì," confermò Aleck senza alcun rimorso, "poi al centro reclute durante l'addestramento ho sentito parlare dei SEAL. L'ho presa un po' come una sfida e mi sono offerto."

"Ed eccoti qua," concluse Kenna.

"Beh, non è stato così semplice," aggiunse Aleck sbuffando.

"Lo immagino. Non sono certo un'esperta, ma conosco l'addestramento dei SEAL."

"Sì, una settimana infernale, l'addestramento, ma diventare SEAL è molto di più."

"Ci credo. Allora... sei di San Francisco?" gli chiese.

"Sì. I miei hanno ancora una casa a San Francisco. Viaggiano molto, ma quella è come casa base, per loro." Non intendeva approfondire in quel momento, dicendole che i genitori erano miliardari o che lui era titolare in un bel fondo di investimenti. Voleva che Kenna lo apprezzasse per come lo conosceva, per la persona che era, non per i soldi che aveva.

Rimasero in silenzio per un lungo momento, ma senza sentirsi in imbarazzo. Non proprio.

"Quanti anni hai?" gli chiese Kenna.

"Ventinove," rispose Aleck senza esitare. "E tu? Oh... forse non è carino da parte mia chiedertelo."

"Ho trent'anni. Volevo solo essere sicura che non avessi tipo ventun anni, o quaranta. Cioè, non che ci sia qualcosa di sbagliato, ma la mia amica Carly è appena uscita da una brutta esperienza con uno più grande e non sono sicura che faccia per me. Invece se avessi ventun anni saresti troppo giovane."

"Sono d'accordo," rispose Aleck, che era curioso di conoscere meglio la situazione dell'amica di Kenna, ma sapeva di avere pochissimo tempo per parlare quella sera, e voleva conoscere meglio *lei,* non le sue amiche. "Tu sei della costa est?"

"Sì, per la precisione sono di Richmond, in Virginia. Sono andata alla Virginia Tech, prima di andare a lavorare a Pittsburgh."

"Hai fratelli?"

"No, sono figlia unica. I miei sono divorziati, ma sono rimasti amici, che strano. Erano una di quelle coppie con programmi precisi per l'affidamento, sai, passavo i fine settimana col papà e i giorni feriali con la mamma."

"Che seccatura," commentò Aleck.

Kenna fece spallucce: "Non tanto, come ti dicevo, i miei sono in buoni rapporti, non litigano e la mia situazione non mi pesava, almeno fino a quando sono arrivata alle scuole medie; lì mi sono accorta che non era la situazione normale di tutti. Mio papà si è risposato e sua moglie mi sta simpatica. È molto diversa da mia mamma, probabilmente è per questo che va molto d'accordo con mio papà."

"Tua mamma invece si è risposata?" le chiese Aleck.

"No. Ma non significa che non abbia le sue esperienze. Si è sempre assicurata che stessi bene, ma le piaceva tenersi libera il fine settimana, così poteva uscire con le amiche, o con i suoi *boys*."

"Mi sembra... interessante," le disse Aleck.

Kenna sorrise. "È così."

"I tuoi l'hanno presa bene, quando sei venuto alle Hawaii?" le chiese.

Kenna aggrottò la fronte. "Cosa intendi?"

"Beh, mi sembra che prima avessi un lavoro fisso, poi te ne sei andata per venire fin qua alle Hawaii, senza un progetto, per fare la cameriera."

"Vogliono solo che sia felice," gli rispose Kenna con un tono di voce meno cordiale. "Vivere qui mi rende felice, quindi sì, l'hanno accettato. La mamma viene a trovarmi ogni qualche mese, anche il papa è venuto, qualche volta. Ma ho l'impressione che *tu* non sia molto entusiasta di chi sono o di quello che faccio."

Aleck sbatté le palpebre e solo allora capì che quella domanda l'aveva offesa. Per forza. "Merda, adesso è il mio turno di scusarmi. Non intendevo affatto sminuire quello che fai."

Kenna guardò l'oceano senza rispondere e lui capì di dover rimediare per la *gaffe* che aveva appena fatto. "Dico davvero, ho detto una stupidaggine. So solo che i miei genitori all'inizio non erano molto entusiasti che mi trasferissi di stanza qui alle Hawaii. Si sono lamentati della distanza. Però col tempo hanno apprezzato, vengono spesso a trovarmi, anche se credo mi usino come scusa. Ci vediamo per circa tre ore, poi loro passano tutta la settimana sulla spiaggia a fare i turisti."

Aleck fu sollevato nel vedere le labbra di Kenna che accennavano un sorriso.

Prendendosi un rischio, nella speranza che non gli si ritorcesse contro, Aleck allungò una mano per prendere quella di Kenna; le passò il pollice sulle nocche, notando ancora quanto era morbida e liscia la sua pelle. "Scusa, sono stato poco delicato," le disse sottovoce. "Tante delle persone che incontro si fanno in quattro per fare carriera, anche in marina. Gira tutto intorno ai gradi e alle promozioni."

Kenna non tirò via la mano dalla presa di Aleck, che apprezzò, ma lo guardò fisso negli occhi per un lungo momento, poi gli disse: "Sei uno snob."

Aleck sbatté le palpebre. Era vero?

Sì... probabilmente era vero.

"Cioè, sei carino, è un punto a tuo favore." Kenna sorrise. "Lo so che fare la cameriera non è il lavoro più ambito da tanti, non è la massima aspirazione, nella vita, ma io avevo un lavoro comodo da contabile e lo odiavo. Mi sentivo in gabbia. Se avessi continuato a lavorare in quell'ufficio, mi sarei sentita soffocare. Certo, non guadagno palate di soldi, ma sono felice. Incontro un sacco di persone interessanti, passo il tempo in spiaggia durante il giorno e non sono intrappolata in uno stanzino, con la faccia attaccata a un computer."

Aleck si sentì malissimo. Era *davvero* uno snob. Non aveva mai pensato che una persona che servisse ai tavoli lo facesse per *scelta*. Perché le piaceva davvero.

"A te piace il tuo lavoro?" gli chiese.

"Sì." Non ebbe un attimo di esitazione.

"Anche se rischi di morire? Anche se potrebbero spararti e nessuno saprebbe mai com'è andata? Anche se non puoi nemmeno parlare di quello che fai? Immagino che sia così, credo, anche se non sono sicura. Alcuni guardandoti penserebbero che sei un matto. Perché mai vorresti metterti in pericolo per qualcuno che non conosci nemmeno? Il mondo non è più quello di un tempo, in tanti apprezzano quello che fanno i nostri militari, ma ci sono anche persone che ti considerano il diavolo in persona, pensando che ti piaccia uccidere. Ma nonostante tutto... tu fai comunque il tuo lavoro."

"Colpito e affondato," le disse tranquillamente.

"È solo... mi irrita quando mi guardano dall'alto al basso per via del mio lavoro," concluse Kenna. "Certo, ci sono aspetti merdosi anche nel fare la cameriera. A fine serata mi fanno sempre male i piedi, ho a che fare con i soliti sapientoni che non capiscono perché devono aspettare più di due minuti e tre secondi per mangiare. Qualcuno mi tratta da serva, con delle mance di merda, a volte anche senza. Mi hanno urlato dietro perché mi sono rifiutata di portare degli alcolici a qualcuno che chiaramente aveva già bevuto troppo, a volte i clienti alzano la voce perché non amano quello che mangiano, qualcuno mi ha persino sputato.

"Ma sai che ti dico? I lati positivi surclassano quelli negativi. Immagino che sia lo stesso anche nel tuo caso. Io non salvo la vita a nessuno... anzi, ritiro quello che ho detto: in effetti ho *salvato* due vite, uno era un bambino che stava soffocando, l'altro era un signore a cui è venuto un infarto: ho fatto il massaggio cardiaco e la respirazione finché non è arrivata l'ambulanza. Insomma, anche se il mio lavoro non è in cima alla piramide sociale, lavoro molto e come ti dicevo... i lati positivi surclassano quelli negativi."

Kenna si fermò per fare un respiro profondo: "Adesso

probabilmente ti sarai già pentito per l'uscita di questa sera."

"No," le disse Aleck," anzi, in realtà sono ancor più impressionato. Sei davvero meravigliosa."

"Sì," gli disse con una risatina, "ti ho fatto una tirata perché hai reagito come fanno tutti, ti ho ignorato perché stavo lavorando, ho quasi insultato il tuo lavoro... anche se, sappilo, è forte e voglio sapere tutto su di te."

"Sei vera," le disse Aleck, "non sai che boccata d'aria fresca, sentirti parlare. Mi hai fatto notare a ragione le cazzate che ho detto, è chiaro che sei intelligente, sei una donna indipendente ed è più che ovvio quanto ti apprezzano i tuoi colleghi. Tutte queste qualità mi fanno credere che tu sia una persona da conoscere. Sempre che tu possa perdonarmi per essere stato un cretino."

Kenna sorrise. "Sei un uomo," gli disse alzando una spalla.

Aleck si mise a ridere confermando: "È vero, ma non è che siamo tutti stronzi. Almeno non di continuo."

"Ho trent'anni, Marshall," disse Kenna, "è molto probabile che dica ciò che penso più di quanto dovrei. Non ho la pazienza di gestire l'ansia in una relazione... che sia di amicizia o di altro tipo. Sono chi sono, voglio avere attorno delle persone oneste. Non sopporto i segreti, i sotterfugi. È facile che adesso rovini tutto con una falsa partenza, ma... mi piaci."

"Anche tu mi piaci," le disse subito Aleck, "e voglio rivederti."

"Anch'io," concordò Kenna.

Si sorrisero a vicenda.

"Però lavoro spesso la sera per le cene," lo avvertì.

"Ma non tutte le sere."

"No, non tutte le sere."

"Allora ci organizziamo," le disse Aleck, "io lavoro durante il giorno. Riunioni, allenamenti, poi a volte sarò inviato in missione per dei periodi di tempo imprecisati. Ma penso che valga la pena trovare gli spazi nei nostri impegni, Kenna."

Lei gli sorrise. "Lavoro al Duke's da molto tempo, più o meno posso scegliere i turni che voglio... anche se mi devo organizzare in anticipo."

"Ottimo," le disse Aleck, sapendo perfettamente che stava ancora tenendole la mano. In passato non era mai stato il tipo da mano nella mano; ma con Kenna quel contatto... lo faceva star bene. Specialmente perché sapeva benissimo di aver quasi mandato tutto all'aria.

"Da qui si vedono i fuochi artificiali dell'Hilton Hawaiian Village, quelli che fanno di venerdì sera?" le chiese, facendo tornare la conversazione su un argomento più neutro.

"Beh, no, non dal ristorante. Ma se vai un po' più in là, sulla spiaggia, fino a quel muretto frangiflutti," gli disse, indicandogli la spiaggia in direzione del complesso alberghiero Hilton, "da lì si vedono." Poi aggiunse: "È brutto, se ti dico che ormai i fuochi d'artificio non mi fanno più alcun effetto?"

Aleck ridacchiò: "Ma no, non è che siano un mio pallino."

"Oh, per via del DPTS[1]?" gli chiese Kenna preoccupata.

"No. Cioè, anche quello non aiuta di certo, ma avevamo un cane a casa, odiava i tuoni e i fuochi artificiali. Cioè, lo traumatizzavano. Quindi quando arrivava il quattro luglio dovevamo dargli dei calmanti per aiutarlo a passare la nottata, a partire dalla settimana prima *fino* alla settimana dopo. Purtroppo i nostri vicini di casa compravano vagonate di botti e li facevano scoppiare tutte le sere. Era terribile."

"Ah, che tipo di cane?"

"Un Dobermann."

Kenna cercò di non mettersi a ridere.

"Eh, infatti, Maximus non era proprio un cane da guardia esemplare," disse Aleck con un ampio sorriso. "Se qualcuno entrava in casa, lui leccava l'intruso con gran gusto, invece di mordere."

"Mi manca avere un cucciolo," disse Kenna, "mio papà e la mia matrigna hanno dei gatti."

"Perché non ne prendi uno?" le chiese Aleck.

"Nel mio palazzo non sono permessi," rispose Kenna semplicemente.

Aleck pensò subito alla propria casa; chissà se i cuccioli erano o meno consentiti, ma il suo intuito gli diceva che, se avesse voluto tenere un cagnolino o un gattino, avrebbe potuto. Vivere sull'attico presentava dei vantaggi esclusivi.

Gli bastò quel pensiero per capire che Kenna era sicuramente diversa.

Non gli era mai capitato in passato di pensare di prendersi un cucciolo, per una donna. Gli impegni professionali non gli rendevano facile badare a un cane. Un gatto... forse. Però doveva trovare qualcuno che se ne occupasse quando lui era in missione.

"Posso chiederti come mai tu e i tuoi amici avete quei... nomi strani?" gli chiese Kenna.

Aleck ridacchiò. "Ma certo. Puoi chiedermi tutto quello che vuoi. Magari non potrò risponderti sempre... sai, per questioni di sicurezza o altro. Ma se non posso, ti dirò comunque il perché. Comunque sia, sì, il mio soprannome è Aleck perché di cognome faccio Smart."

Kenna rise. "Smart Aleck il sapientone, eh?"

"Eggià. Comunque ti avverto: è un soprannome azzeccato."

"Me lo ricorderò," replicò lei.

"Il soprannome di Mustang è un po' complicato, è legato a uno scherzo di quando era appena entrato in marina. Midas era un nuotatore eccezionale alle superiori e vinceva un sacco di medaglie d'oro. Pid di nome fa Stuart... in breve Stu."

"Mamma mia, Stu Pid, è un po' offensivo," commentò Kenna.

"Vero, ma i soprannomi spesso sono così. Più protesti e più te li attaccano," le disse Aleck. "Jag in realtà si chiama Jagger, mentre Slate di cognome fa Stone."

"Quindi molti dei vostri soprannomi provengono in qualche modo dai nomi veri," commentò Kenna.

"Sì, di solito provengono dal nome, o da qualcosa di stupido che abbiamo fatto," confermò Aleck.

"Meno male che a me non hanno mai affibbiato un soprannome per qualcosa di stupido," scherzò Kenna, "ne ho fatte tante, di stupidaggini."

"Ma no, non ci credo," le disse Aleck.

Kenna rise e Aleck fu di nuovo colpito da quel bel sorriso, che le illuminava il volto. Gli piaceva anche non vederla a disagio, mentre rideva. Lui conosceva alcune donne che quando ridevano si coprivano la bocca con la mano, o altrimenti si limitavano a una risata contenuta, lamentandosi delle rughe di espressione che una risata poteva lasciare di fianco alla bocca. Invece la risata di Kenna era spontanea, verace.

Rimasero seduti ancora un po' di tempo nel salottino, parlando di nulla di importante: del clima fantastico delle Hawaii, di quanto fossero bravi i surfisti, del turismo, un peso indispensabile per le isole; Kenna gli disse che si era imposta una missione personalissima: trovare le spiagge più belle dell'isola, anche non aperte al pubblico.

"Le spiagge migliori?" le fece eco Aleck.

"Sì, esatto. I posti migliori per gettarsi tra le onde, o anche per sdraiarsi sulla sabbia senza dover inciampare in centinaia di turisti, i posti dove fare *snorkeling*, insomma, le spiagge migliori sono tutte private. Io ne ho trovate molte, alcune volte mi hanno anche cacciata via, ma più spesso non dai fastidio a nessuno, basta non fare stronzate." Poi lo guardò con la coda dell'occhio: "Scommetto che alla base avete delle spiagge bellissime."

Aleck ridacchiò: "Probabilmente non tante quante pensi. Purtroppo gli alti ufficiali della marina non sono molto propensi a vedere i sottoposti godersi il mare e la spiaggia mentre sono in servizio."

"Cacchio!" esclamò Kenna.

"Ma sarei felice di farti entrare alla base e portarti in giro, se vuoi dare un'occhiata tu stessa."

"Certo!" Kenna accettò con entusiasmo. "In cambio posso farti vedere alcune delle spiagge private che preferisco; però devi promettermi di non fare nulla che costringa i proprietari a cacciarci."

"Promesso," disse Aleck.

Dalla tasca di Kenna si sentì un allarme suonare, così Aleck le lasciò andare la mano controvoglia, per consentirle di spostarsi su un fianco e tirar fuori il cellulare.

"Merda. La mia pausa è già finita," disse Kenna spegnendo l'allarme.

Aleck fu sorpreso di quanto fosse trascorso veloce il tempo; ma del resto lui sentiva di poter parlare con Kenna per tutta la notte senza mai annoiarsi.

"Vorrei davvero rivederti. Magari quando hai la sera libera," le disse Aleck.

"Mi farebbe piacere," gli rispose Kenna.

Al che lui si rilassò sospirando quel fiato che aveva trattenuto da quando si era espresso male; era contento di ricevere una seconda opportunità, dopo aver fatto una bella *gaffe*. "Posso chiederti il tuo numero? Se no posso darti il mio," le disse, cercando di non sembrare troppo insistente, anche per evitare di farsi dare un numero finto.

"Dammi tu il tuo numero," gli disse Kenna.

Aleck glielo disse e lei lo mise nella memoria del cellulare; dopo un momento, lui sentì il cellulare vibrargli in tasca.

"Ti ho mandato un SMS così anche tu hai il mio numero," gli disse Kenna.

Aleck sorrise al massimo: "Alla grande." Poi si alzò e le porse la mano. "Dai, ti riporto dentro. Non voglio che il tuo capo si arrabbi."

"Alani è forte, mi capirà."

"Comunque..."

Kenna gli prese la mano e si lasciò tirar su; ma invece di lasciarla subito andare, gliela tenne stretta mentre rientravano insieme al Duke's. Le luci del ristorante sembravano fortissime, dopo essere stati in spiaggia.

Si sentì dal bancone del bar una forte risata improvvisa, Aleck non poté trattenere un sorriso.

"Sembra che Elodie e Lexie si stiano davvero divertendo," notò Kenna.

"Eggià." Guardando nella zona del bar, Aleck vide le due amiche che si facevano quattro risate con i due baristi. Mustang, Midas e Jag erano seduti al tavolo vicino.

"C'è da preoccuparsi, per quanto avranno bevuto?" domandò Kenna un po' esitante, mentre guardava Elodie e Lexie.

"No," le rispose Aleck. "Mustang ha detto che avrebbe

parlato con i baristi per chiedere di andarci piano con l'alcol, nei loro drink."

Kenna lo fissò e gli disse: "Ma non è... un po' invadente?"

"Ma no," le rispose Aleck tranquillamente, "lo sapevano già sia Elodie che Lexie, perché Mustang e Midas ne hanno parlato in loro presenza."

"Ah."

"Siamo dei tipi protettivi," le spiegò Aleck. Glielo disse anche un po' per metterla in guardia, oltre che per spiegare. "Non che siano preoccupati, se per caso bevono un po' troppo, ma non vogliono che stiano male. Elodie e Lexie sono d'accordo, anche perché comunque non bevono molto. Sanno di avere qualcuno che si occupa di loro, quindi possono lasciarsi andare senza pensieri." Poi fece spallucce: "A loro sta bene."

"Ma, l'altro tuo amico? Che ci fa ancora qui?"

"Carly," rispose Aleck sorridendo.

"Ah, ma certo," disse Kenna.

"Gli piace, anche se non è ancora pronto ad ammetterlo."

"Penso di avertelo detto prima, Carly usciva con uno più grande, ma... insomma, non è andata bene. Per nulla. Di sicuro non è pronta a un'altra storia, almeno non ancora."

"Lo capisco; ma non vuol dire che Jag si arrenderà."

"Dovrà darsi un bel da fare," lo avvertì Kenna.

"Se vale la pena fare qualcosa, tanto vale farla bene. Se vale la pena avere qualcosa, vale la pena aspettare, se vale la pena conquistare qualcosa, vale la pena combattere. Se vale la pena vivere un'esperienza, vale la pena prendersi tutto il tempo," le disse Aleck.

Kenna si fermò in mezzo alla sala ristorante e lo guardò negli occhi: "L'ha detto Oscar Wilde."

"Sì. Mi è sempre piaciuto questo aforisma. Non so se l'ho detto giusto, l'avevo imparato a memoria alle superiori; è meraviglioso a quante situazioni si può applicare. Al lavoro, all'amicizia, alle relazioni. A passare il tempo con qualcuno che vuoi conoscere meglio."

"Merda," mormorò Kenna, che poi tirò su le spalle e gli disse, sempre fissandolo negli occhi: "Per la cronaca, ti sei più che rifatto per la frase da snob che hai detto prima."

Aleck reagì sorridendo: "Ottimo."

"Kenna!" Charlotte la chiamò appena la vide. "Tempismo perfetto. Vera ha appena fatto sedere qualcuno nel tuo settore. Vuoi che vada io a sentire cosa vogliono da bere?"

"Ci penso io!" le rispose Kenna, che tornò a guardare Aleck: "Ora devo tornare al lavoro."

Aleck le lasciò andare la mano e annuì.

Si sorrisero a vicenda per un momento, poi Kenna girò i tacchi e si diresse verso la cucina.

Aleck la osservò mentre se ne andava e sentì una fitta di dispiacere: immaginava gli sarebbe dispiaciuto comunque, a prescindere da come si separavano. Kenna era una donna molto diversa dalle altre che lui aveva frequentato... in senso molto positivo.

Aleck si incamminò verso il bar e sentì Elodie che raccontava ai baristi la storia di cos'era successo nei bagni delle donne. Scoppiarono di nuovo tutti a ridere.

"Voglio portare avanti il trucco che avete usato," disse la barista, "non dovrebbe essere difficile. Se così i clienti saranno più gentili con il personale, tutto di guadagnato."

Aleck era completamente d'accordo: si diresse al tavolo dove c'erano gli altri; vide che Mustang aveva davanti a sé un bicchier d'acqua, mentre Midas sembrava bere té freddo. Jag si stava coccolando una birra.

Aleck tirò fuori da sotto al tavolo una sedia e si accomodò.

"Tutto bene?" gli chiese Mustang.

"Sì," gli rispose Aleck.

"Quanto bene?" insisté Midas.

"Ci siamo scambiati il numero di telefono, poi ho detto qualche stupidaggine, ma lei vuole rivedermi comunque," spiegò Aleck con un sorriso.

"Fantastico. Anche se non credo tu abbia detto delle stupidaggini," disse Jag.

Aleck sorrise un po' triste: "Kenna ha detto che sono snob, aveva proprio ragione."

"Ma tu non sei uno snob," gli disse Midas sorpreso.

Aleck alzò una spalla: "Cerco di non essere snob, ma è chiaro che non avere preoccupazioni economiche mi ha influenzato in modi di cui non mi sono reso conto."

"Ma siete in buoni rapporti?" gli chiese Jag

"Sì sì."

"Ottimo." Jag fece una pausa, poi chiese: "Per caso, ti ha parlato della sua amica?"

Aleck fece una smorfia: "Intendi dire la cameriera carina a cui non sei riuscito a togliere gli occhi di dosso tutta la sera?"

Jag fece spallucce.

Aleck si fece serio: "Mi ha detto solo che in questo momento non è molto propensa a frequentare qualcuno, immagino perché il suo ex era uno stronzo."

"Merda!" Jag imprecò sottovoce, poi raddrizzò la schiena. "Beh, l'unico giorno facile era ieri."

Aleck alzò gli occhi al cielo, Midas e Mustang fecero lo stesso allo stesso tempo. Era un motto molto popolare tra i

SEAL, anche se forse non era adatto per una donna che non era molto propensa a concedere un appuntamento. Del resto, Aleck non era certo un esperto in materia.

Proprio in quel momento, la donna in questione li raggiunse al tavolo e Aleck sorrise, mentre Jag si sistemava al meglio sulla sedia.

"Posso portarti qualcosa da bere?" chiese Carly ad Aleck.

"Del tè freddo, per favore," le rispose.

Carly sorrise: "Ma certo."

La osservarono tutti, mentre lei lanciava un'occhiata fugace a Jag, per poi arrossire e andarsene di fretta, dopo aver controllato che avessero ancora tutti qualcosa da bere.

"Sarà anche poco propensa," disse Mustang sottovoce, "ma mi sembra interessata."

"So aspettare," disse Jag sorseggiando la birra.

L'interesse di Jag nei confronti della cameriera era intrigante, ma l'attenzione di Aleck era già tutta per Kenna, non era così preso da una donna da tantissimo tempo, non riusciva a toglierle gli occhi di dosso: stava dando il benvenuto a due clienti che si erano seduti dall'altra parte del bar.

Kenna prese l'ordine al tavolo e tornò verso la cucina, lo guardò negli occhi e sorrise.

L'attrazione era ricambiata, il che lo faceva star bene.

Aleck si accomodò, felice di rilassarsi e di rimanere per tutto il tempo che Elodie e Lexie volevano. Benchè non potesse parlare con Kenna, era bello anche solo trovarsi nel suo stesso ambiente.

CAPITOLO QUATTRO

KENNA SI SENTIVA QUASI INTONTITA. Non si entusiasmava così tanto per un uomo da...

Non sapeva nemmeno lei da *quanto* tempo, ma senz'altro ne era passato molto. Marshall era divertente, chiaramente non aveva paura di ammettere quando si sbagliava. All'inizio le aveva dato fastidio il modo in cui lui aveva commentato la professione di cameriera, ma poi si era scusato e le era sembrato sincero.

Lei non faceva altro che ricordare quanto le piaceva tenerlo per mano. Era un pensiero sciocco, ma sentire il suo pollice che le accarezzava avanti e indietro le nocche le aveva fatto venire la pelle d'oca sul braccio.

Le piaceva anche il rapporto stretto che aveva con gli amici. Lei aveva sempre sperato che l'uomo con cui usciva avesse i propri interessi, poi aveva visto quanto Shawn era stato appiccicato a Carly. All'inizio sembrava romantico, perché lui voleva sapere sempre dov'era e a che ora tornava a casa; ma poi aveva cominciato a diventare... insopportabile.

"Allora, è andata bene, vero?" le chiese Carly appena trovarono due minuti per parlare, tra un ordine e l'altro.

Kenna non riusciva a trattenere l'enorme sorriso che le illuminava il volto: "Sì, è andata bene."

"Ottimo. Mi piace vederti felice."

"Adesso però non saltiamo subito a conclusioni. Abbiamo solo parlato per una mezz'ora. Non è che abbiamo deciso di sposarci," chiarì Kenna con l'amica.

"Ma lo so, però davvero, sei radiosa," le disse Carly.

"È un tipo a posto. Cioè, so di non conoscerlo ancora molto bene, ma non ha esitato a scusarsi quando ha detto qualcosa di poco carino, ti dico, a me sembrava sincero."

Carly arricciò il naso e disse: "Non sono sicura sia un buon segno, se ha già fatto una *gaffe*."

"Lo so, ma preferisco uno sincero che uno che mi vende un sacco di fumo. Almeno è genuino, Carly, il che a me piace."

"Hai ragione," replicò l'amica, "Shawn ha fatto di tutto per sembrare perfetto, quando abbiamo cominciato a uscire insieme; gli ci sono voluti un paio di mesi prima di cominciare a crollare, comportandosi da scemo."

"Esatto," disse Kenna annuendo. "Cioè, non voglio stare con uno che faccia continuamente il cretino e che poi si scusi, ma non voglio nemmeno farmi abbindolare da uno che fa di tutto per dire ciò che *secondo lui* voglio sentirmi dire."

"Allora... che ti ha detto?" le chiese Carly.

Kenna sospirò: "Mi ha dato l'impressione di pensare che fare la cameriera non sia un lavoro 'vero'. Che sia un lavoro da fare in attesa di trovare una carriera vera."

Carly si chiuse nelle spalle: "Tantissimi la pensano in quel modo."

"Lo so. Solo che non me l'aspettavo."

"Quindi hai fatto in modo che si accorgesse di quanto era sbagliato il suo modo di pensare, vero?" le chiese Carly.

"Sì. Abbiamo parlato un poco del suo lavoro di SEAL, penso di avergli fatto capire anche alla svelta che era stato scortese. Gli ho anche detto che era uno snob," ammise Kenna.

"Ma dai, no?!"

Kenna alzò una spalla: "Invece sì, però a mia discolpa devo dire che un po' si stava comportando da snob."

Carly scrutò Kenna per un lungo momento.

"Che c'è?" le chiese Kenna.

"Sei tornata tutta sorridente e radiosa, come ti dicevo. Quindi ovviamente vi siete trovati bene."

"Infatti," confermò Kenna.

"Sono contenta per te," commentò Carly, "cioè, il fatto che voi due possiate avere una conversazione seria come quella e poi piacervi comunque... è un buon segno, Kenna. Dico davvero."

"Lo penso anch'io," ammise Kenna sottovoce.

Le due amiche si sorrisero a vicenda, ma furono interrotte da Justin che faceva capolino in cucina dicendo: "Carly, c'è qualcuno che vuole vederti."

"Qualcuno che vuole vedermi?" ripeté lei confusa, "cosa vogliono da me?"

"Non lo so," le disse Justin, "Vera mi ha solo detto di riferirti che c'è qualcuno per te. Non so altro. È qua davanti."

"Va bene, grazie," rispose Carly.

Justin sparì e Carly si voltò verso Kenna: "Dico davvero, amica mia, mi piace. È stato sempre gentile ed educato mentre servivo al suo tavolo, come tutti gli altri, del resto. Anche se adesso non ho molta voglia di uscire con qualcuno, devo ammettere che... se mi andasse farei volentieri a cambio."

"A te non interessa Marshall," le disse Kenna con un gran sorriso, "ma Jag, d'altra parte..." abbassò la voce.

Carly alzò una mano: "No no, per niente. Non se ne parla."

Kenna rise: "Va bene, va bene! Allora non dico più niente. Porto io da mangiare al tuo tavolo, così intanto puoi andare a vedere chi vuole parlare con te. Spero che sia un signore anziano con una mancia da un milione perché sei stata una cameriera meravigliosa."

"Se solo ti sentisse la provvidenza," disse Carly con un sorriso, "comunque grazie per l'aiuto."

"Quando vuoi." Kenna andò verso il bancone a cui erano appoggiati i piatti, sotto le lampade di calore che impedivano al cibo di raffreddarsi, controllò di prendere i piatti giusti, li mise su un vassoio e si avviò nella sala ristorante.

Dopo aver consegnato il cibo a una coppia molto gentile, Kenna sentì un certo trambusto dalla zona bar. Si voltò e vide Carly che parlava con un uomo.

Era il suo ex: Shawn Keyes.

Kenna aveva sentito numerose volte quanto era stato orribile con Carly. Quando avevano cominciato a uscire insieme, lei era contenta che un uomo più grande fosse interessato a lei. Per qualche mese, il loro rapporto era stato tutto rose e fiori, finché il lato ossessivo di Shawn non aveva cominciato a uscire fuori. Carly aveva cercato di giustificare quel comportamento aggressivo e molesto, ma alla fine era diventato troppo. Quando era arrivata al lavoro con un livido sul braccio, Kenna e le altre cameriere l'avevano convinta a mollare quel bastardo.

A quel punto doveva finire tutto; invece Shawn aveva deciso che non voleva mollarsi con Carly e aveva cominciato a mandarle email, a telefonarle, a mandarle messaggi senza sosta, scusandosi e cercando di convincerla a tornare con lui.

Carly aveva tenuto duro, aveva fatto di tutto per fargli capire che era finita... ma chissà perché lui non si faceva convincere.

Evidentemente era arrivato al punto di portare il suo tentativo di riconquista su un altro livello. Kenna non poteva sentire cosa si dicessero, ma Shawn era senz'altro troppo vicino a Carly. Lei era uno e sessantasette, lui un metro e ottanta e la sovrastava, ovviamente cercava di intimidirla.

Kenna non esitò un istante; era arrabbiata per la sua amica, determinata a far capire a Shawn una volta per tutte che il rapporto con Carly era finito, che doveva lasciarla in pace. Andò dritta dai due.

Quando si avvicinò, sentì Shawn che diceva: "Ti comporti da ragazzina viziata."

A quel punto Kenna non ci vide più e sbottò: "No, si comporta da donna adulta che non vuole sentirsi parlare così, come se fosse una ragazzina."

Shawn si voltò per lanciarle una brutta occhiata, ma Kenna si rifiutò di tirarsi indietro, anche se l'odio che vedeva in quegli occhi castani la intimoriva. Shawn si era tagliato i capelli corti dall'ultima volta che lo aveva visto, erano scuri, quasi a spazzola. Indossava un paio di jeans e una maglietta Polo, si confondeva senza alcun problema con gli abitanti del posto e i turisti. A prima vista, poteva sembrare un tipo del tutto innocuo; era sulla quarantina, ma si teneva in forma, non beveva né fumava (almeno secondo Carly) e aveva un impiego stabile e ben pagato, qualcosa a che fare con il governo.

Ma la follia che aveva negli occhi, il modo in cui strin-

geva i pugni, la smorfia sul viso... tutti segnali della sua vera
stoffa.

"Nessuno ti ha chiesto la tua opinione," sbottò Shawn,
"Fuori dalle palle."

"Non se ne parla, mi dispiace," rispose Kenna,
cercando di sembrare più coraggiosa di quanto si sentisse.
Erano in un ristorante aperto al pubblico, avevano molte
persone intorno. Shawn non poteva farle nulla, ne era
quasi sicura. "Carly ti ha detto che non vuole vederti mai
più. Devi fartene una ragione."

"Il nostro rapporto non ti riguarda, non sono affari
tuoi," ribatté Shawn, che poi le diede le spalle e allungò un
braccio per afferrare il bicipite di Carly dicendole: "Voglio
solo parlare, questo me lo devi."

Kenna digrignò i denti frustrata; era più alta di Carly,
ma non abbastanza forte da affrontare quel tipo. Poi
sapeva bene di essere sul posto di lavoro. Alani era un capo
fantastico, ma chissà se avrebbe accettato che una cameriera affrontasse e cacciasse a pedate quello stronzo, Kenna
non lo pensava. Per non parlare del fatto che Shawn
avrebbe finito per chiamare la polizia, accusandola di
molestie per farla arrestare, di questo Kenna era sicura al
cento per cento.

"Non abbiamo niente da dirci," gli rispose Carly, "è
finita."

"*Non è* finita," insisté Shawn. "Dopo tutto quello che ho
fatto per te, non posso credere che tu te ne voglia andar
via così. Quando abbiamo cominciato a uscire insieme, eri
una ragazzina ingenua. Io ti ho fatto diventare una *donna*.
Non puoi scartarmi in questo modo."

Kenna avrebbe voluto gridare. Shawn aveva sempre
sminuito l'amica, cercando di presentarsi come uomo navi-
gato; si era preso gioco dell'età di Carly, molto più giovane

di lui, praticamente dall'inizio. Sì, avevano venti anni di differenza, ma agli occhi di Kenna quella matura era proprio Carly e il comportamento di Shawn di quella sera lo dimostrava.

"Ma fammi il piacere. Non siamo usciti insieme per chissà quanto tempo, non mi hai fatta diventare un bel *niente*. Quindi posso scartarti e *voglio* scartati," ribatté Carly con coraggio, alzando il mento. Poi cercò di tirar via il braccio dalla presa di Shawn, che però la strinse più forte, tirandola più vicina, per poterle prendere anche l'altro braccio.

Poi la scosse fisicamente mentre le diceva: "Stupida puttana! Nessuna mi molla così!"

Kenna non ne poté più. Allungò le braccia verso Shawn e cercò di spingerlo via da Carly, ma lui la teneva troppo stretta, così incespicò e andò a sbattere contro una sedia, facendola cadere con un botto molto forte. "Lasciala andare!" gli ordinò Kenna.

"Vaffanculo!" le disse Shawn con un sussurro aggressivo, tornando a rivolgersi a Carly. La scosse di nuovo, ma più forte. Kenna vide la testa dell'amica rimbalzare avanti e indietro, mentre lei si dimenava tra le braccia di Shawn.

Kenna fece un passo verso di loro, nel disperato tentativo di aiutare l'amica, ma all'improvviso sentì un braccio avvolgerla all'altezza della vita e tirarla indietro, lontano da Shawn e Carly.

Lei lottò per un secondo, poi sentì una voce profonda che le diceva nell'orecchio: "Ci pensano Aleck e Jag."

Voltandosi, Kenna vide Mustang che la faceva allontanare da quel subbuglio. Midas era di fianco a lei, dalla postura si vedeva che era teso, sembrava pronto a proteggerla, nel caso Shawn si ritorcesse contro di lei.

Tornando a guardare in avanti, si accorse che nei pochi

secondi in cui aveva distolto l'attenzione dalla sua amica, Marshall e Jag avevano costretto Shawn a mollarla. Il braccio di Jag era intorno alle spalle di Carly, la scortava lontano dalla zona bar.

"Non abbiamo chiuso!" urlò Shawn a Carly, che se ne andava di fretta.

"Tu sì che hai chiuso," gli disse Marshall, che fece voltare Shawn torcendogli il braccio dietro la schiena e facendo leva verso l'alto, mettendolo in una posizione che sembrava davvero scomoda.

"Lasciami andare, stronzo!" gli gridò Shawn.

"No," gli rispose Marshall con calma. "Non prima dell'arrivo della polizia."

"La polizia! Ma non dire cagate!" gli disse Shawn, cercando di liberarsi dalla presa di Marshall, che invece lo teneva molto saldamente. "Non ho fatto niente. Cercavo solo di parlare con la mia ragazza."

"Non è la tua ragazza," ribatté Kenna, non riuscendo a trattenersi.

"Sì, invece sì," insisté Shawn.

"Comunque non vuol dir nulla," intervenne Marshall, "non si mettono le mani su una donna. *Mai.*"

"Non le stavo facendo del male," disse Shawn.

"Oh, quindi quei lividi sulle braccia che si stavano già formando non glieli hai fatti tu?" gli chiese Mustang. "La stavi scuotendo... forte."

"Vaffanculo!" ribatté Shawn.

"Proprio un'uscita da adulto," mormorò Kenna.

"La polizia sta arrivando," disse Paulo da dietro il bancone del bar.

Kenna annuì; sapeva che c'era un pulsante per le emergenze dietro al bancone del bar, serviva proprio per situazioni come quella, quando qualcuno perdeva il controllo.

Tra l'altro, per fortuna c'era una centrale di polizia proprio vicino al Duke's. Era successo altre volte in passato, la polizia era stata chiamata ed era intervenuta nel giro di pochi minuti.

"Lasciami andare, brutto bastardo!" urlò Shawn, riuscendo a strattonare abbastanza per liberare il braccio dalla presa di Marshall.

Mustang prese Kenna per il gomito e la invitò ad allontanarsi.

Midas aiutò Marshall a bloccare quel tipo ormai fuori di testa, che nel giro di qualche secondo si ritrovò a terra. Marshall gli teneva un ginocchio sulla schiena e gli costringeva le braccia, mentre Midas gli immobilizzava le gambe. Non sembravano fare molta pressione per controllare Shawn. Kenna fu decisamente impressionata.

"Adesso calmati, amico," gli disse Midas.

"Toglietevi di dosso!" gridò Shawn.

"Che effetto ti fa avere qualcuno più grande e grosso di te che ti maltratta?" gli chiese Marshall. "Uno schifo, non è vero? Come pensi si sentisse Carly?"

"Vaffanculo!"

"Ho l'impressione che tra voi sia finita, quindi lascia perdere, amico, con queste scenate non fai altro che renderti ridicolo, patetico, altro che *macho*."

"Ho detto di andare *affanculo*!" ripeté Shawn sempre agitandosi sotto i due SEAL.

Kenna avrebbe voluto alzare gli occhi al cielo.

Ormai notò che a quel punto tanti clienti avevano estratto il cellulare per filmare la scena, così trasalì. Ad Alani probabilmente non interessava molto, dato che il ristorante non aveva subito danni. Midas e Marshall avevano preso facilmente il controllo su Shawn, impedendogli di fare altro male a Carly, ma non era una gran bella pubblicità, una baruffa come quella nel ristorante.

Shawn continuava ad agitarsi invano, poi nel giro di cinque minuti arrivarono tre agenti di polizia, che annuirono a Marshall e Midas, prendendo in custodia uno Shawn imprecante, ormai fuori di testa.

Cercarono di parlare con lui, ma lui continuò a inveire contro tutti quelli che aveva attorno.

"Andate tutti affanculo! Non ho fatto niente di male! Stavo solo parlando con la mia ragazza e questi due bastardi mi sono saltati addosso senza un motivo. Dovreste arrestare *loro*, non me! Ma lo sapete chi sono? Conosco personalmente il governatore! Se non mi lasciate andare, vi farò licenziare tutti!"

Due poliziotti accompagnarono Shawn fuori dal bar, attraversando il ristorante. A quel punto, solo a quel punto, Kenna finalmente tirò un sospiro di sollievo.

Appena Shawn fu fuori dal locale, Marshall tornò indietro e mise le mani sulle spalle di Kenna, avvicinandosi a lei: "Stai bene?"

"Ma certo, e tu?"

Lui accennò un sorriso: "Certo."

"Non c'è niente da sorridere," lo riprese Kenna.

Lui si fece subito serio: "Hai ragione, scusami. Comunque, per la cronaca... bloccare quella testa bacata non è stato proprio difficile."

Kenna scosse la testa, ovvio che non era stato difficile, non per dei SEAL belli grossi come loro. Kenna fu d'un tratto molto contenta che Marshall e gli altri fossero presenti. "Devo andare da Carly per vedere come sta," gli disse.

"C'è Jag con lei; ma se non è molto propensa a denunciarlo, spero che tu la convinca a farlo."

"Oh, certo che lo denuncia," disse Kenna con molta convinzione.

"Se non lo denuncia lei, lo denuncio io," disse Alani avvicinandosi a loro. "L'ho visto che la scuoteva con forza, è inaccettabile. Grazie per il vostro aiuto," disse a Marshall.

"Non c'è di che."

"Scusi, ci serve la sua identità e la sua deposizione," disse il poliziotto vicino, "se per cortesia può rimanere per qualche minuto."

Marshall annuì.

Il poliziotto si rivolse a Kenna. "Anche lei, signora."

"Io rimango, ma dovrei tornare a lavorare, è un problema?"

"Niente affatto. La chiamiamo appena siamo pronti."

"Grazie."

Il poliziotto si mise a parlare con Midas e Kenna guardò Marshall scherzosa: "Alla faccia della seratina rilassante."

"Stai davvero bene? È stato un momento acceso," le disse in tutta risposta.

"Sto bene, Shawn non mi ha fatto niente."

"Non importa," insisté Marshall.

Kenna non poté trattenersi e si sciolse un po', per quell'attenzione, poi gli disse: "Sto davvero bene, però sono *molto* contenta che ci foste voi, non so bene che altro avrei potuto fare, per fargli mollare Carly."

"Anch'io son contento che eravamo qui," le disse Marshall, "il pensiero che quel bastardo se la prendesse con te mi darà gli incubi. Posso... no, non importa."

"Cosa?" gli chiese Kenna.

"Stavo solo per chiederti se posso abbracciarti," le disse Marshall un po' nervosamente.

Senza pensarci, Kenna si mosse in avanti, entrando nello spazio personale di Marshall, che nel giro di pochi secondi la avvolse con le braccia, mentre lei gli appoggiava il naso sul collo sospirando e accorgendosi per la prima volta di quanto si fosse tesa durante quel litigio.

Sentì Marshall respirare profondamente, le teneva il naso nei capelli.

Lei sorrise e si fece indietro, senza uscire dall'abbraccio, per chiedergli: "Mi hai appena annusata?"

"Sì," le disse lui senza imbarazzo, "sai di cocco e di frittura."

Kenna scoppiò a ridere. Non si sarebbe mai aspettata di tornare a ridere così presto, dopo un momento così intenso, invece cominciava a pensare che con quell'uomo tutto fosse possibile. "È così che funziona, se lavori in un ristorante," gli disse, "anche se il cocco in realtà è il mio shampoo."

"Mi piace," le disse Marshall semplicemente.

Si fissarono per un lungo momento, poi Kenna sentì Elodie che parlava col marito.

"Che bastardo, peccato che non gli hai potuto dare una bella sistemata!"

Kenna ridacchiò; approvava con tutto il cuore la sete di vendetta dell'altra donna. Quasi quasi sperava che Shawn si agitasse *di più*, così i ragazzi avrebbero usato più forza per tenerlo a bada.

"Devo davvero andare a sentire come sta Carly," disse Kenna, "poi devo andare a controllare i miei tavoli."

Marshall annuì, ma non la lasciò andare immediatamente.

"Marshall?" lo chiamò.

"Scusa. È solo che... so che noi due ci siamo appena incontrati e che forse è un po' presto persino per parlare di 'noi due', ma quando l'ho visto che afferrava Carly e che ti fissava, mi sono fiondato da te più veloce che potevo. Poi quando l'hai spintonato, ti giuro, sono invecchiato di dieci anni."

"Perché l'ho spintonato?" gli chiese Kenna confusa.

"No. Perché avevo paura di cosa poteva farti, di come poteva reagire," le spiegò Marshall.

Kenna si leccò le labbra e gli disse di getto: "A me farebbe piacere parlare di 'noi due'."

"Ottimo." Al che Marshall la lasciò andare lentamente abbassando le braccia e fece un passo indietro. "Vai a fare le tue cose."

"Non vai via subito, vero?" Kenna non poté trattenersi dal chiederglielo.

"No. Ci fermiamo per un po'. Devo parlare con la polizia, anche gli altri, di sicuro anche Elodie e Lexie vorranno aggiungere qualcosa. Rimango per un po' di tempo."

"Va bene. Ci vediamo tra poco."

Marshall annuì.

Fu più difficile del dovuto per Kenna tornare in cucina, dove aveva visto andare anche Jag con Carly. Si poteva ben dire che era senz'altro "presa" da Marshall. Solo il tempo avrebbe svelato dove poteva portarli quel rapporto, ma per la prima volta, dopo tanto tempo, Kenna di sicuro non vedeva l'ora di conoscere un uomo.

CAPITOLO CINQUE

ALECK GUARDÒ di sfuggita il suo orologio al polso, erano le dieci e quarantasette. In un certo senso, la serata era sembrata procedere in modo estremamente lento, anche se in realtà era al ristorante da meno di quattro ore, una serata molto emozionante, con alti e bassi come sulle montagne russe. Attesa, eccitazione, contentezza, confusione, orrore, sollievo... tutte queste emozioni e anche di più, nel giro di quattro ore.

Doveva concederlo a Kenna: sembrava essere tornata molto rapidamente alla normalità, dopo quanto era successo. Del resto, probabilmente doveva tornare a sorridere e scherzare con i clienti, seguire i tavoli, comportarsi da professionista, qual era.

Guardandola, Aleck capì di nuovo quanto era stato prevenuto. Lui si era chiesto *davvero* se i genitori di Kenna avevano accettato la sua scelta di fare "solo" la cameriera. Solo quando lei gli aveva fatto notare che domanda scortese fosse, pur senza dirlo con quelle precise parole, lui aveva capito che cavolata aveva detto.

Per fortuna gli sembrava che Kenna lo avesse perdonato. Era pazzesco, quanto si sentiva sollevato. L'aveva incontrata solo... quel giorno? Era davvero passato meno di un giorno? Era successo tutto quella stessa mattina, quando lei gli era saltata addosso, in acqua. Kenna aveva un carattere molto coinvolgente, tra loro si era creata una chimica tale che sembrava quasi si conoscessero da moltissimo tempo.

A lui aveva fatto un'ottima impressione anche il modo in cui Kenna aveva gestito quel bastardo di Shawn. Aleck non si era accorto di quanto stava succedendo se non quando Jag gli aveva detto qualcosa alzandosi in piedi. Quando aveva visto Kenna che cercava di staccare le mani di Shawn dall'amica (poi lo aveva anche spinto), gli era venuto quasi un infarto.

Era chiaro che Shawn non aveva preso molto bene l'intervento di Kenna; da come la guardava, sembrava pronto a spintonarla indietro, in tutta risposta. Nella mente di Aleck erano passati tutti i possibili risvolti, mentre accorreva nella zona del bar.

"Ehi."

Una parola, ad Aleck bastò una parola per risvegliarsi dai propri pensieri e concentrarsi su di lei.

Lui e Jag stavano aspettando Carly e Kenna davanti al ristorante. Midas e Mustang avevano portato a casa le rispettive compagne qualche minuto prima.

"Ehi," le rispose Aleck, guardando Kenna con attenzione: sembrava tutto a posto. Era stanca, ma non spaventata. Un bel sollievo.

"Grazie a entrambi per averci aspettate, dobbiamo andare alla mia macchina," disse Kenna.

"Potessi morire se vi lascio andare da sole in un parcheggio al buio, dopo quanto è successo," commentò Aleck, era sincero.

Kenna strinse gli occhi e gli chiese: "Lascio?"

Aleck sospirò.

"Voi due dovrete parlare, noi andiamo alla macchina," disse Carly con un sorriso stanco.

Anche Carly sembrava star bene, il che testimoniava quanto fosse forte; si avviò verso la strada di fianco a Jag, che era rimasto stranamente in silenzio, dopo aver controllato che Carly stesse bene. Jag non era un chiacchierone, ma nell'ultima ora circa aveva parlato anche meno del solito.

"Immagino di essermi espresso male..." iniziò Aleck.

"Ma non è così, vero?" gli chiese Kenna.

"No," le rispose. "Senti, non sto dicendo che tu non sia perfettamente in grado di prenderti cura di te stessa, ma rimane il fatto che sono più forte di te, come anche quel bastardo di Shawn. È il tipico bullo, si tira indietro quando deve affrontare qualcuno grosso come lui, qualcuno più forte, ma non ha problema a maltrattare te o Carly. So bene che ci siamo appena incontrati e che ti sei arrangiata negli ultimi anni, ma quando ho visto quel bastardo che ti guardava in quel modo, ho pensato solo a fare in modo che non ti facesse nulla.

"Io non sono quel tipo di persona che si gira dall'altra parte, se qualcuno ha bisogno di aiuto. Quindi sì, non avevo intenzione di *lasciarvi* andare da sole in un parcheggio al buio, quando non sappiamo dov'è quel bastardo."

"Probabilmente sarà ancora alla centrale di polizia," gli disse Kenna.

"Forse. O forse no." Aleck abbassò la voce. "Guarda che non sto cercando di controllarti. Te lo giuro."

Kenna lo squadrò per un momento, poi annuì. "Lo so, scusami. Non sto ragionando. In realtà sono grata a te e ai tuoi amici per essere intervenuti. Paulo o Justin di solito mi accompagnano alla macchina, dopo il lavoro, ma averti qui è..."

Aleck alzò un sopracciglio, dato che Kenna non terminava il suo pensiero. "È?" le chiese.

"Bello."

"Dai, andiamo," le disse facendo un gesto di fronte a sé, "sarai sicuramente esausta."

Kenna gli sorrise appena e annuì: "Sì."

Camminarono fianco a fianco fino alla strada, dove svoltarono a destra. Davanti a loro c'erano Carly e Jag, si vedevano anche altre persone passeggiare sul marciapiede, nonostante l'ora tarda.

Rimasero in un piacevole silenzio, senza imbarazzo, ma alla fine Kenna gli disse: "Stasera è stata... interessante."

Aleck fece un sorrisetto: "Ottimo modo di descriverla."

Anche Kenna sorrise: "Io..." poi si fermò, infine mormorò: "Cacchio."

"Cosa c'è?"

"Spero che, dopo tutto quello che è successo, avrai ancora voglia di chiacchierare?"

Aleck la guardò negli occhi, rassicurandola: "Chiacchierare? Ma certo. Sei la persona più interessante che abbia incontrato da moltissimo tempo, Kenna. Ma certo che voglio 'chiacchierare' con te."

"Ottimo. Anch'io."

Senza pensarci, Aleck la prese per mano. Quando le loro dita si intrecciarono, lei non si sottrasse. Molto prima di quanto lui avrebbe voluto, arrivarono all'edificio del parcheggio, entrarono nell'ascensore insieme a Carly e Jag e raggiunsero il piano a cui Kenna aveva lasciato l'auto.

Kenna gli fece strada verso una Chevy Malibu marrone, che aveva visto tempi migliori. Aleck immaginò di non dover tentare troppo la fortuna, quindi non fece alcun commento sull'aspetto malandato di quel veicolo.

Come se potesse leggergli nella mente, Kenna gli disse: "Sembra peggio di quanto non sia. Il mio meccanico è molto bravo e la tiene in forma. Tra l'altro, così a nessuno viene voglia di rubarla."

"Di sicuro," borbottò Jag.

Kenna si limitò a una risata.

"Grazie per l'aiuto di questa sera," disse Carly, che parlava per la prima volta da quando avevano preso l'ascensore tutti e quattro.

"È stato un piacere," rispose Jag.

"Ma certo," aggiunse Aleck.

"Domattina, per prima cosa, vai a fare richiesta per un'ordinanza restrittiva," le ricordò Jag.

"Lo farò."

"Mi farebbe piacere se mi tenessi aggiornato," le disse Jag.

Carly non sembrava convinta. Poi, anche se Aleck e Kenna erano in piedi lì vicino, sbottò: "Non sto cercando un altro compagno."

Jag ebbe il merito di non fare una piega: "Che ne dici di un amico?"

L'espressione sul volto di Carly sprizzava scetticismo da tutti i pori. Si voltò verso Aleck e gli chiese: "Ha mai avuto una donna come amica, prima d'ora?"

Aleck si sentì subito a disagio; non voleva rovinare tutto all'amico, però no, Jag non aveva mai avuto una donna come amica, per quanto ne sapesse lui. Diamine, non aveva mai avuto amici, punto, se non i compagni di squadra.

A guardarlo da fuori, Jag sembrava amichevole, alla

mano, ma era senz'altro l'uomo più intenso (e letale) tra tutti quelli della squadra.

"Ecco, appunto, come immaginavo," disse Carly, dato che Aleck ci metteva troppo a rispondere.

"Se Jag dice che gli va bene essere tuo amico, ti puoi fidare ciecamente," le disse rapidamente.

"Penso anche che stasera ti abbia dimostrato che puoi contare su di lui," intervenne Kenna.

"D'accordo," sospirò Carly, "ma al minimo segno che vuoi andare oltre, chiudiamo tutto," lo avvertì.

"Grazie, non te ne pentirai," le rispose Jag.

Kenna si lasciò sfuggire una risatina.

"Che c'è?" le chiese Carly.

"Non avrei mai pensato di vederti un giorno avvertire qualcuno di non attaccarsi troppo a te," le disse Kenna.

Carly divenne paonazza: "Non dicevo in quel senso."

"Lo so," le disse Jag. "Andiamo, è ora che torni a casa." Lanciò un'occhiata ad Aleck, poi riportò l'attenzione su Carly: "Avrai voglia di rilassarti, è stata una serata difficile."

Aleck annuì all'amico e accompagnò Kenna dal lato di guida della sua macchina, poi le strinse la mano e voltò le spalle a Carly e Jag. "Sei sicura di star bene?" le chiese.

"Sto bene," lo rassicurò lei, "non sono io quella che Shawn ha preso di mira stasera."

"Beh, almeno non all'inizio," le disse Aleck un po' ironicamente.

"Sì, non è stato molto contento del mio intervento, vero?"

"No di certo, ma del resto non mi sembra un tipo contento se una donna mostra un minimo tratto di indipendenza, in generale."

Sentirono la portiera dall'altra parte della macchina chiudersi, Aleck si voltò e vide Jag che gli faceva un cenno con il mento e tornava verso gli ascensori. Erano venuti dalla base in macchina insieme, Aleck immaginò che Jag lo aspettasse fuori, sul marciapiede.

Incapace di trattenersi, Alzò la mano libera e ne passò il dorso sulla guancia di Kenna. Sentì il cuore accelerare quando lei inclinò la testa appoggiandosi a quel contatto.

"Quando posso rivederti?" le chiese.

"Non ne sono sicura, domani vado con Carly per inoltrare la domanda per un'ordinanza restrittiva, poi domani sera lavoro. Anche questo fine settimana ho un po' di faccende da sbrigare. Tu che orari hai?"

"In genere lavoro dalle otto alle cinque," le disse Aleck, "la mattina faccio allenamento con gli altri della squadra, a volte facciamo delle esercitazioni, come quella di stamattina. Se ci sono urgenze, ogni tanto facciamo delle riunioni all'ultimo minuto."

Kenna si accigliò: "Quando faccio il turno di sera devo arrivare verso le quattro, ormai il turno di sera è quello che faccio quasi sempre."

"Troveremo il modo," le disse Aleck, "se pensi che un dettaglio come i nostri orari di lavoro mi impedirà di conoscerti meglio... ti sbagli."

Lei gli sorrise. "Io la domenica sono libera, ormai lavoro al Duke's da molto tempo, ho potuto chiedere la domenica libera."

"Anch'io," le disse Aleck, restituendole il sorriso. "A meno che non sia in missione."

"Sei via spesso?" gli chiese Kenna.

Aleck fece spallucce: "Abbastanza."

"Ecco. Allora, ehm, ti va di fare qualcosa domenica?" gli chiese. "Non questa, perché ho delle altre faccende e vorrei vedermi con Carly, per assicurarmi che stia bene, ma la domenica dopo?"

"Sì," le disse Aleck senza pensarci un attimo.

"Bene."

"Sì, bene. Nel frattempo, ti dispiace se ci sentiamo? So che la sera lavori, magari potrei chiamarti quando faccio pausa pranzo... se per te va bene."

"Ottima idea. Per caso ti piace mandare SMS? A me sì, devo ammetterlo," gli disse.

"Ho la sensazione di essere appena diventato un appassionato," le rispose con un altro sorriso.

"Però tu ignorami, se diventa troppo," gli disse.

"Impossibile."

"Le ultime parole famose," commentò Kenna ridacchiando.

"Ma no. Se mi mandi un SMS significa che mi stai pensando e che volevi farti sentire, condividere qualcosa. Come può essere troppo, sapere che ti fai sentire perché mi pensavi?"

Lei arrossì: "Beh, se la metti così..."

"Sono uscito con altre donne," esordì Aleck, che poi si sbrigò a spiegare vedendola farsi seria. "Alcune volevano stare con me solo perché sono un SEAL, altre speravano di sposarmi e di sistemarsi... perché diciamocelo, la carriera militare offre comunque una serie di vantaggi. Alcune cercavano solo di divertirsi, oppure stavano con me per un altro motivo... di cui magari parleremo in un altro momento. Ma nessuna mi ha mai fatto sentire così, come mi sento con te, dopo solo un giorno."

Aleck si accorse di essere diventato un po' sentimentale, non era quello il suo atteggiamento normale. Lui era il furbastro, il sapientone scherzoso. Ma intorno a Kenna non si sentiva più a suo agio in quei panni.

"Mi piaci, Kenna Madigan. Magari a volte non riuscirò a rispondere subito ai messaggi, se sono in riunione o se sono impegnato, ma sappi che vedere comparire un tuo messaggio sullo schermo del telefonino mi farà sempre sorridere, mi farà *sempre* piacere sentirti."

Lei lo fissò per un momento, poi gli chiese: "Un altro motivo? Dovrei preoccuparmi?"

"Di tutto il mio discorso, è su questo che ti sei fissata?" le chiese con una risatina.

"Eh, ma sai, ho imparato ad ascoltare i minimi dettagli. Di solito sono la parte più importante del discorso."

"No, non hai niente di cui preoccuparti. Niente affatto." Aleck guardò l'orologio al polso e le disse: "Ci conosciamo da tre secondi e mezzo e abbiamo già affrontato una bella quota di tragedie. Possiamo risparmiarci qualche sorpresina per un altro momento."

"Mi sembra giusto," gli rispose Kenna, "anch'io sono uscita con abbastanza uomini; molti cercavano solo di fare sesso, o pensavano di apprezzarmi finché poi non mi hanno conosciuta. O magari si aspettavano che... dipendessi più da loro. Io sono una donna indipendente e mi piace rimanerlo. Sono una donna estroversa, mi piace conoscere persone nuove. È il mio lavoro, come sai, non ho intenzione di mollarlo per diventare una mamma casalinga. Non che ci sia qualcosa di male nel fare la casalinga, ma non fa per me. Cioè, parlo del rimanere a casa, non della maternità."

"Vuoi avere figli?" sbottò Aleck.

Kenna alzò una spalla: "Certo. Un giorno."

Per una frazione di secondo, Aleck non riuscì a togliersi dalla mente l'immagine di Kenna incinta. Una follia più folle di ogni *altra* follia della sera. Eppure...

"Marshall?" lo chiamò.

"Sì?"

"Per favore, non diventarmi un maniaco."

Al che lui scoppiò a ridere: "Non sono un maniaco."

"Garantito?"

"Garantito."

"Anche se per caso tra noi non funzionasse, non mi diventerai... ossessivo... giusto?"

"Se intendi dire ossessivo come è stato Shawn stasera, no. Non ho alcuna intenzione di mettermi a rincorrere una donna, se il nostro rapporto non funziona, specialmente se quella donna non mi vuole. Anche se dovessi innamorarmi pazzamente di te, ma tu non ricambiassi i miei sentimenti, ti giuro che non diventerei... ossessivo... se decidi di mollarmi."

Kenna annuì. "Va bene." Poi guardò dietro di lui, nella macchina, per poi tornare a guardarlo negli occhi: "Dovrei andare. Devo portare Carly a casa."

"Sì."

Nessuno dei due si mosse.

Aleck avrebbe voluto abbassarsi e baciare la donna intrigante che aveva davanti, ma sapeva che era troppo presto. Così si accontentò di stringerle la mano. "Guida con prudenza. Sarebbe troppo chiederti di farmi sapere quando arrivi a casa?"

"Solo se tu farai altrettanto," gli rispose Kenna.

"D'accordo." Che strano, nessuna gli aveva mai chiesto di farle sapere quando arrivava a casa sano e salvo. Magari perché lui era un uomo, magari perché era un SEAL. Ma Aleck non poteva negare che quell'attenzione gli piaceva.

Si sforzò di lasciarle andare la mano e afferrò la maniglia della portiera, gliela aprì e quando lei si fu seduta si abbassò. "Signore, statemi bene. Carly, son contento che tu stia bene. Per la cronaca... sarai *sempre* sicura al cento per cento, con Jag. Lui è un tipo a posto."

"Però non voglio che si faccia un'idea sbagliata," gli rispose Carly tranquillamente.

"Seguirà le tue esigenze," la rassicurò Aleck. Ne era certo, ma sapeva anche che nulla gli avrebbe impedito di provare a farle cambiare idea, sull'essere solo amici. Il suo amico quella sera non riusciva a staccare gli occhi di dosso a Carly, tanto che avevano capito tutti che gli interessava.

Meno male che Jag aveva portato via Carly, tenendola al sicuro, perché se si fosse fermato ad affrontare Shawn lo scontro sarebbe diventato violento. Su questo, Aleck non aveva dubbi.

"Grazie per averci accompagnate alla macchina," gli disse Kenna.

"È stato un piacere. Ci sentiamo."

Kenna annuì, poi Aleck dovette di nuovo sforzarsi di non abbassarsi per non baciarla sulla bocca. Chiuse la portiera e si mise le mani in tasca, fece un cenno col mento alle donne nella macchina e si diresse verso l'ascensore.

Cavolo: era perso.

L'aveva visto succedere a Mustang, poi a Midas. Si stava comportando esattamente come si erano comportati loro, quando avevano incontrato rispettivamente Elodie e Lexie. Solo che invece di sentirsi sopraffatto, spaventato, era pieno di gioia.

Difficile da credere, ma solo ventiquattr'ore prima lui non sapeva nemmeno che Kenna esistesse. Gli sembrava che l'intera traiettoria della sua vita fosse cambiata, dopo averla incontrata. Era pazzesco, lui lo sapeva, ma non gli interessava.

Forse il rapporto con Kenna non avrebbe funzionato, avevano ancora tantissimo da scoprire l'uno sull'altra, ma Aleck aveva la sensazione di aver trovato la donna giusta... una sensazione che gli piaceva al cento per cento.

Salutò Jag con un ampio sorriso, poi si incamminarono insieme verso l'altro parcheggio, dove Aleck aveva lasciato la sua Jeep. Nessuno dei due parlò, entrambi persi nei loro pensieri. Quella sera aveva cambiato le cose per entrambi, c'era molto da elaborare.

CAPITOLO SEI

UNA SETTIMANA.

Tanto era passato da quando Kenna aveva visto Marshall; era molto emozionata al pensiero di trovarsi con lui quel mattino, più tardi.

Anche se non si erano visti, avevano parlato ogni giorno. Lei gli aveva scritto quando era tornata a casa da quel famigerato turno di lavoro, lui le aveva risposto nel giro di dieci minuti, per farle sapere che anche lui era arrivato a casa. Anche se era notte fonda, si erano scambiati messaggi per un'altra mezz'oretta, prima che lei andasse a dormire.

Quando si era svegliata, il mattino dopo, Marshall le aveva già inviato un messaggio di buongiorno.

Lei era stata sincera, le piaceva molto mandare messaggi, le piaceva usare gli *emoji* e lui non era sembrato ancora stanco dei molti messaggi che lei gli mandava. Kenna ripensò a quanto le aveva detto al parcheggio, dove lui aveva ammesso che gli piaceva il pensiero di ricevere messaggini da lei, perché significava che lei pensava a lui.

Non si sbagliava.

Ma del resto Kenna si ritrovava a pensare a Marshall continuamente. Era intrigata da lui. Al Duke's erano passati tanti militari, uomini e donne, ma c'era qualcosa in Marshall, come anche nei suoi amici, qualcosa di diverso. Erano più intensi. Probabilmente perché erano SEAL della marina, ma lei non credeva che quella fosse l'unica ragione.

Erano senz'altro protettivi... la prova era la velocità con cui Mustang le si era avvicinato per farla allontanare da Shawn, o la rapidità con cui Jag aveva raggiunto Carly, liberandola dalla presa di Shawn, o anche la facilità con cui Marshall e Midas avevano immobilizzato Shawn. Ma c'era dell'altro.

Erano brave persone. Kenna ci avrebbe messo la mano sul fuoco, ed era piuttosto abile a leggere il carattere delle persone. Era un talento che aveva affinato in anni di servizio ai tavoli, ormai riusciva a capire al volo i clienti, le bastava una sola occhiata. Capiva chi fossero i turisti, chi probabilmente avrebbe lasciato le mance peggiori, persino i clienti che le avrebbero rotto le scatole. Raramente si sbagliava.

Marshall avrebbe potuto brontolare perché lei aveva interrotto l'esercitazione, avrebbe potuto alzare la voce, dirle di togliersi dalle scatole. Avrebbe potuto prendersela, perché era venuto al Duke's aspettandosi un appuntamento, quando invece lei doveva lavorare. Poteva anche non voler avere più nulla a che vedere con lei e con Carly, dopo quanto successo, trovando l'intera situazione semplicemente troppo melodrammatica per i suoi gusti. Invece non era andata così.

Carly sapeva bene quanto gli uomini fossero bravi a nascondere le loro follie agli altri. Diamine, i serial killer non indossano certo un cartello per avvertire le potenziali vittime, facendole scappare. Kenna aveva visto abbastanza programmi televisivi a sfondo criminale per sapere che tantissime delle persone vicine ai serial killer ne parlavano con naturalezza come "persone normali".

Certo, Marshall poteva anche non essere perfetto, ma di sicuro era l'uomo più interessante che lei avesse mai incontrato da tantissimo tempo. Chissà per quale pazzo motivo, sembrava interessato a lei. Non che Kenna non si ritenesse una persona interessante, sapeva di poter piacere, ma ultimamente la sua vita sentimentale era andata alquanto maluccio, quindi era bello (molto bello) sapere che Marshall era così interessato.

Era molto emozionata, doveva incontrarlo vicino alla base della marina, le avrebbe fatto fare un giro. Non avevano molto tempo, perché era venerdì e lei poi doveva andare a lavorare, ma lui aveva chiesto un permesso al comandante, che gli aveva concesso qualche ora libera.

Marshall si era offerto di venirla a prendere in città, per poi tornare insieme alla base, ma lei aveva preferito declinare quell'invito. Anche se era interessata, non era pronta a fargli vedere dove viveva. Non era una mossa furba rivelare il proprio indirizzo, per quanto Marshall sembrasse un uomo meraviglioso, per quanto Kenna con lui si sentisse al sicuro.

Sentì il telefono vibrare per l'arrivo di un SMS, guardò lo schermo e sorrise, leggendo il messaggio di Marshall.

Marshall: Non vedo l'ora di incontrarti, oggi. Sembra passato un mese dall'ultima volta.

Kenna: Anche a me (per favore, dimmi che sarai in uniforme! Gnam!) comunque sembra lo stesso anche a me.

Marshall: Indosso la mimetica, niente di che.

. . .

Kenna alzò gli occhi al cielo. Uomini. Non hanno idea di quanto piacciano alle donne, quando indossano l'uniforme. Era inspiegabile, almeno secondo lei. Inspiegabile. Non stava nella pelle per vedere Marshall in uniforme. Era già bello fico con i jeans e la maglietta nera. Ma con la mimetica? Mozzafiato.

Marshall: Ti sei mangiata la lingua?

Kenna: Cercavo solo di non sbavare sul cellulare, pensandoti in uniforme. Per caso sarebbe possibile vederti con l'uniforme bianca, un giorno?

Marshall: Sono sicuro che si possa organizzare. ;)

Cacchio, aveva appena usato la faccina con l'occhiolino? Kenna non riusciva a smettere di sorridere.

Kenna: Sei sicuro di avere tempo per farmi fare un giro, oggi?

Marshall: Ma certo, niente potrebbe costringermi ad annullare il nostro appuntamento di oggi, nemmeno se scoppiasse la terza guerra mondiale.

Kenna: Allora è un appuntamento?

Marshall: Sì.

Una parola. Kenna poteva quasi sentire l'enfasi di quella risposta.

. . .

Kenna: Ottimo. Allora ci vediamo nel parcheggio del Memoriale di Pearl Harbor tra un'ora?

Marshall: Posso sempre venirti a prendere, se vuoi.

Kenna: Lo so, ti ringrazio, ma... anche se abbiamo parlato tanto questa settimana e anche se mi piaci, non me la sento ancora di farti venire al mio indirizzo. Scusami.

Marshall: Non c'è niente di cui scusarti. Neanch'io me la sento di farti venire al mio indirizzo.

Kenna non era sicura se fosse o meno una battuta. A volte era difficile capire bene il tono, da un messaggino scritto. Dato che non aveva usato alcuna faccina sorridente per aiutarla a capire, pensò di cambiare argomento.

Kenna: Vieni con una Jeep gialla, giusto?

Marshall: Sì. Ti mando un messaggio quando sto per arrivare. Non vorrei che il mio appuntamento mi fosse soffiato sotto il naso dal primo che passa con una Jeep gialla.

Kenna gli mandò un *emoji* con gli occhi alzati.

Kenna: Non so se devi preoccuparti per questo.

Marshall: Peggio per loro. Ora devo andare, ci vediamo tra un'ora. Guida con calma.

Kenna: Va bene. A dopo.

Marshall: A dopo.

· · ·

Kenna si accomodò sul divano, non riusciva a non sorridere. Uno degli aspetti che le piaceva di più di Marshall era quanto riusciva a farla ridere. La rendeva semplicemente felice, la faceva stare molto bene.

Si era anche dimostrato molto bravo ad ascoltare. Una sera lei era tornata a casa dal lavoro dopo un turno particolarmente difficile, con un tavolo pieno di clienti scemi; gli aveva mandato un messaggino veloce per dirgli quanto era stanca e per augurargli la buona notte. Lui le aveva risposto immediatamente, chiedendole se poteva chiamarla.

Alla fine avevano chiacchierato per un'ora. Kenna gli aveva parlato molto dei lati più frustranti del lavoro, dei tanti modi in cui i clienti si comportavano da scemi con lei. Lui non aveva cercato di tagliar corto, non aveva fatto battute. Aveva solo ascoltato. Poi le aveva raccontato alcune delle proprie esperienze peggiori, con le persone.

Così si era sentita ancora più vicina a lui.

Ma quando parlavano o nei messaggi erano per lo più spensierati e leggeri, tanto che lei sorrideva spesso, proprio come in quel momento.

Sapendo di doversi preparare per avviarsi, Kenna mise da parte il telefonino e si alzò. Si preparò un panino con il formaggio grigliato, poi si cambiò. Lei e Marshall non avevano parlato del pranzo, forse lui non avrebbe avuto tempo per mangiare insieme. Lei voleva vedere il più possibile la base, tutto ciò che lui poteva mostrarle. Un conto era avventurarsi su alcune spiagge private ed esclusive, ma visitare la base della marina senza scorta o senza un permesso valido rilasciato dagli uffici competenti era impossibile. Lei non voleva certo essere arrestata, in fondo.

———

Dopo un'ora, Kenna scendeva dalla sua Malibu mentre una Jeep giallo chiaro accostava vicino a lei. Marshall le aveva inviato un SMS pochi minuti prima, come aveva promesso, un altro punto che lei apprezzava... quando lui si impegnava a fare qualcosa, lo faceva.

"Ciao," gli disse uscendo dalla macchina.

Lei pensava che Marshall rimanesse sulla Jeep, mentre lei ci saliva, invece lui uscì per accoglierla. Lei rimase senza fiato, quando lui le sfiorò la guancia con le labbra, per salutarla.

"Ciao. Stai benissimo."

Kenna non si aspettava il bacio, ma le sembrò naturale. Lui fece subito un passo indietro per non starle troppo addosso, per non farla sentire a disagio. Quel giorno si era davvero impegnata per farsi bella. La prima volta che si erano incontrati, lei era mezza nuda, indossava solo reggiseno sportivo e pantaloncini corti; la seconda volta era in uniforme da cameriera, pantaloncini color cachi e maglia del Duke's. Invece quel giorno si era messa dei jeans corti e una maglia con scollo a V che lasciava intravedere un po' di scollatura. Una bella vista, ovviamente. Di solito, quando non lavorava o non andava a correre, lei era sempre con le infradito ai piedi, ma siccome non era sicura di quanto avrebbero camminato si era messa le scarpe da ginnastica. Aveva lasciato i capelli sciolti, ma teneva in borsetta un bell'elastico per farsi la coda di cavallo, nel caso facesse troppo caldo.

Tutto sommato, Kenna era molto soddisfatta di come si era preparata ed era felice che Marshall lo notasse.

"Grazie," gli disse, lisciandosi una ciocca di capelli dietro l'orecchio. "Anche tu." Era sincera. Marshall indossava l'uniforme mimetica della marina, era affascinante, proprio come lei si era immaginata. I capelli scuri erano un po' in disordine, si era fatto la barba quel mattino. Lei non sapeva bene se le piaceva di più col viso pulito e rasato, o con la leggera ricrescita del tardo pomeriggio. Poi se lo immaginò con la barba più lunga, però curata, non lunga e in disordine.

"A cosa stai pensando, tanto intensamente?" le chiese Marshall.

Kenna si accorse che stava arrossendo: "Ehm... la verità?"

"Sempre."

"Stavo cercando di immaginarti con la barba lunga."

Marshall le fece un gran sorriso e si mise la mano in tasca, da cui tirò fuori il cellulare. Poi toccò lo schermo varie volte, prima di passarglielo con un'espressione radiosa.

Kenna lo prese e guardò lo schermo. "Porca paletta," gli disse sottovoce. Stava osservando una fotografia di Marshall coi suoi compagni di squadra, tutti in uniforme completa, con tanto di giubbotto e attrezzature varie, mimetica, elmetto, giubbotto antiproiettile e un'infinità di accessori attaccati a braccia, gambe e torace. Ognuno di loro impugnava un fucile.

Ma l'attenzione di Kenna fu presa soprattutto dal fatto che avevano tutti barba e baffi.

"Eravamo in missione da un po'," le spiegò Marshall, "non avevamo mai tempo di raderci, del resto non era nemmeno importante. Quando finalmente siamo riusciti a tornare alla base, uno dei nostri amici ci ha scattato questa foto."

Kenna si avvicinò il telefono; Marshall sembrava stanco, nella foto, ma era innegabile: era anche molto *fico* con la barba e con tutto l'equipaggiamento della missione. Gli restituì il telefono: "Mi piaci con la barba, ma penso che tu stia meglio con la faccia bella pulita e rasata."

"Sono d'accordo," le rispose subito, "a dire il vero, la barba mi ricorda troppe cose che ho visto e che ho fatto mentre ero in missione."

"Me lo immagino. Non te l'ho detto prima, ma grazie per il tuo servizio, per tutto ciò che fai."

Marshall annuì e si rimise in tasca il cellulare. "Sei pronta?"

"Sì."

"Però devo avvertirti," le disse mentre camminava intorno alla Jeep, "non so quanto sarà davvero divertente questo giro."

"Non sono mai stata in una base militare, quindi per me è già troppo forte così."

Marshall le sorrise, mentre le apriva lo sportello del passeggero.

Kenna salì e fu sorpresa quando Marshall le allungò la cintura di sicurezza. Se la allacciò mentre lui le chiudeva lo sportello. Poi Marshall girò dall'altra parte e salì sul lato di guida.

"Ora dovresti prendere un documento, dovrò esibirlo quando passiamo l'ingresso della base."

Kenna rovistò nella borsetta e tirò fuori la patente.

"Pensavo di partire facendoti vedere la Joint Base Pearl Harbor-Hickam, poi andiamo a Ford Island. Voglio mostrarti uno dei miei posti preferiti."

"Fantastico," gli rispose Kenna, che non aveva pensato troppo a quanto avrebbero fatto alla base, anche perché era troppo entusiasta di rivedere Marshall e di passare del tempo con lui.

L'ingresso nella base andò liscio come l'olio, poi Marshall cominciò a portarla in giro. Prima le fece vedere un settore di alloggi, lei fu impressionata dalla pulizia che regnava tutt'intorno.

"Tu vivi alla base?" gli chiese.

"No."

Lei si aspettava qualche spiegazione, che però non arrivò, quindi gli chiese: "È perché sei single?"

"Non proprio. Cioè, è vero che i militari non sposati non vivono qui, queste sono case più grandi e sono riservate alle famiglie. Ma io preferisco vivere fuori dalla base. Mi dà come l'impressione di avere una vita." Ridacchiò. "So che non è il massimo, come spiegazione, mi dispiace."

"No, anzi, ti capisco. Immagino sarebbe la stessa cosa se io vivessi all'hotel Outrigger attaccato al Duke's. Mi sembrerebbe troppo di essere al lavoro ogni secondo di ogni giorno."

"Esatto," confermò Marshall con un sorrisetto. "Allora... tu dove vivi?"

Non era certo una domanda discreta, ma lei gliela fece passare: "In un piccolo condominio non lontano da Waikiki. È dall'altra parte del canale di Ala Wai, ma abbastanza vicino, così posso andare a lavorare senza dover usare la superstrada. Prima che ti entusiasmi troppo, è solo un palazzo a due piani e... no, dal mio appartamento non si vede l'oceano."

"Non pensavo di chiedertelo," le disse.

"Di solito è la prima cosa che mi chiedono, quando parlo di casa mia. 'Vivi alle Hawaii? Vedi l'oceano dal tuo appartamento?' Come se tutti quelli che vivono qui avessero una perfetta vista sull'oceano." Alzò gli occhi al cielo. "Ma il padrone di casa è un grande, i vicini sono tutti a posto."

"Ottimo," commentò Marshall.

Kenna trovò un po' strano che lui lasciasse cadere così

l'argomento, probabilmente si era ricordato quanto era stata attenta a non dire troppo su dove vivesse. Anche se ormai era diventata una prudenza sciocca. All'improvviso pensò che sarebbe stato meglio lasciarsi venire a prendere, avrebbero avuto più tempo da passare insieme.

Passarono vicino a un campo di addestramento per unità cinofile, poi a una scuola elementare. Marshall le mostrò lo spaccio militare e il BX, il punto di scambio della base... in pratica era un negozio squadrato che vendeva di tutto, dagli snack ai vestiti, fino agli attrezzi. Proseguirono nella base e Marshall le indicò l'edificio in cui lavorava. Si scusò perché non poteva portarla sulle navi ancorate nel porto, ma del resto Kenna era già affascinata anche solo guardandole.

"La base non è grande quanto me l'immaginavo," gli disse.

"Beh, la marina non ha bisogno di basi enormi, come l'esercito," le spiegò Marshall, "il nostro campo da gioco, per così dire, è l'oceano."

"Sì, certo, capisco. Non vi servono spazi enormi per manovrare coi carri armati e cose così."

"Esatto. Sei pronta per andare a Ford Island?"

Kenna non aveva idea della disposizione della base e non sapeva cosa ci fosse su quell'isola di diverso dal luogo in cui si trovavano, ma annuì comunque.

Marshall le sorrise, sembrava sapere che era un po' persa, ma era un galantuomo e non fece alcun commento. Tornarono ai cancelli, passarono il centro visite di Pearl Harbor e salirono su un ponte. Dovette mostrare di nuovo il documento a un altro posto di guardia, ma ben presto si ritrovarono in viaggio.

"Questo mi sembra quasi un tour super-top-secret," gli disse Kenna.

Marshall ridacchiò: "Sembra un po' così, ma ti dico la verità, la base è grossomodo come qualunque altro quartiere."

Kenna non ne era convinta, ma non fece commenti. Marshall percorse un'altra zona residenziale, più piccola di quella che c'era dall'altra parte, nel settore più grande della base. Passarono un albergo per i parenti dei militari, un altro centro di addestramento canino e poi Marshall entrò in un parcheggio dedicato al memoriale della USS Utah. Parcheggiò e le andò incontro dietro la Jeep. Poi la prese per mano e si incamminarono insieme verso la passeggiata del memoriale, che arrivava fino al porto. Alla fine c'era una targa in cui si spiegava quanto accaduto alla nave durante l'attacco giapponese a Pearl Harbor, nella seconda guerra mondiale. Nell'acqua si vedeva ancora l'enorme relitto della nave.

C'erano solo altre due persone, che però se ne andarono poco dopo l'arrivo di Marshall e Kenna. Era un punto tranquillo, sereno, Kenna si prese del tempo per riflettere sui cinquantaquattro militari che avevano perso la vita e che erano ancora sepolti nella nave sommersa. In quel luogo, le venne da pensare meglio a Marshall, al suo lavoro: era un SEAL, non se ne stava seduto dietro a una scrivania, al sicuro, alle Hawaii. Lei non aveva idea di dove lo spedissero in missione, non sapeva nemmeno con precisione che facesse, ma le fu ben chiaro che senz'altro non era una professione sicura.

Gli si avvicinò e si appoggiò a lui, mettendogli la testa sul braccio.

"Stai bene?" le chiese Marshall tranquillamente.

In quel luogo, sembrava appropriato sussurrare, in presenza di una nave in cui militari come Marshall avevano perso la vita.

"Ho studiato a scuola l'attacco a Pearl Harbor," disse Kenna, "ho studiato anche l'olocausto, la guerra in Vietnam, tutti gli altri conflitti importanti nel mondo. Ma erano sempre parole stampate su delle pagine, dettagli da imparare a memoria per passare un esame. Stare qui a guardare il relitto arrugginito di questa nave è molto più vero. Adesso che ti conosco, che so cosa fai, è diventato tutto molto più... personale."

"Non ti ho portata qui per farti venire il malumore," le disse Marshall.

"Sì, lo so, ma non sono di malumore... non proprio," gli rispose Kenna, che faticava a spiegargli le proprie emozioni. "Ci conosciamo solo da una settimana, non sono ancora ben certa se il nostro rapporto sia stabilito, ma starmene qui a leggere le informazioni su quanto è successo e vedere i nomi degli uomini che sono morti in quell'attacco mi fa preoccupare di più per te."

Marshall le mise un braccio intorno alla spalla e la strinse a sé dicendole: "Le circostanze sono molto diverse, l'attacco a Pearl Harbor è avvenuto di sorpresa, gli uomini di servizio sulle navi non hanno potuto fare molto per proteggersi. La mia squadra non entra mai in azione senza prima aver fatto tutte le ricerche del caso."

"Però c'è sempre il rischio che qualcosa vada storto," insisté Kenna.

"Hai ragione. C'è sempre il rischio. Ma noi ci prepariamo per qualunque imprevisto possibile; tra l'altro, non per girare le carte in tavola, ma c'è chi muore anche andando in macchina per la strada. Io non do nulla per scontato, nemmeno la vita, faccio sempre la massima attenzione, ma la sfiga è una brutta bestia. C'è chi muore in circostanze assurde, per infarto, o perché colpito da un fulmine. Ci sono centinaia di modi diversi in cui potremmo morire, anche solo camminando per la strada. Forse sono più al sicuro con i miei compagni di squadra dall'altra parte del mondo, mentre diamo la caccia a un terrorista, di quanto non lo sia tu mentre ti rechi al lavoro al Duke's."

Kenna sbuffò: "Non ne sono convinta, ma ho capito cosa intendi."

"Lo so."

Kenna alzò gli occhi al cielo e si voltò per poter guardare Marshall negli occhi: "Scusa se ti ho fatto venire la depressione."

"Ma che depressione. Comunque, riguardo all'altra cosa che hai detto... se non ne sei ancora sicura non c'è problema, ma per quanto mi riguarda noi stiamo insieme."

Kenna sentì una stretta allo stomaco. "Davvero?"

"Davvero," le rispose con un sorriso. "Aspetto sempre con ansia la pausa pranzo, così posso telefonarti e sentire la tua voce. Controllo sempre il telefono per vedere se mi hai scritto, ormai i ragazzi mi prendono per il culo... ma a me non importa. Non ci penso nemmeno ad addormentarmi, prima di ricevere il tuo messaggio in cui mi fai sapere che sei a casa e che stai bene, dopo il lavoro."

Kenna amava ogni parola di quel discorso. Ne *amava* follemente ogni parola. "Non sono mai stata con un militare, in passato," ammise, "ma dato che siamo onesti e ci diciamo la verità, il fatto che tu sia un SEAL mi spaventa. Ora non faccio altro che pensare alle situazioni di pericolo in cui ti metti."

"Non posso farci nulla, tranne dirti che la mia squadra non si prende rischi non calcolati. Specialmente adesso che Mustang si è sposato e Midas sta con Lexie. Quando ci mandano in missione, non potrò dirti dove andremo o quando torneremo. Ti fa la differenza?"

Kenna ci pensò per un lungo momento. Razionalmente sapeva già che lui non le poteva dire nulla delle missioni, ma emotivamente era un rospo difficile da mandar giù.

Poi però pensò all'ultima settimana, a quanto aveva riso parlando con Marshall, a quanto l'aveva fatta sentire speciale, anche non vedendosi. Era bello sapere che qualcuno si preoccupava del suo benessere, o si irritava per lei se qualche cliente scemo la trattava male.

Poi Marshall aveva ragione, sui pericoli della vita di tutti i giorni. A lui piaceva molto il suo lavoro, era chiaro. Era facile immaginarsi anche quanto fosse bravo. Non solo, ma le aveva anche detto che i suoi SEAL si preparavano prima di una missione. Certo, c'era sempre il rischio che si arrivasse al conflitto armato, o che qualcuno lanciasse dei razzi contro di loro... ma lei doveva fidarsi, credere in lui.

"No," gli disse, per rispondere alla domanda.

Marshall sospirò sollevato. "Meno male!" Fece il gesto di asciugarsi il sudore dalla fronte, poi tornò serio. "Puoi parlare con Elodie e con Lexie," le disse, "loro ti diranno come lavoriamo, perché l'hanno vissuto in prima persona. Di sicuro saranno contente di parlarti delle loro emozioni, quando veniamo inviati in missione. Uno dei punti più importanti per la coniuge di un militare è la rete di supporto. Avere qualcuno da sentire quando hai paura, quando sei preoccupata. Qualcuno che può essere solidale con te, condividere le tue emozioni, starti vicino a prescindere. Posso anche dirti che senza ombra di dubbio Elodie e Lexie possono garantirti questo supporto."

Kenna lo fissò: "Da come parli, sembra che questo sarà un rapporto a lunghissimo termine."

"Per me? Spero che lo diventi. Io non sono certo giovanissimo e il pensiero di fare incontri occasionali mi dà fastidio. Non posso vedere il futuro, non so dove sarò tra un mese, tra un anno, tra dieci anni, ma posso dirti questo: per me non sei un fuoco di paglia, Kenna."

"A tanti verrebbe un infarto, a parlare di rapporto a lungo termine, o Dio non voglia, anche di sposarsi, dopo una settimana di rapporto," disse Kenna.

"Ma io non sono come tanti," le rispose semplicemente Marshall. "So cosa è importante. La famiglia, gli amici, i rapporti. Non gli oggetti materiali, robaccia. Non fare il gradasso e vantarsi di uscire con tante donne. Voglio trovare quel che hanno trovato i miei amici. Voglio tornare a casa da una missione sapendo che la donna che amo mi sta aspettando, sapendo che anche lei sarà entusiasta di rivedermi tanto quanto io di tornare da lei."

"Marshall," sussurrò Kenna, senza sapere bene cosa dire.

"Scusa, non stavo cercando di spaventarti. Solo che... sì, per quanto mi riguarda stiamo insieme. Prendiamo le cose come vengono, un giorno alla volta, vediamo come va."

"Va bene."

"Va bene," le fece eco, "sei pronta a procedere?"

Kenna tornò a guardare il relitto di metallo arrugginito che giaceva sul fondo dell'oceano, lì davanti. Vivere un rapporto con Marshall poteva spaventarla, portarla a spingerlo via per paura di ferirlo, o di soffrire lei stessa, sul piano emotivo... ma lei non era così. "Sì," gli disse sottovoce.

"Bene, perché c'è ancora qualcosa di forte che voglio farti vedere. Il mio punto preferito dell'isola. Anche se, da come hai reagito al memoriale, adesso sono un po' nervoso."

"Non essere nervoso, non sapevo nemmeno che esistesse, sono onorata di averlo visto," gli spiegò Kenna.

"Allora ottimo, tutto a posto, hai fame? Hai caldo?"

"Sto bene. Non ero sicura se volevi mangiare o no, quindi ho mangiato un panino prima di uscire."

Marshall fece un gran sorriso.

"Che c'è?" gli chiese Kenna.

"Niente, è solo che... sei schietta e naturale. Se hai fame, mangi, ci pensi prima, non dai nulla per scontato. Già mi immagino che fatica dovrò fare, per viziarti."

Kenna alzò una spalla: "Sono da sola da tanto tempo. Fidati, non sono il massimo, quando ho fame. Divento una stronza rabbiosa."

"Eh no, a *questo* non credo," le disse Marshall, mettendole una mano dietro la schiena e accompagnandola verso il parcheggio.

"Dico sul serio," gli rispose.

"Lo terrò presente," disse Marshall, "farò del mio meglio, cercherò di avere sempre degli snack per te, non si sa mai."

Kenna sorrise e lo informò: "Di solito mi porto i miei snack."

"Ecco, appunto. Allora vedrò di programmare meglio i nostri appuntamenti e ti farò sapere se mangeremo o no."

"Adesso non voglio darti l'impressione sbagliata," gli spiegò Kenna, "non è che mi ammattisco, se non mangio a un orario preciso."

"Lo so," rispose Marshall, avvicinandosi alla Jeep. "Eccoci qui."

Le aprì di nuovo la portiera e le passò la cintura di sicurezza, mentre lei si accomodava. Quando lui si fu sistemato dietro al volante, lei sbottò: "L'altro motivo per cui ho paura è che tu sembri... perfetto."

Marshall fece una risatina mentre faceva manovra. "Non sono perfetto, Kenna, niente affatto, nemmeno lontanamente."

"Dici tutte le cose giuste, mi apri la porta, non mi hai mai fatto arrabbiare una sola volta. Tutto questo mi fa innervosire."

"Mi hanno educato a trattare la mia ragazza come la persona più importante sulla faccia della Terra. Mio papà mi ha insegnato bene l'importanza dei dettagli di tutti i giorni, che fanno la differenza. Aprirti la portiera, passarti la cintura di sicurezza così non sei costretta ad allungarti di fianco per prenderla, prenderti per mano... questi sono gesti semplici. Sono sicuro che ben presto ti darò persino fastidio, è inevitabile, ma spero solo che questi piccoli gesti compensino le rotture di scatole."

Kenna aveva la stessa sensazione, avrebbero compensato.

"E tu che mi dici?" le chiese.

"Che ti dico *di che?*" gli domandò lei confusa.

"Dal mio punto di vista, anche tu sei proprio perfetta. Ti sei tuffata nell'oceano per salvarmi, pensando che stessi affogando, tutti al Duke's ti rispettano, si vede chiaramente, ti vogliono tutti bene, hai seguito il tuo cuore d'istinto anche se probabilmente poteva spaventare chiunque, mollare un lavoro per traslocare alle Hawaii. Sei bella, divertente, chissà come hai fatto, ma sei riuscita a farmi piacere anche gli SMS."

Kenna rise: "Va bene, è chiaro, non sono perfetta nemmeno io, Marshall."

"Ecco. Allora nessuno di noi due è perfetto, faremo delle cavolate, ma possiamo costruire una base solida per resistere a ogni tempesta, che prima o poi arriverà," concluse molto concretamente Marshall.

Messa così, Kenna non aveva nulla da obiettare e con sua grande meraviglia perse ogni paura che lui si stesse sforzando di farsi bello, dipingendole un quadro fittizio della propria personalità. "Per la cronaca... mi piace che mi apri la porta," concluse Kenna.

Marshall fece spallucce: "Ad alcune non piace, pensano che sia un gesto svilente che presume che non siano in grado di farlo da sole."

"Io non la penso così. Per me, un piccolo gesto carino significa molto," proseguì Kenna, "quando lavoro vedo tante persone, alcune mostrano il meglio, altre il peggio. Quindi quando qualcuno mi tratta con rispetto e gentilezza, io ne tengo conto."

Marshall sorrise e Kenna avrebbe voluto fermare il tempo. Era un uomo davvero affascinante, lei stentava a crederci: le stava seduto di fianco e voleva un rapporto serio con lei.

Proseguirono il giro sull'isola e Marshall le indicò il Brig, la prigione della marina, poi Kai Beach, una sottile striscia di sabbia per i residenti dell'isola, alcuni centri di addestramento e il museo dell'aviazione di Pearl Harbor. Arrivarono al memoriale della corazzata Missouri, ma invece di fermarsi, lui le disse: "Se per te va bene, qui ci torniamo un'altra volta, così potrai salirci a bordo... se vorrai."

"Sì, va bene," gli rispose immediatamente. Voleva proprio fare alcune ricerche da sola, prima di salirci. Si sentiva profondamente ignara della storia del suo paese, aveva la sensazione che conoscere la storia della USS Missouri avrebbe dato un senso alla visita, *prima* di salire a bordo della nave.

Marshall svoltò per una stradina appena prima del parcheggio per i visitatori della corazzata, poi girò a destra, su un sentiero ghiaioso, parcheggiò la Jeep sul ciglio della strada e spense il motore.

"Sei mai stata al memoriale della USS Arizona?"

"Sì, è stata una delle prime visite che ho fatto, dopo essermi trasferita," gli disse Kenna, "è stato molto commovente."

"Quindi?"

Lei non era sicura di cosa le stesse chiedendo, ma decise di aprirsi con sincerità: "Quindi era pieno di gente, uno dei turisti ha vomitato nel breve tragitto in barca, di ritorno dal memoriale. Parlavano tutti e facevano un grande fracasso, c'erano dei maleducati."

Marshall annuì, non sembrava sorpreso. "Aspetta qui," le disse, uscendo dalla Jeep. Poi camminò intorno al veicolo e le aprì la portiera, porgendole la mano. Kenna la prese e si lasciò aiutare per scendere. Invece di lasciarla andare, lui strinse la presa e cominciò a camminare verso un sentierino tra gli alberi.

Kenna lo seguì senza fare domande. Immaginò che non fosse una mossa furba, lasciare che un uomo che conosceva da appena una settimana la portasse in quel che sembrava un boschetto con degli alberi fitti, ma lei si fidava di Marshall.

Non camminarono molto a lungo, poi lui uscì dal sentierino e si addentrò tra i cespugli. Meno male che lei aveva indossato le scarpe da ginnastica, perché c'era del fango. Kenna abbassò la testa e seguì Marshall senza dire una parola.

Dopo una ventina di secondi o poco più, uscirono dalla boscaglia e si trovarono su una costiera rocciosa. Le onde lambivano dolcemente le rocce. Lui le fece un cenno indicandole le rocce e le disse sottovoce: "Questo è il mio punto preferito per vedere il memoriale."

Kenna alzò gli occhi e ansimò: proprio davanti a lei c'era il memoriale della USS Arizona, quello che era andata a visitare prendendo una barca. Ora lo stava osservando dall'altra parte. Sentiva gli uccellini cinguettare, da lontano si sentivano anche dei bambini giocare nel verde, chissà dove.

"Ecco, sediamoci," le disse Marshall, accennando a una roccia piatta sulla costa.

Senza togliere gli occhi dal memoriale, Kenna si sedette. Marshall c'era stato altre volte, era più che ovvio; si sedette vicino a lei sulla roccia, lei gli si appoggiò contro. Non parlarono, rimasero a godersi il panorama.

Dopo un poco, Marshall parlò: "A volte vengo qui, quando succede qualcosa che mi fa irritare nei confronti della marina. A volte ho la sensazione che i miei sforzi non facciano la differenza. Allora guardo il memoriale, mi serve per ricordarmi che quel che faccio è importante. Se possiamo eliminare un nemico che potrebbe venire in America per cercare di uccidere quante più persone può, allora quel che faccio è importante. Se la mia squadra può eliminare un leader dei terroristi che potrebbe organizzare un attacco come quello del millenovecentoquarantuno, vale la pena affrontare ogni rabbia e difficoltà.

"Io sono solo un uomo, ma erano uomini anche quelli che sono morti su quella nave, tanti anni fa. Avevano amici, familiari, dubbi, eppure prestavano servizio per il loro paese, sull'orlo di una guerra. Io li rispetto, essere qui mi aiuta a tenermi ben saldo."

Kenna gli strinse la mano e gli disse dolcemente: "Sono fiera di te. Proprio come sono fiera di tutti quegli uomini che giacciono sott'acqua, uomini che non hai conosciuto. Avevano parenti che si preoccupavano per loro, per quanto la guerra poteva significare. Se da un lato ho la sensazione che non sarò mai del tutto a mio agio, quando ti manderanno in missione, dall'altro sono comunque fiera di quello che fai."

Marshall annuì.

Rimasero seduti su quella roccia un po' più a lungo ad ascoltare il suono delle onde che si riversavano stancamente sulle rocce.

Poi Marshall le chiese: "Sei pronta ad andare?"

Lei non era pronta, ma annuì comunque. Lui doveva tornare al lavoro e non poteva starsene là seduto con lei tutto il giorno. "Grazie per avermi portata qui."

"Quando vuoi. Dico davvero. Se hai bisogno di staccare, fammelo sapere e ti porto qui, così puoi stare coi miei compari quanto tempo vuoi."

Kenna rise: "I tuoi compari? Ma si usa ancora dire così?"

"Beh, non proprio. Ma ti ho fatto sorridere," le disse Marshall.

"Vero."

Marshall si alzò e l'aiutò a fare altrettanto. La roccia doveva essere in pendenza, perché lui sembrava più alto del solito di qualche centimetro. La guardò con un'espressione molto intensa in viso.

"Che c'è?" gli sussurrò Kenna.

"Vorrei baciarti, ma sto cercando di capire se sarebbe strano, se è troppo presto."

"Non è troppo presto," lo incoraggiò lei.

Kenna vide un leggero sorriso sul volto di Marshall, che abbassò la testa; lei si mise in punta di piedi per incontrarlo a metà.

Nell'attimo in cui le loro labbra si incontrarono, lei sentì una scossa in tutto il corpo, come se l'avessero fulminata, ma non si tirò indietro.

Santo cielo, che uomo fatale.

Lui inclinò la testa e le appoggiò una mano dietro la nuca. Non la strinse, non le spinse la testa da una parte o dall'altra; le appoggiò solo il grande palmo sulla pelle. Lei sentì la pelle d'oca sulle braccia, mentre lui la baciava lentamente, con dolcezza. Lui le succhiò la bocca, quando lei pensava di impazzire, lui la leccò sul contorno delle labbra.

Lei aprì la bocca, vogliosa. Anche allora, lui non fu aggressivo, ma intrecciò la lingua con lei, mentre entrambi imparavano a conoscersi, scoprendo cosa piaceva all'altro. La verità era semplice: a Kenna piaceva *tutto* di quell'uomo. Gli spinse la lingua in bocca e lui le lasciò prendere il controllo del bacio.

Quando lei stava per sentirsi mancare, per carenza di ossigeno, Marshall alla fine si fece indietro, pur tenendole la mano sulla nuca. La fissò, guardandola come una creatura mitologica, dicendole: "Non pensavo che questo posto potesse diventare ancora più speciale. Mi sbagliavo."

Cacchio, la stava uccidendo. Invece di rispondere, Kenna gli mise una guancia sul petto, appoggiandosi a lui, che l'avvolse subito con le braccia, tenendola stretta. Fu un abbraccio meraviglioso.

Più che sentirlo, lei percepì il sospiro che Marshall emise, prima di allontanarsi da lei: "Non hai idea di quanto mi dispiaccia doverlo dire, ma devo andare."

"Lo so," gli rispose," come mai quando sta succedendo qualcosa di meraviglioso il tempo vola così veloce? Invece quando sei nella merda il tempo non passa mai."

Marshall ridacchiò. "Vero? Succede spesso anche a me. A volte le missioni sembrano durare settimane, invece passano solo pochi giorni. Ovviamente, quando ho un permesso il tempo vola via."

Kenna sorrise. "Uguale al lavoro, quando ci sono le grane. I clienti più molesti sembra che stiano al tavolo tutta la sera, mentre quelli più gentili e carini mangiano e via."

Si sorrisero a vicenda per un momento.

"Davvero, grazie per avermi mostrato il tuo punto speciale," gli disse Kenna.

"Non c'è di che," rispose Marshall, che poi si abbassò e la baciò sulla fronte, poi le prese di nuovo la mano e si avviò per tornare nei cespugli, verso il sentiero e la Jeep.

Prima che lei fosse pronta, si ritrovò di nuovo sul sedile del passeggero, mentre Marshall guidava verso il ponte. Volendo alleggerire l'atmosfera, Kenna gli chiese: "Vedi spesso Elodie e Lexie?"

"Abbastanza, direi, perché?" le chiese Marshall.

"Volevo solo dir loro che al ristorante si parla ancora della cameriera misteriosa che ha contatti con la produzione di *Jurassic Park*. Penso che Paulo e Kaleen tengano caldo il pettegolezzo ogni volta che lavorano, ma è davvero incredibile quanto i clienti siano stati molto più gentili, nell'ultima settimana."

"Vedrò di far loro sapere che il piano è stato un successo e continua ad esserlo. Anche se sono sicuro che sarebbero altrettanto contente di sentirlo dire da *te* e non da me. Se vuoi posso darti i loro numeri di telefono."

"Ma sarebbe strano," commentò lei.

"No, perché? Non sarebbe strano," ribatté lui, "fidati, sarebbero felici di sentirti."

Kenna non era sicura se fosse o meno il caso di contattare delle persone che in realtà non conosceva, ma del resto le erano piaciute quelle due, non le sarebbe affatto dispiaciuto conoscerle meglio. Tra l'altro, se aveva davvero intenzione di mettersi con Marshall, probabilmente avrebbe visto più spesso anche loro. "Va bene, mi farebbe piacere."

"Ottimo."

Prima ancora che Kenna se ne rendesse conto, Marshall stava già facendo manovra nel parcheggio dove lei aveva lasciato la macchina, a cui lui accostò da dietro, per poi uscire, lasciando il motore della Jeep acceso. Kenna scese dal veicolo e incontrò Marshall a metà strada. Camminarono insieme verso la sua Malibu, che lei aprì. Poi appoggiò la borsetta nella macchina e si voltò verso di lui: "Sono stata bene."

"Anch'io."

"Dato che oggi mi hai portata a fare un giro, domenica ti va di venire con me a provare una nuova spiaggia privata?" disse Kenna senza pensarci troppo. Era un po' che pensava a come invitare *lui* a uscire, ma chissà perché si innervosiva. Ora le sembrava una sciocchezza.

"Sì." Le rispose con una parola sola, dritto al punto. "Stasera lavori, vero?"

"Sì."

"Come sta Carly?"

Kenna non fu sorpresa di quell'interessamento per l'amica. "Sta bene. È un po' nervosa, da quando è stata concessa l'ordinanza restrittiva nei confronti di Shawn, ma da allora non l'ha più visto."

"Ottimo. Pensi che Shawn potrebbe tornare al Duke's?" le chiese Marshall.

"Ne dubito," rispose Kenna con sincerità, "cioè, non può avvicinarsi a meno di centocinquanta metri da lei, se viene al ristorante, ci sono troppi testimoni. Lui è più il tipo che può cercare di appostarsi di nascosto, può aspettarla quanto lei torna a casa, cose così."

Marshall si fece serio.

"Non preoccuparti, c'è sempre uno dei nostri colleghi che la accompagna a casa, tutte le sere. Tra l'altro, probabilmente lo saprai già, ma il tuo amico Jag le telefona ogni sera e rimane in linea con lei finché non è arrivata in casa."

"Davvero?" le chiese Marshall.

"Non lo sapevi?"

"Non mi ha detto nulla."

"Beh, è così; lei non lo ammette, ma penso che le faccia piacere, almeno è un sollievo. Comunque sta bene."

Marshall annuì. "Beh, se per caso lo vedi tu, quel bastardo, non esitare a chiamare la polizia, così ci pensano loro a sbatterlo al fresco."

"Lo farò."

"Mi fai sapere quando arrivi a casa?" le chiese Marshall.

Kenna sorrise annuendo.

Lui allungò una mano e gliela passò sulla guancia, lisciandole una ciocca di capelli. "Per la cronaca, vorrei baciarti ancora, ma dato che sono in uniforme e che siamo in un luogo pubblico, probabilmente non è una buona idea."

"Manifestare il tuo affetto pubblicamente non è consentito, in uniforme?" gli chiese Kenna un po' perplessa.

"No, non è quello. Però le tue labbra sono come una droga, se comincio poi non riesco più a fermarmi."

Kenna sorrise: "Oh."

"Eggià, oh. Vengo a prenderti, domenica? O preferisci che ci incontriamo da qualche parte?"

"Se non è un problema, puoi passare a prendermi," gli rispose, sentendosi un po' intimidita, chissà perché. Dargli l'indirizzo di casa era un grosso passo avanti nel loro rapporto, che lui se ne rendesse conto o meno. Ma lei avrebbe dovuto sapere che lui se ne rendeva conto.

"Ti giuro che non ti pentirai di avermi fatto entrare nella tua vita," le disse, sfiorandole la guancia con il pollice, dolcemente.

"Alle undici ti va bene?" gli chiese Kenna, che non sapeva bene che altro dire.

"Alle undici, perfetto. Vuoi che porti qualcosa da mangiare?"

Kenna non aveva nemmeno pensato a mangiare, ma era una buona idea, così potevano rimanere in spiaggia tutto il giorno... sempre che non li cacciassero via. "Sarebbe perfetto."

"C'è qualcosa che non ti piace mangiare?" le chiese Marshall.

"Non proprio. Cioè, in spiaggia non è il caso di mangiare raffinato, tipo vongole, ma in genere mangio di tutto."

"Va bene, allora mi inventerò qualcosa di semplice che non si rovini al caldo. Ah, Kenna?"

"Sì?"

Marshall scosse la testa, sembrava averci ripensato proprio quando era sul punto di chiederle qualcosa.

"Che c'è, Marshall?" gli chiese Kenna.

"Stavo solo per dirti che sono molto emozionato per questo fine settimana."

Lei gli sorrise e gli disse tranquillamente: "Anch'io. Non so bene il perché, c'è qualcosa in te, che mi fa pensare di conoscerti da sempre."

"Idem," confermò lui. "Allora, vai piano e non dimenticare di mandarmi un SMS quando arrivi a casa, così so che è andato tutto bene."

Kenna annuì, poi fece un passo verso di lui, si mise in punta di piedi e lo baciò, fu un bacio leggero, sfuggente. "Oggi sono stata bene, grazie."

"Son proprio contento che passeremo altro tempo insieme, questo fine settimana," le disse.

"Anch'io."

Marshall si allontanò da lei lentamente, con riluttanza. Kenna si sentiva senz'altro nello stesso modo, rimase in piedi vicino alla macchina finché lui non fu tornato nella sua Jeep. Solo allora, anche lei entrò nell'auto, lo seguì fuori dal parcheggio e gli fece un cenno con la mano per salutarlo, quando lui svoltò a sinistra, mentre lei andava a destra.

Arrivata a casa, dopo aver spedito un messaggio a Marshall per fargli sapere che era arrivata senza alcun problema, rimase in piedi in mezzo all'appartamento, con un sorriso da ebete in faccia. Quel Marshall... aveva un qualcosa di... rasserenante. Lei non doveva preoccuparsi di pensare a dove fossero, cosa stessero facendo, aveva la sensazione che pensasse lui a tutti i dettagli, che chissà come pensasse lui a tenerla al sicuro.

Aveva mai provato prima quella stessa sensazione, con un uomo?

Lei credeva di no.

Kenna guardò l'orologio che indossava al polso e vide che aveva qualche ora da far passare, prima di dover andare a lavorare. Così decise di trascorrere un po' di tempo a navigare in internet per trovare la spiaggia perfetta in cui andare con lui, domenica. Doveva essere una spiaggia con ottime recensioni online, ma non troppo difficile da raggiungere. Non voleva nemmeno costringere Marshall a guidare fino a North Shore. Anche per andare a est dell'isola serviva troppo tempo. Così decise di concentrarsi sulle spiagge nella zona ovest, vicino alla base della marina. Le dispiaceva farlo guidare fino a Waikiki per venirla a prendere, per poi dover tornare indietro da dove era venuto, ma sperava di trovare una bella spiaggia, per cui ne valesse la pena.

Marshall si era offerto di venirla a prendere, un gesto molto carino. Specialmente considerando che il loro rapporto era appena cominciato. Uno degli aspetti che le piaceva di più di lui era il suo essere molto alla mano. Era un SEAL, quindi probabilmente guadagnava più degli altri soldati, ma forse no. Lei non ne aveva idea. Forse non le aveva parlato molto del luogo in cui viveva perché era imbarazzato. Magari, dopo aver visto l'appartamento nient'affatto lussuoso in cui viveva lei, si sarebbe rilassato un pochino. A parte quel commento un po' spocchioso della prima sera, per il resto le somigliava molto... era uno che si guadagnava da vivere, poteva permettersi tutte le cose importanti, ma non molti lussi.

Sempre sorridente, Kenna si sedette sul divano e avviò il computer portatile. Le sovvenne di una spiaggia privata che aveva trovato in una ricerca precedente, poteva essere perfetta. Gli appartamenti di Coral Springs sembravano eleganti, di lusso, la spiaggia era mozzafiato. Lei e Marshall potevano riuscire a infiltrarsi, lei pensava. Una coppia si confondeva meglio, dando l'impressione di essere del posto. Non vedeva l'ora che fosse domenica.

CAPITOLO SETTE

ALECK SORRISE AL TELEFONO, poi se lo ficcò di nuovo in tasca.

"Lasciami indovinare, era Kenna," gli disse Midas con un gran sorriso.

Aleck fece spallucce e annuì.

"Allora vi trovate bene, voi due." Il commento di Mustang non era una domanda.

"Sì, è fantastica," confermò Aleck.

"Son contento per te, amico mio," disse Pid.

Avevano una breve pausa, dopo le riunioni intense che li avevano tenuti impegnati tutta mattina. Un americano era stato sbattuto in carcere in Iran perché sembrava aver infranto alcune leggi non scritte. Si erano aperte le trattative per farlo liberare, ma senza successo. Ora si cercavano delle soluzioni alternative; in particolare, si discuteva di mandare le forze speciali a fare irruzione nel carcere iraniano per liberare il connazionale. Ma un'incursione in Iran senza il consenso del governo locale era molto pericolosa. L'ultima cosa che i SEAL volevano era essere scoperti e messi dentro anche loro.

"Grazie," rispose Aleck agli amici. "Però qualche consiglio mi farebbe comodo." Lui non aveva problemi a chiedere l'opinione degli amici. Mustang e Midas erano impegnati affettivamente e potevano dargli un punto di vista più completo, gli altri comunque erano sempre disponibili a condividere ciò che pensavano.

"Spara," disse Pid.

"Che c'è?" chiese Midas.

Anche gli altri gli annuirono, per confermargli che l'avrebbero aiutato in ogni modo possibile.

"Allora, lo sapete che l'ho pestata grossa, al primo appuntamento, al Duke's?" chiese Aleck.

"Vuoi dire quando in pratica le hai detto che non approvavi il suo lavoro?" gli disse Slate.

Aleck sospirò brontolando: "Non è quello che ho detto. Credetemi, ho avuto un sacco di tempo per rifletterci, Kenna ama il suo lavoro ed è anche molto brava. Se solo ognuno potesse avere un lavoro che ama, invece che un lavoro che sopporta." Aleck era davvero felice per Kenna: viveva in un posto che aveva scelto perché le piaceva, faceva un lavoro che si addiceva perfettamente al suo carattere estroverso. Sì, non guadagnava palate di soldi, e allora? Se il loro rapporto avesse funzionato, come lui iniziava a sperare, i soldi non sarebbero stati un problema, perché lui ne aveva più che abbastanza per tutti e due.

"Dai, vai avanti," lo invitò Mustang.

"Sì, giusto, ecco, secondo me lei si è fatta questa idea, che come militare io non guadagno molto. Normalmente avrebbe ragione, ma noi abbiamo una paga superiore, per i rischi che corriamo, anche per il grado, per non parlare dei bonus per l'alloggio e i costi essenziali; insomma, anche senza considerare il mio fondo, starei bene lo stesso," spiegò Aleck.

"Allora adesso ti stai chiedendo se e come dirle che sei ricco sfondato," disse Jag.

Aleck annuì: "Sì, oltre al fatto che vivo in un cazzo di attico a Coral Springs. Non voglio assolutamente che si senta in imbarazzo perché ho un sacco di soldi e lei no. Però più lascio passare il tempo senza dirle del mio fondo e dei soldi dei miei genitori, più difficile diventa trovare il modo di sputare il rospo."

"Diglielo e basta," gli disse Slate.

Aleck non fu proprio sorpreso del consiglio di Slate, che era un tipo molto pragmatico a cui non piacevano troppi fronzoli.

"Ma no, amico, non può certo spifferare tutto in quel modo, deve ricamarci un po'," intervenne Mustang.

"Sono d'accordo," disse Midas annuendo.

"Ma come?" chiese Pid. "Non è un argomento che possa saltar fuori in una conversazione normale. Non è che può dirle: 'Ah, senti, comunque vivo in un superattico,' e aspettarsi che sia finita lì."

"Perché no?" chiese Slate, "è la verità."

"Perché no!" esclamò Pid.

"Insomma, perché mai dovrebbe prendersela, se lui non è un militare squattrinato? Dovrebbe essere matta," commentò Slate alzando una spalla.

"Non è matta," disse Aleck scuotendo la testa.

"Però sono d'accordo che più aspetti a dirglielo e più diventa un problema," disse Midas. "Ma penso anche che dovresti trovare il modo giusto per dirglielo, per non darle l'impressione che ti stai vantando, niente del genere."

"Lo so. Io non mi vanto mai dei soldi," rispose Aleck vagamente seccato.

"Anch'io *lo so*. Non stavo dicendo questo, ma Kenna la conosci appena," aggiunse Midas.

"Allora? Qualcuno ha un'idea brillante?" domandò Aleck.

Nessuno disse una parola.

"Merda," mormorò.

Lo guardarono tutti un po' dispiaciuti. Aleck doveva sbrigarsela da solo, trovare il modo. Del resto non aveva detto a Kenna di avere difficoltà economiche, peraltro lei lo aveva chiamato *snob*, quindi magari non si sarebbe sorpresa più di tanto. Non gli piaceva nascondere un dettaglio così importante della propria vita, anche se per lui non faceva alcuna differenza, in quello che provava per lei.

Aleck era uscito con alcune donne che non facevano il minimo sforzo per nascondere l'entusiasmo, quando lui comprava dei regali costosi o le portava spesso fuori. All'inizio lui non ci dava peso, ma crescendo voleva trovare una donna a cui piacesse *lui*, per come era, non per quanto poteva offrire. Più parlava con Kenna, più passavano del tempo insieme, più era sicuro che lei fosse diversa.

Quindi doveva farsi forza e dirle tutto.

"Come sta la sua amica? Carly?" chiese Pid.

"Sta bene, per quanto ne so," rispose Aleck.

Nello stesso momento rispose anche Jag: "Bene."

Si voltarono tutti verso di lui.

"Ti sei tenuto in contatto?" gli chiese Mustang.

Jag fece spallucce: "Sì, niente di che, ma sì. Ogni tanto ci scriviamo. A volte mi telefona quando sta tornando al suo appartamento, sapete, per sicurezza."

Sorrisero tutti.

"Dico davvero, in questo momento vuole stare single al cento per cento. Quindi siamo amici. Voglio solo essere sicuro che quel bastardo del suo ex si attenga all'ordinanza restrittiva e non la molesti," spiegò Jag.

"Finora com'è andata?" chiese Slate.

"Finora l'ha rispettata, ma sono passati solo pochi giorni e sappiamo tutti che stronzi come quello di solito non si rintanano così facilmente."

Aleck annuì, era proprio vero. Anche lui era preoccupato, per Kenna, che quella famosa sera aveva affrontato Shawn. Di certo, quel confronto non gli aveva fatto piacere.

"Ah, sentite, se non siete impegnati tra due settimane, Lexie avrebbe bisogno di una mano per il trasloco della succursale di Food For All," disse Midas.

"Allora finalmente apre?" chiese Pid.

"Sì. Nella nuova sede non ci sono molti mobili, ma il capo, Natalie, le lascia prendere un po' di roba in più dalla sede in centro per portarla in succursale."

"C'è bisogno di un po' di fondi per comprare qualcosa?" chiese Aleck. Non che gli interessasse molto la risposta... lui aveva già intenzione di garantire a Lexie ciò che le serviva per aprire comodamente una succursale di successo del servizio alimentare per cui lavorava. La nuova sede si trovava a Barber's Point, vicino a dove abitava Midas, sarebbe stata di grande aiuto per gli abitanti di quella zona. Era impossibile viaggiare fino al centro di Honolulu, per le famiglie più bisognose di Barber's Point.

"Sarebbe un aiuto senz'altro apprezzato," rispose Midas in modo molto diplomatico.

Aleck annuì.

"Elodie è felicissima di lavorare con Lexie," disse Mustang. "Sta facendo ricerche su ricerche per programmare dei pasti pronti semplici e sani. Sta parlando anche della possibilità di preparare delle cene, oltre ai pranzi e alle colazioni. Ha detto che Lexie sta cercando volontari disposti a consegnare i pasti a chi non può venirli a prendere, al centro."

"Lexie me ne ha parlato," disse Midas, "immagino che Ashlyn sia interessata ad aiutare. Magari potrebbe gestire lei questo aspetto del programma."

Slate grugnì, sorprendendo tutti.

Allora si voltarono tutti verso di lui.

"Non sei d'accordo?" gli chiese Midas.

Slate alzò una spalla: "Non penso sia molto sicuro, mandare una donna in giro da sola per consegnare dei pasti a casa di sconosciuti."

"Sono d'accordo," disse Pid.

"Anch'io," si aggiunse Midas, "ma nessuno ha detto che sarebbe da sola. Poi, se c'è una cosa che ho imparato di Ashlyn da Lexie è che non è una donna a cui si possa dire 'no, quello non lo fare'. Non farebbe altro che impuntarsi, farebbe di tutto per dimostrare che ti sbagli."

Aleck sentì una punta di preoccupazione nella voce del compagno, si chiedeva se l'intenzione fosse quella di avvertire Slate. Stava quasi per aprir bocca e dire qualcosa di ironico, perché in fondo lui era fatto così, quando la conversazione fu interrotta da una voce profonda dietro di loro.

"Bene, bene, bene, il nostro Aleck fa meno il gradasso e si fa rincuorare dagli amici."

Aleck sospirò, sapeva esattamente chi c'era dietro di lui, nel corridoio, si voltò per affrontare il collega che aveva rotto le scatole a tutti da quando era stato trasferito alla base.

Kylo Braun.

"Di che diavolo stai parlando?" domandò Pid al collega.

"Mi sto solo congratulando con questo SEAL grande e

grosso per aver affrontato da solo un civile inerme, causando un parapiglia," disse Braun.

Aleck incrociò le braccia sul petto e lo fissò. Kylo aveva preso malissimo Aleck fin dal loro primo incontro. Stavano facendo una corsa in compagnia, quando una ragazzina distratta si era gettata nella strada senza guardare, proprio davanti a un SUV che si avvicinava, forse troppo velocemente.

Braun aveva urlato: "Attenta!"

Invece Aleck aveva agito. Era arrivato appena in tempo alla ragazzina, tuffandosi e strappandola dalla strada davanti al veicolo in arrivo, che li aveva schivati per pochi centimetri. Ne era nato un battibecco acceso per strada... con tanto di ramanzina da parte del comandante.

Aleck sospettava che Braun fosse imbarazzato perché non era stato *lui* ad agire, pur essendo quello più vicino alla ragazzina. Probabilmente la pioggia di critiche degli altri del plotone non gli aveva fatto piacere. Da quel momento, Braun si era prefisso l'obiettivo di rompere sempre le scatole ad Aleck.

"Grazie," disse Aleck, pur sapendo che non era una risposta che Braun voleva sentire. Aleck cercava sempre di stare alla larga da Braun, specialmente dopo aver letto il suo stato di servizio. Non era previsto che lo leggesse, ma chissà come un giorno era arrivata una busta nel suo appartamento e Aleck non aveva resistito: l'aveva aperta.

Chissà come, Baker Rawlins aveva avuto sentore del risentimento di Braun nei confronti di Aleck e aveva fatto in modo di trovare lo stato di servizio di Braun. Baker era un tipo che Aleck non avrebbe *mai* voluto contro. Era un tipo tignoso da morire, che poteva recuperare qualunque informazione volesse, su chiunque, come dimostrava il dossier su Braun che era arrivato sulla soglia di casa di Aleck.

Sembrava che Braun avesse cercato di entrare nei SEAL, senza riuscirci. Lo avevano scartato molto presto, in fase di valutazione, non era arrivato nemmeno al centro addestramento speciale. Il problema era stata la valutazione psicologica, non c'era da stupirsi, dato che quel tipo era un bullo che odiava non essere al centro dell'attenzione.

Probabilmente non accettava il fatto che le squadre di SEAL di stanza alla base godessero di trattamenti di favore. Quale che fosse il motivo, Braun faceva sempre di tutto per creare problemi alle squadre di SEAL, quando e come poteva; chissà poi perché, ma aveva concentrato su Aleck molte delle sue attenzioni speciali.

"Lascia perdere," gli disse Mustang.

"Lascia perdere che cosa?" rispose Braun con finta innocenza. "Mi sto solo congratulando con un compagno di marina per un lavoro ben fatto."

"Sei solo incazzato perché Aleck, tanto per cambiare, fa del bene alla comunità mentre tu te ne stai seduto con le mani in mano e ti rode non essere al centro dell'attenzione," gli disse Jag con voce bassa, con un tono quasi da killer.

Jag non era solito partire in quarta, quando c'era un diverbio. Non succedeva in missione, non succedeva nemmeno alla base, o nel tempo libero. Ma era il primo a darsi da fare se c'era una minaccia nei confronti dei suoi compagni di squadra. Aleck non capì il motivo per cui Jag era partito subito a mille contro quel deficiente, ma ebbe la netta sensazione di dover fare qualcosa, per evitare che la situazione sfuggisse di mano.

"Grazie per i complimenti," disse Aleck, mettendosi in

mezzo tra Jag e Braun. L'ultima cosa che voleva era un confronto fisico, anche se quel tipo faceva di tutto per provocare.

"Sei uno stronzo," sussurrò Braun con cattiveria, facendo finalmente uscire ciò che provava veramente. "Siete degli stronzi, pensate di essere tosti, meglio di chiunque altro, solo perché siete dei SEAL."

"No," ribatté Aleck, "io non sono meglio di nessuno, solo perché sono un SEAL, ma sono senz'altro più attento di un militare qualunque, perché sono stato addestrato in questo modo. Se ciò significa che posso aiutare una ragazzina in pericolo, o una donna che viene molestata, ci puoi scommettere che mi faccio avanti. Quand'è stata l'ultima volta che *tu* sei intervenuto per aiutare, Braun? Dovresti cercare di aiutare gli altri, non di distruggerli. Penso che scopriresti qualcosa di buono, saresti un sacco più felice."

"Vaffanculo," disse Braun stringendo gli occhi. "L'avrei salvata, quella ragazzina, ma tu mi hai spinto da parte per prenderti tutti gli onori."

"Vedi? È qui che la tua testa sballa," intervenne Mustang, "Aleck non si è messo in pericolo solo per una pacca sulla spalla, è intervenuto perché era la cosa giusta da fare."

"Chi se ne frega," disse Braun alzando gli occhi al cielo. "Farai meglio a stare attento. Uno di questi giorni qualcuno ti metterà a nudo, mostrando che non sei affatto un supereroe, così ti schianterai anche tu."

"È una minaccia?" chiese Slate, facendo un passo minaccioso verso di lui.

Dimostrando di non essere completamente scemo, Braun fece un passo indietro: "No," disse, con un tono tutt'altro che presuntuoso, diverso dal tono con cui aveva appena parlato prima. "È solo un fatto. Non sei indistruttibile, Aleck il furbacchione, uno di questi giorni si vedrà bene di che pasta sei fatto, allora io sarò pronto ad assistere al tuo declino... con gioia."

Poi, come sapendo di essere a due secondi dal farsi stendere a terra da un gruppo di SEAL, Braun si girò e se ne andò bel bello, come se non avesse appena minacciato uno di loro.

Aleck strinse i pugni e mormorò: "Che bastardo."

"Ti prego, lascia che gli vada dietro così gli do una lezione," disse Slate a Mustang.

Ma il caposquadra scosse la testa: "No. L'ultima cosa che ci serve è che ti metta nei guai, per quello. Non ne vale la pena."

"Oh, io credo che ne varrebbe davvero la pena, per il gusto di spaccargli la faccia," commentò Slate.

Aleck respirò a fondo; non gli piaceva la minaccia che Braun gli aveva lanciato, nemmeno tanto velatamente, ma non aveva intenzione di abbassarsi al suo livello e non voleva che uno dei suoi amici si mettesse nei guai.

"Ignoralo," disse Aleck a Slate e agli altri, "mi odia perché ho esposto la sua vigliaccheria a tutta la compagnia. Ma va bene così."

"Ve lo immaginate se riusciva chissà come a passarla liscia e diventare un SEAL?" domandò Pid alzando una spalla, "sarebbe stato un disastro pazzesco."

Aleck era d'accordo. Essere in una squadra di SEAL era una grande soddisfazione, ma anche un impegno, il più duro di sempre. Lui affidava la vita agli altri cinque e non aveva dubbi che gliel'avrebbero salvata, in qualunque situazione. Ma se Braun fosse stato nella squadra, nessuno si sarebbe mai fidato di lui, una situazione pessima quando ci si trova in territorio ostile.

"Devi stare attento," lo avvertì Mustang, "non mi fido di quel tipo."

"Farò attenzione," rispose Aleck.

"Dico davvero. Abbiamo letto tutti il rapporto che ti ha inviato Baker, quel Braun è un tipo instabile. È impossibile prevedere cosa potrebbe fare per darti addosso," spiegò Mustang.

Aleck non andava proprio fiero di aver condiviso con gli altri i documenti procurati da Baker, ma in squadra erano abituati così, condividevano ogni informazione. Aleck sapeva senza dubbio che nessuno avrebbe mai ammesso apertamente di aver letto quel rapporto, nessuno avrebbe mai spiegato da dove proveniva. Il legame dei SEAL era così.

"Farò attenzione," ripeté Aleck.

"Ottimo. Va bene, adesso torniamo dentro e vediamo se possiamo scoprire altre informazioni sull'incidente in Iran. Non ho davvero voglia di farmi le montagne a piedi per andare in quel paese a riprendere quel tipo. Speriamo che le trattative abbiano successo, così non dovremo andare," concluse Mustang.

"Ma dai, lo sai bene che una camminata di piacere di cinquanta chilometri su una cima da tremila metri in territorio ostile è proprio l'ideale, per la prossima settimana," scherzò Aleck.

Mustang scosse solo la testa e si avviò verso la sala riunioni, dove avrebbero studiato le mappe e le informazioni provenienti dai servizi segreti.

Lo seguirono tutti. Aleck aprì la porta e la tenne aperta mentre gli altri entravano. Slate fu l'ultimo ad avvicinarlo; si fermò, lasciando agli altri il tempo di allontanarsi abbastanza per non sentirlo.

"Se vuoi che gli faccia il culo, tu dimmelo," disse Slate ad Aleck.

"Apprezzo l'offerta," rispose Aleck, sinceramente, "ma il giorno in cui non riuscirò più a gestire quel buono a nulla cagasotto sarà il giorno in cui mi dovranno togliere le mostrine dei SEAL."

Slate lo guardò per un lungo momento, prima di annuire, una volta sola. Poi entrarono insieme per raggiungere gli altri.

CAPITOLO OTTO

Kenna aprì la porta dell'appartamento e fece un gran sorriso a Marshall; era passata più di una settimana. Il programma della domenica precedente era saltato perché lui aveva dovuto partecipare a un'esercitazione. Ma era arrivata la domenica successiva e lui aveva la giornata libera, così avrebbero provato insieme a intrufolarsi nella spiaggia privata del complesso residenziale di Coral Springs, una spiaggia che lei stava sognando di provare da un bel po' di tempo.

"Ciao!" gli disse con molta gioia. Lui era carino, molto carino. A lei piaceva fissarlo quando era in uniforme, ma probabilmente le piaceva di più il Marshall rilassato, così almeno pensava Kenna. Lui indossava un paio di pantaloncini, forse erano Bermuda per nuotare, con una maglia bianca su cui c'era stampato un grande ananas. Era una scelta bizzarra, che sembrava fuori luogo per il carattere di Marshall, proprio per questo a lei piacque ancor di più.

"Ciao a te," le rispose, poi entrò nel suo spazio personale e fece per abbracciarla. Era solo il secondo appuntamento, ma Kenna era perfettamente a suo agio nel farsi baciare da lui. Probabilmente per le tante ore che avevano passato a parlare al telefono o a scambiarsi messaggi.

Quando lui si abbassò verso di lei, Kenna non esitò minimamente: voleva quell'uomo.

Le loro labbra si incontrarono e Kenna si immaginò di urlare come una ragazzina.

Fu un bacio più sicuro, più ricco di desiderio del loro primo bacio. Da parte di entrambi.

Kenna alla fine si sforzò di staccarsi, anche se tutto quello che voleva era tirare Marshall in casa e gettarlo sul letto.

Si erano sempre sentiti, tutte le sere, dopo il lavoro. All'inizio lei gli aveva mandato solo dei messaggini, per fargli sapere che era arrivata a casa e che andava tutto bene, ma dopo un po' lui le aveva chiesto di sentirsi. Nell'ultima settimana, ogni sera lei si era addormentata con la voce profonda di Marshall che ancora le risuonava in testa. Una volta o due si era persino masturbata, pensando a quella voce vibrante che le diceva un sacco di parole non molto innocenti.

Lui si leccò le labbra, in modo molto sensuale, Kenna non poté far altro che cercare di mantenere il controllo per non saltargli addosso subito, sui due piedi. Era passato un po' di tempo dall'ultima volta che era stata con un uomo, ma era certa che per Marshall valesse la pena aspettare. Almeno ci sperava. Oddio, se poi fosse stato un disastro a letto, o se ce l'avesse avuto minuscolo? Sarebbe stato un disastro.

"A cosa pensi tanto intensamente?" le chiese Marshall.

Lei arrossì. Mai e poi mai gli avrebbe rivelato che stava pensando alle dimensioni del suo uccello. Così rimase sul vago: "Sono solo felice di vederti."

Lui fece un gran sorriso, sembrava aver capito che

quella era una bugia bella e buona. Ma si era già dimostrato più volte un galantuomo, quindi si limitò a sorriderle. "Idem," le disse, alzando una mano per lisciarle una ciocca di capelli, spostandoglieli dietro l'orecchio.

Caspita se le faceva piacere, quel gesto. Le piacevano tanto le mani di Marshall, le piaceva sentirle *dappertutto*.

"Dai, andiamo, ti faccio vedere l'appartamento. Non è niente di che, ma almeno è casa mia." Kenna fece un cenno indicando dietro di sé, Marshall entrò e chiuse la porta. Lei gli fece vedere la cucina, senza indicargli che il top in laminato si stava staccando o che gli elettrodomestici erano vecchi, probabilmente di una ventina d'anni.

"Mi piace poter guardare la TV mentre sono in cucina," gli disse, cercando di giocare sugli aspetti positivi dell'appartamento. "Così non mi perdo i miei programmi, quando sto lavando i piatti o quando preparo i pop-corn al microonde."

Poi lo accompagnò nel salottino. "Qui è dove passo un sacco di tempo. So che la beanbag è una poltroncina un po' ridicola per una della mia età, ma te lo dico, è davvero comodissima."

Marshall inarcò un sopracciglio.

"Cosa? Non ci credi? Allora dai, provala. Siediti."

"Va bene, ti credo," le disse Marshall.

"No no, adesso che hai fatto quella faccia così scettica, devi provarla."

"Ho fatto una faccia scettica?" le chiese ridendo.

"Sì. Ammettilo, l'hai guardata e hai pensato che fosse ridicola," lo provocò Kenna.

"Mi appello al diritto di rimanere in silenzio per non incriminarmi da solo," disse Marshall, incamminandosi verso la gigantesca poltroncina a sacco di cui Kenna era tanto orgogliosa.

Poi ci si sedette e si agitò fino a trovare la posizione più comoda.

"Si chiama Lovesac, è in gommapiuma. Lo so, lo so, il nome fa schifo, ma ho fatto un bel po' di ricerche e ha delle recensioni fantastiche. Che tu ci creda o no, non è nemmeno la più grande che vendono. Ho preso il secondo modello per dimensioni, probabilmente potevo anche prenderne una un po' più piccola. Sai quante notti mi sono addormentata su quella, tanto è comoda? Ogni tanto la devo rigirare e ravvivarla un poco, ma per il resto è perfetta."

"Però c'è una cosa che non va bene," le disse Marshall.

Kenna si fece seria. "Cosa?"

Lui le porse una mano e Kenna la afferrò senza pensarci.

Poi lui la tirò in avanti per farle perdere l'equilibrio e Kenna gli atterrò sopra con un gridolino, sulla beanbag gigante.

"Non eri qui con me," le disse, terminando il pensiero.

Kenna si fece una risata accusandolo: "Diamine, Marshall, pensavo ci fosse davvero qualcosa che non va!"

"Per quanto mi riguarda, io rimango della mia posizione."

Kenna era spiaccicata contro il fianco di Marshall, la poltroncina a sacco sembrava schiacciarli ancora di più di quanto non sarebbero stati in un letto. Lei gli appoggiava una mano sul petto e poteva sentire con le dita il cuore che pompava. Lo fissò, anche lui la guardò negli occhi.

"Sei meravigliosa," le disse Marshall con tranquillità.

"Grazie." Kenna non pensava di indossare nulla di speciale. Aveva scelto un prendisole dai colori vivaci che le arrivava alle ginocchia. Aveva uno sfondo nero con enormi fiori di ibisco gialli e viola. Era molto sgargiante, ma lei l'aveva visto in uno dei mitici negozietti ABC di Waikiki e non aveva resistito.

"Non ti avevo mai vista con un vestito," le disse Marshall.

"Non è propriamente un vestito," gli spiegò Kenna, "è solo qualcosa da indossare sul costume da bagno."

"Ti prego, dimmi che indossi un bikini," le disse Marshall con gli occhi che gli brillavano.

Kenna alzò gli occhi al cielo: "Sei proprio un maschio."

"Eh sì, sono un maschio," confermò lui.

"Non ce l'ho il bikini. Anche se sono molto tranquilla col mio corpo, sono più tranquilla con un costume intero."

"Non hai nulla di cui preoccuparti," la rassicurò Marshall. "Ricordati che ti ho vista che indossavi solo un reggiseno sportivo e i pantaloncini, quando mi sei saltata addosso."

"Non me lo ricordare," gli disse Kenna con un lamento, arricciando il naso. "Comunque non ti sono saltata addosso."

Marshall alzò una mano e le accarezzò la guancia col dorso, spostando poi la mano dietro la nuca.

Lei sentì la pelle d'oca sulle braccia e ovviamente lui se ne accorse.

"Ti piace quando ti prendo così?" le chiese.

Kenna annuì. "Sai, è passato un po' di tempo da quando qualcuno mi ha toccata, davvero, se mi prendessi e mi muovessi in modo scomposto mi darebbe fastidio, ma tu mi tocchi con un mix perfetto di sicurezza e di dolcezza."

"Se faccio qualcosa che non ti piace, non devi far altro che dirlo. Oppure spingimi via, come preferisci," le disse Marshall. "Comunque adoro toccarti. È come una ricompensa per aver resistito tutta la settimana senza vederti.

Non fraintendermi, mi fa piacere parlare con te, cono-
scerci meglio. Ma mi è mancato questo... stare con te di
persona."

"È solo la seconda volta che usciamo insieme." Kenna
si sentì quasi in dovere di puntualizzarlo, anche se lei si
sentiva esattamente nello stesso modo, proprio come
aveva detto lui.

"Allora?" le disse, "io ti conosco, Kenna Madigan. Tutto
ciò che so di te mi piace molto. Stare con te è la ciliegina
sulla torta."

"Cacchio, non fare così, sei troppo gentile. Non devi
esagerare," lo pregò Kenna.

"No, non posso fermarmi," le rispose Marshall con un
sorriso, "e comunque hai ragione."

"Su che cosa?"

"Su questa beanbag, è la poltroncina più comoda su cui
mi sia mai seduto, adesso voglio ordinarne una anch'io."

"Costano un sacco," lo avvertì Kenna, "che ne dici di
usare la mia, ogni volta che ti va?"

"Tipo ogni sera?" le chiese.

Kenna non capì se fosse o meno uno scherzo, decise
che doveva essere una battuta. In fondo lo chiamavano
Aleck il burlone. "Ma certo. Addirittura vieni a vivere qui,
puoi cambiare indirizzo sulla mia beanbag," scherzò.

Lui non le rispose, ma continuò con il pollice a sfiorarle
la pelle sensibile del collo, avanti e indietro, fissandola.

"Però devo avvertirti, poi ti abitui, è dura alzarsi," gli
disse.

Marshall si leccò le labbra e all'improvviso a Kenna
passò ogni voglia di andare via. Fu lei a prendere l'iniziativa, abbassandosi su di lui; mentre si muoveva, lo sentì
stringere leggermente la mano che le teneva dietro al collo.

Rimasero a pomiciare sulla poltroncina per chissà quanto, Kenna perse la sensazione dello scorrere del tempo. L'unica sensazione era quella della mano di Marshall, che si era mossa sotto il prendisole, andando sulla sua coscia nuda. Anche lei spostò la mano, portandola sotto la maglietta di Marshall, dove trovò solo muscoli duri come la roccia. Si sentì molto potente, quando gli sfiorò un capezzolo con la mano e lo sentì inalare con forza.

Poi lui si allontanò e respirò a fondo dal naso, prima di dirle: "Accidenti, che donna!"

Kenna sorrise. Sentiva ancora sulle labbra il sapore di Marshall e ne voleva ancora, molto di più. Ma sapeva anche che tecnicamente erano solo al secondo appuntamento. Lei non aveva vergogna della propria sessualità, aveva più paura di innamorarsi pazzamente di lui, per poi scoprire qualcosa di insopportabile... così le si sarebbe spezzato il cuore.

"Questa poltroncina è micidiale," scherzò Marshall.

"Vero?" ribadì lei.

"Dai, forza, dobbiamo alzarci prima di andare oltre un limite che mi sono ripromesso di non superare."

Kenna inclinò la testa e lo fissò: "Ah sì?"

"Sì. Ti voglio, Kenna. Non credo ti sorprenderà saperlo," le disse, facendo un cenno col capo verso il basso; dal suo corpo spuntava un'erezione molto evidente. A lei non era sfuggita, ma stava cercando di essere educata non fissandola.

"Ma voglio anche passare più tempo con te, prima di affrettare un rapporto fisico."

Eeeeeeh... ecco che di nuovo si comportava da uomo attento e irresistibile. Al che lei sbottò: "Dimmi qualcosa di negativo su di te."

Marshall sorrise come se potesse leggerle nella mente: "Bevo direttamente dal cartone. Latte, succo d'arancia, bevande gassate... qualunque cosa," le disse senza esitare. "E tu?"

Kenna sorrise. Era un'abitudine un po' strana, ma niente con cui non potesse convivere. Del resto loro si scambiavano già abbastanza saliva baciandosi. "Odio lavare i piatti e di solito aspetto che la pila diventi alta, finché non posso più usare il lavabo, così mi devo arrendere e lavarli."

"Io ho la lavastoviglie," le disse Marshall.

"*La la*," lo canzonò Kenna.

Marshall rise e le chiese: "Sei pronta ad andare?"

Lei annuì.

"Va bene, ora ti spingo così ti è più facile uscire."

Kenna era abituata a uscire dalla beanbag, per lei non era un problema. Certo, ne approfittò comunque per dargli una bella palpata ai pettorali, dato che c'era.

Marshall fece un gran sorriso, ma non le rinfacciò l'impudenza; le porse una mano.

Kenna la prese e con un po' di sforzo da parte di entrambi, anche lui si tirò in piedi dalla poltroncina spugnosa. Appena in piedi, scosse la testa e le disse: "Probabilmente dovrei ammettere che c'è un'altra mia abitudine un po' irritante."

"Quale?"

"Eh, che mi addormento ovunque, in qualunque momento. Di solito parto nel giro di cinque minuti. In quel coso?" disse scuotendo la testa, "probabilmente anche in meno di due."

A lei piacque l'idea di Marshall che dormiva mentre lei cazzeggiava in casa, le sembrava una scenetta molto domestica. "Di sicuro avrai imparato ad addormentarti ovunque per via del tuo lavoro. Immagino che quando devi dormire, ne approfitti dove puoi. Non mi dà alcun fastidio. Ma la vera questione è... russi?"

"No," le rispose tenendo un'espressione fissa, ma Kenna gli lesse qualcosa negli occhi, qualcosa che le fece pensare che le stava mentendo.

"Non penso che russare sarebbe sicuro, nel tuo lavoro."

"Infatti," le disse Marshall, "motivo per cui appena comincio uno dei miei compagni mi da un calcio così mi giro e smetto."

Kenna rise. "Capito. Un bel calcio se russi." Appena lo disse, ne comprese anche le implicazioni: dovevano essere insieme nello stesso letto. Ovviamente quel pensiero ne avviò subito altri nella sua mente, pensieri di natura più carnale. Di nuovo.

"Ecco. A questo punto è *davvero* meglio che andiamo. Hai tutto per oggi?" le chiese, indicando un borsone sul pavimento.

"Sì, ho preso anche un asciugamano in più, nel caso serva, un po' di contanti e tanti snack. Non so se in quella spiaggia ci sarà un bar, o magari un furgone alimentare parcheggiato vicino, ma non voglio rischiare di dovermene andare dalla spiaggia solo per prendere da mangiare o da bere, perché poi magari non riusciamo più a tornarci."

"Hai intenzione di dirmi dove andiamo, o ancora no?" le chiese Marshall prendendo il borsone dal pavimento e mettendoselo in spalla, per poi appoggiarle una mano dietro la schiena e accompagnarla alla porta.

"No no," gli rispose Kenna con un gran sorriso. "È un segreto, ma fidati, è sciccosa e molto esclusiva, la spiaggia è davvero meravigliosa, da quel che ho visto online."

"Hai un piano per riuscire a raggiungere la spiaggia?" le chiese Marshall.

"Sì. È la mia specialità."

"Ti hanno mai cacciata da una struttura?"

"Ma certo," gli rispose Kenna, "probabilmente il cinquanta per cento delle volte, ma quando sono riuscita a rimanere, di nascosto, ne è sempre valsa la pena."

"Perfetto, allora diamo il via alle danze, anche perché sono curiosissimo di scoprire questa spiaggia dalla sabbia dorata, con tanto di sirenette e fondale perfetto."

Kenna scoppiò a ridere mentre chiudeva a chiave la porta di casa, poi gli disse: "Non sono sicura di tutti quegli extra."

"Da come parli di queste spiagge private, pensavo proprio dovessero essere ricoperte di diamanti o quasi," scherzò Marshall.

"A te piace la spiaggia?" gli chiese Kenna mentre percorrevano il corridoio verso le scale. L'ascensore del palazzo era rotto da mesi. A lei non importava, era solo un po' di esercizio fisico in più per contrastare le calorie extra che mangiava quando era di turno al Duke's.

"La odio," le rispose Marshall.

Kenna lo guardò sbalordita, sperando fosse uno scherzo: "Dici sul serio?"

"Eh sì, cioè, a chi fa piacere avere il costume pieno di sabbia?" le chiese.

Kenna scosse la testa e gli disse: "Beh, quella è una rottura, ma oggi non penso che ci rotoleremo nella sabbia. Immagino che la settimana infernale dell'addestramento SEAL non ti abbia lasciato un buon ricordo della spiaggia, eh?"

"Acqua gelida, coperto di sabbia a ogni ora del giorno e della notte, con la sensazione di morire congelato? No," le rispose Marshall, "ma ho la sensazione che se qualcuno può farmi cambiare idea sul passare il tempo in spiaggia, quella sei tu. Anzi, probabilmente riusciresti a farmi cambiare idea su *tutto* ciò che non mi piace."

Era una frase bellissima, Kenna si stava innamorando di quel tipo. Follemente. "Fidati, ho visto le foto di questa spiaggia, è perfetta. C'è persino una zona con l'erba, possiamo sederci lì, se proprio non vuoi stare sulla sabbia. Le onde in quel punto non sono intense, per via delle rocce, nella zona est ci sono più onde, è bello farci bodyboard, mentre dall'altra parte l'acqua è più tranquilla. C'è una piscina enorme, tanto per alternare, ci sono gli ombrelloni e le sdraio, tutto gratis. Sarà fantastico."

Marshall le sorrise dicendole: "Non vedo l'ora di passare la giornata con te. Non importa cosa facciamo, basta che stiamo insieme."

Kenna si accorse che si stava appoggiando a lui: "Vale lo stesso anche per me."

Poi continuò a sorridere lungo tutte le scale, fino al parcheggio. Stava ancora sorridendo quando lui le aprì la portiera della Jeep, porgendole la cintura di sicurezza.

"Dove si va?" le chiese, avviando il motore dopo essersi messo al posto di guida.

"Vai sulla superstrada, verso la base navale."

"Va bene," le disse Marshall facendo retromarcia.

Kenna sapeva di avere ancora un sorriso imbambolato sul viso, ma aveva tantissima voglia di viversi quella giornata. Sperava di riuscire a intrufolarsi con Marshall in quella spiaggia senza farsi beccare. Aveva anche un piano di riserva, c'era una spiaggia pubblica a poca distanza, ma lei sperava di non averne bisogno. Il pensiero di fare qualcosa al limite del proibito con lui le faceva scorrere l'adrenalina nelle vene.

Cavolo, era davvero persa. Se era così entusiasta per una giornata da passare con quell'uomo, chissà come si sarebbe sentita, il giorno in cui ci fosse andata a letto.

Perché lei non aveva alcun dubbio che sarebbe successo; anzi, non vedeva l'ora.

CAPITOLO NOVE

ALECK SENTÌ una stretta allo stomaco quando Kenna gli indicò di andare verso il complesso residenziale di Coral Springs, che aveva una spiaggia attinente.

Era il complesso residenziale dove lui *viveva*.

"Eccoci qui," gli sussurrò, come se un qualche guardiano potesse sentirla dal parcheggio. "È da quando ho visto questo posto online che fremo dalla voglia di venirci. C'è una spiaggia bellissima, con una piscina dotata di scivolo, meraviglioso, ci sono persino delle amache intorno a una zona barbecue. È una zona perfetta."

"Non esiste una zona perfetta," borbottò Aleck; sapeva che avrebbe fatto meglio a dirle papale che lui ci viveva, infatti aprì la bocca proprio per dirglielo. Voleva fare una battuta, dicendole che lui conosceva bene quella struttura perché pagava palate di soldi all'amministrazione per la manutenzione. Ma lei lo anticipò prima che lui potesse spiegarle.

"Scommetto che le persone che ci vivono non lo apprezzano, probabilmente se ne stanno in quegli appartamenti super-lusso a lamentarsi che c'è troppo sole, o che l'acqua è troppo azzurra, cose così." Alzò gli occhi al cielo. "Non li capisco, questi ricchi, il posto è bellissimo ma non ha niente a che fare con il resto, non è aperto. I miei vicini di casa sono quasi tutti hawaiani, sono persone divertenti, affascinanti, mi hanno accolta a braccia aperte. A me piace molto passeggiare per il quartiere e giocare coi bambini, invece questi qua probabilmente non *conoscono* nemmeno i vicini. In realtà mi mette tristezza."

Cacchio, merda. Non era esattamente l'inizio migliore per confessarle che lui viveva proprio in quel complesso. Aleck voleva piacere a Kenna, non voleva farle pena. Ammettere di vivere in un attico di proprietà non avrebbe portato acqua al suo mulino.

L'ultima occasione di dire a Kenna non solo che lui viveva in quel complesso, ma che era uno di quei ricchi che lei sembrava non avere molto in simpatia, fu di nuovo tagliata quando lei aprì la portiera della macchina saltando fuori con un grande entusiasmo.

Incerto su come sarebbero andate le cose, anche Aleck uscì lentamente, prese le due borse dal sedile posteriore e andò incontro a Kenna davanti alla Jeep.

"Va bene, allora, pensavo di fare così," disse Kenna allungando una mano verso la propria borsa.

Aleck gliela consegnò, solo perché sapeva che non era molto pesante.

"Ci sono poche entrate, la spiaggia è chiusa e recintata, perché è proprietà privata, quindi dovremo passare dall'ingresso principale, attraversare l'atrio. Il trucco è questo, perché c'è un servizio di sicurezza, potrebbero chiederci un documento o farci delle domande. Ma se siamo impegnati a conversare, forse si sentiranno a disagio, non vorranno essere maleducati e interromperci. Se c'è qualcuno in portineria, potresti fare un cenno, sai quel bel cenno col mento che ti viene bene? Qualunque cosa fai, devi essere spontaneo, non dare l'impressione sbagliata. Cerca di confonderti." Poi ridacchiò: "Anche se probabilmente indosseranno tutti abiti firmati di lusso e tu invece... indossi un ananas."

"Ehi, a me piace questa maglia," le disse Aleck.

Lei gli sorrise dandogli un colpetto sul petto: "Anche a me, ma pensavo solo che chi vive da queste parti non se la metterebbe neanche morto. Dai, andiamo, vedrai che ce la facciamo."

Kenna era palesemente elettrizzata, al massimo dell'entusiasmo per la possibilità di entrare in quella spiaggia privata. Aleck però non era contentissimo del modo in cui lei sembrava sempre sminuire chi viveva in quel complesso. Certo, molti di loro probabilmente avevano cospicui conti in banca, ma non erano necessariamente degli stronzi. Lui non frequentava i suoi vicini, ma molti li incontrava e sembravano persone a posto, perfettamente gentili.

Però non voleva smorzare l'entusiasmo di Kenna, che era così su di giri, quindi la prese per mano e si avviò con lei verso l'ingresso. Se avessero davvero cercato di intrufolarsi senza farsi notare, Aleck sapeva che non ci sarebbero riusciti. La sicurezza in portineria era di alto livello e nessuno passava i controlli senza essere identificato o senza mostrare un documento che dimostrasse a chi faceva visita.

Ma lui seguì lo stesso il piano di Kenna. L'idea di intrufolarsi chiaramente la elettrizzava. Il momento giusto per ammettere che viveva in quel complesso era passato, Aleck cominciò a sentire un groppo, una sensazione sgradevole che gli si formava dentro. Avrebbe dovuto parlare subito, appena scoperto qual era la spiaggia verso cui erano diretti.

Aveva già fatto una gaffe parlando del lavoro di Kenna,

non voleva dire o fare altro che le desse un motivo di decidere che non potevano andare d'accordo... quando era più che ovvio che lei pensava di non avere nulla in comune con i ricchi che vivevano lì.

Ormai avrebbe dovuto trovare un altro momento per parlarle.

Una cosa divertente, ti ricordi l'altro giorno, quando siamo andati in quella spiaggia, attigua al complesso residenziale? Beh, io vivo lì.

Merda, non funzionava. Doveva inventarsi qualcosa di molto meglio, del resto, se Kenna non poteva perdonarlo per non aver confessato prima, beh... almeno poteva regalarle quella bella avventura.

"Marshall, fai attenzione," lo riprese Kenna, "abbiamo una sola opportunità e vorrei davvero riuscire a entrare in questa spiaggia."

"Cosa succede se ci beccano?" le chiese.

Kenna arricciò il naso, era adorabile. "Ho un'altra spiaggia in mente, di riserva, ma non è bella come questa."

"Non mi interessa dove andiamo o cosa facciamo," le disse Aleck, "sono solo contento di passare il tempo *con te*."

Lei lo guardò sorridente: "Wow, penso sia la frase più bella che mi sia mai stata detta."

"È vero. Prendere il sole in una spiaggia privata di lusso, chiacchierare nella tua fantastica poltroncina bean-bag, seduti in una bettola a mangiare burro di arachidi e marmellata; a me piace stare con te, mi fai sentire... felice."

Aleck si pentì di quelle parole nel momento stesso in cui gli uscirono di bocca, perché erano troppo mielose.

Ma cambiò idea appena Kenna smise di camminare e si appoggiò a lui, che le mise un braccio intorno alla vita per tenerla più vicina.

"Anche tu mi fai sentire felice. Potrei essere dell'umore

peggiore, ma poi mi arriva un tuo messaggio ed è come se tutto ciò che mi disturba fosse del tutto svanito. Ultimamente non mi riconosco."

Aleck non avrebbe saputo evitare di abbassarsi per baciarla, nemmeno a rischio della vita. Alla luce di dove si trovavano, tenne il bacio più casto, ma sempre intenso.

Kenna alzò un braccio e gli mise una mano sulla guancia, pur senza dir nulla.

Il suono improvviso di un clacson molto potente li spaventò entrambi, Aleck ridacchiò e si sbrigò a spostarsi dalla strada, facendo un cenno di scuse all'uomo che guidava il SUV, che proseguì ridendo.

Kenna respirò a fondo: "Eccoci, si parte. Muoviti in modo naturale."

Aleck non capì bene se stesse dicendo a lui o a se stessa, ma annuì comunque.

Mentre si avvicinavano alle porte principali del complesso, Kenna cominciò a chiacchierare inventandosi cosa dovessero comprare più tardi al supermercato.

Aleck sapeva che quell'argomento avrebbe dato l'impressione che vivevano in quel complesso e non poté far altro che sperare che un giorno avrebbero davvero fatto la spesa insieme, o che si sarebbero lasciati dei bigliettini con scritto ciò che serviva, per andare in negozio. Fu come una sorpresa, perché lui non aveva mai pensato di vivere con una donna, prima, ma con Kenna gli sembrava di non saper *smettere* di pensarci.

Le porte automatiche si aprirono e così Aleck e Kenna entrarono nell'atrio del complesso residenziale. Proprio come gli aveva detto lei, Aleck fece un cenno col mento al portiere, quando furono vicino alla postazione della reception. Ma certo, Aleck conosceva abbastanza bene Robert. Qualche mese prima, quando era tornato di primo mattino da una missione, si era fermato a parlare con lui. Robert aveva un fratello nell'esercito e voleva assicurarsi di far sapere ad Aleck quanto apprezzava il servizio dei militari.

Kenna gli strinse la mano fortissimo e cominciò a parlare anche più veloce. Aleck avrebbe voluto porre fine a quella farsa senza ulteriori indugi. Non gli piaceva vedere Kenna così agitata, ma non era proprio quello il momento giusto. L'avrebbe solo messa in imbarazzo, dicendole che lui viveva lì dopo che lei si era impegnata così tanto a far finta di essere una residente.

Passarono oltre la postazione di Robert, che tornò ad abbassare lo sguardo sui giornali che aveva davanti. Si diressero verso le porte sul retro di quell'atrio enorme, sembrava quello di un albergo; sul retro c'era la zona attrezzata con i prati, su cui spesso Aleck e gli altri della squadra si trovavano per farsi una grigliata.

Nel momento stesso in cui quelle porte si chiusero dietro di loro, Kenna si voltò verso di lui con un sorriso enorme sul volto. "Ce l'abbiamo fatta!" disse, mezzo sussurrando, mezzo gridando. Poi lo abbracciò di nuovo.

A quel punto Aleck era troppo imbarazzato per dirle che avevano superato la sorveglianza solo perché lui conosceva Robert... perché viveva in quel complesso.

"È andata benissimo!" esclamò Kenna con un sorriso radioso in volto.

Aleck avrebbe quasi voluto imbottigliare quell'energia, quell'entusiasmo, per poterli sfruttare quando più ne avrebbe avuto bisogno... probabilmente appena dopo averle detto che in realtà non si erano affatto "intrufolati" in quel complesso.

"Andiamo, voglio vedere questa spiaggia. Te lo dico subito, sarà meglio che sia all'altezza delle mie aspettative." Ridacchiò. "Cavolo, avevo il cuore in gola, son tanto agitata che tremo," gli disse mentre andavano verso la spiaggia.

Aleck le si avvicinò e le mise un braccio intorno alle spalle, mentre camminavano. "Ti è piaciuto." Non era una domanda.

"Mi piace farcela," gli rispose con un gran sorriso. "Non è che mi piaccia lo stress di infrangere davvero una legge."

Aleck non trattenne una risata: "Non sono sicuro che intrufolarsi in una spiaggia privata costituisca un reato."

Kenna fece spallucce: "Io sono una bonacciona," gli disse senza alcuna finzione, "non mi piace infrangere le regole, non l'ho mai fatto."

"Beh, adesso siamo qui. Ora anche tutti gli altri pensano che viviamo qui. Quindi non ti sentire in colpa, va bene?"

"Ma certo!" gli rispose Kenna allegramente.

Poi si allontanò per correre avanti verso il punto in cui il prato terminava e cominciava la spiaggia. Lì si fermò per aspettarlo.

"Che bella," gli disse a mezza voce.

Infatti era bellissima. Anche se Aleck non era molto spesso in spiaggia, ne sentiva comunque il fascino. Quel complesso residenziale si impegnava parecchio per garantire che la spiaggia fosse sempre molto invitante. C'erano ombrelloni e sdraio sparsi qua e là, a una buona distanza tra loro. Qualcuno rastrellava la sabbia tutte le sere per mantenerla in ordine, togliendo foglie, rametti e altri detriti. C'era anche un capanno in cui qualcuno conservava le tavole da surf, l'attrezzatura per fare snorkelling, persino qualche galleggiante gonfiabile. C'era uno stand con delle bibite in lattina, alcoliche e analcoliche, oltre a qualche snack. Persino i servizi igienici erano maniacalmente lindi, venivano puliti ogni ora per controllare che rispettassero gli standard di alta qualità del complesso residenziale.

"Dove vuoi sederti?" le chiese Aleck.

"Eh, ehm... un po' lontano dal capanno di servizio. Non voglio che ci chiedano chi siamo o che vogliano un documento. Forse laggiù, dall'altra parte?"

Di nuovo, il senso di colpa rodeva Aleck, gli dispiaceva troppo vedere Kenna preoccupata di essere beccata. Voleva rassicurarla e dirle che nessuno li avrebbe cacciati via, ma probabilmente lei gli avrebbe chiesto *come* faceva a esserne sicuro.

Ripensandoci, forse era un buon modo per entrare in argomento. Così poi poteva raccontarle tutto.

Ma il dibattito con la coscienza fu ancora troppo lungo: Kenna lo prese di nuovo per mano e gli fece strada verso l'ombrellone più lontano dal personale di servizio del complesso, raccolto intorno allo stand con gli spuntini e al capanno con le attrezzature.

Kenna sistemò ombrellone e sdraio fino a essere completamente soddisfatta della disposizione: "Guarda! ci sono anche gli asciugamani," gli disse con un sorriso compiaciuto, "e sono anche *belli*. Morbidi e spessi." Poi aprì sulla sdraio un telo mare a strisce bianche e blu con il nome del palazzo, si abbassò per tirarsi su il prendisole, senza alcuna esitazione.

Aleck quasi si mangiò la lingua quando vide Kenna con il suo costume da bagno nero e rosso. Era molto semplice, rispetto a tanti altri completi moderni, con un taglio alto sui fianchi e una scollatura profonda sul petto, che lasciava intravedere appena i seni.

Kenna si voltò a prendere qualcosa dalla borsa e Aleck rimase senza fiato.

Quando si erano incontrati per la prima volta, le aveva

guardato bene il sedere mentre lei usciva dall'acqua, ma così da vicino era molto meglio. In pratica il costume le lasciava la schiena completamente scoperta, con un semplice legaccio intorno al collo; solo il sedere era coperto, per il resto la schiena era completamente esposta.

Aleck si mosse senza pensarci, facendo un passo verso di lei; poi allungò le mani per accarezzarle la pelle liscia.

Kenna sussultò per la sorpresa, poi si rilassò mentre lui risaliva con le mani lungo la sua schiena.

"Marshall?" gli chiese lei.

"Cacchio, sei bellissima," le disse Aleck sottovoce, mentre l'accarezzava. Poi affondò un poco i pollici nei muscoli dorsali e lei inarcò la schiena.

"Mi piace," gli disse gemendo.

Aleck sentì l'uccello reagire; cacchio se voleva sentirglielo dire mentre erano entrambi nudi e a letto e lui le stava...

"Intanto che sei lì, ti dispiacerebbe mettermi un po' di crema sulla schiena? gli chiese con un gran sorriso, passandogli un tubetto di crema solare.

Fine del sogno ad occhi aperti. Ma Aleck era determinato a farsi desiderare tanto quanto lui desiderava lei. Ovviamente anche lei *sembrava* reagire, a giudicare dai momenti passati sulla poltroncina di casa. Così decise di giocare un po'.

"Ma certo," le rispose, afferrando il tubetto di crema solare. Lei aveva la testa girata verso di lui, lo guardava togliersi la maglietta sfilandola dalla testa per lasciarla cadere sulla sdraio vicina.

Kenna non gli tolse di dosso gli occhi spalancati.

Aleck fu colmo di soddisfazione; sapeva di essere molto in forma, si allenava sempre con i compagni di squadra per tenersi al massimo delle condizioni fisiche.

"Accidenti," sussurrò Kenna, girandosi lentamente, "ti avevo già sentito gli addominali, ma porco cane, Marshall. Cos'hai nella pancia, una tartaruga Ninja? Non pensavo nemmeno che ci fossero così tanti muscoli, in una pancia."

Lui si mise a ridere e le disse: "Solo normali addominali." Poi strinse i muscoli per mostrarli meglio.

Lei allungò una mano e gliela passò sulla pancia, un po' come aveva fatto lui con lei, sulla schiena, poi esclamò di nuovo: "Accidenti!"

"Dai, girati," la invitò, "così ti metto la crema."

Lei ci mise un po', prima di togliere la mano dalla pelle di Aleck, poi fece un gran sospiro e si girò di schiena.

Aleck si preparò una bella dose di crema sulle mani, aveva un dolce aroma di cocco, poi si mise al lavoro. Gliela passò tra le scapole, gli piaceva molto il modo in cui lei inarcava la schiena a quel contatto. Andò con calma, raggiungendo per bene ogni centimetro di pelle, massaggiando a fondo la crema. Anche dopo averla coperta bene di crema, Aleck non riusciva a toglierle le mani di dosso.

Le infilò le dita appena sotto l'elastico del costume, andando a sfiorare le natiche.

"Marshall..." si lamentò lei, senza prendersela.

"Sì?" le chiese lui, continuando a provocarla, sia pur non in modo volgare, anche se in realtà avrebbe tanto voluto far scivolare le mani sul davanti, sotto il costume.

Lei spinse indietro col sedere, contro di lui, Aleck sentì l'uccello reagire sotto al costume.

Kenna lo guardò da sopra la spalla: "Ti voglio."

Aleck quasi si strozzò, ma si sforzò di mantenere il controllo: "Anch'io ti voglio," le disse, infilandole meglio un dito sotto il costume. Si lasciò andare per un altro secondo al piacere del contatto con quella pelle liscia, poi spostò la mano un po' più al sicuro. Le mise le mani sulle spalle e le si avvicinò, baciandola sulla tempia e dicendole: "Ho finito con la crema."

Kenna ridacchiò e fece un respiro profondo.

Aleck sapeva che avrebbe ricordato quel momento per tutta la vita; la brezza oceanica, il profumo del cocco e Kenna tra le braccia.

"Ottimo, allora girati che ti metto la crema."

Aleck inarcò un sopracciglio: "Pensavo che non volessi farti cacciare dalla spiaggia?"

Lei rise alzando gli occhi al cielo, poi ripeté: "Dai, girati."

Mentre Aleck si girava, pensò che si stava divertendo molto, nonostante il senso di colpa che ancora sentiva. Scambiarsi battute con Kenna era divertente; lei era una donna sensuale, ma non se la tirava, ovviamente le piaceva molto quel tipo di scappatella.

Sentire le mani di Kenna sul proprio corpo fu una tortura per Aleck, che però si sforzò di controllarsi. Anche se in *realtà* avrebbe tanto voluto prendere Kenna in braccio, gettarsela sulle spalle e portarsela su in casa, a letto. Ma in quel momento, almeno fino a quando non avesse trovato il modo di parlarle del proprio fondo di investimenti, avrebbe dovuto accontentarsi di quel contatto.

Anche Kenna si prese tutto il tempo per spalmargli la crema sulla schiena, ma ad Aleck non dispiacque affatto. Alla fine, dopo essersi spalmati la crema sul resto del corpo, si sdraiarono entrambi a prendere il sole.

Aleck sentì Kenna ridere sottovoce, si voltò verso di lei e le chiese: "Cosa c'è che ti diverte?"

Lei gli fece un cenno col capo verso il costume, scherzando: "Non mi sembri molto rilassato."

Lui fece spallucce e le rispose chiedendole: "Cosa ti aspettavi, dopo che mi hai toccato in quel modo?" Aveva la sensazione che gli sarebbe rimasto mezzo duro tutto il giorno. Poi le fece un cenno col capo verso i seni commentando: "Comunque anche tu non stai messa meglio."

In passato, non si sarebbe mai sognato di puntualizzare con una donna che aveva i capezzoli induriti. Ma con Kenna tutto era diverso.

Lei si limitò a ridere dicendogli: "*Touché.*"

Rimasero in silenzio per vari minuti, poi Kenna gli disse "Mi piace."

"La spiaggia?" le chiese Aleck.

"Sì, ma *questo*. Io e te, stiamo bene insieme. Ci eccitiamo a vicenda e non ci facciamo problemi a dircelo. Mi piace come siamo aperti, onesti."

Ovviamente quelle parole gli spensero l'erezione, come un palloncino punto da uno spillo.

Diamine. Lui *non* era stato completamente onesto e aperto; più passava il tempo e peggio si sentiva.

"Mi piace molto passare il tempo con te," riuscì a dirle dopo un momento. Poi sentì il bisogno di un contatto fisico, anche temendo che quell'inganno finisse per spingerla via, così le prese la mano. Lei intrecciò senza esitare le dita con lui.

———

Kenna rideva cavalcando un'altra onda fino a riva. Lei e Marshall erano in spiaggia da ore e a un certo punto lui le aveva suggerito di prendere due tavole e andare in acqua. Lei all'inizio non voleva, per paura che il personale di servizio scoprisse che loro due non vivevano nel complesso, ma alla fine lui era riuscito a convincerla.

Poi lui era andato al casotto con le attrezzature ed era

tornato con le tavole, ma anche con un paio di bottigliette di gassosa e dei panini morbidi.

All'inizio, Marshall era rimasto seduto sotto l'ombrellone, mentre lei era andata in acqua, ma poi l'aveva raggiunta, brontolando per la sabbia nel costume. Avevano giocato con l'acqua e gareggiato a nuoto (Kenna aveva perso abbondantemente) poi avevano preso le tavole per cavalcare qualche onda.

Proprio come lei si aspettava, Marshall era molto a suo agio in acqua. Certo, era un SEAL, gli veniva tutto naturale, ma il suo talento andava persino oltre. Nell'oceano si muoveva come fosse a casa sua. Non sputava fuori acqua salata di continuo. Il sole sembrava non dargli fastidio minimamente. Persino quando un'onda l'aveva colto di sorpresa, mandandolo gambe all'aria, lui si era mosso come una creatura marina ed era tornato fuori dall'acqua ridendo, con il corpo cosparso di rivoli d'acqua scintillanti.

Vederlo con indosso solo un costume da bagno non era affatto spiacevole, per Kenna, che ebbe una sensazione forte: si sarebbe ricordata per tutta la vita il momento in cui lui si era tolto la maglietta. In teoria sapeva già di avere al fianco un uomo in ottima forma, ma vedere tutti quei muscoli da vicino era un'esperienza molto più personale, quasi religiosa. Lei gli aveva fatto una battuta sugli addominali, ma era stata catturata molto più dai muscoli che gli partivano dai fianchi e scendevano a V verso l'inguine.

Verso l'uccello.

Per tutti i santi del Paradiso. Kenna non era certo una verginella, aveva visto un buon numero di peni, ma si era convinta che Marshall le avrebbe fatto passare ogni voglia di stare con un altro uomo. Da quel che riusciva a intuire, dalle forme del costume, lui ce l'aveva lungo e anche bello grosso; Marshall non aveva il minimo imbarazzo per il proprio corpo, un aspetto che lei apprezzava molto.

I pensieri con cui si era prefissa di comportarsi da brava ragazza erano andati a farsi benedire quando lui le si era messo di fronte con solo il costume da bagno; Kenna voleva quell'uomo. Voleva andarci giù di brutto con lui, sentirlo dentro, profondamente. Voleva prendergli l'uccello in bocca e fargli perdere la testa.

In pratica voleva fare di tutto, fisicamente, tutto ciò che le era passato per la mente da quando lo aveva visto a petto nudo, da quando aveva sentito sul corpo la sua erezione.

Ma anche i preliminari erano molto piacevoli, Kenna non se lo negava. Sentire le dita di Marshall sulla schiena era paradisiaco, tanto da bagnarsi di eccitazione quando lui le aveva messo le mani sotto al costume, accarezzandole le natiche. Anche toccare lui era eccitante.

Sì, tutto ciò che facevano erano veri e propri preliminari, eccitanti, che creavano l'aspettativa del piacere, un fermento che lei sentiva nelle vene.

Era bello sentire la chimica che si scatenava tra i loro corpi, oltre al piacersi di testa. Forse non era la cosa più carina da dire, ma per quanto lei volesse un uomo con cui *parlare*, voleva uno con cui fosse compatibile anche a letto.

Ma su Marshall non aveva alcun dubbio: l'avrebbe stravolta, quando finalmente avessero dato sfogo all'attrazione reciproca.

"Arriva!" le gridò Marshall da dietro. Kenna era così persa nei suoi pensieri che si era persino dimenticata dove fossero. Si girò e lanciò un grido da ragazzina vedendo Marshall che la stava travolgendo con la tavola. Lei cercò di scostarsi, ma un'onda le fece perdere l'equilibrio. Tra le risate, Kenna si sforzò di farsi da parte, ma lui la investì in pieno.

Per una frazione di secondo, la tavola di Marshall passò sopra il corpo di Kenna, ma lui, da esperto d'acqua qual era, si era già gettato da una parte per non pesarle addosso.

Kenna sentì delle braccia avvolgerla in vita e tirarla fuori dall'acqua, poi vide l'espressione preoccupata di Marshall: "Merda, Kenna, stai bene? Pensavo che ti spostassi."

Lei non fu in grado di resistere e si mise di nuovo a ridere. Era talmente felice che non poteva trattenersi.

Lui la fissò come fosse una matta, sembrava pronto a tirarla fuori dall'oceano per chiamare un'ambulanza. Si spostò più vicino a riva.

Kenna si sforzò di controllarsi, poi si gettò tra le braccia di Marshall, che incespicò e si mise in ginocchio nell'acqua. Lei gli mise una mano sul petto e lo spinse fino a farlo sedere. Poi gli si mise sopra a cavalcioni, avvolgendolo con le braccia intorno al collo e dicendogli: "Sto bene, scusa, non facevo attenzione. Mi sta bene."

"C'è mancato poco che ti travolgessi," borbottò Marshall, accarezzandole la schiena e tenendola vicina.

Kenna si avvicinò fino a sentire il suo uccello tra le gambe. Era una posizione intima, anche se nessuno dei due in quel momento era eccitato. Le piaceva stargli così vicino. "Ma non mi hai travolto," lo rassicurò.

Lui la guardò negli occhi e annuì, finalmente convinto che stava bene. Alzò una mano e gliela passò tra i capelli, afferrandone una ciocca che tirò leggermente all'indietro per farle sollevare il mento. Poi si abbassò per baciarla sotto al mento. Infine rilassò la presa di poco, senza lasciarla andare.

Kenna inclinò la testa all'indietro e si agitò un poco in braccio a lui. Ecco, così si era eccitata e poteva sentire l'uccello di Marshall che le pulsava tra le gambe. Le onde li lambivano, il sole batteva sulle loro teste. Kenna sapeva che sulla spiaggia c'erano anche altre persone che si godevano quella bella giornata, ma lei aveva occhi solo per un uomo.

Lo guardò negli occhi e si leccò le labbra, sentendo solo il sapore del sale. Non avrebbe mai dimenticato quel giorno trascorso con Marshall.

"Non guardarmi così," le disse.

"Così come?" gli chiese Kenna.

"Così, come se volessi spogliarmi e prendermi a modo tuo proprio qui, sulla spiaggia."

"Non so che farci," ammise Kenna.

"Senti, cara, ma lo sai come sarebbe scomodo?"

Lei sbatté le palpebre sorpresa: "Che cosa?"

"Fare sesso sulla spiaggia. Il pensiero è succulento, ma l'azione fisica vera e propria è un'idea pessima. Non mi viene in mente niente di peggio che la sabbia sull'uccello quando voglio scoparti."

Quelle parole la fecero tremare di eccitazione: "L'hai mai fatto?"

"Ma mi ascolti o che, cara mia?" le chiese fingendosi esasperato. "No. Col cazzo."

"Dovremmo fare attenzione," scherzò Kenna, "ma credo che potrei scoprire un modo per farlo funzionare."

Marshall stava già scuotendo la testa. "No. Impossibile. Posso farlo in barca, in un casotto sulla spiaggia, sul prato *vicino* alla spiaggia, ma sulla sabbia? Impossibile."

Kenna ridacchiò.

"Ehi, voi, sono vostre, queste?" chiese un uomo non molto lontano.

Kenna si voltò e vide uno che teneva le loro tavole da surf.

"Sì, grazie tante, ce le può mettere laggiù, sulla sabbia? Veniamo a prenderle tra un attimo."

"Nessun problema," rispose l'uomo sorridendo. "Se avessi una bella ragazza in braccio, nemmeno io mi preoccuperei delle tavole."

Kenna gli sorrise e poi tornò a guardare Marshall: la stava osservando con uno sguardo intenso, aveva negli occhi un'espressione difficile da interpretare. Poi lui le spostò una mano dietro la schiena e la tirò ancora più vicina.

"Non sono perfetto," le disse.

Kenna si fece seria. Non erano quelle le parole che si aspettava di sentire. "Ne abbiamo già parlato, lo so che non sei perfetto."

"No, dico davvero. Nella vita, ho fatto cose che farebbero cacare sotto qualunque persona razionale. Se sono di cattivo umore, posso diventare uno stronzo con gli amici, persino con gli estranei che incrocio per strada. Sono cinico, quando vedo qualcuno che chiede l'elemosina sul marciapiede, la prima cosa che penso è che sia una truffa solo per avere i soldi per la droga. Sospetto delle persone, in generale, non conosco molto bene i miei vicini."

"Marshall..." cominciò Kenna, ma lui non smise di parlare.

"Vorrei essere l'uomo che ti immagini, ma sono un essere umano. Dico sempre le parole sbagliate, ho una paura folle che tu capisca che non sono l'ideale che ti sei fatta nella testa e che mi molli. Voglio solo chiederti, se faccio qualcosa che non ti piace, o se senti qualcosa su di me, qualcosa che ti fa incazzare, o qualcosa che non capisci... parlamene sempre. Se poi non ti piacessero le mie risposte, potrai anche lasciarmi."

"Ma non ti sto lasciando." Kenna non aveva idea del motivo per affrontare un discorso del genere, ma voleva assolutamente calmarlo.

"Penso di aver bisogno di te, Kenna," le disse, "ho bisogno di te per uscire dal mio guscio, tu mi spingi a vedere il bene negli altri, piuttosto che il male. È passato tantissimo tempo da quando ho incontrato una persona con cui sentissi di poter essere me stesso, poter essere Marshall, non il solito buffone. Il SEAL."

Kenna si abbassò verso di lui e gli appoggiò la fronte sulla fronte. "Sono qua con te," gli disse apertamente.

"Promettilo," le disse, spostandole una mano dietro la nuca, "promettimi che se senti qualcosa di male su di me, qualcosa che ti dà fastidio, prima me ne parlerai."

Per la prima volta, Kenna cominciò a innervosirsi: "Cosa devo sentire di male?"

Lui scosse la testa: "Promettilo," le ripeté, stringendole la nuca, non forte, ma solo per farla concentrare.

"Te lo prometto," gli sussurrò.

A quelle parole, Marshall sentì ogni muscolo del corpo rilassarsi; le accarezzò la nuca col pollice, quasi come chiedendole perdono per la stretta di prima. "Ottimo. Grazie per oggi, Kenna. Non ricordo una sola occasione in cui sono uscito con qualcuna e sono stato bene come oggi con te."

"Grazie per avermi fatta divertire e per essere venuto con me, lo sapevo che questa spiaggia era fantastica."

"Ogni qual volta vuoi provare a sgattaiolare in una spiaggia privata, puoi contare su di me. Anche se non sono sicuro che avremo lo stesso successo di oggi."

"Vero? Mi è sembrato fin troppo facile. Ma non voglio certo guardare in bocca a caval donato," gli disse.

Marshall ridacchiò: "Che proverbio strano, cioè, perché mai poi bisognerebbe guardare in bocca a un cavallo?"

"Non lo so, ma ora voglio scoprire le origini di quel proverbio," gli disse Kenna con un gran sorriso.

"Beh, abbiamo i telefoni nelle borse..." le disse, senza concludere la frase.

"Questa è una delle tue doti che apprezzo di più... non mi trovi strana per alcune delle mie uscite. Finora mi hai dato corda su tutte le mie voglie pazze."

Marshall sorrise, poi la baciò, leccandole il sale dalle labbra prima di metterle le mani sui bicipiti: "Sei pronta per uscire dall'acqua? Facciamo una pausa?"

Kenna annuì.

"Anch'io. Adesso però, dopo essermi seduto qui, mi è entrata la sabbia nel costume."

Kenna non ce la fece a trattenersi e rise, poi si tirò indietro e scese dalle gambe di Marshall, alzandosi e porgendogli la mano. "Dai, ragazzone, non ci credo che sei un SEAL, ti lamenti troppo per la sabbia."

"Ehi, fare il tenerone non è certo il mio ideale di divertimento, l'ho imparato bene al centro addestramento forze speciali. Altro che sabbia, là sì che c'erano attività fastidiose. Molto, *molto* fastidiose," le spiegò mettendo una mano tra quelle di lei.

Poi si alzò e quando un'onda gli si infranse contro le gambe lui non oscillò nemmeno. Era davvero del tutto a suo agio nell'acqua, Kenna lo trovava sexy da morire, tanto che le passò per la testa l'immagine di loro due che facevano l'amore nell'oceano, ma lei la allontanò. Quello non era il giorno per fare sesso, era il giorno per conoscersi meglio. Anche se lei ne era ben certa: il sesso sarebbe arrivato in un futuro non troppo lontano.

Marshall andò a prendere le tavole da surf e poi si incamminarono insieme verso le sdraio; lui insisté per andarle a prendere dell'acqua fresca e un altro snack, senza che lei dovesse nemmeno chiederglielo.

Kenna lo guardò allontanarsi e pensò a cosa le aveva detto, in acqua. Chissà mai cosa lo preoccupava, cosa poteva mai scoprire lei? Sapeva che era un SEAL, sapeva che uccideva, sapeva che non era un tipo che viveva alla giornata. Però doveva essere qualcosa di grosso, per farlo preoccupare in quel modo. Ma lei non riusciva a immaginare nulla che facesse la differenza su quello che provava per lui; se però lo avesse scoperto, avrebbe mantenuto la promessa, ne avrebbero parlato prima di prendere qualunque decisione affrettata sul loro rapporto.

A quel punto, spinse via quella strana conversazione dalla mente e si accomodò sulla sdraio, sospirando contenta. Quella spiaggia era perfetta. Erano tutti gentili, cordiali, non c'era in giro un solo oggetto fuori posto. Nessun timore che arrivasse qualcuno a rubare le loro cose mentre erano in acqua, una grossa preoccupazione in meno. In fondo avere i soldi non era poi così male, se consentiva di passare il tempo libero in un posto come quello.

Kenna chiuse gli occhi e si rilassò. La giornata sarebbe terminata presto, ma lei si sarebbe goduta ogni secondo rimasto da passare con Marshall.

———

Si erano fermati in spiaggia più tempo del previsto. Mentre tornavano da lei, Marshall si era fermato da

Wendy's per prendere da mangiare, panini e patatine per cena. Si era offerto di portarla a mangiare da qualche parte, in un bel locale, ma a lei piaceva molto il fast food. Non poteva mangiare patatine tanto quanto voleva, ma le divorava. Anche se la costringevano a correre più a lungo, la mattina dopo, un prezzo che lei era disposta a pagare.

Inoltre, Kenna non era vestita bene e non se la sentiva di andare da Helena's o in un altro ristorante. Indossava ancora il costume, aveva i capelli tutti arruffati dal vento e pieni di sale, non se la sentiva di parlare con altre persone, al di fuori di Marshall.

Certo, lei era estroversa, ma anche lei aveva dei limiti. Quella era stata una giornata meravigliosa, l'avevano trascorsa insieme, lei e Marshall, da soli, in quel momento lei non se la sentiva di avere a che fare con qualcun altro.

Kenna voleva tanto chiedergli di salire da lei. Potevano mangiare insieme (anche lui si era preso un panino) e poi magari potevano farsi una doccia per darsi una ripulita. Anche se in due non ci si stava molto comodi, nella sua doccetta, ma una donna poteva sempre vivere di fantasie.

Kenna scosse la testa: sapeva che non sarebbe successo. Quella giornata era stata perfetta e non aveva intenzione di incasinare tutto. Passare più tempo con lui non era un problema, ma non le sembrava il momento giusto per passare a un rapporto più fisico.

"Cosa ti passa per la testa?" le chiese Marshall.

Forse perché si sentiva così bene, dopo una giornata tanto piacevole, Kenna fu completamente onesta, le venne spontaneo. "Pensavo se chiederti o meno di salire da me. Magari potevamo risparmiare dell'acqua facendoci la doccia insieme. Ma poi ho pensato che non ci stiamo, insieme, nella mia doccia; tra l'altro, non mi sembra ancora il momento di andare oltre, sai, fisicamente."

Marshall le prese la mano, lei gliela strinse volentieri.

"Penso che sappiamo entrambi dove ci sta portando questo rapporto. Almeno io so dove *voglio* che ci porti. Ma sono d'accordo, oggi non è il momento giusto."

Kenna sospirò sollevata.

Rimasero senza parlare per tutto il resto del viaggio verso l'appartamento di Kenna, ma fu un silenzio comunque piacevole.

Una volta arrivati, Marshall accostò nel parcheggio e spense il motore, poi si voltò verso di lei. "Come sei messa, questa settimana?"

"Lavoro lunedì, martedì, giovedì, venerdì e sabato," gli rispose. "Ho anche qualche faccenda da sbrigare, ma domani per prima cosa mi faccio una bella corsa lunga."

"Non saltare addosso al primo che vedi immerso in acqua," la provocò Marshall.

Kenna rise di gusto dicendogli: "Non ti sono saltata addosso, comunque ho imparato la lezione. Tu invece come sei messo?"

"Allenamenti e riunioni. C'è una probabilità che ci mandino in missione, ma stiamo aspettando di vedere come vanno le cose. Si spera che mettano tutti la testa a posto così non dovremo partire."

Kenna sentì una stretta allo stomaco e annuì a malapena: "Lo spero anch'io."

"Lo sapevi che Lexie lavora in città per Food For All?" le chiese.

Contenta di quel cambio di argomento (non era ancora pronta a pensare troppo a Marshall e agli altri che si mettevano in situazioni pericolose), Kenna annuì. "Me l'ha accennato l'ultima volta che mi ha mandato un messaggio. Mi ha parlato di uno dei suoi utenti preferiti, uno che ci va spesso. Penso che si chiami Theo?"

"Sì, proprio lui. Comunque, diventerà responsabile di una seconda succursale di Food For All a Barber's Point, aprono questa settimana. Io e gli altri aiuteremo a spostare un po' dei mobili grossi, ma se hai un po' di tempo e vuoi dare una mano, di sicuro le farebbe piacere un aiuto nell'organizzare il nuovo centro. Anche Elodie ci lavorerà, come volontaria. Preparerà dei pasti pronti sani e originali per gli utenti."

"Mi piacerebbe dare una mano," gli disse Kenna spontaneamente.

"Fantastico," le disse lui sorridendo.

Kenna lo scrutò per un secondo, poi gli chiese: "Per te è importante che io vada d'accordo con Lexie e con Elodie, vero?"

"Sì," le rispose lui senza esitare. "Prima di tutto, sono persone meravigliose e so che ci andrai d'accordo subito, appena avrai occasione di conoscerle davvero. Ma poi frequentano molto la nostra squadra. Sai, ne parlavamo prima, penso che sarebbero una grande risorsa, un ottimo aiuto per quando sono in missione."

Kenna sorrise.

"Cosa c'è?" le chiese.

"Mi piace quando programmi per il futuro."

Marshall le si avvicinò e le mise di nuovo una mano dietro la testa; ovviamente era il suo modo preferito per chiederle la massima attenzione. Le piaceva moltissimo.

"Ero già sicuro di volere un rapporto serio, con te, ma da oggi è una certezza assoluta. Kenna, tu sei proprio la donna che ho sempre voluto. Sei divertente, estroversa, gentile, amichevole, piacevole, non posso certamente negare di essere attratto da te anche fisicamente. Prima che tu me lo dica, so che non sei perfetta, abbiamo già parlato del *perché*, ma le tue qualità trapelano tanto che non posso nemmeno immaginare di arrabbiarmi per delle stupidaggini, come ad esempio che non ti piace lavare i piatti. Lexie ed Elodie non sono solo le compagne dei miei amici, sono anche mie amiche. Voglio davvero tanto che andiate d'accordo."

"Andremo d'accordo," gli disse Kenna, "senza dubbio. Mi piacciono già. Il fatto che si siano impegnate così tanto per difendermi al Duke's, inventandosi una storia per far ingentilire quelle stronze... mi ha fatto capire bene che tipo di donne sono."

"Ottimo. Ti troverai bene con loro, anche da sole? Io non posso mollare il lavoro durante il giorno, per aiutare. Stavamo pensando di fare il grosso del trasloco a inizio settimana."

"Marshall, sono una cameriera professionista, posso parlare di qualunque argomento con chiunque. Vedrai che starò bene." Trovava quelle preoccupazioni carinissime.

"Va bene, ottimo. Per la cronaca?"

Lui non andò avanti, così Kenna gli chiese: "Sì?"

"Se mi avessi invitato di sopra per mangiare e per farci la doccia insieme, avrei risposto di sì. A questo punto, non posso negarti nulla."

Kenna sorrise. Le piaceva molto sapere di avere quel potere su di lui... lo stesso tipo di potere che aveva lui su di lei. Kenna si avvicinò e lo baciò. Lui prese subito l'iniziativa, tirandola più vicino da dietro il collo e assaporandola.

Quando finalmente si separarono per respirare, ansimavano entrambi.

"Cacchio," disse Kenna con un filo di voce.

"Eh sì," concordò Marshall. "Andiamo, ti accompagno di sopra."

"Pensi che sia una buona idea?" lo provocò Kenna, che

sentiva i capezzoli premere contro il costume; era bagnata anche in mezzo alle gambe.

"Voglio solo essere sicuro che arrivi a casa sana e salva; sarei un compagno di merda, se ti lasciassi qui, nel parcheggio."

Kenna scosse la testa: "Ma no, saresti solo uno normale."

"Non mi piacciono le persone normali," le disse Marshall, che poi la baciò con grande trasporto e si voltò rapidamente per uscire dalla Jeep.

Kenna era consapevole di avere un sorriso da pazza, ma non sapeva che farci. Marshall le afferrò la borsa, poi la prese per mano e si incamminarono insieme verso il palazzo.

Arrivarono alla porta dell'appartamento di Kenna in un minuto scarso. Marshall le porse la borsa in cui aveva messo anche il cibo da asporto, poi la tirò a sé di nuovo per un ultimo abbraccio sentito. Infine fece un passo indietro per lasciarle lo spazio di aprire la porta.

"Allora, buona notte," le disse.

Kenna forse avrebbe dovuto offendersi, perché lui non le stava dando un ultimo bacio della buonanotte, ma anche lei si accorse che se ci avesse provato sarebbero finiti a letto. "Anche a te. Mi avverti quando sei a casa?"

Lui annuì: "Domenica prossima sei libera, vero?"

"Sì."

"Mi piacerebbe portarti a casa mia e cucinarti qualcosa... se per te va bene."

Kenna ebbe un fremito: "Sai cucinare?"

Marshall ridacchiò: "Non sono certo uno chef come Elodie, ma mi ha dato dei consigli ottimi e posso preparare una bistecca semplice."

"Allora va bene. Vuoi venire al mercatino delle pulci all'Aloha Stadium con me nel mattino?" gli chiese.

Lui rispose subito: "Sì."

Kenna sorrise: "Ci sei mai stato?"

"No."

"Allora preparati, è una chicca. C'è di tutto, dai vestiti ai souvenir, dal cibo etnico ai pezzi di antiquariato. A me piace tantissimo parlare con gli artisti, di solito ti raccontano delle storie molto interessanti."

Marshall sorrise: "Mi piace quando ti entusiasmi per qualcosa," le disse, "possiamo metterci d'accordo più avanti sui dettagli."

"Ottima idea."

"Passa una buona settimana."

"Va bene," lo rassicurò Kenna.

Per un secondo, rimasero entrambi in piedi, senza muoversi, fissandosi a vicenda, poi Marshall fece un respiro profondo e arretrò.

Kenna lo guardò camminare all'indietro lungo il corridoio.

"Vai dentro," la invitò lui.

Era rassicurante, anche lui era attratto tanto quanto lei. Kenna lo salutò con un cenno della mano, poi aprì la porta ed entrò nell'appartamento.

Chiuse la porta e ci si appoggiò con un altro grande sorriso in volto; poteva ben dire di essere completamente partita per Marshall Smart. Non sapeva proprio il perché lui fosse così preoccupato, cosa mai ci fosse da scoprire su di lui, ma sentiva che qualunque cosa fosse a lei non sarebbe importato.

Era più felice di quanto non fosse mai stata da molto tempo, tirò fuori la cena dalla borsa e si avviò verso il divano per mangiare. Prima la cena, poi la doccia, poi avrebbe inviato un messaggio a Lexie per scoprire i dettagli e aiutarla nel trasloco, per aprire la nuova sede di Food For All.

Si prospettava una settimana pesante, Kenna era già entusiasta di rivedere Marshall la domenica successiva. Sì, si sarebbero sentiti anche durante la settimana, ma andare a casa sua, dove lui avrebbe cucinato per entrambi... sembrava l'occasione perfetta per portare il loro rapporto fisico su un altro piano.

Dirlo così le sembrava quasi insignificante. In realtà, Kenna voleva scopare con Marshall con tanto desiderio, più di quanto ne avesse avuto negli ultimi tempi, e aveva la sensazione che il fine settimana successivo sarebbe giunto anche il loro momento.

Era tutta illuminata dal sorriso, quando morse un gran boccone del panino. Era ancora tiepido, ma nulla poteva spegnere l'entusiasmo per una giornata come quella.

CAPITOLO DIECI

La settimana stava trascorrendo rapidamente. Tra gli allenamenti, faccende varie, le chiacchierate con Marshall e il lavoro, Kenna aveva l'impressione che il tempo fosse volato.

Era già mercoledì mattina, Kenna stava andando nella zona di Barber's Point dove doveva incontrare Lexie, Elodie e un'altra signora di nome Ashlyn, anche lei collega di Lexie, per organizzare la succursale di Food For All. Aveva persino convinto Carly a venire anche lei. Era stata sincera con Marshall, Kenna poteva parlare con chiunque di qualunque argomento, ma era comunque contenta che Carly avesse accettato di accompagnarla.

Kenna era anche preoccupata per l'amica: Carly non usciva più, da quando c'era stato il litigio con Shawn al Duke's, preferiva rimanersene a casa il più possibile, a parte i turni di lavoro. Del resto Kenna non poteva certo biasimarla: se fosse stata *lei* ad avere un ex come Shawn, anche Kenna si sarebbe comportata esattamente nello stesso modo, con le stesse attenzioni; ma barricarsi in casa non faceva bene a Carly.

Un motivo in più per odiare Shawn.

Per fortuna, quel giorno aveva convinto Carly a uscire con lei e non vedeva l'ora di passare del tempo con l'amica anche al di fuori del lavoro.

Mentre si dirigevano nella zona occidentale dell'isola, Kenna disse con la massima disinvoltura: "Allora... come ti va con Jag? Vi sentite ancora?"

"Tutto bene. Sì, ci sentiamo."

Kenna capì che Carly non voleva parlare del SEAL affascinante con cui era in contatto, ma non se la sentì di lasciar perdere del tutto: "Marshall ha detto che si preoccupa per te."

Carly fece un sospiro e si voltò verso Kenna: "Senti, so che tu sei in delirio, tanto sei felice con Marshall, ma non fissarti in testa che io finisca per mettermi con il suo amico. Ho chiuso con gli uomini. Dico davvero. Magari non per sempre, ma per un bel po'. Va bene?"

"Va bene, va bene," rispose Kenna, "voglio solo che tu sia felice. Solo perché Shawn non era l'uomo giusto per te non significa che non ci sia in giro quello giusto. Poi non tutti gli uomini sono degli stronzi maneschi."

"Lo so. Tra l'altro, Jag mi piace davvero; è gentile e mi fa sentire al sicuro. Però non sono pronta. Sento di dovermi ancora riprendere del tutto. Voglio tornare a essere felice da sola, almeno per un po'. Non sarebbe giusto nemmeno nei suoi confronti, usarlo come ripiego."

"Questo lo capisco," disse Kenna. Lo capiva davvero, ma intuiva che se Carly si fosse aperta con Jag non se ne sarebbe pentita; però doveva essere *Carly* a decidere quando si sentiva pronta a voltare pagina. "Grazie per aver accettato di venire con me oggi," le disse, cambiando argomento.

Carly sorrise: "Grazie per avermelo chiesto. So di dover

uscire più spesso, solo che ancora ho paura che Shawn salti fuori dal nulla per farmi del male nel momento stesso in cui esco dal mio appartamento."

"Lo capisco. Ma oggi nessuno ti farà del male. Oggi ci divertiamo."

"Allora chi c'è? Chi incontriamo? Quelle due che erano al Duke's l'altra sera, loro me le ricordo, ma poi?"

"Sì, Elodie e Lexie. Lexie lavora per Food For All, che sta aprendo una succursale in questo posto. A quanto ho capito, lei è incaricata di organizzare il tutto. Poi c'è un'altra che lavora con lei, si chiama Ashlyn."

"Forte. Allora oggi niente uomini?" chiese Carly fingendosi un po' troppo disinvolta.

Kenna trattenne un sorriso; se solo Jag avesse portato un po' pazienza, Carly avrebbe finito per cedere, Kenna se lo sentiva. "No, niente uomini, oggi lavorano. Penso che siano andati ieri per traslocare i mobili più grossi."

Carly annuì.

Chiacchierarono di altri argomenti e degli orari di lavoro per tutto il resto del tragitto fino a Barber's Point. Kenna accostò e parcheggiò a un isolato di distanza dal centro di Food For All, poi saltò fuori con Carly dalla sua fidata Chevy e si incamminarono insieme lungo il marciapiedi.

Le finestre del palazzo erano coperte di carta ingiallita, a indicare al pubblico che il centro non era ancora aperto, ma Lexie aveva detto a Kenna di entrare senza farsi problemi.

Kenna spinse la porta per aprirla ed entrò in un ambiente ampio, luminoso ed accogliente. Sorrise, pensando che in un momento di sfortuna, costretta a chiedere aiuto per sfamare se stessa e la famiglia, si sarebbe sentita molto meglio dopo essere entrata in un ambiente come quello. Non era affatto deprimente, anzi, tirava su il morale. Le pareti erano di un bel bianco brillante, l'illuminazione era molto accesa, ma senza l'eccesso dei riflessi delle luci fluorescenti. Una volta tolta la carta dalle finestre, la luce del sole sarebbe entrata a dare ancor più luminosità, Kenna immaginava.

"Ciao!"

"Ehi! Sono arrivate Kenna e Carly!"

"Che piacere rivedervi!"

L'accoglienza immediata da parte delle tre donne già presenti fece sorridere Kenna ancor di più. Le ricordò una vecchia sit-com che lei guardava spesso in televisione, *Cin*, in cui tutti salutavano sempre Norm appena entrava nel bar.

Kenna fece un cenno a tutte: "Ciao! Vi ricordate di Carly, vero?"

"Come potremmo dimenticare la miglior cameriera di sempre?" rispose Elodie con un gran sorriso.

"Lei è Ashlyn, lavora con me per Food For All," disse Lexie.

"Piacere di conoscerti," disse Kenna presentandosi.

"Idem. Lexie mi ha parlato molto di te," rispose Ashlyn.

"Mettete pure le borse laggiù," disse Lexie indicando un tavolo vicino a una parete, su cui erano posate altre borse. "Poi ci mettiamo al lavoro."

"Oggi che si fa?" domandò Kenna mentre andava verso il tavolo.

"Il capocantiere ha tutto l'elenco," scherzò Ashlyn.

"Ma stai buona," ribatté Lexie tirando all'amica un foglio di carta appallottolato.

Risero tutte.

Kenna capì subito che sarebbe stata una giornata un

sacco divertente. Ne aveva proprio bisogno. Le serviva passare del tempo con delle donne, fuori dal ristorante.

Sentendo la porta aprirsi di nuovo, Kenna si voltò verso l'ingresso e vide un uomo che entrava. Era alto, piuttosto magro, con capelli lunghi e arruffati. Muoveva le labbra come se stesse parlando con se stesso, anche se non si sentiva nulla di ciò che diceva. Fissava il pavimento vicino alla porta, dove si era fermato. Portava un borsone pieno di lattine vuote, indossava abiti logori e laceri.

Kenna si aspettava che Lexie o Ashlyn dicessero a quell'uomo che il centro non era ancora aperto, invece Lexie lo salutò andandogli incontro.

"Ciao, Theo. Hai dormito bene stanotte?"

Lui annuì senza alzare lo sguardo o rispondere a voce.

"Ottimo. Pensi che starai bene qui, invece di andare in centro?"

Al che, Theo alzò lo sguardo per la prima volta e fissò Lexie come se brillasse di luce propria: "Mi piace il mio letto, mi piace casa mia. È tranquilla, c'è anche un parco. Con gli alberi."

"Ti piacciono gli alberi, vero?" gli chiese Lexie con voce morbida.

Theo tornò ad abbassare gli occhi guardandosi i piedi e annuì di nuovo.

"Ottimo. Qui abbiamo appena cominciato. Se vuoi puoi rimanere."

"Rimango," borbottò Theo con un filo di voce.

Ashlyn spaventò Kenna quando le parlò sottovoce da molto vicino. Kenna non l'aveva nemmeno sentita avvicinarsi: "Theo ha contribuito a salvarle la vita. Lexie farebbe di tutto per lui, mentre lui la protegge, a modo suo. Quando Lexie ha saputo che avrebbe lavorato da queste parti, non ha potuto lasciarlo in centro. Così gli ha chiesto

se voleva venire a vivere qui vicino e lui ha accettato.
Allora lei gli ha trovato un monolocale e finora sembra che
stia molto bene."

Kenna non conosceva tutti i dettagli della storia di
Lexie, ma era estremamente curiosa di scoprire cosa le
fosse successo e come quell'uomo, prima un senzatetto, le
avesse salvato la vita; ma quello non era il momento di
chiedere informazioni alla nuova amica, non era nemmeno
il posto giusto.

Theo si avviò verso un tavolino in un angolo e si accomodò su una sedia, controllando di avere la borsa tra i
piedi, come se pensasse che una delle donne potesse
cercare di portargliela via. Kenna non si sentì offesa: forse
anche lei, fosse stata una senzatetto, sarebbe stata para-
noica che qualcuno le rubasse tutto.

Lexie si avvicinò a un frigorifero e tirò fuori una bottiglia d'acqua, la portò a Theo e la lasciò sul tavolino senza
dire una parola. Poi tornò dalle altre e disse: "Va bene,
Elodie vuole sistemare la stanza sul retro per poter avviare
il prima possibile il programma dei pasti a domicilio.
Dovremo spostare alcuni dei mobili che i ragazzi hanno
portato ieri. Dobbiamo anche spazzare il salone, pulire i
bagni, sbrigare le pile di tavoli e sedie, in pratica dobbiamo
rendere tutto questo ambiente invitante, deve diventare il
più accogliente possibile."

Ashlyn emise un lamento e si piegò mettendosi una
mano dietro la schiena come fingendosi una signora di
cento anni.

Risero tutte.

"Per quanto mi piaccia la luce del salone, è un po'...
troppo decisa. Pensavo, prima di spacchettare o pulire,
potremmo pitturare le pareti. Volevo fare un bel murale
colorato, come quelli di Kakaako."

"Cosa sarebbe Kakaako?" chiese Carly.

"È un quartiere che sta tra Waikiki e il centro di Honolulu. Per molto tempo è stato un quartiere industriale fantasma, soprattutto carrozzerie o vecchi magazzini. Ma un gruppo di artisti locali ha scelto quei vecchi edifici usandoli come delle tele, il risultato è che l'area è stata rivitalizzata. Ci sono alcune birrerie e altri negozi, adesso c'è anche un ritrovo mensile di furgoni alimentari."

"Come mai non ne sapevo nulla?" domandò Kenna a nessuna in particolare.

"Perché non hai alcun motivo di passare da quelle parti in macchina?" suggerì Elodie.

"Adesso sì," replicò Kenna, "farò una ricerca poi ci passerò con Carly mentre torniamo a Waikiki."

"Fantastico," disse Ashlyn con un sorriso.

"Allora... chi lo disegna questo murale, Lexie? Perché io come artista faccio veramente pena e penso che anche tu non sia il massimo," disse Elodie.

"Io me ne tiro fuori," intervenne Ashlyn.

"Immagino che anche voi due non siate delle artiste?" domandò Lexie a Kenna e Carly.

"Eh no, io no, mi dispiace," rispose Kenna.

"Io non riesco nemmeno a tracciare una linea dritta," confermò Carly.

"Bene, cacchio. Che grande idea che ho avuto," concluse Lexie sospirando.

"Io so disegnare."

Tutte cinque le donne si voltarono verso Theo, che era ancora seduto al suo tavolino con lo sguardo basso; tracciava dei cerchi immaginari col dito sul sottile strato di polvere che ne ricopriva la superficie.

Lexie gli si avvicinò e si accovacciò vicino alla sua sedia: "Tu sai disegnare, Theo?"

Lui annuì.

Lexie si girò e fece un cenno verso Elodie. "Mi porti un foglio e una penna?"

Elodie corse verso il tavolino su cui erano appoggiate le borse e tirò fuori da una busta un foglio di carta, che poi portò a Theo e Lexie.

Kenna osservò con interesse mentre Lexie si voltava verso il suo amico strambo e gli metteva davanti sul tavolino il necessario per disegnare. "Puoi disegnare qualcosa?"

"Sì."

"Magari l'oceano, una bella spiaggia, con delle case sulla sinistra e una montagna."

"Come Diamond Head?" domandò Theo guardandola.

"Sì, esatto! Magari con un bell'arcobaleno, da qualche parte. L'arcobaleno piace a tutti. Rende le persone felici."

Theo annuì e si abbassò sul foglio di carta.

Lexie si rialzò in piedi e si allontanò dal tavolo, lasciando a Theo lo spazio di fare ciò stava facendo.

"Pensi davvero che sappia disegnare?" sussurrò Carly mentre Lexie tornava verso le altre.

"Lo spero vivamente. Altrimenti queste pareti rimarranno estremamente noiose," rispose Lexie. "Non abbiamo i soldi per pagare un artista, almeno per il momento."

"Potremmo chiedere ad Aleck," suggerì Elodie.

Kenna sbatté le palpebre sorpresa da quell'uscita che sembrava fuori luogo.

"Potremmo," confermò Lexie, "ma ha già donato tanto, non voglio esagerare, mi sembra di chiedergli troppo."

"Ma lui se lo può permettere," disse Elodie con disinvoltura.

"Lo so, ma non voglio approfittarmene. Specialmente se poi devo chiedergli aiuto per qualcos'altro."

Elodie e Ashlyn annuirono d'accordo, ma Kenna guardò Carly confusa.

Elodie notò quello sguardo e le chiese: "Va tutto bene?"

Kenna fece spallucce: "Non so, mi chiedevo come mai avete nominato solo Marshall per fare una donazione."

"Perché sta messo bene," disse Lexie senza prestare attenzione, mentre prendeva delle sedie impilate una sopra l'altra. "Non si direbbe a guardarlo, o parlando con lui. È uno dei milionari più alla mano che conosca. Però ti garantisco che non ce ne approfittiamo. Per questo non voglio chiedergli di pagare un artista per venire a dipingere un murale nel centro. È già stato abbastanza generoso."

Kenna era rimasta alle prime frasi che Lexie le aveva detto, faceva fatica a digerire il fatto che Marshall fosse un *milionario*.

"Non lo sapevi? Mi dispiace, se ti abbiamo rovinato la sorpresa," le disse Elodie con dolcezza. "Lui non va in giro a vantarsi dei suoi genitori, che hanno guadagnato un sacco di soldi nel settore immobiliare e gli hanno creato un fondo fiduciario."

"Anzi, sta anche ripagando ai suoi genitori l'attico a Coral Springs. Ci ha detto che loro l'avevano comprato come casa vacanze, ma poi quando lui è stato trasferito di stanza alle Hawaii loro hanno insistito che lo usasse, per abitarci," le spiegò Lexie.

Kenna si bloccò completamente sentendo dove viveva Marshall.

Oddio, quanto si sentiva idiota.

Ecco perché era stato così facile entrare in quella spiaggia privata: cacchio, Marshall ci *viveva*. E non le aveva detto una parola.

Si sentì sopraffatta da uno tsunami di umiliazione.

In quel momento, il migliore incontro della sua vita si

era macchiato.

Carly ovviamente si accorse di quello stato d'animo, pur non sapendo il perché, così mise una mano sul braccio di Kenna, come a sostenerla.

Kenna sapeva di dover dire qualcosa, ma stava ancora elaborando il fatto che, nonostante la lunga conversazione di quel giorno, Marshall non avesse fatto alcun riferimento alla sua ricchezza. Le faceva male. Parecchio.

Fu salvata da quella situazione estremamente imbarazzante dall'arrivo di Theo che disse: "Fatto."

Rivolsero tutte l'attenzione verso di lui, che stava posando la penna sul tavolo. Lexie tornò da lui e prese il foglio di carta. L'espressione colpita fu chiaramente visibile sul suo volto.

"Puoi rifare lo stesso disegno, ma sulla parete? Molto grande?" gli chiese.

Theo annuì.

Kenna si voltò verso le altre con un sorriso enorme sul volto, dicendo: "Sembra che abbiamo trovato il nostro artista."

Elodie e Ashlyn si rallegrarono e accorsero per vedere cos'aveva disegnato Theo. Carly ne approfittò per chiedere a Kenna sottovoce: "Stai bene?"

"No," le rispose sinceramente, "ma non voglio pensarci in questo momento. Abbiamo da fare e voglio conoscere le altre. Non posso concentrarmi su quello che dobbiamo fare se penso che Marshall mi ha mentito."

Carly si rattristò: "Va bene, ma se vuoi parlare sai che io ci sono."

"Grazie," le disse Kenna, "lo apprezzo tanto."

Carly annuì e accompagnò Kenna verso Theo per vedere il suo disegno. Kenna si avviò volentieri, anche per togliersi dalla testa ciò che aveva appena sentito su

Marshall. Era un dolore troppo lacerante per starsene lì a subire.

Il resto della mattinata passò alla svelta, come anche il primo pomeriggio. Elodie ordinò il pranzo per tutte, si abbuffarono di panini, patatine fritte e malasada per dessert. Theo mostrò un grande talento; anche se aveva un problema mentale e non spiccava per igiene, certamente il suo talento artistico era rimasto intatto. Finì di disegnare la scena della spiaggia sul muro e poi cominciarono tutti a pitturarla, prima che Kenna e Carly dovessero andar via.

Dato che quella sera Carly doveva lavorare, aveva bisogno di tornare a casa per cambiarsi e andare al Duke's in tempo per cominciare il suo turno. Non c'era molto da fare per preparare l'apertura della succursale, ma Kenna fu entusiasta di quanto andavano tutte d'accordo. Elodie e Lexie erano proprio divertenti, come la sera in cui erano venute al Duke's.

Kenna sentì il riassunto di entrambe le loro tragiche storie e ne fu inorridita; non fu molto sorpresa di sentire che Marshall e gli altri SEAL della squadra avevano unito le forze per salvarle. Non poteva fare a meno di essere incuriosita sulle missioni dei militari, quando avevano incontrato Elodie e Lexie la prima volta. Era difficile immaginarsi Marshall in modalità SEAL full immersion, ma Kenna sentiva che sarebbe stato impressionante.

Sentir parlare di Marshall e degli altri le fece un po' male; le ricordò di come l'avesse ingannata. A peggiorare quella sensazione, Lexie continuava a parlare del bel panorama sull'oceano che si godeva dall'attico di Coral Springs.

Ma ogni volta che saltava fuori l'argomento, Kenna si rifiutava di pensarci. Avrebbe avuto molto tempo quella sera per ripensare a tutto ciò che aveva sentito.

Ashlyn era gentile proprio come le altre, quando Lexie

cominciò a stuzzicarla parlando di Slate, Kenna fu sorpresa: a lei Slate aveva dato l'impressione di essere un uomo impaziente e non molto interessato a un rapporto con una donna. Ma del resto lei non lo conosceva molto bene. Invece Ashlyn era una persona estroversa e vivace; Kenna faceva fatica a immaginarsela insieme a Slate.

Ovviamente le chiacchiere erano passate poi a Carly, al suo ex e a Jag. Carly si era aperta e aveva parlato di Shawn e di come il rapporto sembrasse andare bene, all'inizio, finché lui non aveva completamente cambiato atteggiamento. Lexie ed Elodie raccontarono ad Ashlyn ciò che era successo al Duke's e come Kenna aveva affrontato Shawn, cercando di costringerlo a lasciare andare Carly, prima che arrivassero Midas e Marshall a bloccarlo.

Quando Kenna e Carly se ne andarono, ormai le cinque donne avevano fatto tutte amicizia. Si erano scambiate i numeri di telefono, anche quello di Carly e di Ashlyn. Kenna era contenta di avere un nuovo gruppo di amiche. Si trovava bene con le colleghe di lavoro, ma era bello anche non dover sempre fare chiacchiere da bar.

Dopo aver promesso di tenersi in contatto, anche per trovare un'altra occasione in cui uscire insieme, Kenna accompagnò Carly alla macchina.

Le due amiche non parlarono finché non furono sulla strada che le riportava a Waikiki.

"Vuoi parlarne?" le chiese Carly.

Kenna non aveva certo bisogno di chiedere all'amica cosa intendesse. Lo sapeva. Scosse la testa: "Non ne ho idea, mi sento un'idiota."

"Mi dispiace," le disse Carly.

"Il fatto è che gli ho detto più di una volta che odiavo le bugie, eppure eccoci qui, un dettaglio così importante e non me ne ha parlato."

"Ma ti ha *detto* una bugia?" le chiese Carly.

"Ma certo che mi ha mentito. Non sapevo che fosse un milionario!" esclamò Kenna.

"Ma ti ha detto esplicitamente di *non* essere un milionario?" insisté Carly.

"Ma perché stai dalla sua parte?" domandò Kenna, "tu sei mia amica, dovresti sostenermi, dovresti stare dalla *mia* parte."

"Infatti è così," le disse Carly con calma, "ma fidati, so come funziona la mente di un bugiardo. Shawn era molto bravo a mentire, però secondo me non dirti che è stracarico di soldi è una cosa diversa dal mentire spudoratamente."

"Ma io mi sento un'idiota. Ero così entusiasta perché siamo riusciti a intrufolarci nella spiaggia di Coral Springs... e lui ci *vive*! Probabilmente se la stava facendo sotto dal ridere."

"Ne dubito. Anzi, per come me l'immagino io, scommetto che era nel pallone."

"Ma per quale motivo?" domandò Kenna scettica.

"Tu gli hai detto qual era la spiaggia in cui volevi intrufolarti prima che venisse a prenderti?"

"No. Volevo che fosse una sorpresa."

"Appunto. Allora, quando gli hai dato le indicazioni per farlo arrivare in quel parcheggio, scommetto che ci è rimasto di sasso."

Kenna sospirò: poteva capirlo, ma non era ancora pronta a lasciar perdere, così insisté: "Ma poi ha avuto tutto il tempo di dirmelo. Ci abbiamo passato tutto il giorno, poteva dirmelo quando voleva."

"Senti, non sto dicendo che non hai il diritto di essere imbarazzata o delusa, però Kenna tu sei un po' una bons."

Kenna cambiò espressione e si voltò verso Carly. Per

fortuna non c'era molto traffico e poteva concentrarsi sulla strada e su quella conversazione intensa. "Un po' cosa? Che diamine sarebbe una bons?"

"Sarebbe una snob al contrario. Sei l'opposto di una snob. Invece di guardare dall'alto al basso le persone che non hanno soldi, tu giudichi duramente quelli che ne hanno tanti."

Kenna sbuffò. L'osservazione di Carly era un po' divertente, dato che Kenna aveva dato dello snob a Marshall la prima sera in cui si erano visti al Duke's, durante la pausa. "Ma no, non è vero," le rispose.

"Invece sì," ribadì Carly pacatamente. "L'avevo già notato. Ogni volta che arriva qualcuno che sembra essere carico di soldi, tu reagisci sempre con un certo sospetto. Ti trovi molto più a tuo agio con chi pensi sia appena benestante o anche meno, rispetto ai turisti ricchi o agli abitanti che stanno meglio e che vengono al ristorante molto spesso."

Kenna voleva protestare, dire che non era vero, ma sapeva che c'era un fondo di verità. "È solo che... la gente mi guarda *male* perché non mi interessa entrare nel mondo aziendale e guadagnare palate di soldi. Sono felice così, a fare la cameriera."

"Allora mandali affanculo," le disse Carly.

Kenna non poté far altro che ridere. La sua amica non diceva spesso parolacce, quindi era piuttosto sorprendente sentirgliene dire una.

"Dico davvero. Tu sei una donna adulta, puoi fare quello che vuoi. Se sei felice, a chi importa quello che pensano gli altri. Però senti, sul serio, hai un ragazzo che è pieno di soldi. Perché ti dà tanto fastidio? Molte donne farebbero salti di gioia. Se il vostro rapporto dovesse funzionare, potresti vivere in un attico con una vista mozzafiato sull'oceano e *continuare* a fare la cameriera. Solo che magari non sarai più costretta a lavorare così tanto e non dovrai più preoccuparti di quisquilie come pagare l'affitto o guadagnare i soldi per fare la spesa."

Kenna sospirò: sapeva che Carly aveva ragione, eppure non riusciva a mettere da parte il fatto che Marshall avesse passato tutto il giorno con lei nella sua cavolo di spiaggia privata e non le avesse detto nulla. "Lo so," disse dopo un momento.

"Non ti ho mai vista così vivace e contenta come nelle ultime settimane," le disse Carly, "tutto grazie a *lui*. Non per i suoi soldi, ma per i suoi messaggi, per le vostre conversazioni fino a tarda notte. Un uomo come lui non arriva tanto spesso. Fidati, lo so bene."

"Carly..." esordì Kenna, ma l'amica la interruppe prima di ascoltare il resto.

"Non sto parlando di Shawn per spostare la conversazione su di me. Sto solo dicendo... non voglio stare a guardare mentre interrompi un rapporto che finora è andato benissimo, prima ancora che cominci davvero. Non per una stupidaggine come questa, avere dei soldi."

Kenna non pensava fosse una stupidaggine, ma capiva la logica di Carly.

"Parla con lui," la incitò Carly, "ascoltalo. Tu sei bravissima nel capire le persone, capirai anche se sta cercando di venderti del gran fumo, quando ti spiegherà il perché non te l'ha detto. Ma devi dargli un'opportunità. Non mandare tutto all'aria."

Kenna non riuscì a trattenere una risatina e scherzò: "Sembri molto coinvolta nel nostro rapporto."

"In un certo senso è così. Cioè, Jag sta diventando un buon amico e sarebbe imbarazzante parlare di lui o anche vederlo, se tu molli Aleck."

Kenna fece un gran sorriso: "Allora ammetti che ti piace Jag?"

"Ma certo che mi piace," le disse Carly.

"Ma ti piace *piace*," chiarì Kenna.

"No," disse Carly con decisione.

Ma il fatto che stesse parlando di vedersi con Jag in un prossimo futuro era già un enorme passo avanti. Lo sapevano entrambe, anche se Carly non ammetteva quel tipo di interesse.

La conversazione scemò e Kenna si tranquillizzò, pensando a cosa doveva fare quella sera.

Poi si ricordò cosa le aveva detto Marshall, che se mai avesse sentito qualcosa che non le piaceva su di lui, avrebbero dovuto parlarne insieme. Glielo aveva promesso. Kenna sperava tantissimo che lui si stesse riferendo a *quello*. Se ci fossero stati altri segreti, non era sicura di poterli sopportare.

Kenna si era dimenticata di attraversare Kakaako nel tornare a casa, per guardare i murali, ma pensò di poterlo fare un altro giorno. Accostò vicino all'appartamento di Carly, che uscì dall'auto e si girò di nuovo verso di lei.

"Grazie ancora per avermi invitata, oggi, mi sono divertita."

"Quando vuoi."

"Qui non ho ancora molte amiche, a forza di nascondermi da Shawn e di rimanere chiusa in casa, mi sono fatta prendere dalla solitudine. Cercherò di sforzarmi e di ricominciare a vivere, grazie a te."

Kenna sorrise: "Però stai attenta, va bene?"

"Va bene. Non ho certo voglia di incontrare di nuovo quello stronzo. Dico solo che mi è piaciuto molto uscire con delle donne, oggi; spero di rivedere di nuovo anche le altre."

"Di sicuro ci rivedremo presto. Ci siamo scambiate anche i numeri di telefono, ho la sensazione che non passerà molto tempo, prima che ci invitino per qualche altra occasione."

"Lo spero proprio," disse Carly con un sorriso: "Allora ci vediamo domani al lavoro."

"Ciao ciao," le disse Kenna, che poi attese che Carly entrasse al sicuro nel suo palazzo prima di uscire dal parcheggio e dirigersi verso casa.

Non era entusiasta di ciò che doveva fare, ma aveva qualche ora per pensare a cosa dire a Marshall. Non era felice di quella bugia bianca, di quello che non le aveva detto, ma non voleva essere una bons, come l'aveva chiamata Carly; ma l'imbarazzo in cui l'aveva messa Marshall era presente, appena sotto traccia, e lei lo odiava.

Se lei e Marshall fossero stati in grado di proseguire nel loro rapporto, Kenna doveva trovare il modo di superare quell'odiosa sensazione. Non era sicura di come fare, il che la preoccupava.

Ecco, avrebbe cercato di chiarire le proprie sensazioni quel pomeriggio, poi avrebbe telefonato a Marshall. Avrebbero parlato, poi lei avrebbe deciso se voleva o meno rivederlo.

Anche se il solo pensiero di non parlargli, di non andare insieme al mercatino dell'usato, come avevano in programma, era doloroso... il che le diceva già molto su ciò che provava per lui. Non voleva rompere quel rapporto, ma non voleva nemmeno sentirsi la scema, vittima di uno dei tanti scherzi.

Sentì un vuoto nello stomaco al pensiero di telefonargli. L'indomani, alla stessa ora, il rapporto con Marshall doveva essere chiarito o concluso.

Le veniva da vomitare.

CAPITOLO UNDICI

ALECK ERA PREOCCUPATO per il messaggio che Kenna gli aveva mandato.

Kenna: Dobbiamo parlare.

Spesso anche lui aveva detto scherzando che quando una donna dice a un uomo che devono parlare, non c'è da aspettarsi nulla di buono. Infatti era vero al cento per cento. Aleck aveva anche la sensazione di sapere di cosa volesse parlare Kenna.

Si prese a calci mentalmente, avrebbe dovuto dirle quella domenica che lui viveva a Coral Springs. Solo che si stava godendo la giornata a tal punto che non voleva andare in argomento, non voleva rovinarle il divertimento... e l'impressione che si era fatta di lui.

Non aveva pensato molto al fatto che Kenna sarebbe uscita con Elodie e Lexie, probabilmente avrebbe dovuto avvertirle entrambe che non aveva parlato a Kenna dei propri soldi, magari chiedendo loro di non dire nulla, di aspettare che fosse lui a parlargliene.

Ma non aveva detto nulla. Kenna aveva passato il pomeriggio con Elodie e Lexie... e ora dovevano "parlare". Probabilmente la verità era uscita. Kenna gli aveva promesso che avrebbero discusso, qualora lei sentisse qualcosa che non le piaceva; almeno stava rispettando la promessa.

Le rispose rapidamente con un messaggio.

Aleck: Ma certo. Quando vuoi. Sono a casa e non sono impegnato.

Preferiva affrontarla subito, per scusarsi, umiliarsi se necessario.

Kenna: Ok.

Non gli scrisse quando avrebbe telefonato, ma Aleck non fece pressione. Si mise a camminare avanti e indietro con il telefono in mano, cercando di pensare al modo migliore per spiegarle la logica che lo aveva portato a non dirle che viveva a Coral Springs, a non dirle che aveva un solido conto milionario in banca. Kenna quasi lo divertiva, era arrabbiata perché lui era ricco. Molte altre donne sarebbero state entusiaste. Invece Kenna no.

La sua Kenna.

Merda. Era *ancora* la sua donna?

"Dai, forza, chiamami," mormorò. Voleva affrontarla subito. Odiava saperla indispettita.

Aleck smise di camminare e si fece una risata. Non perché ci fosse qualcosa di divertente, ma perché in fondo lui non sapeva nemmeno se *era* indispettita. Lui stava impazzendo, ma per quel che ne sapeva, magari Kenna voleva parlare di qualcos'altro.

No. Nel profondo lo sapeva, la causa del problema con lei erano i soldi.

Forse, nell'inconscio, lui sperava che Elodie e Lexie *dicessero* qualcosa di sfuggita, per non dover trovare un modo di andare in argomento.

A ogni modo, odiava la sensazione di paura che gli era attecchita dentro.

Kenna lo fece aspettare per un'altra mezz'ora, poi finalmente il telefono squillò.

"Kenna," le disse rispondendo.

"Ciao."

Aveva una voce atona, non il tono cordiale con cui di solito lo salutava quando si sentivano al telefono.

"Mi hai chiesto di parlarne con te, se mai avessi sentito qualcosa di te che non mi piace," gli disse Kenna, andando dritta al sodo. "Tu vivi a Coral Springs."

Non era nemmeno una domanda.

"Sì," le rispose Aleck senza tergiversare minimamente.

"Sei ricco," aggiunse Kenna.

"Tecnicamente sono i miei genitori quelli ricchi, ma sì, ho accesso a un fondo fiduciario molto sostanzioso e nel mio conto in banca c'è una cifra consistente."

Kenna non disse nulla per un lungo momento, anche Aleck aveva paura di dire qualcosa che esacerbasse gli animi.

"Perché non me l'hai detto? Perché non hai detto nulla

quando siamo entrati nel parcheggio di Coral Springs, domenica? Hai avuto tutto il tempo di dirmi che ci vivevi e che non sarebbe stato un problema entrare nella spiaggia privata."

Il tono di dolore nella voce di Kenna lo feriva. Aleck odiava affrontare quella conversazione al telefono, ma non aveva intenzione di chiederle di aspettare il fine settimana. "Avrei dovuto."

"Sì," confermò lei.

"In realtà non ho una scusa valida," le disse Aleck, "ma sai, il mio conto in banca non è qualcosa che vado a raccontare in giro alle persone che ho appena conosciuto. I soldi che i miei genitori hanno risparmiato per me li uso solo raramente. Sì, vivo nell'attico a Coral Springs, i miei genitori lo hanno comprato qualche anno fa come casa per le vacanze. Quando sono stato trasferito di stanza alle Hawaii, me lo hanno messo a disposizione. Io ho cercato di protestare, ma è stato inutile. Lo sto comunque ripagando... dal mio stipendio della marina, non dal fondo in banca."

Aleck fece un bel respiro e poi proseguì. Kenna non gli aveva riattaccato il telefono, non lo aveva interrotto; lui decise di interpretarli come segnali positivi, ma la verità era che non ne aveva idea. Forse Kenna aspettava la fine della spiegazione per dirgli che non voleva rivederlo mai più. Quel pensiero lo spinse a parlare ancora più alla svelta.

"Tu mi hai accusato di essere uno snob, la prima sera che abbiamo parlato; anche se quella frecciata mi ha fatto male, non avevi tutti i torti. I miei genitori hanno sempre fatto in modo che dovessi lavorare per ottenere qualcosa, ma le vacanze erano sempre fantastiche. Di solito andavo esattamente dove volevo. Lo stesso dicasi per i compleanni. Sì, mi hanno regalato una macchina quando ho compiuto sedici anni. Non ho mai davvero sentito il bisogno di qualcosa. Quindi è vero, per me è stato difficile capire come mai tu fossi soddisfatta di fare la cameriera, ma più ti ho conosciuta, più l'ho capito."

"La vita non gira intorno ai soldi, ma intorno ai rapporti, ai legami con le persone. Tu hai l'abilità unica di interfacciarti con chiunque incontri. È un talento, Kenna. Domenica, quando sono venuto a prenderti, eri adorabile all'ennesima potenza. Eri emozionata di intrufolarti in una spiaggia privata. Io non avevo idea che tu avessi scelto la spiaggia del complesso residenziale dove vivo, fino al momento in cui siamo entrati in quel parcheggio. A quel punto non c'era un bel modo per uscirmene dicendo che vivevo proprio lì. Cioè, potevo, dovevo, ma... la verità è che ero nervoso. Tu mi hai detto palesemente quello che pensi sulle persone ricche e sul tipo di gente che immaginavi vivesse in quel complesso. L'ultimissima cosa che volevo era che dipingessi *me* allo stesso modo, rompendo con me solo perché vivevo là."

Aleck sospirò. "Per quel che vale, quel giorno mi sono sentito in colpa e da domenica mi sento una merda per averti ingannata. Volevo dirtelo questo fine settimana. Lo so che adesso è facile dirlo... ma spero che ti ricordi che ti avevo già invitata da me a cena. Anche se sapevo che te la saresti presa, speravo di corteggiarti un po' con una bella cenetta."

Aleck si fermò per fare un altro respiro profondo. Kenna non disse nulla, così lui la chiamò incerto: "Kenna?"

La sentì sospirare. "Mi hai messa in imbarazzo," gli disse tranquillamente. "Non posso fare a meno di pensare che ridessi di me, internamente, tutto il tempo."

"Mai," le disse con enfasi Aleck, che poi decise di dirle qualcosa che non aveva mai detto a nessuno... nemmeno ai suoi commilitoni. Era un episodio che aveva avuto un peso notevole nel fargli decidere di tenere i dettagli sulle sue finanze il più riservati possibile. "Quando avevo venticinque anni... ho incontrato una donna in un locale. Mi sembrava diversa, non come le tante cacciaseal."

"Cacciaseal?" domandò Kenna.

"Sì. Sai che ci sono quelle che vanno a caccia di uniformi, nel senso che cercano di conquistare un militare. La cacciaseal è una che cerca di beccare il meglio del meglio... un SEAL della marina."

"Che presuntuoso," mormorò Kenna.

Ma Aleck percepì il tono umoristico di quella battuta e preferiva quel tono al senso di umiliazione che aveva sentito prima. "Noi preferiamo definirci 'determinati'," le disse, poi fece un altro respiro profondo e proseguì nel racconto. "Insomma, era alta, bionda, laureata e bella, quindi ero orgoglioso che mi avesse scelto fra tanti. Ovviamente sapevo già dell'esistenza delle cacciaseal, ma lei mi sembrava diversa, quindi ho ignorato tutti i segnali di avvertimento. Siamo usciti insieme qualche mese, pensavo che il nostro rapporto andasse alla grande. Ma i miei compagni di squadra la *odiavano*. Anche se non me l'hanno detto apertamente, lo capivo.

"Una sera siamo usciti tutti insieme e lei è andata in bagno. È rimasta via tanto tempo, così mi sono preoccupato e sono andato a vedere se stava bene. Era ubriaca, rideva e scherzava con un'amica, parlavano a voce alta in bagno, così ho sentito tutto anche da fuori, attraverso la porta."

Aleck fece una pausa; gli dava molto fastidio ricordare come si fosse sentito quella sera, nella luce soffusa di quel locale, in piedi nel corridoio.

"Cosa diceva?" gli chiese Kenna tranquillamente.

Aleck decise di trattare l'argomento scomodo come un cerotto scomodo da strappare tutto d'un fiato per farla finita, così proseguì: "Parlava di me, si diceva sicura che fossi sul punto di chiederle di sposarmi. In pratica diceva che mi avrebbe chiesto di andare a Las Vegas per sposarci il prima possibile, perché poi era solo questione di tempo e sarei stato ucciso in missione. Così lei, essendo mia moglie, avrebbe incassato dalla marina l'assicurazione sulla vita e anche il mio fondo fiduciario. Sia lei che l'amica a quel punto si sono messe a *ridere*, erano d'accordo di avermi in pugno. Lei era certa di non dovermi sopportare (parole sue) per troppo tempo per via del mio lavoro pericoloso."

"Santo cielo, che stronza!" esclamò Kenna.

Ad Aleck a quel punto scappò da ridere, più che altro perché Kenna aveva detto "stronza".

"Spero che tu l'abbia scaricata in quel preciso istante," proseguì Kenna.

"Infatti," le rispose Aleck, "ho girato i tacchi e me ne sono andato dal locale. Non ho nemmeno detto ai miei amici che me ne andavo. Siccome avevo accompagnato io quella stronza al locale, si è dovuta cercare un passaggio per farsi portare a casa, lei e la sua amica. Mi ha telefonato varie volte, ma io non le ho più parlato, mai più. Le ho inviato un messaggio per dirle che era finita... poi basta. So che è stato un modo immaturo, che avrei dovuto essere superiore, lasciarla di persona, invece che sparire così, ma proprio non potevo."

"No, non dovevi. A lei non fregava nulla di te, quindi perché mai dovevi concederle la cortesia di mollarla di persona? Che brutta stronza!"

Per quanto Aleck apprezzasse quel supporto, voleva comunque assicurarsi che Kenna capisse il motivo per cui le stava raccontando quell'episodio. "Quello che è successo mi è entrato dentro nel modo peggiore. Per oltre un anno non sono più uscito con nessuna, perché non mi fidavo; quando poi ho ricominciato, ho fatto molta più attenzione a non parlare a nessuna della mia situazione economica. Insomma se fosse stata una che andava in cerca di soldi, avrei saputo come gestire quella stronza, o almeno non sarebbe stata una grande sorpresa. Ma il fatto che volesse sposarmi solo perché faccio un lavoro pericoloso, perché sperava che mi facessi ammazzare in missione così da poter mettere le mani sui miei soldi... è stato quasi impossibile superarlo."

Kenna fece un respiro profondo, che rilasciò lentamente. "Lo capisco. Probabilmente nei tuoi panni avrei fatto attenzione allo stesso modo."

Aleck stentava a crederci, Kenna si stava ammorbidendo molto presto. "Avrei comunque dovuto dirti qualcosa," le disse, "sono stato un codardo."

"Non ti ho lasciato molto spazio per dirmelo," ribatté lei, "del resto anch'io *sono* prevenuta sui ricchi. Mi dispiace."

"Comunque potevo sempre dirtelo prima di uscire dalla Jeep, o quando mi hai confidato il piano per superare Robert, il custode, o anche dopo, quando eravamo in spiaggia."

"Ma stai davvero cercando di convincermi a *rimanere* incazzata con te?" gli chiese Kenna accennando un sorriso.

Era vero? Lui non aveva affatto quell'intento, ma ora che glielo faceva notare, Aleck si accorse che era esattamente quello che rischiava di ottenere. Senza volere, ma era vero. "Merda," mormorò.

Kenna rise un poco, quel suono gli entrò dentro dai pori, scaldandogli il cuore.

"Mi hai ferita," gli disse Kenna apertamente, "mi sono

sentita mortificata, quando Elodie e Lexie si sono fatte sfuggire che vivi a Coral Springs. Poi oggi mi sono lamentata di te con Carly mentre tornavamo dal nuovo centro di Food For All, vuoi sapere cosa mi ha detto?"

"Cosa?"

"Che sono una bons. Una snob al contrario. Mi ha fatto notare che in tante sarebbero felicissime di stare con un uomo che sta bene economicamente. Oggi pomeriggio ci ho pensato molto, prima di telefonarti. In tanti mi hanno guardata dall'alto al basso per il lavoro che faccio, dicendomi che avrei potuto fare molto meglio, per questo sono così prevenuta nei confronti di chi guadagna tanto. Tu non mi piaci per quello che fai, Marshall. Nemmeno per i soldi che hai in banca. Mi piaci per come sei. Ma te l'ho detto prima e te lo ripeto: non amo i segreti. C'è altro che dovrei sapere? Altre rivelazioni che devo aspettarmi? Perché adesso sarebbe il momento giusto per dirmelo."

"No. Anche se dovrei dirti di nuovo che tanti aspetti del mio lavoro sono segreti e non potrò raccontarteli," rispose Aleck un po' in difficoltà."

"Questo lo capisco e va bene. Mi preoccupa di più che tu abbia qualche malattia incurabile, o che tu sia sposato e abbia dei figli, cose così."

"No, assolutamente no. Kenna?"

"Sì?"

"Mi dispiace davvero. Odio averti messo a disagio."

"Anche a me dispiace. Ma adesso lo so e si volta pagina. Oggi mi sono divertita con le altre."

"Ah sì?"

"Eh sì. Lo sapevi che l'amico di Lexie, Theo, è un artista bravissimo?"

"Davvero?"

"Sì, davvero."

Per qualche minuto, Kenna gli raccontò di come aveva passato la giornata e del murale che Theo aveva disegnato sulla parete del salone del nuovo centro di Food For All. Poi parlarono di Carly e di Shawn (che lei non aveva più visto) e di com'era andato il resto della giornata.

"So che lavori le prossime tre sere, ma mi chiedevo se magari potevamo vederci venerdì, anche di sfuggita?" le chiese Aleck. "Magari potremmo andare a pranzo?"

"Ma tu non lavori?" gli chiese Kenna.

"Se tu avessi tempo, potrei chiedere al comandante qualche ora di permesso. Solo per... voglio solo vederti, scusarmi di persona. Voglio assicurarmi che sia tutto a posto."

"È tutto a posto," gli disse Kenna, "non c'è bisogno che ti scusi di nuovo."

"Mah, io penso di sì," le disse Aleck.

"Mi farebbe molto piacere vederci a pranzo venerdì," gli disse Kenna.

Aleck lasciò andare il sospiro che stava trattenendo. "Per domenica è tutto confermato? Andiamo al mercatino e poi a cena?"

"Sì."

"Ottimo."

"Allora... il panorama dal tuo balcone è bello come dicono Elodie e Lexie?" gli chiese Kenna.

"Sì," rispose Aleck semplicemente.

"Allora non vedo l'ora di provarlo," gli disse Kenna.

Aleck a quel punto si rilassò completamente per la prima volta da quando aveva letto il messaggio di Kenna. Anche se l'istinto gli diceva già che non parlare a Kenna dei propri soldi sarebbe diventato un problema, non aveva immaginato il terrore di sentirsi dire da Kenna che non voleva più vederlo.

Kenna era diversa. Era una persona speciale. Aleck voleva vedere come poteva evolversi il loro rapporto. Farla sentire umiliata non era certo il modo migliore per radicare un rapporto. Dopo averle detto tutto, Aleck si sentiva molto più leggero.

Continuarono a chiacchierare un po' di tutto, dei rispettivi lavori, degli amici, dei parenti, delle città di provenienza; Kenna gli raccontò persino del lavoro da contabile in Pennsylvania. Aleck le raccontò alcuni aneddoti divertenti sull'addestramento dei SEAL, ammettendo che era l'esperienza più difficile che avesse mai affrontato nella vita, ma anche il risultato di maggiore orgoglio.

Sentendo Kenna sbadigliare, Aleck guardò l'ora e vide che stavano parlando da un'ora e mezza. Non era proprio tardi, ma Kenna era stata impegnata tutto il giorno, per non parlare della tensione accumulata per quanto aveva sentito su di lui. Era la sua serata libera, l'unica della settimana, Aleck voleva lasciarle il tempo di dormire un po' più del solito.

"Adesso dovrai andare," le disse dolcemente, "sarai stanca."

"Non dovrei essere stanca. Quando lavoro di sera, probabilmente faccio circa venticinquemila passi. Oggi ne ho fatti molti di meno."

"Comunque sia," proseguì Aleck, "meriti un po' di riposo."

"Va bene. Marshall?"

"Sì?"

"Grazie per la tua onestà."

"Grazie a *te* per aver condiviso ciò che hai sentito. La comunicazione è importante perché un rapporto funzioni, anche se chiaramente io non ci sono riuscito, ma ti prometto che migliorerò."

"Ci sentiamo domani?" gli chiese Kenna.

"Ma certo. Ti chiamo in pausa pranzo, come al solito," le rispose Aleck.

"Va bene."

"Dormi bene, piccola."

"Anche tu. Ciao."

"Ciao."

Aleck riattaccò e si lasciò cadere sui cuscini del divano, con lo sguardo perso nel vuoto, cercando di elaborare al meglio tutto ciò che si erano detti. Sapeva di aver rischiato di perdere Kenna. Non voleva affatto metterla in imbarazzo, avrebbe fatto tutto il possibile perché non si ripetesse mai più nulla del genere.

Pazzesco, quanto velocemente una donna gli aveva rivoluzionato la vita. La sua ragione di vita era parlare con lei, sentirla raccontare la sua giornata. Anche se erano usciti di persona solo un paio di volte, lui desiderava molto di più. Avere orari di lavoro così diversi era una scocciatura, ma lui non si sarebbe fatto abbattere. Aveva la sensazione che Kenna fossa la cosa migliore che gli fosse mai capitata nella vita, si ripromise di fare tutto ciò che poteva per dimostrarle quanto fosse importante per lui.

Con quel pensiero, mandò un breve messaggio a Elodie, chiedendole consigli sul menu per la cena. Voleva che domenica fosse perfetta, per dimostrare a Kenna di essere un uomo affidabile, fidato, con cui poteva essere felice.

CAPITOLO DODICI

KENNA ERA di ottimo umore quando arrivò il sabato. Il pranzo di venerdì con Marshall all'inizio era stato un po' strano, ma poi lui l'aveva presa tra le braccia e si era scusato di nuovo, chiedendole di perdonarlo. Lei lo aveva rassicurato, dicendogli che l'aveva già perdonato e che era tutto a posto.

Per pranzo l'aveva portata al Chiba-ken, un ristorante di sushi che lei aveva tanto sperato di provare, senza mai averne l'occasione. Era saltato fuori che a lui non piaceva nemmeno il sushi, ma quando lei gli aveva chiesto perché diamine avesse scelto quel ristorante per portarla fuori a pranzo, lui le aveva risposto semplicemente: "Perché tu volevi mangiare qui." In quel momento, lei si era sentita sciogliere nel cuore da quelle parole.

Lui alla fine aveva ordinato degli asparagi avvolti in pancetta, mentre lei aveva ordinato un tagliere di sushi misto e si era rimpinzata con i tre sushi diversi inclusi nel menu.

Kenna aveva capito che Marshall Smart era una brava persona, proprio come le aveva spiegato Carly; lei si era preoccupata che fosse *troppo* perfetto, almeno aveva capito che non era così. Si era incasinato da solo non dicendole che viveva a Coral Springs. Ma si era scusato. Anche Kenna si era scusata di nuovo: se non avesse manifestato troppi pregiudizi, magari lui si sarebbe confidato prima.

Kenna se l'era anche presa per la donna di cui Aleck le aveva raccontato, quella che sperava di vederlo morire per mettere le mani sui soldi.

Kenna sapeva bene che i soldi erano importanti, non era certo un'idiota, ma a lei importava molto di più conoscere lui come persona, non il suo conto in banca. Lei era una donna autonoma e poteva arrangiarsi. Si stava *già* arrangiando. Non aveva bisogno di un uomo per i soldi, per essere felice. Ciò che voleva e di cui aveva bisogno era un uomo che stesse bene con lei, che trattasse lei e gli altri con rispetto, un uomo con cui lei potesse *parlare*.

Marshall sembrava corrispondere a quella descrizione sotto ogni aspetto.

Il lavoro era stato piuttosto normale sia giovedì che venerdì. Il sabato sera al Duke's era sempre un po' pazzo. C'erano più turisti, girava più alcol, ma anche più mance... almeno spesso.

A metà turno, entrò una famiglia... Kenna capì al volo che avrebbero creato dei problemi. Le trasmisero una vibrazione negativa, facendole sentire che nel loro ambiente c'era qualcosa che non andava. L'uomo era molto grande, ma ancor più grosso, con lo sguardo rabbioso. Come si potesse avere quella faccia imbronciata in un locale come il Duke's, alle Hawaii per giunta, andava oltre ogni possibilità di comprensione per Kenna.

La donna era esile, piuttosto bassa. Aveva le spalle abbassate e seguiva da vicino il marito, quando Vera li accompagnò al tavolo, proprio nella sezione di Kenna.

Avevano anche un figlio, un bimbo che sembrava avere quattro o cinque anni. Aveva gli occhi spalancati, cercava di ambientarsi, ma sedendosi non disse una parola.

"Grazie, vera," disse Kenna alla collega che nel frattempo aveva consegnato dei menu alla famiglia, "ci penso io."

"Buona serata," disse Vera allegramente salutando i clienti.

"Se non avessimo dovuto aspettare un'ora per avere un tavolo, forse la serata sarebbe partita meglio," mormorò l'uomo.

Kenna sospirò dentro di sé, pur sforzandosi di rimanere allegra e ottimista, mentre elencava i piatti speciali della serata, per poi annotare le ordinazioni delle bevande.

L'uomo non chiese alla moglie o al figlio cosa volessero bere, ordinò lui per tutti. Ma dato che gli altri non protestarono, Kenna immaginò che ordinassero sempre allo stesso modo. Non fu entusiasta che quel signore avesse ordinato un bourbon, senza aggiunte, ma lei non era certo dell'ufficio di controllo del consumo di alcol. Sperava solo che quel tipo non si ubriacasse. Aveva il presentimento che il suo umore peggiorasse con il consumo di alcol.

Mentre andava verso la cucina, Kenna recitò una preghiera in silenzio, sperava di aver male interpretato la situazione, pregava che andasse tutto bene.

Ma un'ora dopo capì che i suoi presagi erano fondati. L'uomo aveva ordinato quattro drink e se li era scolati quasi subito dopo che Kenna glieli aveva messi sul tavolo. Era un tipo rumoroso, antipatico, si lamentava di tutto: del tempo di attesa per ricevere le ordinazioni, della temperatura del cibo nei piatti. Non gli piacevano i rumori del ristorante, non gli piaceva la musica che proveniva dall'l'esterno, vicino alla piscina dell'hotel Outrigger. Continuava a fissare la moglie, anche se Kenna l'aveva sentita parlare solo una volta durante tutta la serata, solo per scusarsi a profusione e ammettere di aver fatto cadere la forchetta, chiedendone una nuova.

Naturalmente il marito l'aveva chiamata stordita e stupida, Kenna avrebbe voluto mettersi a urlare. Il figlio sembrava stranamente fin troppo tranquillo, Kenna si augurava fosse solo un po' spaesato. Forse un po' timido. Lei aveva cercato di coinvolgere anche la moglie e il ragazzino, ma le lamentele di quell'uomo impedivano qualunque tentativo di conversare.

Kenna era appena tornata a quel tavolo per restituire all'uomo la carta di credito, quando arrivò il *vero* casino.

Lui aveva lasciato un misero dieci per cento di mancia, ma Kenna era comunque contenta che almeno avesse lasciato un po' di mancia. Secondo la sua esperienza, più un cliente era antipatico, meno lasciava di mancia. A quel punto, lei doveva preparare una busta con gli avanzi di torta che non avevano finito di mangiare, si era appena girata per tornare in cucina con gli avanzi quando il ragazzino si alzò e si avviò verso la spiaggia, mentre il padre continuava a brontolare. Dato che il Duke's era un ristorante all'aperto, non c'erano pareti divisorie tra i tavoli e la spiaggia. C'era solo qualche rampa di scale, quattro o cinque gradini ciascuna.

Il ragazzo aveva guardato tristemente la spiaggia e l'oceano per tutta la cena e Kenna sotto sotto sorrideva, vendendolo allungarsi per riuscire a guardare meglio.

Ma suo padre ovviamente non era felice che il figlio andasse a spasso da solo: saltò su dalla sedia e lo raggiunse in pochi passi, lo afferrò per la maglia e lo strattonò all'indietro.

Kenna non poté far altro che guardare inorridita mentre l'uomo sferrava uno schiaffo in faccia al figlio, per poi mollargli una sculacciata con forza. "Guarda che *non puoi* allontanarti!" gli gridò puntandogli un dito in faccia, "hai capito?"

"Sissignore."

"Rimetti il culo sulla sedia. Subito."

Kenna aveva già il telefono in mano. *Nulla* al mondo avrebbe potuto impedirle di denunciare un abuso. Non le importava se fosse un adulto contro un bambino, un uomo contro una donna, o anche una donna contro un uomo: spiegò rapidamente alla polizia ciò che era successo e implorò che si sbrigassero, perché quella famiglia era pronta ad andarsene.

Riuscì a trattenerli soffermandosi in cucina molto più di quanto ci sarebbe rimasta normalmente, quando un cliente aspettava qualcosa. Ma voleva lasciare il tempo alla polizia di intervenire. Per fortuna, proprio come nell'altra occasione, la polizia arrivò in breve tempo e Kenna incontrò la squadra davanti al ristorante, spiegando ciò che aveva visto e indicando quale fosse l'uomo in questione.

Nel momento in cui quell'uomo vide gli agenti di polizia che gli si avvicinavano, perse completamente le staffe: si alzò in piedi e cominciò a imprecare a voce alta. Kenna lo guardò da lontano mentre i poliziotti cercavano di calmarlo e di parlare con lui per farlo ragionare, ma quando lui alzò il pugno per colpire un agente, non ci fu più nulla da dire: lo misero a terra con le mani ammanettate dietro la schiena prima che potesse portare a termine la minaccia di violenza. Un agente lo tirò su in piedi e lo accompagnò fuori dal ristorante, mentre l'altro rimaneva al tavolo per parlare alla moglie e al figlio.

Mentre passava vicino a Kenna, l'uomo la squadrò e sussurrò: "Te ne pentirai, stronza. Non sei *nessuno*! Vali meno della polvere che ho sotto le scarpe. Non dovevi venire a rompere i coglioni proprio a me. Vedrai che..."

"Andiamo," disse duramente il poliziotto, interrompendo la minaccia che quell'uomo stava per vomitare. "Ti sei messo già abbastanza nei guai, vediamo di non aggiungere altre minacce all'elenco, lascia in pace la cameriera!"

Poi lo trascinò nel corridoietto verso l'uscita... dritto verso l'auto di servizio, che per fortuna era parcheggiata proprio davanti al marciapiede dell'Ala Moana Boulevard.

Kenna fu un po' scossa dall'odio che trapelava nel tono di voce di quell'uomo, ma si sforzò di scrollarsi di dosso quella negatività. Tornò a guardare verso il tavolo, dove la donna e il bambino erano ancora seduti. Il ragazzino aveva un enorme segno rosso in faccia, dovuto all'abuso perpetrato dal padre, eppure stava giocando tranquillamente con un modellino di scudo che gli aveva dato l'agente di polizia.

Kenna non riusciva a sentire cosa si dicessero, ma pregava che la donna sporgesse denuncia. Kenna pensò che se qualcuno solo avesse osato colpire suo figlio nel modo in cui quell'uomo aveva colpito quel bambino, lei sarebbe uscita fuori di testa. Si affrettò a tornare in cucina per prendere una fetta di torta appena fatta e delle patatine fritte, che quel bambino sembrava apprezzare, lei lo aveva notato; l'hamburger invece non gli era piaciuto, l'aveva appena mangiucchiato. Forse portargli delle altre patatine fritte non era la scelta più sana, per via dell'unto, ma Kenna voleva trovare un modo di consolarlo. Dato che aveva notato quanto gli piacessero le patatine, fu quella la prima soluzione a cui pensò.

Come Kenna sospettava, avvicinandosi al tavolo vide la donna che scuoteva la testa per dire al poliziotto che non voleva sporgere denuncia.

Sospirando tra sé e sé, Kenna si inginocchiò vicino alla sedia del ragazzino.

"Ehi, ti ho portato delle patatine fritte da portare a casa. Il cuoco ha detto che ne ha fatte troppe e voleva gettarle via, ma io ho pensato che forse le volevi tu."

Gli occhi del bambino si accesero di gioia, ma prima che accettasse, Kenna notò che guardava la madre. La signora annuì e solo allora lui prese il contenitore con le patatine.

Kenna mise la fetta di torta sul tavolo: "Ti ho portato anche una bella fetta di torta hula, al posto di quella che hai mezzo mangiato a cena."

"Grazie," disse la donna distrattamente. Kenna capì che quella donna aveva altro a cui pensare. Probabilmente pensava alla rabbia del marito, una volta rilasciato dalla polizia e tornato nella camera d'albergo.

"Posso chiamarvi un taxi?" chiese Kenna.

"No, grazie," rispose la donna.

"Ci serve una sua dichiarazione," disse il poliziotto a Kenna.

Lei annuì.

"Non doveva chiamare la polizia," le disse sommessa-mente la donna.

"E suo figlio non dovrebbe *mai* essere colpito in faccia. Specialmente non dal padre," ribatté Kenna.

La donna si voltò dall'altra parte senza guardare Kenna negli occhi.

Kenna sospirò di nuovo; non era riuscita a salvare quel

bambino e quella donna da ulteriori abusi, anzi, c'era il rischio che avesse peggiorato la situazione, anche se sperava con tutto il cuore che non fosse così... ma tentò di nuovo di pregare a mente che magari, chissà, la donna finalmente capisse che il benessere del figlio era più importante del restare per forza con un marito violento.

Le formalità con la polizia non richiesero molto tempo, per fortuna gli altri camerieri coprirono anche i tavoli di Kenna mentre lei completava la sua dichiarazione. Quando tornò al lavoro, Kenna era esausta, più emotivamente che fisicamente. Non avrebbe mai esitato ad agire per fare la cosa giusta, ma non era sempre così semplice.

Quando finì il turno di lavoro e si avviò verso casa, Kenna era stravolta dalla stanchezza. Di solito, dopo situazioni come quella, non voleva parlare con nessuno, preferiva starsene da sola. Normalmente avrebbe rielaborato più volte il ricordo dell'incidente, per addormentarsi finalmente solo nelle prime ore del mattino.

Quella notte invece non pensava ad altro che a tornare a casa per parlare con Marshall.

Riuscì a resistere all'istinto di chiamarlo per prima farsi una doccia, indossò una maglia oversize che le piaceva mettersi per dormire. Poi si infilò nel letto, tirò su le coperte e prese il telefono.

Marshall rispose dopo il primo squillo.

"Buona sera, bella."

"Ehi."

"Cos'è successo?"

La facilità con cui Marshall riusciva a capirla era meravigliosa; gli aveva detto solo una parola, ma a lui era bastata per capire subito come stava. "Seccature al lavoro," gli disse.

"Raccontami," le chiese Marshall.

Così lei gli raccontò tutto. Gli disse che aveva capito immediatamente che quel tipo avrebbe creato problemi, nel momento stesso in cui l'aveva visto, che la moglie e il figlio erano terrorizzati, che lei si era preoccupata vedendo quell'uomo che si scolava un drink dopo l'altro, poi l'orrore quando l'aveva visto colpire in faccia il figlio. Gli disse persino delle minacce che quell'uomo le aveva rivolto mentre lo portavano via dal ristorante. Quando finì di riepilogare il tutto, Kenna era stremata.

"Mi dispiace tantissimo, piccola. È terribile. Ma sono orgoglioso di te, hai fatto bene a chiamare la polizia."

Kenna sorrise e si girò su un fianco. Era proprio ciò di cui aveva bisogno: la voce di Marshall che le diceva nell'orecchio quanto era orgoglioso di lei. "Grazie."

"Le minacce però non mi entusiasmano. Dovrai fare molta attenzione. Non bastava quello stronzo di Shawn incazzato con te, adesso c'è qualcun *altro* che si vuole vendicare su di te, non lo sopporto."

Kenna non ci aveva nemmeno pensato. "Mi dispiace dirtelo, perché so che magari ti darà fastidio, ma è la verità: i clienti minacciano sempre i camerieri. Beh, magari non proprio *sempre*, ma di solito non sono contenti quando rifiutiamo di portare altri alcolici se vediamo che sono già ubriachi fradici, oppure si incazzano se c'è qualcosa che non va nelle ordinazioni che portiamo. Qualcuno ci accusa persino di copiare i numeri della carta di credito per usarli in un secondo momento. Moltissimi clienti sono fantastici, sono felici di essere alle Hawaii e si godono l'ambiente e il cibo, ma ci sono sempre degli stronzi in giro a rompere le palle agli altri."

"Dirmi che l'incidente di questa sera non è così raro non mi fa certo sentire meglio. Ti prego solo di fare attenzione. Non posso averti appena trovata per perderti subito."

Kenna sorrise: "Non rischi affatto di perdermi. Sono qui con te."

Marshall le sogghignò nell'orecchia: "Dai, hai capito cosa intendo."

"Sì, ho capito. Ma non ricordo di aver mai firmato un contratto in cui si dica che vivrò fino a cent'anni. Io posso solo vivere la mia vita al meglio, momento per momento. Posso essere gentile e aiutare gli altri, difendere chi va difeso senza preoccuparmi di cosa mi viene detto contro."

Marshall non le rispose subito, così Kenna si preoccupò: "Ci sei?"

"Sì, ci sono," le rispose tranquillamente, "sai, penso che questo sia uno dei motivi per cui sono così attratto da te: tu sei l'antitesi della gente che andiamo a combattere in missione, sei la luce che sconfigge il buio, il buio che a volte minaccia di pervadere la mia animaccia."

Wow. A Kenna piacque e dispiacque. "Sai, ho imparato che un po' di gentilezza porta molti risultati. Ma forse questa sera ho peggiorato la situazione di quella donna e di quel ragazzo. Però magari potrebbero ricordarsi di quella cameriera gentile e finalmente capire che al mondo ci sono persone disposte ad aiutarli."

"Lo spero proprio," le disse Marshall.

Kenna abbassò la voce: "E magari, quando senti il buio che comincia a intrufolarsi nell'animo, puoi pensare un po' a me, a quanto ti rispetto e ti ammiro, così cacci via quella merda."

"A che ora posso venire domani?" le chiese Marshall.

Kenna sbatté le palpebre per l'improvviso cambio di argomento. "Ehm... all'ora che vuoi? I banchetti del mercatino aprono solo alle otto, penso, ma rimangono aperti fino alle undici, quindi abbiamo tutto il tempo che vogliamo."

"Alle sei è troppo presto?"

Kenna quasi si sentì strozzata: "Sei del mattino?"

"Sì. Ce la sto mettendo tutta per non alzarmi adesso e prendere la macchina per raggiungerti subito. Mi sei mancata, questa settimana. Il pranzo di ieri è stato fantastico, mi ha fatto molto piacere vederti in settimana. Ma dopo la serataccia che hai avuto, dopo quanto hai appena detto... ho davvero voglia di stare con te."

Kenna fu tentata di dirgli di raggiungerla subito, ma era davvero tardi, lei era esausta e sapeva che anche Marshall doveva essere stanco. Avevano parlato prima del turno al Duke's e lui le aveva detto di aver passato la giornata in addestramento. Era stato mollato con la squadra nel bel mezzo dell'oceano, li avevano lasciati là da soli ed erano tornati a riva per conto loro. Lui le aveva detto con noncuranza di aver nuotato per oltre sei chilometri, a lei era sembrata una follia, ma per un SEAL era chiaramente solo una giornata come un'altra. "Alle sei va bene. Però non ti aspettare che sia completamente sveglia."

"Ti piace il caffè?" le chiese.

"Ehm... a chi non piace?"

"Ti piace dolce o amaro?"

"Più è dolce e meglio è," disse Kenna.

"Ecco perché vai tanto d'accordo con Lexie," le disse Marshall, "porto io il caffè, anche le malasada."

Kenna sentì l'acquolina in bocca. "D'accordo, grazie per avermi ascoltata."

"Quando vuoi, dico davvero," le rispose, "magari in futuro potrai confidarti mentre ti stringo tra le mie braccia."

Santo cielo, l'immagine che si fece strada nella mente

di Kenna le fece sciogliere il cuore: lo voleva anche lei. Tanto. "Mi farebbe piacere."

"Anche a me. Dormi bene, piccola. Oggi hai fatto la cosa giusta."

"Grazie."

"A presto."

"Ciao."

"Ciao."

Kenna chiuse la conversazione e si accorse che stava sorridendo come una matta: impostò la sveglia per le cinque e cinquantuno del mattino (aveva bisogno di ogni minuto di sonno) e appoggiò il cellulare sul comodino.

Di solito, dopo una serata intensa come quella, aveva difficoltà ad addormentarsi; spesso le capitava anche di avere degli incubi. Ma le parole di lode che Marshall le aveva rivolto le risuonavano nella mente e nel giro di qualche minuto l'aiutarono a cadere in un sonno profondo.

CAPITOLO TREDICI

ALECK FECE un respiro profondo prima di bussare alla porta di Kenna, il mattino dopo. Erano le cinque e cinquantotto e non poteva aspettare un minuto di più per vederla. Sapeva di essere andato molto vicino a perderla, sentiva ancora l'ombra di quello spavento.

Sentì le serrature aprirsi, poi la faccia di Kenna comparve dalla porta socchiusa.

"Marshall?"

"Sì, sono io." Le avrebbe parlato in un altro momento a proposito dell'aprire la porta prima di sapere chi ci fosse dall'altra parte.

Kenna aprì la porta completamente... e Aleck riuscì a malapena a non scoppiare a ridere: Kenna aveva i capelli tutti schiacciati da una parte e dritti dall'altra. Teneva gli occhi semichiusi come se la luce nel corridoio le desse fastidio, indossava una maglia oversize che nascondeva ogni forma.

"Entra pure," gli disse, poi si girò e tornò nell'appartamento.

Aleck aprì bene la porta e poi se la chiuse dietro. C'era

una lucina accesa sopra i fornelli, nient'altro. Nell'appartamento c'era buio, ma lui riuscì a intravedere Kenna che
saltava sull'enorme poltrona a sacco nel salotto.

"Non sei molto mattiniera?" le chiese sottovoce.

"No," gli rispose.

"Da quanto sei sveglia?"

"Da circa quattro minuti. Quando la sveglia ha suonato
mi sono alzata, lavata i denti e poi sei arrivato," gli rispose
prendendo una coperta e sprofondando nella comoda
poltroncina.

Aleck appoggiò sul top della cucina il caffè che le aveva
portato, insieme al pacchetto di malasada. La colazione
poteva aspettare. Senza esitare, si tolse le scarpe e andò
dritto da Kenna, che aveva già chiuso gli occhi; ma quando
lui si accomodò sulla poltroncina vicino a lei, Kenna li
riaprì subito.

"Cosa fai?" gli chiese, mezza addormentata.

"Un pisolino con te," le spiegò Aleck, che poi trattenne
il fiato per vedere se Kenna lo voleva cacciare via. Invece
lei annuì, con suo grande sollievo, poi chiuse gli occhi e
quando Aleck si fu sistemato lei gli si accoccolò al fianco.
Erano addossati l'un l'altra come nella precedente occasione, nulla gli pareva più bello che sentire Kenna tra le
braccia.

Aleck non era minimamente stanco, ma non aveva
certo intenzione di rinunciare all'opportunità di abbracciarla. Le accarezzò i capelli e la sentì sospirare, spostarsi
un pochino e poi avvicinarsi di nuovo.

"Hai dormito bene stanotte?" le chiese.

"Mm-hm. Mi sono addormentata subito, è stato fantastico, considerato cos'era successo. Sono solo ancora
stanca."

"Allora dormi," le disse.

"Dovrei alzarmi," ribatté lei non troppo convinta.

"Perché? Il mercatino è aperto fino alle undici. Abbiamo un sacco di tempo. Almeno così mi hai detto."

"Ma sei qui, voglio passare del tempo con te," rispose Kenna.

Aleck provò molto piacere nel sentirglielo dire e le rispose tranquillo: "Sei con me, dormi tra le mie braccia."

"Non è strano?" gli chiese lei.

"No."

"Va bene. Allora svegliami tra un'ora, così mi alzo e mi faccio la doccia, poi mangiamo la colazione che hai portato (che profumino, tra l'altro) e poi andiamo."

Aleck strofinò il naso sulla tempia di Kenna senza rispondere. Non voleva svegliarla alle sette, non c'era alcun bisogno. L'avrebbe lasciata dormire tutto il tempo di cui aveva bisogno.

"Marshall?"

"Sì, piccola?"

"Ne avevo proprio bisogno."

"Di cosa?" le chiese lui.

"Di te che mi abbracci."

Aleck chiuse gli occhi per la gratitudine, Kenna era persona che non portava rancore. Aveva fatto come le aveva chiesto, cioè gli aveva parlato, quando aveva scoperto quella bugia bianca, quell'omissione; si prese un momento per ricomporsi e poi le rispose sussurrando: "Avrei dovuto venire qui ieri sera."

Sentì Kenna fare spallucce e dirgli: "Adesso sei qui."

Sì, era con lei e non l'avrebbe mai data per scontata. "Sono qui," confermò, poi le disse: "Dormi."

"Agli ordini," mormorò lei.

Aleck però la vide sorridere, si abbassò su di lei e le baciò la tempia, ben presto lei si addormentò di nuovo.

Aleck non era un uomo a cui piacesse starsene seduto a lungo, gli piaceva avere sempre qualcosa da fare. Ma in quel momento non poteva pensare a nulla che valesse di più che stare comodo con Kenna. Provava una soddisfazione immensa nel sentire la fiducia di Kenna, che gli dormiva tra le braccia. Era una situazione di estrema vulnerabilità, ma Aleck non le avrebbe mai torto un capello. Il giorno in cui Kenna era saltata nell'oceano per salvargli la vita era stato il più bello della vita di Aleck, solo che in quel momento lui non se n'era ancora accorto.

Alle sette e quarantasei Kenna si mosse tra le braccia di Aleck, che si era appisolato una volta o due, rimanendo però sveglio quasi tutto il tempo, godendosi la sensazione di intimità con lei.

Kenna mormorò qualcosa con un filo di voce, poi aprì gli occhi e lo guardò nel dormiveglia. "Che ore sono?"

"Quasi le otto," le rispose sottovoce.

Lei spalancò gli occhi: "Le otto? Merda! Volevo alzarmi un'ora fa."

Aleck sentì Kenna muoversi come per saltare su in piedi e la tenne stretta tra le braccia. Del resto, non era possibile scattare in piedi da quella beanbag.

"Calma, piccola, va tutto bene. Abbiamo tre ore per andare in giro nel mercatino."

"Ma la roba buona sarà già sparita," sospirò lei, tornando a sedersi contro di lui.

Mentre lei dormiva, la sua maglia si era alzata e Aleck poteva sentire con le gambe quelle nude di Kenna. Eppure non sentiva eccitazione, non esattamente, era solo molto felice.

"Ti sei ripresa da ieri sera?" le chiese Aleck dolcemente.

Kenna sospirò, facendogli sentire il fiato caldo sul

collo, sulla maglia. Aleck sentì la pelle d'oca alla nuca, una reazione sorprendente che lo fece sorridere.

"Continuo a pensare a cosa potrebbe succedere *oggi*. Quella signora ha detto che non voleva sporgere denuncia, quindi la polizia probabilmente sarà costretta a lasciarlo andare."

"Se era ubriaco, potrebbero decidere di trattenerlo finché non si dà una calmata e non ritorna sobrio," suggerì Aleck.

"Forse. Ma non credo sarà comunque felice quando lo rilasceranno per tornare a casa. Spero solo che non sfoghi la sua rabbia contro la moglie o il figlio."

"Capitano spesso episodi del genere?" le chiese Aleck.

"Non proprio. Cioè, in pubblico la gente di solito si comporta meglio. Poi siamo alle Hawaii, tanti sono in vacanza."

"A volte anche la vacanza può generare dello stress," le fece notare Aleck.

"È vero. Però sono contenta che Alani e gli altri responsabili del Duke's si fidino di noi nel decidere di chiamare la polizia, quando pensiamo sia necessario," disse Kenna.

"Anch'io," disse Aleck.

Kenna alzò la testa e guardò Aleck negli occhi: "Grazie per avermi ascoltata, ieri sera, ne avevo bisogno."

"Ma certo. Se non sono in missione, risponderò sempre alle tue telefonate, a qualunque ora, se hai bisogno di parlare. Anche se forse è troppo presto, ma che importa, non vorrei aspettare molto: mi piacerebbe esserci di *persona* per parlare di com'è andato il lavoro."

Lei non rispose subito, così Aleck si prese a calci da solo, mentalmente: trattenne il fiato nell'attesa di una risposta.

"Penso di volerlo anch'io," gli rispose tranquilla.

Aleck sorrise, alzò una mano e gliela passò tra i capelli, giù fino alle ciocche ingarbugliate, fino a prenderle la nuca.

"Mi piace quando fai così," gli disse Kenna, socchiudendo gli occhi.

"Faccio cosa?" le chiese Aleck abbassandosi e baciandola sulla fronte.

"Mi prendi per la nuca," gli rispose Kenna.

Lui si impegnò a ricordarsi di farlo il più spesso possibile, poi la baciò sul naso, sulla guancia, fino a sfiorarle le labbra con la bocca, leggermente, per stuzzicarla. Gli piaceva l'intimità di quel momento.

Quando lei cominciò ad agitarsi mugugnando frustrata perché lui si rifiutava di approfondire il bacio, Aleck sorrise e le chiese: "C'è qualcosa che non va?

"Dai, baciami!" gli ordinò lei.

"Con piacere," rispose Aleck, che poi la strinse tra le braccia per non farla allontanare (non che se lo aspettasse) e poi abbassò di nuovo la testa, ma lasciando da parte ogni provocazione. Cercò subito di infilarle la lingua in bocca, Kenna l'accolse volentieri.

Aveva un leggero sapore di menta, era il dentifricio che aveva usato poco prima; Aleck assaporò ogni mugolio, mentre le loro lingue duellavano eroticamente. Kenna mosse le mani sotto la coperta e gliele infilò sotto la maglia, facendogli eccitare subito i capezzoli. Lui aveva solo una mano libera, perché non voleva certo toglierle la mano da dietro la nuca, specialmente ora che aveva scoperto che le piaceva essere presa, quasi possessivamente; così spostò l'altra mano lungo il corpo di Kenna, assicurandosi che le andasse bene farsi toccare, prima di spingersi troppo oltre.

Sentendola inarcare il corpo contro il proprio, Aleck le sfiorò con la mano la coscia nuda, poi il fianco.

Lei si agitò borbottando "solletico" prima di tornare a baciarlo.

Alcuni uomini si sarebbero approfittati per farle il solletico, ma lui non voleva farla ridere, almeno non in quel momento. Voleva farla gemere ancor di più.

Così le spostò la mano dal fianco alla pancia. Era tentato di andare più giù, sotto l'elastico delle mutandine, invece la mosse più in su. Non voleva esagerare nel provocare Kenna, o se stesso, quindi le afferrò un seno e gemettero entrambi. Kenna tirò indietro la testa e si spinse di più contro di lui.

"Sì," gli mormorò.

Lui le strinse di nuovo il seno, poi andò a stimolare con le unghie il capezzolo turgido. Lei fece lo stesso, andando a stimolargli il capezzolo e sorprendendolo.

"Cacchio," mormorò Aleck.

Vide il sorriso soddisfatto sul viso di Kenna e gli piacque un sacco che lei non rimanesse sdraiata immobile contro di lui: partecipava a quel gioco erotico tanto quando lui.

Tolse la mano per spostare la coperta, ignorando l'espressione di disappunto di Kenna, poi tornò ad avventurarsi sotto la sua maglia e quell'espressione svanì subito, appena lui riprese a stimolarle il capezzolo. A quel punto Kenna smise di muovere la mano, fu come se il suo cervello fosse andato in corto circuito. A lui stava bene così. Voleva darle piacere più di quanto volesse ricevere attenzione, non ne aveva bisogno. Lei era più importante. Sempre.

"Mi piace tanto," gli sussurrò Kenna.

Aleck si spostò fino a starle di sopra, ma senza togliere

la mano dalla nuca. Con il pollice le massaggiava la pelle sensibile dietro al collo, su e giù, mentre con l'altra mano si impegnava a stimolarla.

Lei gli affondò le unghie nel petto, facendolo eccitare ancor di più. Aleck sentiva l'uccello più duro che mai, ma non si fermò un solo attimo per farci qualcosa. Quel momento era tutto per lei. La sua donna aveva passato una serataccia e lui voleva aiutarla a sentirsi meglio.

Aleck abbassò la testa e le succhiò il capezzolo, prendendolo in bocca e mordicchiandolo attraverso il cotone della maglia.

"Oddio, sì," disse Kenna.

Poi lo eccitò oltremisura prendendosi il lembo della maglia e tirandola su fino al mento, esponendosi completamente.

Per un secondo, Aleck rimase inebetito: Kenna era bellissima. I seni rotondi erano alti e sodi sul petto, con i capezzoli rosa ben sporgenti. Lei gli portò una mano dietro la testa e gli prese i capelli, tirandolo più vicino al petto.

Aleck non se lo fece ripetere due volte: prese subito in bocca un capezzolo e lo succhiò, con forza.

Kenna gridò di piacere e tirò la testa di Aleck più vicina.

Lui perse la sensazione del tempo passato a godersi quel seno, immerso nel piacere di quelle reazioni.

Solo quando la sentì muovere i fianchi, che spingevano ritmicamente contro di lui, solo allora Aleck capì che Kenna era sul punto di avere un orgasmo. Si sentì alto tre metri, orgoglioso di poterla portare al culmine solo stimolandole i seni... prima che un movimento tra loro, giù in basso, catturasse la sua attenzione. Aleck guardò giù e si accorse che Kenna si era infilata una mano nelle mutandine e si stava strofinando freneticamente il clitoride.

"Non fermarti!" lo pregò.

Aleck non si sarebbe perso per nulla al mondo quel momento, il momento in cui lei arrivava al culmine per la prima volta tra le sue braccia. Anche se Kenna si stava stimolando da sola. Le pizzicò un capezzolo, con forza. Ormai aveva messo da parte ogni tenerezza amorevole nello stimolarla, le strinse il seno e le pizzicò il capezzolo.

"Dai che ci sei," le mormorò, "lasciati andare, fammi vedere come sei quando vieni."

Lei lasciò andare un lamento con gli occhi chiusi, mentre si concentrava sull'orgasmo imminente.

Aleck continuò a stimolarle i seni mentre lei si avvicinava al culmine sempre di più.

"Apri gli occhi," le ordinò sovrastandola. "Guardami mentre vieni." Lei aprì di scatto i begli occhi marroni, aveva le pupille dilatate dal piacere. "Dai, piccola, vieni per me. Vieni di gusto."

Continuò a fissarla negli occhi mentre le pizzicava il capezzolo, a lei bastò quello: tese ogni muscolo del corpo e le tremarono le cosce, mentre superava il culmine del piacere. Kenna si chiuse addosso a lui e urlò mentre il piacere le attraversava il corpo.

Kenna smise di muovere la mano nelle mutandine... ma Aleck ne voleva di più.

Sapendo di spingersi al limite, ma incapace di frenarsi, portò in giù la mano, afferrandole il sesso con determinazione. Lei aveva già spostato la propria mano, così Aleck cominciò a stimolarle il clitoride energicamente attraverso il cotone bagnato.

Lei si mosse di scatto sulla mano di Aleck dicendogli: "È troppo sensibile!"

Ma lui scosse la testa e le rispose con voce roca: "Un altro."

"Oh merda..." rispose lei con un filo di voce, chiudendo gli occhi di nuovo; nel giro di pochi secondi, cominciò di nuovo a tremare.

Aleck si sforzò di non tirarle giù le mutandine per affondare tra le sue cosce. Sentiva tutt'intorno l'odore dell'eccitazione di Kenna, era veramente afrodisiaco. Voleva assaggiarla, leccarla fino a farla venire di nuovo, ancora.

Ma Aleck sapeva bene anche che in quel modo avrebbe potuto metterla in imbarazzo. L'aveva già messa in difficoltà una volta, non aveva intenzione di ripetere lo stesso errore. Mai più.

Così fermò la mano tenendole stretta la passera, mentre lei si muoveva a scatti, fermandosi dopo un po'. Aleck le tenne la mano dietro la nuca per tutto il tempo; dato che lei non riapriva gli occhi, lui strinse la presa, chiamandola dolcemente: "Kenna?"

"Shhhh," mormorò lei, "mi sto crogiolando nel piacere."

Aleck sorrise. Era davvero meravigliosa, cacchio. "Crogiola pure, io son qui che mi godo lo spettacolo," le disse, guardando con piacere quei seni affascinanti che si muovevano mentre lei riprendeva fiato.

Invece di cercare di coprirsi, Kenna si fece una risata e finse di lamentarsi: "Sei proprio un maschio."

"Puoi dirlo forte," confermò lui.

Lei sollevò le palpebre e lo guardò negli occhi, con un'espressione difficile da interpretare. Le stava tenendo ancora una mano tra le gambe, sulle mutandine bagnate, mentre l'altra era rimasta dietro la nuca.

"Buongiorno," gli disse con un sorriso enorme.

Aleck non trattenne una risata: "Buondì," le rispose, sapendo di dover mollare la presa, prima o poi. Così spostò la mano con riluttanza, togliendola dalle gambe di Kenna per afferrarle la maglia. Gliela tirò giù coprendole i seni, poi gliel'appoggiò sulla pancia sdraiandosi di fianco a lei.

Rimasero sdraiati così tranquillamente; per la prima volta nella vita, pur sentendo l'uccello pulsare, Aleck non sentiva il bisogno di sfogarsi. Era il momento di Kenna. Lui era già contentissimo di averlo condiviso con lei, anche se non sapeva bene che dirle, cosa fare.

"È stato... fantastico."

"Non ti ho fatto male?" le chiese Aleck, ricordando quanto era stato irruento nel toccarle i seni.

"Per nulla. Mi è piaciuto molto. Il modo in cui hai preso l'iniziativa e mi hai tenuta stretta... mi hai eccitato molto."

Aleck sospirò sollevato e le disse: "Grazie per aver condiviso questo momento con me."

Kenna inclinò la testa per guardarlo meglio e gli disse: "Sei molto diverso dagli altri con cui sono uscita."

"Ah sì?"

"Eh sì. Gli altri in questo momento insisterebbero per fare sesso, o vorrebbero lo stesso trattamento. Tu ce l'hai ancora duro."

Aleck non poteva certo nascondere l'erezione. Aveva l'uccello appoggiato contro la coscia nuda di Kenna; pur indossando dei pantaloncini, l'erezione era esposta in evidenza.

Aleck alzò una spalla: "Ne avevi bisogno, eri stressata, in parte anche per colpa mia. È stato un privilegio aiutarti a scaricare tutto."

"In ogni caso..." lei spostò la mano in basso, verso l'uccello, ma Aleck scosse la testa.

"No, Kenna. Io posso aspettare. Il sesso tra noi non sarà mai un *do ut des*, per così dire. Per la cronaca, se ci fosse qualcosa di quel che faccio che non ti piace affatto, o che non vuoi, dimmelo subito e mi fermerò."

"Ero molto sensibile e tu mi hai costretta a un secondo orgasmo," gli fece notare Kenna, senza smettere di guardarlo negli occhi.

"Ma tu non mi hai detto di fermarmi," le rispose Aleck, "e quel secondo orgasmo è stato anche più intenso del primo, ti è piaciuto."

Lei fece un respiro profondo e annuì: "Mi è piaciuto."

"Appunto. Non sono un uomo molto delicato," le disse Aleck," ma non ti farei mai del male. Magari ti spingo al limite, ma se mi dici di fermarmi, io mi fermo. Senza fare domande. D'accordo?"

Kenna annuì.

Dopo qualche momento, Aleck le chiese: "Va meglio? Passato lo stress?"

"Oh sì, assolutamente," gli rispose.

"Ottimo. Hai fame?"

Lei ridacchiò: "Altro sì."

"Che ne dici di una bella doccia, ti prepari e intanto ti scaldo il caffè che ti ho portato e metto le malasada nel microonde?"

Lei annuì ma non si mosse per alzarsi. Del resto, Aleck le teneva ancora la mano dietro la nuca.

Poi Kenna respirò a fondo: "Allora... la cena di stasera... è solo un invito a cena o... c'è di più?"

Aleck sentì il cuore battergli in gola. "Tu sei sempre invitata a passare la notte da me ogni volta che vuoi," le disse, "mi farebbe piacere che ti fermassi, ma non voglio metterti fretta."

Kenna rise. "Mi sono appena masturbata davanti a te,

poi mi hai fatto venire un'altra volta. Non penso che tu mi stia mettendo fretta," gli disse sempre ridendo.

Aleck apprezzava la naturalezza con cui Kenna parlava della propria sessualità.

"Allora vorrei che ti fermassi da me per stanotte," le disse, sempre più eccitato. "Anche se mi piace tanto questa poltroncina a sacco, non vedo l'ora di sdraiarmi con te sul mio letto, così non saremo scomodi, quando faremo l'amore."

"Esatto," gli disse sospirando.

"Anche per guardarti di nuovo mentre ti masturbi," aggiunse Aleck.

"Solo se lo fai anche tu," gli rispose Kenna.

A quelle parole, lui sentì un fremito all'uccello: "Vuoi guardarmi mentre mi masturbo?"

Lei annuì.

"Cacchio, sarà meglio che usciamo da questa beanbag, mi sa tanto che è afrodisiaca," mormorò Aleck.

Kenna rise. "Non mi sono mai sentita così prima, su questa beanbag, è tutto merito tuo," gli disse. "Nostro."

"Nostro," ripeté Aleck, che poi respirò a fondo: "Detto questo, ora mi alzo."

"Ti do una spinta," gli disse Kenna.

"Giù le mani dal sedere," l'avvertì Aleck.

Allora lei fece una risatina.

Aleck si abbassò e la baciò; gli piaceva sentire quel sorriso sulle labbra; poi si mosse come meglio poteva per uscire dalla poltroncina senza colpire Kenna con le ginocchia. Lei ne approfittò per mettergli le mani addosso, mentre cercava di "aiutarlo" a mettersi in piedi.

Quando Aleck fu finalmente in piedi, allungò una mano per tirare su anche Kenna. Poi la avvolse con le braccia e la tenne stretta per un lungo momento.

"Non che mi dispiaccia, ma questo per cos'è?" gli chiese.

Senza lasciar andare la presa, tenendole il naso nei capelli, lui le rispose: "È l'abbraccio che volevo darti ieri sera, ma non ho potuto."

Kenna fece per tirarsi indietro e lui la lasciò andare. Al che lei lo guardò: "Sei un romanticone dolce sotto quell'aspetto da SEAL tosto della marina, non è vero?"

Senza sentirsi minimamente a disagio per quelle parole, Aleck le disse: "Solo con te."

Lei sorrise: "Finiscila."

"No, dico solo la verità. Dai, fatti una bella doccia e preparati. Quando sarai pronta, troverai anche la colazione che ti aspetta."

"Potrei abituarmi a tutto questo," scherzò Kenna. "Servita e riverita."

"Anch'io," le rispose serio Aleck, "anch'io."

Si fissarono a vicenda per un lungo momento, poi Aleck lasciò cadere le braccia e fece un passo indietro. Kenna sembrò sul punto di dire qualcos'altro, ma si limitò a sorridergli, poi si girò e si avviò verso la camera da letto.

Mentre riscaldava il caffè e le paste, Aleck non poteva trattenere un certo orgoglio. Kenna sembrava mille volte più rilassata di quando gli aveva aperto la porta. Certo, a quell'ora era ancora mezza addormentata, ma insomma. Sembrava più rilassata anche dalla *voce*. La sera prima, era stato molto difficile per lui non mettersi in macchina per raggiungerla e consolarla. Ma Kenna era tosta, lo aveva dimostrato più volte. Non aveva *bisogno* di essere consolata, ma era bello sapere che comunque le faceva *piacere*.

———

Kenna si voltò per guardare Marshall: stava guidando per andare a casa sua, dopo aver passato il mattino al mercatino di Aloha Stadium. Lui si era prestato volentieri, anche se era chiaro che andare a fare spese non era il suo hobby preferito. Aleck aveva comprato solo una cosa: un anello che lei aveva osservato, decidendo poi di non comprarlo.

Non si era nemmeno messo a mercanteggiare sul prezzo. Aveva chiesto semplicemente alla donna che gestiva il banchetto quanto costasse l'anello e non aveva esitato a passarle i venti dollari che lei aveva chiesto. Kenna aveva cercato di protestare, ma quando lui le aveva preso la mano destra e le aveva infilato l'anello al dito medio, si era praticamente sciolta di piacere sul posto.

Ovviamente quell'anello non aveva un valore economico alto, ma il valore emotivo era inestimabile. Kenna sapeva che si sarebbe sempre ricordata di quel giorno, guardandosi l'anello al dito. Era una margheritina, probabilmente prodotta in Cina, ma per lei era importante.

Quella mattina era stata una sorpresa fantastica. Lei non aveva intenzione di dormire così tanto, ma svegliarsi tra le braccia di Marshall era stato bello, meraviglioso. Non aveva nemmeno programmato di masturbarsi tra le sue braccia, ma non aveva resistito. La bocca di Marshall sui seni l'aveva eccitata molto ed era passato molto tempo da quando aveva abbassato la guardia con un uomo, quindi si era ritrovata a toccarsi senza nemmeno accorgersene.

Così era nato uno dei momenti più erotici che avesse mai condiviso con un uomo. Venire e guardare Marshall negli occhi era stato... esplosivo. Dandosi piacere, poteva vedere piacere anche nei suoi occhi. Gli era piaciuto guardarla mentre godeva, poi non si era minimamente preoccupato di se stesso, una bella differenza rispetto agli altri uomini con cui Kenna era stata.

Quando le aveva procurato un secondo orgasmo, quel tocco era stato diversissimo dal proprio. Lei alleggeriva sempre la pressione, quando si sentiva sul punto di raggiungere l'orgasmo, invece lui era stato più forte, dominante, si era rifiutato di lasciarla andare, così aveva prolungato il piacere, che le era sembrato interminabile e... incredibile.

Kenna non si sentiva nemmeno in colpa, anche se praticamente gli aveva chiesto di passare la notte da lui. Lei desiderava quell'uomo, desiderava *tutto* di lui. Certo, il loro rapporto si stava evolvendo in fretta, ma a lei non importava. Stare con Marshall (in tutti i sensi) la faceva star bene.

"Da dove viene quel bel sorrisone?" le chiese Marshall.

"Da stamattina," gli rispose Kenna senza esitare.

Le fece piacere vedere il gran sorriso soddisfatto di Aleck, per quelle parole.

"Era proprio buona la colazione?" la provocò.

"Anche per quella," gli rispose.

Kenna lo guardò tra le gambe e notò che l'erezione gli si stava formando; le piaceva molto avere quell'effetto su di lui.

"Merda, così mi farai morire, che donna!" si lagnò Marshall.

"Per la cronaca, a me piace fare sesso," gli spiegò Kenna, "e questa mattina è stato..." faticava a trovare la parola giusta. Poi decise di dire semplicemente come si sentiva: "La migliore di sempre... anche se non abbiamo nemmeno fatto *sesso*."

"Cacchio, hai deciso di affrontare questo argomento proprio *adesso*, mentre sto guidando," brontolò Marshall, muovendosi sul sedile per aggiustarsi l'uccello nei pantaloncini.

Kenna accennò un sorriso. "Scusa," gli disse, sapendo di non essere minimamente dispiaciuta. "Senti, il fatto è questo: le donne vengono sempre giudicate per il sesso. Se ci piace, siamo donne facili. Se stiamo con troppi uomini, ci danno delle puttane. Dovremmo essere verginelle caste fino al matrimonio, mentre un uomo se ne può scopare quante vuole e nessuno penserà mai male di lui, perché è normale. Io non l'ho mai capita. Ho trent'anni, mi piacciono gli orgasmi, anche se è un po' che non ho un ragazzo non significa che non ci abbia pensato da sola."

"Ma quel che hai fatto oggi... mi ha fatto capire che ho ancora molto da scoprire sul mio corpo. Mi hai fatto venire una seconda volta quando pensavo di essere a posto... è stata un'illuminazione. Anche forte. Adesso voglio sapere che *altro* non conosco di me stessa, nell'ambito del sesso."

Vide i muscoli della mascella di Marshall contrarsi e arricciò il naso preoccupata: "Scusa, troppo diretta?"

"No no," le disse a voce bassa e un po' roca, una voce che fece vibrare Kenna. Non aveva mai sentito prima quel suono.

No... lo *aveva* sentito.

Quella mattina... quando le aveva detto "un altro."

"Hai ragione. La società discrimina molto le donne rispetto agli uomini, in materia di sesso. A me piace il modo aperto e disinvolto con cui parli della tua sessualità. Non hai paura di prendere ciò che vuoi. Cacchio, non vedo l'ora di portarti a letto per scoprire cosa ti piace o cosa non ti piace nell'intimità."

Kenna sorrise e lo provocò: "Ma prima mi dai da mangiare, vero?"

"Cazzo, mi farai morire *davvero*," si lamentò Marshall.

"Ma a te piace."

Lui a quel punto si voltò e la guardò negli occhi, con un'espressione talmente intensa da farla inspirare di scatto. "Mi piace," le disse, per poi tornare a guardare la strada.

Kenna ormai era eccitatissima. Voleva davvero saltare addosso a quell'uomo appena entrati in casa, ma le piacevano anche molto i preliminari e si stavano stimolando a vicenda nella serie di preliminari più lunga e intensa che lei avesse mai provato.

Kenna sorrideva ancora, quando arrivarono al parcheggio di Coral Springs. Per un secondo, le tornò l'imbarazzo per quanto aveva detto, prima di "intrufolarsi" in quella spiaggia. Ma si liberò di quella sensazione, ormai era passata.

"Mi dispiace," le disse Marshall dopo aver spento il motore.

Kenna scosse la testa: "Ti sei già scusato, ormai il passato è passato. Voglio vedere questo attico fantastico, il panorama, ne ho sentito tanto parlare."

"Sei troppo buona per essere vera," le disse Marshall, che poi le prese una mano, la baciò sul palmo e si girò per uscire dalla Jeep.

Kenna giurò di poter sentire formicolare persino le dita dei piedi, solo con quel breve bacio. Mamma cara, fare sesso con quell'uomo l'avrebbe rovinata, lei lo sapeva già.

Aleck la raggiunse dall'altra parte della Jeep e prese la borsa che Kenna si era preparata. Lasciò in macchina le cose che lei si era comprata al mercatino, Kenna le avrebbe riportate a casa più avanti.

Marshall la prese per mano e le fece strada verso l'entrata. Si fermò in portineria e salutò l'uomo che era di turno: "Salve, Robert."

"Buona sera, signor Smart."

"Voglio presentarti la mia ragazza, Kenna Madigan," gli disse Marshall.

Kenna gli porse una mano e strinse quella del responsabile della sicurezza. "Piacere di conoscerti."

"Piacere mio. Spero si sia divertita la scorsa settimana, quando è venuta in spiaggia," le disse Robert educatamente.

Kenna sorrise e annuì. A quel punto fu chiaro che non sarebbero mai riusciti a intrufolarsi in quella spiaggia, se Marshall non fosse vissuto nel complesso.

"Vorrei aggiungerla al mio elenco dei visitatori approvati," disse Marshall.

"Ma certo. Posso solo chiederle un documento, signorina Madigan?" disse Robert.

Kenna non aveva idea che Marshall intendesse aggiungerla a un elenco, lo guardò e lo vide sorridere e annuire. Allora mise una mano nella borsetta e tirò fuori la patente, per passarla a Robert; il responsabile della sicurezza compilò un modulo con le informazioni di Kenna, poi si alzò in piedi.

"Dovrei scattarle una foto per la nostra banca dati," disse Robert.

"Ah, certo, va bene," disse Kenna, sorpresa dal livello di sicurezza di quel posto.

"Serve a far sapere anche agli altri agenti di sicurezza qual è il suo aspetto," le disse Robert, che chiaramente aveva notato un certo imbarazzo. "Inserirò la foto nel sistema, poi è fatta. Nessun altro avrà accesso ai nostri file. La prossima volta che verrà, non dovrà nemmeno fermarsi. Sapremo che può entrare nello stabile."

"Se non te la senti, possiamo occuparcene in un altro momento," le disse Marshall.

"No no, va bene," rispose Kenna, "sono solo colta di

sorpresa." Poi si mise in posa e Robert scattò la foto senza troppe formalità.

Poi le passò un bigliettino dicendole: "Queste sono le norme e i regolamenti di Coral Springs. Anche gli ospiti devono rispettare lo stesso regolamento, lo legga pure con calma, lo firmi e lo restituisca qui alla reception quando avrà finito," le disse Robert.

Kenna annuì e piegò il biglietto, mettendolo in borsetta insieme alla patente.

"Pronta?" le chiese Marshall.

"Pronta," gli disse Kenna con un sorriso.

"Buona serata, Robert," disse Marshall al responsabile della sicurezza.

"Anche a lei."

Appena entrati in ascensore, Kenna si voltò verso Marshall: "Non avrei superato di un passo il banco della sicurezza, se non fossi stata insieme a te, vero?"

"Vero," le rispose accennando un sorriso. "Robert e gli altri agenti di sicurezza sono molto bravi nel loro mestiere."

"Cos'hanno detto i tuoi compagni di squadra, a proposito della foto e del regolamento da firmare?" gli chiese.

Marshall fece spallucce: "Loro non sono nell'elenco dei visitatori approvati."

Kenna si fece seria, era confusa: "Ma sono i tuoi migliori amici."

"Vero. Quando vengono a trovarmi li aggiungo al registro dei visitatori del giorno. Possono entrare per quel giorno, ma non possono entrare e uscire a piacimento."

Kenna lo fissò incredula: "Dici sul serio?"

"Sì. Sei l'unica persona che abbia mai inserito in quell'elenco."

Kenna deglutì a fatica e poi gli disse: "Stasera sarai *davvero* fortunato, marinaio."

Marshall scoppiò a ridere e la tirò più vicina: "Davvero?"

"Eh sì."

Allora lui abbassò la testa e la baciò proprio nel momento in cui il campanello dell'ascensore suonò, avvertendoli che erano arrivati al piano. "Più tardi," mormorò lui, più a se stesso che a lei.

Kenna non riusciva a non sorridere; amava sorprendere il suo uomo, le sembrava non succedesse troppo spesso.

Lui le tenne un braccio intorno alle spalle, mentre camminavano per il corridoio che portava all'appartamento. Poi appoggiò il palmo della mano a uno scanner ottico vicino alla porta, lei scosse la testa incredula chiedendogli: "Ma davvero?"

"Eh sì," le disse, "è più semplice rispetto a una chiave, specialmente quando vado in missione. Nessuna preoccupazione di perdere la chiave o di non trovarla."

"Ti porti le chiavi in missione?" gli chiese, aggrottando la fronte dalla sorpresa.

Lui rise: "Ma no, è impossibile, rimangono in ufficio."

"Meno male. Già mi immaginavo qualche terrorista sperduto nel deserto che trova la chiave di una Jeep nella sabbia e si chiede come diamine ci sia finita."

Marshall sorrise: "Precisamente. Dammi la mano."

Lei gli porse la mano senza esitare. Kenna ebbe la sensazione di poter fare tutto ciò che quell'uomo le chiedeva, senza nemmeno pensarci.

Lui premette una serie di pulsanti sullo scanner digitale, poi le fece appoggiare il palmo allo scanner. "Ecco, adesso puoi entrare ogni volta che vieni da me."

Kenna sbatté le palpebre sorpresa e lo fissò: "In pratica mi hai appena dato la chiave di casa tua?"

Marshall fece spallucce: "Hai intenzione di venire a derubarmi?"

"No."

"Allora sì, è così." Marshall aprì la porta e Kenna si sforzò di tenere le proprie reazioni sotto controllo.

Quell'uomo era tutt'altro, nulla a che vedere con quanto si era immaginata, parlando con lui la prima volta sulla spiaggia del Duke's. Era molto... di più.

Marshall le fece strada nell'appartamento, Kenna chiuse la porta, poi spalancò gli occhi guardandosi intorno.

Era un posto incredibile, lei non sapeva nemmeno da che parte guardare. Dalla cucina (con delle belle dispense bianche, top in marmo e frigorifero grande il doppio del suo) ai pavimenti di bambù, fino ai divani, che sembravano estremamente comodi (e costosi), fino alla TV enorme... era tutto esagerato.

Ma si vedeva anche il tocco di Marshall, qua e là. Non era una esposizione. C'erano un paio di scarpe per terra, vicino a un corridoio. C'era qualche piatto sporco nel lavandino, briciole sul top della cucina. Una libreria contro la parete conteneva dei libri messi in disordine sui ripiani. Un bicchiere mezzo pieno d'acqua era rimasto appoggiato sul tavolino vicino a uno dei divani. Dei cuscini decorativi erano sparsi in giro sui mobili.

Poi c'erano le foto. Kenna voleva guardarle tutte, erano sparse un po' in tutto il salotto. C'era persino una foto ingrandita e incorniciata di Marshall con il resto della squadra, la stessa che le aveva mostrato alla base, la teneva appesa vicino al televisore.

Era un appartamento di alto livello, sì, anche costoso. Ma era vissuto e comodo. Kenna si sentì più rilassata.

Mentre lei si guardava intorno, Marshall si era avvicinato a una parete sulla sinistra, tirò le tende... e Kenna non poté far altro che fissare sbalordita il panorama che le si era aperto davanti agli occhi. Si avvicinò alla terrazza come in *trance*. Sapeva che Marshall stava sorridendo come un ragazzino con in mano la cioccolata, ma lo ignorò. Lui le aprì la porta e lei uscì all'aperto.

Una leggera brezza spirava dall'oceano, le smosse i capelli mentre lei si appoggiava alla ringhiera. Sulla terrazza c'erano alcune sdraio, oltre a un tavolo con sei sedie. Era uno spazio enorme, ma Kenna riportò l'attenzione all'oceano che aveva davanti.

Sentì Marshall avvicinarsi da dietro e mettere le mani sulla ringhiera di fianco a lei, appoggiandosi a lei.

Kenna si prese un minutino per esaminare quel panorama. Poteva vedere la spiaggia in cui avevano trascorso la giornata, gli ombrelloni sembravano minuscoli, guardandoli dall'alto. C'erano alcune barche a vela in acqua, in lontananza si intravedeva persino una nave mercantile enorme. Era un panorama totalmente fantastico, Kenna capì in quel momento appieno il piacere di avere una casa vista oceano. Se avesse avuto un panorama come quello anche a casa propria, sarebbe stata spessissimo in terrazza a goderselo.

"È fantastico," gli disse meravigliata.

"Questo è il motivo principale per cui ho smesso di litigare con i miei per questo appartamento. È esagerato, fin troppo, senz'altro costosissimo. Ma questo è il posto in cui preferisco passare il tempo con gli amici, specie dopo una missione difficile. Dovresti vedere quando sta per arrivare un temporale. È come trovarcisi nel mezzo."

"Immagino."

"Vuoi vedere il resto dell'appartamento?" le chiese.

Kenna scosse la testa: "No no, rimango qui. Penso di traslocare direttamente su questo terrazzo, mangiare, dormire, tutto incluso."

Lo sentì dietro la schiena ridere di gusto. "Potrebbe essere difficile lavorare al Duke's da qui."

"Frega niente."

"Non hai ancora visto la camera da letto," le disse con tono allusivo.

Kenna sorrise, poi si girò tra le braccia di Aleck: "Vero, dimmi che hai un bel lettone grande."

"Ho un bel lettone grande."

"E che il bagno è mozzafiato."

"È mozzafiato," confermò lui. "Doccia a cascata, vasca sospesa enorme, due lavandini, pavimento a mattonelle riscaldato, stanzino separato per la tazza, con tanto di porta."

A quel punto Kenna scoppiò a ridere e gli chiese: "E quello lo metti tra gli extra di lusso?"

"Ma certo. A me piace stare tranquillo quando faccio le mie cose," le rispose Aleck con espressione seria.

"Hmmm. Allora penso proprio di dover vedere la tua camera. Ma se non è alla pari di questa terrazza, torno subito fuori."

"Penso che ti piacerà," le disse Marshall con un tono un po' misterioso. "Andiamo." La prese per mano e le fece strada attraverso il salotto.

Kenna si lasciò trascinare per un corridoietto fino alla porta in fondo; nel frattempo lanciò un'occhiata rapida al bagno degli ospiti, era più grande del bagno principale che aveva lei, nel suo appartamento.

Marshall aprì senza esitare la porta alla fine del corri- doio, facendole cenno di entrare.

Kenna stava per fare una battuta, qualcosa su un ragno

che invita una mosca, ma le si bloccarono le parole in gola entrando in quella stanza.

La parete vicino al letto era tutta una vetrata, dal pavimento al soffitto. Sembrava quasi di essere ancora fuori, in terrazza, solo senza la brezza. "Porco cane," sussurrò.

"Te l'ho detto che ti sarebbe piaciuta," le disse Marshall compiaciuto.

Kenna lo guardò negli occhi: "È incredibile! Ma la luce non ti dà fastidio, quando cerchi di dormire?"

In tutta risposta, Marshall si avvicinò a un pannello di controllo sulla parete vicino alla vetrata e spinse un pulsante. Nel giro di pochi secondi, le vetrate diventarono da trasparenti a nere.

"*Cosa?* Com'è possibile?"

Marshall fece spallucce. "Non ne ho idea. C'è qualche meccanismo nel vetro." Spinse un altro pulsante e le finestre cambiarono ancora, passando a un grigio chiaro che lasciava entrare un po' di luce, ma molto soffusa. Poi spinse un ultimo pulsante e il vetro tornò trasparente, lasciando entrare tutta la luce del pomeriggio.

"Wow," commentò Kenna dopo una lunga pausa.

"Sei rimasta senza parole," scherzò Marshall, "sono impressionato."

"No, *io* sono impressionata," gli disse Kenna.

"Aspetta di vedere il bagno."

Lei lo seguì in un'altra stanza e dovette ammettere che era un cavolo di spettacolo. Di nuovo, altissimo livello, anche se c'erano prodotti sparsi sul mobiletto e un asciugamano appoggiato a un lavandino, invece di essere appeso all'apposito anello lì vicino. Un altro asciugamano appeso per un lembo a un anello attaccato alla parete rendeva lo spazio più vissuto.

Kenna non poté trattenere il pensiero di essere con

Marshall nell'enorme box doccia. All'interno c'era anche una piccola panchina, che di sicuro poteva tornare utile.

"Vedo che stai già fantasticando," le disse Marshall.

Kenna fece un gran sorriso e gli rispose senza imbarazzo: "Sì."

"Allora, ti piace?"

"Mi piace," gli rispose Kenna, "e se avessi i soldi, di sicuro vorrei vivere qui."

Marshall annuì, poi la prese per mano e cominciò a tirarla fuori dalla stanza.

"Che fretta c'è?" gli chiese Kenna ridendo.

"Penso solo sia una buona idea che usciamo dalla camera da letto," le rispose Marshall.

Kenna rise di gusto. Stare con lui era... semplice, divertente. Le piaceva davvero la compagnia di quell'uomo. "Allora, cosa facciamo per far passare il tempo prima di cena?" gli chiese. Non stava cercando di alludere a qualcosa in particolare, ma quando Marshall si girò e inarcò un sopracciglio, lei rise di nuovo: "Cioè, qualcosa di non scontato."

"Vuoi fare un giro del complesso?" le chiese incerto.

"Sì." Kenna voleva conoscere tutto di quell'uomo, anche il luogo in cui viveva.

Dopo un'ora e mezza, visitate le piscine, la palestra, il centro benessere con sauna, il ristorante, i balconi comuni, dopo aver conosciuto praticamente ogni persona che incontravano, rientrarono nell'appartamento e si misero seduti in terrazza, Kenna su una sdraio, Marshall su un'altra. Erano abbastanza vicini, Kenna poteva allungare una mano e toccarlo. Era una situazione intima, accogliente. Kenna non riusciva ancora a superare l'impatto di quel panorama perfetto.

Mentre lei teneva in mano un bicchiere di vino, Marshall aveva un bicchiere di tè.

"Sono colpita dalle tante persone che conosci," gli disse.

Marshall alzò una spalla: "Non le conosco *conosco*," le disse, "non so nulla delle loro vite, del lavoro che fanno, ma quando ci incontriamo siamo sempre cordiali."

"Sono stata *davvero* scortese quando ho detto che i ricchi se ne stanno a casa loro e non si parlano tra loro," sbottò Kenna, sentendo di nuovo il bisogno di scusarsi, dopo aver incontrato alcuni dei residenti.

"No, hai ragione. Immagino che tu sappia tutto ciò che c'è da sapere sui tuoi vicini. Qui i rapporti sono più superficiali. Ma se qualcuno ha bisogno di qualcosa, io sono felice di aiutare."

"So che lo faresti," gli disse Kenna, porgendogli una mano. Lui la prese senza esitare e la strinse in modo rassicurante.

Parlarono per un po' di tempo di nulla di importante, ma poi la conversazione andò a toccare Carly e il suo ex. Marshall voleva sapere come stesse *veramente*.

"Penso che stia bene. Fa ancora fatica a sentirsi al sicuro, credo. Non esce quasi mai, in pratica va solo a lavorare."

"Ma non ha più visto Shawn da quell'ultima volta, al ristorante?" le chiese Marshall.

"Che io sappia no, ma può sempre darsi che se lo sia tenuto per sé," disse Kenna apertamente. "Io gli uomini come lui proprio non li capisco."

"Cosa intendi dire?"

"Cioè, se tu mi dicessi chiaramente che è finita, che non vuoi vedermi mai più, io non darei di matto, non farei la pazza insistendo che non puoi mollarmi. So che anche alcune donne si comportano nello stesso modo, ma le statistiche dicono che in prevalenza sono gli uomini. Tu riesci a spiegarmelo?"

"No."

La risposta di Marshall fu breve e diretta.

Kenna sospirò. "Un'altra cosa che non capisco sono gli uomini che godono a spaventare o violentare le donne. Cioè, capisco che si tratta di una sete di potere ma da *dove* cavolo viene? Come fanno a pensare che vada bene trattare qualcuno con tale violenza? Da dove viene quel piacere? Non parlo dei serial killer, che probabilmente hanno il cervello in pappa. Parlo di uomini qualunque, con amici, lavori sicuri, famiglie per bene... quelli che non ti immagineresti mai come persone violente, eppure vogliono costringere le donne con la forza, solo perché possono. Proprio non lo capisco."

Marshall muoveva il pollice avanti e indietro accarezzandole il dorso della mano, cercando di calmarla. "Non lo so," le disse, "non riesco a immaginare cosa passi per la testa di qualcuno che decide di fare qualcosa del genere. Io la penso come te, se una donna dice che vuole chiudere, magari non mi fa felice, ma rispetto la decisione. Perché mai vorrei stare con una che non vuole stare con *me?*"

"Esatto!" esclamò Kenna. "Che senso ha la logica 'se non posso averti, nessuno ti avrà'? Non si possono possedere le persone. Chissà che rabbia, che odio in un rapporto del genere, sarebbe insopportabile. Faccio troppa fatica a capire come mai Shawn si comporta in quel modo nei confronti di Carly. Perché non va avanti con la sua vita? Perché non si trova una donna che *vuole* stare con lui?"

"Vorrei tanto avere una risposta. Invece posso solo rassicurarti, al mondo sono più gli uomini che rispettano le donne e che non si comporterebbero mai come quel coglione."

"Lo so," disse Kenna sospirando, "solo che mi dà troppo fastidio sapere cosa deve superare Carly. Vorrei solo che quel tipo *sparisse*. Per tornare alla normalità."

"Anch'io," le disse Marshall.

Rimasero in silenzio per un lungo momento, ciascuno perso nei propri pensieri. Un motivo in più per cui a Kenna piaceva stare con Marshall: non dovevano parlare di continuo. Potevano stare semplicemente nello stesso posto allo stesso tempo.

"Vuoi venire a fare la spesa con me?" le disse Marshall dopo un po'.

Kenna lo guardò negli occhi: "Per cosa?"

"La roba per la cena."

Lei si mise a ridere e gli chiese: "Ma come, mi hai invitata a cena e non hai gli ingredienti?"

Marshall fece spallucce: "Pensavo di fare la spesa stamattina, prima di venirti a prendere, ma i miei piani sono saltati ieri sera, quando ti ho chiesto se potevo presentarmi all'alba, perché volevo assicurarmi che tu stessi bene."

Quella spiegazione le piacque parecchio. "Va bene."

"Ottimo. Allora andiamo."

Kenna fece una risatina: "Tu non sei abituato a startene seduto a goderti la vita, vero?"

"No. Adesso alzati, pigrona. Sto solo cercando di impedirti di completare un nido nell'angolo del mio terrazzo se no poi chi ti schioda?"

Kenna rise e si lasciò tirar su da Marshall.

"Cosa pensi di cucinare?" gli chiese, mentre tornavano dentro, verso la porta d'ingresso.

"Beh, ti ho detto che di solito mi faccio una bistecca

alla griglia, ma stavo pensando di cambiare direzione, se per te va bene."

"Dipende dalla direzione che vuoi prendere," gli disse Kenna apertamente.

"A te piacciono i frutti di mare, vero?" le chiese.

"Ma certo. Siamo andati a mangiare il sushi, ti ricordi?"

"Mi ricordo, ma il sushi non è come i frutti di mare, in generale. Comunque, pensavo magari di prepararti delle capesante scottate con glassa. Come contorno dei broccoli arrosto all'aglio, dei taco cup vegetariani e come dessert dei tortini al cioccolato in padella."

Kenna sentì di avere la bocca spalancata, ma non sapeva che farci: "Ma dici sul serio?"

"Sì."

"Mi aspettavo degli hamburger, o degli spaghetti, qualcosa del genere."

"Come primo appuntamento volevo viziarti un po'," le disse Marshall semplicemente.

"Beh, considerami viziata, anche se non abbiamo ancora fatto la spesa," replicò Kenna. "Ho una domanda."

"Spara."

"Cos'è un taco cup?"

Marshall fece un gran sorriso: "Si prendono i nacho, sai quelle patatine a forma di tazza, ci si mettono mango, panna, formaggio, fagioli e un po' di jalapeño se ti piace. Poi si butta tutto in bocca e si gusta tutto insieme."

Kenna si immaginò Marshall che se li mangiava: "Sembra una ricetta deliziosa."

"È deliziosa. Andiamo, solo a pensarci mi viene fame. L'unico problema è che la cena che ho pensato prende un po' di tempo per i preparativi."

"Mi fa piacere cucinare con te," gli disse Kenna.

Arrivati alla porta, Marshall si abbassò per baciarla. Fu un bacio veloce, le labbra si sfiorarono appena.

Kenna si imbronciò: "Tutto qua?"

"Per ora, solo per ora. Se comincio a baciarti come dico io, finiamo subito a letto e non ci alziamo più chissà per quante ore. Ma così non ti preparo più da mangiare. Quindi prima la spesa, poi si cucina, si mangia. Solo *allora* ti prenderò per bene, a lungo, in tutti i modi possibili."

Kenna fece un gran sorriso e gli chiese: "Possiamo tenere la vetrata trasparente?"

Marshall scosse la testa e aprì la porta: "Penso che dovrei offendermi, se adesso pensi alla vetrata."

"Oh, penso a te, senza dubbio. Non vedo l'ora di guardare cosa ti sei tenuto nascosto nei pantaloni finora," gli rispose.

"Vuoi il mio uccello, Kenna?" le disse con voce roca.

"Sì," gli rispose semplicemente.

"Allora lo avrai. Più tardi."

Lei si finse di nuovo imbronciata e Marshall rise. Kenna non si sarebbe mai stancata di sentire il suono di quella risata.

Dopo essere usciti, lui chiuse la porta e la prese di nuovo per mano, sorridendo. Kenna ebbe la sensazione di potersi abituare a stare con quell'uomo in un rapporto molto più consistente, fare con lui le faccende di ogni giorno, come la spesa, cucinare... finendo ogni sera tra le sue braccia.

CAPITOLO QUATTORDICI

LA CENA FU FANTASTICA. Aleck non poteva ricordare un'altra occasione in cui era stato felice come quella sera. Kenna lo aveva aiutato a cucinare, avevano entrambi fatto fatica a tenere le mani a posto durante i preparativi.

Lui continuava a strusciarsi contro il sedere di Kenna, mentre lei si vendicava toccandogli "involontariamente" l'uccello ogni volta che gli passava vicino, nell'enorme cucina. Kenna era spensierata, divertente, sensuale... con lei Aleck non si lasciava andare ai pensieri delle scene orribili che aveva vissuto con i SEAL, come spesso gli succedeva nelle serate trascorse da solo: era concentrato sul momento, su Kenna.

Aggiungere Kenna all'elenco dei visitatori così presto non era stata una scelta programmata; ma quando l'aveva presentata a Robert gli era sembrato naturale, la cosa giusta da fare. Qualcuno poteva anche ritenerlo un pazzo, perché aveva dato accesso a casa propria a una donna che aveva appena conosciuto, ma lui si fidava di Kenna, d'istinto. Non aveva dubbi che lei non avrebbe mai tradito quella fiducia. Tra loro era scattato qualcosa, un legame mai provato prima, su un piano che nessuno dei suoi rapporti migliori aveva mai raggiunto.

Aleck non sapeva cosa potesse riservare loro il futuro, ma in quel momento poteva senz'altro ammettere di essersi perso per Kenna; la voleva vicina il più possibile. La giornata passata con lei era stata meravigliosa. Guardarla mercanteggiare sul prezzo di un ciondolo al mercatino era stata una illuminazione: era una donna ostinata, a cui piaceva averla vinta.

Anche lui era ostinato (infatti andavano molto d'accordo), solo che a lui non piaceva tirare sul prezzo. Forse perché non doveva preoccuparsi dei soldi, ma preferiva pagare troppo per qualcosa, piuttosto che darsi da fare per risparmiare qualche dollaro. Pagare un po' di più era utile per i venditori.

Kenna gli aveva detto di voler mangiare fuori, in terrazza, non era certo una sorpresa. Avevano appena finito di mangiare e stavano guardando il sole tramontare lentamente, si godevano la brezza della sera, quando si sentì il telefono di Aleck squillare dentro casa.

"Merda," mormorò Aleck.

"Che c'è? Come fai a sapere chi ti chiama?" gli chiese Kenna.

"Non lo so, ma non stavo aspettando alcuna telefonata."

"Non significa che siano brutte notizie," pensò Kenna a voce alta, mentre Aleck si alzava per andare a prendere il telefono.

Ma Aleck immaginava di cosa si trattasse. I compagni di squadra sapevano tutti che avrebbe passato la giornata con Kenna, quindi non l'avrebbero disturbato. Potevano essere i suoi genitori, ma lui non ne era convinto. Aveva un brutto presentimento: era una telefonata di lavoro.

A denti stretti, rispose: "Pronto?"

"Parla il comandante Huttner. La stiamo convocando per una missione."

In generale, Aleck era contento del suo comandante. Dylan Huttner era un militare giusto, a cui stavano a cuore davvero i SEAL sotto il suo comando. Ma quella telefonata arrivava nel momento peggiore. "Posso avere qualche dettaglio?" chiese Aleck.

"Si tratta della crisi che abbiamo esaminato nelle ultime due settimane, la situazione sta precipitando e dobbiamo intervenire, anche alla svelta," spiegò Huttner.

Quindi Aleck e gli altri erano in partenza per l'Iran. Cacchio. "Capito. A che ora devo presentarmi a rapporto?" domandò.

"Immediatamente."

Aleck era addestrato fin troppo bene per reagire con sorpresa, ma se la convocazione era immediata e senza preavviso, la situazione doveva essersi aggravata parecchio: "Sissignore."

"A presto. Riceverà tutti i dettagli al suo arrivo."

Huttner chiuse la conversazione senza aggiungere altro e Aleck posò il telefono. Dannazione. I piani della serata con Kenna erano appena cambiati... in peggio. Ora doveva trovare un modo non solo per non deluderla, ma anche per dirle che doveva partire subito in missione, senza poterle dare altri dettagli."

"Va tutto bene?" gli chiese Kenna incerta dalla porta che dava sul terrazzo.

Aleck respirò a fondo, poi si voltò verso di lei dicendole: "No. devo andare."

"Andare?" gli chiese lei.

Merda, come gliela stava mettendo giù male. Non poteva andarsene così, doveva prima rassicurarla. Spiegarle, dirle qualcosa. Attraversò la stanza e si avvicinò a lei, le mise le mani ai lati del collo e la strinse dolcemente dicendole: "La squadra è stata richiamata d'urgenza. Dobbiamo andare in missione."

"Adesso?" gli chiese Kenna incredula, afferrandogli i polsi.

"Purtroppo sì, adesso."

"Beh... cacchio. Cosa posso fare per aiutarti?"

Quella non era affatto la reazione che Aleck si aspettava. "Non ti dispiace?"

"Ma certo che mi dispiace," gli disse Kenna, "ma se mi incazzo, o se sono triste o reagisco da isterica non ti aiuto certo e non ti cambia nulla. Mi dispiace non poterti saltare addosso stanotte, ma quando tornerai a casa sano e salvo allora avremo qualcosa da festeggiare *alla grande*." Alla fine la voce di Kenna tremò un poco, ma lei respirò a fondo e mantenne il controllo."

"Cacchio, sei davvero meravigliosa."

"Ma no, dai," ribatté lei, "ho una paura folle per te, ma è il tuo lavoro, il lavoro che ami."

Il primo pensiero che gli venne in mente era che lui amava *lei*, ma se lo tenne per sé., Perché era davvero folle... o no?

"Allora... cosa posso fare per aiutarti?" gli ripeté.

Aleck fece un altro respiro profondo, poi si sforzò di entrare in modalità SEAL. "Puoi sistemare i piatti in cucina mentre mi preparo?"

"Ma certo."

"Puoi mettere tutto in lavastoviglie. Quando il ciclo di lavaggio sarà terminato, possono stare lì dentro finché torno. Per favore, portati via quel che è rimasto da mangiare."

"Va bene, nessun problema."

"Posso fare una corsa e riportarti a casa prima di andare alla base," le disse Aleck.

"Ma no, è completamente fuori strada. Posso prendere un taxi, o un Uber."

Aleck si accigliò: "È tardi."

"Non è *tanto* tardi," gli disse Kenna.

"Ti andrebbe di dormire qui per stanotte e tornare a casa tua domattina?" le chiese Aleck un po' incerto, poi le mise le mani sui fianchi e la tenne così, in un abbraccio accennato.

Lei rimase tranquilla per un momento, poi gli chiese: "Non ti dispiace se rimango qui senza di te?"

"No, certo che no. Anzi, puoi venire quando vuoi. Magari quando non devi lavorare il giorno dopo. Sei sull'elenco dei visitatori approvati, quindi non è un problema. Puoi entrare, perché ho programmato il palmo della tua mano nel lettore. E poi," aggiunse, mentre pensava a qualcosa, "se vuoi invitare Lexie ed Elodie per passare una serata tra amiche, sentiti libera di farlo. È probabile che anche loro abbiano bisogno di supporto, perché Midas e Mustang saranno via con me."

"Wow, ehm, va bene. Credo."

Aleck le sorrise.

"Ma sono sicura di poter tornare benissimo a casa, stasera."

"Dai, fermati," Aleck cercò di convincerla, "anche se non potrò raggiungerti nel mio letto, adoro il pensiero che *tu* ci sia."

"Beh, cacchio, come potrei dirti di no?" commentò lei.

"Non puoi."

"Va bene, allora rimango."

"Ottimo. Uscendo andrò a prendere in macchina le borse con la roba che hai preso stamattina al mercatino e le passerò a Robert, o a chi c'è di servizio, te le terranno fino a domani. Ti prenoto anche un taxi."

"Non devi preoccuparti."

"Preferisco così." Si fissarono l'un l'altra per un momento, poi Aleck la tirò più vicina dicendole dolcemente: "Vieni qui."

Kenna si accoccolò in quell'abbraccio, poi sospirarono entrambi.

Aleck era molto dispiaciuto per come doveva terminare quella serata insieme, non tanto per aver perso l'occasione di andare a letto con lei, quanto perché ora Kenna era visibilmente stressata e triste.

"Tornerò prima che te ne accorga."

"Lo so. Marshall?"

"Sì?"

"So che il tuo lavoro è pericoloso, ma la tua squadra è una delle migliori, però..." la sua voce svanì.

Non c'era bisogno di andare avanti. Aleck era più che sicuro di sapere cosa stesse per dire: "Siamo bravi nel nostro lavoro. Torneremo presto," le disse. Non poteva certo fare troppe promesse, ma gli era impossibile starsene lì con lei *senza* cercare di rassicurarla.

Kenna annuì contro di lui, respirò a fondo e si tirò indietro. Aveva gli occhi lucidi, ma trattenne le lacrime. "Va bene. Allora... dovrai prepararti per andare a prendere qualcuno a calci in culo."

Cacchio, che donna, lo faceva morire. "Mi mancherai. Penso che ci siamo sentiti o messaggiati ogni giorno, da quando mi sei saltata addosso."

"Non ti sono saltata addosso," protestò lei in automatico, come faceva sempre. "Comunque sia, sì, penso che ci siamo sentiti ogni giorno. Anche tu mi mancherai. Ma devi andare a compiere il tuo dovere."

Aleck annuì.

Kenna lo spinse leggermente: "Vai, ci penso io a ripulire la roba della cena."

Con riluttanza, ben sapendo di doversi dare una mossa, Aleck si avviò verso la camera da letto. Quando finì di preparare i bagagli, Kenna aveva già riempito la lavastoviglie e messo via gli avanzi. Era in piedi in terrazza, guardava l'oceano, quando lui tornò in salotto con il borsone, indossando l'uniforme mimetica.

Lei ovviamente lo sentì arrivare e si voltò. Gli fece un sorriso incerto e si incamminò verso di lui: "Non so quanto costi questo posto, ma quella terrazza ne vale ogni centesimo."

Aleck sapeva che Kenna non era interessata davvero a sapere quanto costasse quell'appartamento. Stava solo chiacchierando un poco per alleggerire la tristezza di quella partenza. La raggiunse a metà strada in salotto e le mise una mano dietro la nuca, passandole l'altra dietro la schiena. Ormai gli sembrava molto naturale tenerla in quel modo. "Torno presto," le disse goffamente, "non esiste proprio che vada a morire prima di averti assaggiato la passera, prima di entrare dentro di te."

Lei trattenne una risata e ribatté: "Va bene, ottimo, perché anch'io non sono ancora riuscita a succhiartelo."

Aleck abbassò la bocca e la baciò a lungo, con grande passione, profondamente. Era una tortura per entrambi, ma lui sembrava incapace di fermarsi. Aveva sempre pensato che le missioni fossero difficili soprattutto per chi rimaneva a casa ad aspettare. Mustang e Midas raccontavano sempre quanto fosse difficile per le loro donne. Ma Aleck non aveva mai davvero capito quanto fosse difficile e se ne accorse, dovendo partire lasciando Kenna a casa, ad aspettarlo.

Quando finalmente si tirò indietro, ansimavano entrambi. Kenna gli aveva affondato le dita nel petto; mentre lui la fissava negli occhi, finalmente lei si lasciò andare e le lacrime cominciarono a rigarle il viso. Lei se le asciugò subito con la spalla.

"Sto bene," gli disse quasi sprezzando il proprio dolore.

"So che stai bene," le disse Aleck dolcemente, poi la baciò in fronte. "Stai qui," le disse, "non c'è bisogno che mi accompagni."

Lei scosse la testa: "No, ma io voglio..."

"È già abbastanza difficile per me lasciarti qui," la interruppe Aleck, "per un po' voglio conservare il ricordo di averti vista qui, nel mio spazio."

Kenna respirò a fondo. "Va bene," gli disse, arrendendosi subito.

Lui la fissò per un lungo momento, poi deglutì a fatica e arretrò. Doveva partire immediatamente. Starsene lì a guardarla, a desiderarla non avrebbe facilitato in alcun modo la partenza. "Come coi cerotti," le mormorò.

"Tutto d'un colpo," gli rispose Kenna, capendolo al volo, come sempre.

Aleck arretrò senza togliere gli occhi da quelli di Kenna, fin quasi ad inciampare nella propria sacca.

Kenna ridacchiò e Aleck capì che quel suono lo avrebbe accompagnato durante tutto il tempo della missione. Le sorrise e le fece l'occhiolino, poi raccolse la sacca e si avvicinò all'uscio. Aprì la porta e fece un cenno col mento verso Kenna, poi si girò e uscì di casa, chiudendosi dietro la porta.

Dopo un altro respiro profondo, si sforzò di percorrere il corridoio verso l'ascensore. Che rottura.

————

Che rottura, pensò Kenna, rimasta in piedi in mezzo all'appartamento di Marshall, dove era rimasta sola. Avrebbe tanto voluto corrergli dietro e dirgli di non partire. Ma lui doveva fare il suo dovere. Era il suo lavoro, era lui. Avrebbe tanto voluto chiedergli dove andasse e se fosse pericoloso, ma il pericolo era ovvio. Santo Dio, Aleck era un SEAL.

Sospirando, se ne tornò in camera da letto e si preparò per andare a letto. Era presto, quella sera sperava di essere impegnata in attività molto più divertenti, ma forse era meglio così. Il rapporto con Marshall si era sviluppato fin troppo alla svelta, forse un po' di separazione avrebbe fatto bene a entrambi.

Si avvicinò al pannello di controllo sulla parete per oscurare la vetrata, poi esitò. Perché oscurare la camera? La vetrata dava sull'oceano, ma il sole sorgeva dall'altra parte dell'isola, quindi non le avrebbe dato fastidio, la mattina. Anzi...

Premette il pulsante che apriva una delle finestre appena di uno spiraglio, giusto per far entrare la brezza. Si aprì una parte alta della vetrata, vicino al soffitto, una buona precauzione, nessuno poteva cadere fuori per sbaglio. Non si sentiva il suono dell'oceano, ma l'aria fresca era grandiosa.

Kenna si allontanò dalla parete a vetrata e si lasciò cadere sul letto di Marshall. Si sentì subito circondata dal suo profumo. Non sapeva bene come descriverlo, ma sapeva che non l'avrebbe mai dimenticato. Prese tra le braccia uno dei cuscini e ci affondò il viso inalando profondamente, era molto morbido.

Poi pianse.

Pianse per la delusione, perché in quel momento Marshall non la stava scopando come un animale.

Pianse perché aveva una paura folle, per lui.

Pianse perché già le mancava e non era nemmeno ancora partito dall'isola.

Era passato molto tempo da quando si era lasciata andare a un pianto tanto sconvolto, ma quando finalmente riprese il controllo, si sentì un po' meglio.

Marshall *sarebbe* tornato; si rifiutava di credere altrimenti. Nel frattempo, aveva delle amiche e aveva il lavoro a tenerla impegnata.

Si addormentò nel lettone di Marshall e lo sognò tutta la notte.

Kenna si svegliò con addosso ancora un po' di tristezza, ma non spaventata quanto la sera prima. Si fece una doccia nel bagno fantastico di Marshall e decise che, anche se era un po' strano, di sicuro sarebbe venuta a passare del tempo in quell'appartamento ogni volta che poteva, fintanto che Marshall era via. Le mattonelle riscaldate sotto i piedi nudi e l'asciugamano caldo preso dal radiatore caldo erano dei lussi esagerati, ebbe la sensazione che ormai la sua doccia non le sarebbe bastata mai più.

L'aspetto più importante, però, era trovarsi nello spazio di Marshall, circondata dalle sue cose; le dava l'illusione che lui fosse ancora lì.

Rovistò nel frigo per fare colazione, mangiò fuori, in terrazza, godendosi ancora una volta il panorama. Solo verso le undici Kenna decise di andare a casa. Nel giro di poche ore doveva andare al lavoro e mentre tornava le occorreva fermarsi in negozio per fare la spesa per la settimana.

Raccolse le sue cose e trovò una borsa per la spesa in cui mise gli avanzi della cena della sera prima. Mentre riponeva i contenitori col cibo nella borsa, visse di nuovo i ricordi del giorno prima, che giornata fantastica... prima che lui dovesse partire, ovviamente. A Kenna era piaciuto molto cucinare con Marshall. Il fatto che lui si fosse sforzato di preparargli qualcosa di speciale le fece tornare il sorriso sulle labbra.

Controllò che le finestre fossero tutte chiuse, che il letto fosse ben fatto, che l'asciugamani fosse appeso al radiatore, poi si avviò verso l'uscita. Prima di andarsene si guardò indietro e sospirò. Era stata proprio una stronza, nei confronti di chi viveva a Coral Springs, aveva giudicato in modo ingiusto. Ovviamente non era un posto a buon mercato, ma doveva ammettere che l'appartamento di Marshall l'aveva viziata alla grande. Ormai si era ufficialmente affezionata.

Fece un bel respiro, poi uscì e chiuse la porta, sentendo le serrature scattare automaticamente. Giusto per provare, mise la mano sul lettore vicino all'uscio, che si aprì immediatamente. Kenna sorrise e richiuse la porta di nuovo.

Stava ancora sorridendo, quando prese l'ascensore, per scendere fino all'atrio. Si incamminò verso Robert, che era seduto di nuovo al banco della sicurezza. Immaginò non ci fosse rimasto tutta la notte.

"Buongiorno," gli disse allegramente.

"Signorina Madigan, buongiorno," le rispose prendendo un apparecchio elettronico dalla scrivania e premendo alcuni pulsanti.

Kenna non aveva idea di cosa stesse facendo, ma immaginò non fosse importante. "Immagino che tu faccia i turni di giorno?" gli chiese.

"Al momento è così. Ho sentito che il signor Smart ieri sera è dovuto partire per un po'," le disse Robert.

Kenna arricciò il naso e annuì.

"Le posso dire a nome mio e di tutto il personale di Coral Springs che apprezziamo il suo servizio per la patria; se avesse bisogno di qualcosa, di qualunque cosa, le basta dirlo e faremo del nostro meglio per accontentarla."

Kenna sbatté le palpebre sorpresa. "Ehm... grazie. Non rimarrò qui a vivere mentre Marshall è via, ma potrei passare qualche volta, se non è un problema."

"Ma certo," le rispose Robert con un sorriso.

"Forte, allora, posso chiederti di chiamarmi un taxi?"

"Già fatto. Il signor Smart ne aveva prenotato uno per lei già ieri sera. Non era sicuro dell'orario in cui sarebbe servito, ma io ne ho già chiamato uno."

"Oh, wow, grazie," gli disse Kenna, comprendendo l'importanza di persone come Robert e gli altri impiegati del complesso. Non se la prendeva se ogni tanto doveva aspettare o se c'era qualche disagio, ma poteva senz'altro abituarsi con piacere ai servizi dello staff di Coral Springs. L'irritazione che aveva provato, scoprendo che Marshall aveva i soldi, in quel momento le causò un rimorso di coscienza, dato che si stava godendo tutti quei vantaggi.

"Inoltre, Alfonso l'aspetterà fuori con il resto delle sue cose."

"Ah, va bene, mi ero dimenticata," rispose Kenna, capendo che forse Robert aveva usato l'apparecchio elettronico proprio per quel motivo, per inviare un messaggio al collega, affinché le portasse gli oggetti che lei aveva comprato il giorno prima al mercatino, prelevandoli dal luogo in cui erano stati conservati.

"Ma certo, è comprensibile, avrà avuto la mente impegnata con altri pensieri," le disse Robert.

Kenna si morse un labbro, poi se ne uscì: "Sento di dovermi scusare con te."

Robert sembrò confuso.

"È solo che... prima di sapere che Marshall viveva in questo complesso, niente meno che nell'attico, avevo un pregiudizio piuttosto forte nei confronti di chi viveva qui. Nella mia mente, erano tutti snob tirati col naso all'insù, che se ne stavano seduti a casa loro contando i propri soldi."

Robert se la rise.

Kenna proseguì: "Ma ora che ho passato un pochino di tempo qui a Coral Springs, dopo aver incontrato alcuni dei residenti e il personale, ho capito di essere stata ingiusta. Quindi... mi dispiace."

"Non ha nulla di cui scusarsi," le disse Robert. "La prima volta che ho pensato di fare richiesta di impiego per lavorare qui, pensavo le stesse cose. Ma nell'ultimo anno circa, da quando ci lavoro, ho scoperto che i residenti sono persone come le altre. Alcuni sono scontrosi e prepotenti, altri sono generosi e cordiali con tutti. Il denaro non fa una gran differenza, almeno secondo la mia esperienza."

"Anche secondo me," confermò Kenna, "e non dovrei giudicare le persone in base al conto in banca. Io lavoro al Duke's, a Waikiki, ho visto persone di ogni tipo, buone e cattive, proprio come quelle che passano qui. Alcuni dei clienti più gentili erano abbastanza benestanti da lasciarmi delle belle mance. Quindi non dovrei avere pregiudizi."

"*Ecco* perché il suo mi sembra un viso così familiare," disse Robert sorridendo, "io vado al Duke's molto spesso. Ci saremo visti là senz'altro. Vado matto per la torta hula."

"Vanno matti tutti per quella torta," confermò Kenna, che si sentiva meglio, dopo essersi scusata.

"Ecco Alfonso con le sue cose. Gli lasci pure anche le altre borse, ci pensa lui."

"Buongiorno signora," le disse Alfonso fermandosi vicino a lei.

"Buongiorno. Non deve portare tutta la mia roba, ci penso io."

"Che ne dice se prendo io la borsa più grossa così lei può portare solo quella piccola?" propose Alfonso.

Ecco un'altra persona molto gentile, anche se stava solo facendo il suo lavoro, e Kenna lo sapeva; probabilmente veniva pagato molto bene per aiutare gli ospiti e per essere cordiale, ma comunque... "Ottima idea," gli rispose, accettando.

"Ecco, è arrivato il suo taxi," le disse Robert. "Tra l'altro, la corsa è già pagata, quindi se il tassista prova a chiederle dei soldi in più, non lo ascolti. Inoltre, se per caso ci provasse, me lo faccia sapere appena torna, così lo togliamo dall'elenco dei taxi che chiamiamo."

"Wow, lo fareste?" gli chiese Kenna.

"Certamente," rispose Robert con voce ferma. "Comunque, stia bene, signorina Madigan. Arrivederci."

"Grazie. Non so quando tornerò... devo prima telefonare?" chiese Kenna, non conoscendo ancora bene le regole. Al che si ricordò di dover ancora leggere il bigliettino che Robert le aveva dato il giorno prima per firmarlo. Le era passato di mente fino a quel preciso istante.

"No. Può andare e venire a piacimento."

"Ah, se voglio portare con me delle amiche, qualche volta, è un problema? Sono un paio di amiche che Marshall conosce, naturalmente. Non ho intenzione di organizzare un party selvaggio," spiegò rapidamente, anche per non dare l'impressione di approfittare della partenza di Marshall.

"Non è un problema. Parla per caso delle signore Winters e Greene?"

"Ehm... non so come fanno di cognome, sono Elodie e Lexie."

"Sì, sono loro. Il signor Smart me l'ha accennato ieri sera. Non è un problema. Basta che si fermino alla reception per farsi riconoscere, prima di salire di sopra," le disse Robert.

"Va bene, grazie." Poi le venne in mente qualcos'altro. "Se vengono altre due amiche... è un problema?"

"Assolutamente. Basta sempre che si fermino qui a identificarsi prima di entrare nel complesso."

"Ottimo, grazie mille!" Kenna non era sicura se ci sarebbe stata una serata tra amiche, ma nel caso immaginava che avrebbe fatto piacere anche a Carly e Ashlyn partecipare. Ebbe la sensazione che invitando solo Elodie e Lexie la serata si sarebbe rattristata, pensando ai ragazzi in missione, quindi invitare altre due amiche sembrava un ottimo modo per bilanciare la serata, così si sarebbero concentrate su qualcosa di diverso dalla preoccupazione per i rispettivi compagni.

"Arrivederci, Robert. Buona giornata."

"Anche a lei, signorina Madigan."

Kenna gli sorrise e si avviò fuori dall'atrio, con Alfonso che le teneva aperta la porta, poi le aprì anche la porta posteriore del taxi e quando Kenna fu seduta gliela chiuse, portando le borse nel bagagliaio.

Il rientro a casa filò liscio, Kenna fu contenta quando il tassista l'aiutò a portare i bagagli su in casa. Appena si chiuse dietro la porta, gli occhi di Kenna caddero sull'enorme beanbag in salotto, che la fece sospirare. Le venne il sospetto che ogni cosa che vedeva o che sentiva le avrebbe fatto pensare a Marshall, di continuo, mentre lui era via.

Dopo un bel respiro, portò in camera la sua borsa per disfare il bagaglio. Collocò al loro posto i vestiti, ripose in frigo gli avanzi della cena e trovò una sistemazione per gli oggetti che aveva comprato al mercatino. Infine si mise a sedere e fece la lista della spesa.

Le sembrava strano, andare a occuparsi delle proprie

faccende mentre Marshall era chissà dove a fare del suo meglio per tenere il mondo al sicuro. Ma la vita doveva andare avanti, a prescindere dalle proprie faccende personali. valeva per tutti, del resto. Decisa a non lasciarsi prendere dalla paura o dallo sconforto (sapeva che a Marshall non avrebbe fatto piacere), Kenna si concentrò di nuovo sulla lista per la spesa.

———

Quella sera, il lavoro sembrava procedere molto più lentamente rispetto al passato. Probabilmente perché Kenna non poteva ricevere alcun messaggio da Marshall e sapeva che, una volta tornata a casa, non avrebbe potuto nemmeno parlargli.

Quando Alani le chiese come mai sembrava così giù di morale, Kenna capì che non stava riuscendo molto bene a nascondere la preoccupazione per Marshall. Carly la sorprese quando accennò alla missione, Kenna immaginò ne avesse sentito parlare da Jag. Avrebbe voluto stuzzicarla un po', sul rapporto di "sola" amicizia con il compagno di Marshall, ma Kenna non era dell'umore giusto per quel tipo di provocazioni.

Le due amiche parlarono un po' di dove potessero essere gli uomini in missione, ma nessuna delle due seguiva i notiziari internazionali, quindi non sapevano proprio dove fossero le zone calde del pianeta, in quel momento. In fin dei conti non era importante dove fossero, contava solo che tornassero sani e salvi.

A fine serata, dopo aver sistemato un cliente che si era ubriacato al punto di vomitarsi addosso sporcando anche il tavolo e la sedia su cui sedeva, dopo essersi vista soffiare una mancia da un altro tavolo e aver dovuto gestire una quantità superiore al normale di bambini che urlavano e scorrazzavano qua e là, Kenna era più che pronta a tornarsene a casa.

Paulo accompagnò lei e Carly al parcheggio che usavano sempre, poi le abbracciò; Kenna andò verso la macchina, aprì la portiera della sua Malibu e ci entrò, chiudendosi dentro e mettendo la borsa sul sedile del passeggero. Poi mise la chiave nel blocco di accensione e fece per avviare il motore... quando qualcosa sul parabrezza catturò la sua attenzione.

C'era un bigliettino di carta infilato sotto il tergicristalli.

Guardandosi intorno con circospezione, Kenna non vide nessuno nei paraggi, così uscì e afferrò il biglietto. Poi tornò a sedersi in macchina e si chiuse dentro, con estrema cautela. Aprì il biglietto... e rimase a fissarlo confusa, poi arrabbiata, infine un po' impaurita dalle parole che c'erano scritte.

Dovevi farti i cazzi tuoi.

C'era scritto solo una frase. Non era firmato e non c'era alcun indizio che indicasse chi l'aveva scritto o chi glielo aveva lasciato in macchina. Ma Kenna aveva la sensazione di saperlo. L'uomo del sabato sera... quello per cui aveva chiamato la polizia. Uomini come quello non la prendono bene, quando qualcuno ficca il naso nei loro affari, specialmente se è una donna.

L'aveva forse seguita al parcheggio dal ristorante, quella sera? Lei sperava che la polizia lo trattenesse in centrale, almeno fino a quando non gli fossero passati i fumi dell'alcol, ma forse non era andata così, dato che la moglie non aveva sporto denuncia. Forse era tornato al Duke's e si era appostato per guardarla andar via...

Lei credeva che fosse una famiglia di turisti, ma c'erano anche molti abitanti del posto che frequentavano il Duke's. Se quell'uomo viveva sull'isola, aveva tutto il tempo di trovare un modo per vendicarsi su di lei.

Merda, doveva andarsene. Cominciava a venirle paura, doveva andarsene subito da quel parcheggio buio. Non voleva fare la fine delle eroine "troppo stupide per vivere" che si vedevano nei filmacci dell'orrore, quelle che facevano sempre le mosse sbagliate e si mettevano proprio tra i piedi del cattivo di turno.

Kenna sapeva di dover portare quel biglietto alla polizia, ma voleva solo tornarsene a casa, dove si sentiva al sicuro.

No, quel che voleva fare *davvero* era parlarne con Marshall, ma non era possibile. Poi aveva toccato il biglietto, quindi lo aveva riempito anche con le proprie impronte digitali. Non sapeva se nel parcheggio ci fossero telecamere di sorveglianza, ma anche se lei riteneva quel biglietto una minaccia, tecnicamente non era così... almeno lei immaginò che chiunque gliel'avesse lasciato potesse sostenerlo, anche alla polizia.

Odiava quella sensazione di disagio, si sentiva vulnerabile, spiazzata, una sensazione esacerbata dall'assenza di Marshall. Kenna fece un respiro profondo. Non era mai dipesa da un uomo in passato, eppure nel breve tempo trascorso da quando aveva conosciuto Marshall, lui era diventato come una roccia, per lei.

Come aveva pensato la sera prima, quella missione probabilmente le avrebbe fatto bene, le avrebbe dimostrato di dover continuare a essere la donna forte e indipendente di sempre. Ma a Kenna mancava molto Marshall.

Guidò fino a casa tenendo un occhio sulla strada e l'altro sulle macchine che la seguivano. Certo, lei non era un'esperta di inseguimenti, quindi non sapeva cosa osservare o come scoprire se qualcuno la stesse seguendo. Non aveva modo di sapere se i fari che vedeva nello specchietto retrovisore appartenessero all'auto dell'uomo che le aveva lasciato il biglietto sotto al tergicristallo.

Quando arrivò a casa, senza che fosse successo nulla, una volta entrata nell'appartamento sana e salva, Kenna lasciò andare un sospiro tremante di sollievo. Forse era ridicola. Aveva partecipato a dei corsi di autodifesa; se quello stronzo avesse deciso di affrontarla di persona (invece di fare il codardo lasciandole dei bigliettini come alle elementari), lei lo avrebbe preso a calci e l'avrebbe fatto scappare con la coda tra le gambe.

Quella sera decise di dormire nella beanbag, non perché fosse impaurita fino al midollo. No no. Solo perché era comoda. Concentrandosi molto, poteva ancora sentire l'odore di Marshall, rimasto da quando si era seduto con lei, mentre lei si faceva un pisolino.

Quella notte, Kenna dormì malissimo. Le vennero degli incubi di un uomo senza volto che irrompeva nell'appartamento e le sparava. Poi arrivava Marshall mentre lei cercava di fermare l'emorragia, si scusava per non poterla aiutare perché in missione aveva perso le braccia.

Ovviamente Kenna fu felicissima di alzarsi, il mattino dopo.

"Ogni giorno è un nuovo giorno," si disse ad alta voce, incitandosi da sola. "Datti una regolata, Kenna. Un passo dopo l'altro, un giorno alla volta. Marshall tornerà presto;

se poi il tipo dell'altra sera decidesse di fare lo scemo, lo affronterai."

Kenna si sentì meglio, dopo quel breve discorsetto, così andò in camera; doveva uscire e fare una bella corsa. Magari poteva sembrare un'idea stupida, dopo aver ricevuto il biglietto della sera prima, ma era un po' di tempo che Kenna non andava a correre e aveva bisogno di scaricare le endorfine con una bella corsa.

Appena prima di uscire, Kenna si girò per prendere lo spray al peperoncino che i suoi genitori l'avevano implorata di comprare, per sicurezza. Anche se si sentiva sicura e indipendente, non era certo una stupida.

"Stai attento, ovunque tu sia," sussurrò, sperando che Marshall, chissà dove, chissà come, sentisse che lo stava pensando e che si stava preoccupando per lui. Poi fece un ultimo respiro profondo... e andò avanti con la sua vita.

CAPITOLO QUINDICI

"SEI SICURA CHE POSSIAMO ENTRARE?" chiese Carly a Kenna, mentre entravano nell'atrio del complesso residenziale di Coral Springs.

Kenna rispose con una risatina: "Sono sicura." Ma non poteva certo biasimare l'incertezza dell'amica: anche lei si era sentita allo stesso modo, la prima volta che ci era tornata da sola. Robert era di servizio, l'aveva riconosciuta e salutata, facendola sentire molto più a suo agio.

Nell'ultimo mese, era andata nell'attico di Marshall varie volte. Così lo sentiva più vicino. Non si aspettava che la missione durasse così a lungo. Chissà per quale motivo, lei pensava che la squadra di SEAL facesse un'incursione nel paese in cui erano stati inviati, eliminasse l'obiettivo o salvasse chi doveva salvare, o trovasse l'informazione da trovare, insomma, completasse la missione e tornasse nel giro di una settimana.

Quando si era finalmente arresa e aveva inviato un messaggino a Elodie, per chiederle se fosse normale che le missioni durassero così tanto tempo, non l'aveva consolata la risposta dell'amica: non erano mai stati in missione così a lungo, in passato. Almeno, non da quando Elodie si era messa con Mustang.

Così Kenna aveva deciso che era proprio ora di organizzare la serata tra amiche suggerita da Marshall. Avrebbe dovuto organizzarla due settimane prima, ma era indecisa, perché in fondo non era casa sua. Ma ormai aveva superato quella remora e aveva chiesto a Elodie e Lexie se volessero passare una serata con lei, nell'attico di Marshall. Quando poi aveva chiesto a Lexie se pensava che Ashlyn fosse contenta di venire, Lexie le aveva risposto che anche Ashlyn sarebbe stata felicissima.

Organizzare una nottata tra amiche sembrava un po' un'iniziativa da ragazzine, ma Kenna era comunque quasi ubriaca di entusiasmo. Si era data un po' troppo da fare nel comprare bevande e snack, ma non se ne vergognava per nulla. Voleva che fossero tutte contente e a loro agio.

Kenna aveva appena incontrato Carly fuori dal complesso e la stava accompagnando all'interno.

"Buon pomeriggio, signore," disse Robert con un sorriso.

"Ciao Robert, questa è la mia amica Carly Stewart. Passerà la serata con me in casa di Marshall."

"Avete in programma una bella seratina?" chiese Robert accennando un occhiolino. Secondo Kenna, Robert doveva essere sulla cinquantina, era sempre sorridente, cordiale e disponibile. Più lo conosceva e più le piaceva.

"Sì."

"Beh, se avete bisogno di qualcosa, avete il mio numero," disse a Kenna. "Se vi servono delle attrezzature in spiaggia o volete prenotare una delle zone barbecue, basta dirlo."

"Va bene, ma penso che per stasera rimarremo in casa," rispose Kenna.

"Abbiamo anche una sala intera piena di DVD, se preferite. Ormai nessuno li prende più a noleggio, adesso che in TV ci sono tutti i servizi in abbonamento, ma se vi annoiate e volete guardare un film in particolare, è facile che ce l'abbiamo, possiamo portarvelo di sopra."

"Grazie," rispose Kenna.

Iscrissero Carly nel registro dei visitatori e poi salirono all'attico di Marshall. Quando Kenna mise il palmo della mano sul lettore vicino alla porta, Carly non riuscì più a trattenere l'eccitazione.

"Wow! Questo posto è super top!" esclamò Carly con gli occhi spalancati, mentre la porta si schiudeva automaticamente.

Kenna fece un gran sorriso: "Potrai anche non crederci, ma ci si abitua."

"Allora non sei più una bons?" le chiese Carly.

Kenna scoppiò a ridere. "Evidentemente no. Ho scoperto che c'è anche qualche lato positivo nelle persone con i soldi." Fece cenno a Carly di precederla nell'attico, sapendo esattamente quale sarebbe stata la reazione dell'amica, entrando.

Carly ebbe proprio la reazione che Kenna si aspettava: rimase a bocca aperta e andò dritta filata verso la terrazza.

Kenna rise, la seguì e uscì con lei.

"Santo cielo, amica mia," disse Carly, "ma è... non so nemmeno come descriverlo. È meraviglioso. Stupendo. Fantastico. Incredibile. Ogni altro aggettivo super del dizionario."

"Vero?" le chiese Kenna. "La prima volta che ci sono venuta, ho detto a Marshall che mi trasferivo qui in terrazza e che volevo mettere un materasso lì nell'angolo e viverci."

Carly si girò verso l'amica: "Sono felice per te."

"Perché il mio ragazzo ha i soldi?" domandò Kenna.

"No. Beh, sì, anche quelli non guastano. Ma soprattutto perché sei felicissima. Sei contenta in un modo in cui non ti avevo mai vista, prima che conoscessi Marshall. Ma prima che ti cominci con i soliti discorsi, non sto dicendo che per essere soddisfatta hai bisogno di uno ricco. Voi due sembrate davvero fatti l'uno per l'altra. Siete perfetti, insieme."

"Grazie. Mi manca tantissimo, ma sono anche un sacco orgogliosa di lui, allo stesso tempo. Comunque sì, mi sento davvero a posto."

Si sorrisero per un momento, poi Kenna tornò all'interno. "Dai, aiutami a sistemare tutto prima che arrivino le altre."

Un'ora più tardi, Kenna tornò giù nell'atrio ad accogliere Elodie, Lexie e Ashlyn. Dopo averle registrate con Robert, tornarono tutte insieme su all'attico.

Nel momento in cui entrarono, Elodie sospirò dicendo: "Non mi abituerò mai al panorama che si gode da quassù, lo adoro."

"Anch'io," intervenne Lexie.

"Wow!" esclamò Ashlyn entrando in terrazza, come in *trance*.

"Ecco un'altra a bocca aperta," scherzò Kenna.

Risero tutte.

"Pensavo che tu, Elodie e Lexie potevate stare insieme nella stanza per gli ospiti. Marshall ci ha messo un letto matrimoniale, è molto grande. Carly, tu vuoi stare con me nella camera di Marshall?" domandò Kenna.

"Ehm, non solo no, ma un *cavolo* di no," ribatté l'amica.

"Eh? come mai no?"

"Perché quello è il letto in cui tu e Aleck fate le marachelle," spiegò Carly arricciando il naso.

Kenna quasi si strozzò dallo stupore, mentre tutte le altre scoppiarono a ridere. "Per tua informazione, io e Marshall non abbiamo fatto alcuna 'marachella', come la chiami tu. Del resto, non ci sarebbe niente di male a fare l'amore con quell'uomo."

"Porco cane, non l'avete fatto?" domandò Carly. "Io immaginavo di sì."

"Eh, beh, stavamo per farlo il giorno in cui è partito. Io ho deciso di godermi tutti i preliminari, l'attesa, non volevo saltargli addosso appena tornati dal mercatino. Così siamo andati a fare la spesa, abbiamo cucinato la cena e ci stavamo preparando alla notte che sapevo sarebbe stata la più fantastica della mia vita... quando gli è squillato il telefonino."

"Merda," borbottò Lexie.

"Eggià," concordò Kenna sospirando.

"Beh, che seccatura, ma comunque non dormo nel suo letto con te," concluse Carly.

"Nemmeno io," aggiunse Ashlyn. "Cioè, sai che ti voglio bene, ma adesso che Carly ne ha parlato, non voglio pensare ad Aleck nudo che giace nello stesso letto in cui dormo io."

Kenna voleva rispondere dicendo di non pensare ad Aleck nudo *mai*, ma decise di non fare troppo la puntigliosa. "Va bene, allora voi ragazze potete prendervi uno dei divani che ci sono qui. Marshall ha un sacco di lenzuola e coperte, vedrete che sarà comunque comodo." Non aggiunse che probabilmente Marshall si era seduto su *tutti* i divani del suo appartamento senza mutande, prima o poi. In fondo era un uomo e Kenna sapeva per esperienza che agli uomini importava pochissimo di camminare per casa svestiti. Specialmente se vivevano da soli.

"Questo andrà bene," disse Carly con un sorriso.

"Possiamo lasciare aperte le porte che danno sulla terrazza per far entrare l'aria fresca," aggiunse Ashlyn entusiasta.

Ecco, Kenna avrebbe potuto pensarci prima. Le piaceva vedere le amiche così contente.

Dopo che Lexie ed Elodie ebbero sistemato le loro borse nella stanza degli ospiti, mentre Carly e Ashlyn avevano appoggiato le loro al muro, fuori dai piedi, si diressero tutte in cucina a prendere qualcosa da bere.

Nelle ore successive, rimasero sedute sulla terrazza, mangiucchiando degli snack e bevendo il vino che aveva portato Kenna. Quando rientrarono per preparare la cena, Lexie finì per cacciare Elodie dalla cucina, perché continuava a cercare di complicare la ricetta semplice di pollo al forno con l'insalata. Per fortuna, Elodie la prese in ridere... ma non smise di insistere nel dare indicazioni anche seduta al tavolo della sala da pranzo.

La cena fu ricca di risate, quando finirono di mangiare e tornarono fuori in terrazza, Kenna era un po' brilla, si sentiva rilassata e distesa.

Solo dopo aver reagito con stupore e meraviglia al tramonto (reso ancor più seducente e bello dalle nuvole nel cielo), finalmente saltò fuori l'argomento che opprimeva tutte.

"Mi manca Scott," disse Elodie con una certa tristezza.

"Anche a me. Cioè, non Mustang, mi manca Midas," spiegò Lexie.

"Pensate che stiano bene?" sussurrò Kenna, dando per scontato che si sapesse che a lei mancava Marshall, senza bisogno di dirlo ad alta voce.

"Sì," rispose Elodie sicura. "Sono bravissimi nel loro mestiere. Io li ho visti in azione in prima persona."

"Ma Mustang non ha detto che gli hai salvato la vita?

Che se non ci fossi stata tu, un pirata gli avrebbe sparato?" chiese Lexie.

"È vero, ma se non ci fossi stata io, probabilmente avrebbero perlustrato la sala motori più rapidamente e avrebbero trovato quel tipo, che non sarebbe riuscito a passare inosservato," replicò Elodie.

Kenna non sapeva che Elodie avesse davvero salvato la vita di Mustang, era un aneddoto che voleva senz'altro farsi raccontare. Ma in un altro momento.

"Se succede qualcosa, la marina vi telefona?" chiese Ashlyn.

"Probabilmente a me no, perché io e Midas non siamo sposati, ma telefonano senz'altro a Elodie," spiegò Lexie.

"Non mi ha chiamato nessuno," precisò Elodie.

"Quindi è probabile che vada tutto bene," disse Carly.

"Odio quella parola, 'probabile'," mormorò Kenna.

"Infatti," concordò Elodie.

"Dobbiamo rimanere ottimiste," disse Ashlyn, "i ragazzi stanno bene, fanno il loro dovere, torneranno a romperci le scatole prima ancora che ce ne rendiamo conto."

"Allora... Slate ti rompe le scatole?" domandò Kenna, che preferiva stuzzicare Ashlyn e Carly sulla loro strana relazione con Slate e Jag, invece di pensare che uno dei ragazzi venisse ferito o ucciso.

"Eh sì," rispose Ashlyn.

Risero tutte.

"Si può sapere cosa c'è da ridere? Lui *è* un rompiscatole. È impaziente, vuol comandare. Lo sapevate che prima di partire mi ha telefonato per farmi la ramanzina, dicendomi che non dovevo fare le consegne a domicilio a chi fa le ordinazioni da casa?" domandò alle altre. "Mi ha ordinato papale papale di *non* farle."

"E tu cosa gli hai risposto?" domandò Lexie con un sorriso.

"Gli ho detto che non era il mio capo, gli ho fatto la linguaccia al telefono (anche se lui non poteva vederla) poi ho riattaccato," disse Ashlyn.

Risero tutte con più forza.

"Poi lui cos'ha fatto?" domandò Lexie.

Ashlyn non riuscì a trattenere un sorriso: "Mi ha richiamata subito e mi ha fatto una predica di quindici minuti sui pericoli di andare a casa di estranei. Solo quando ho promesso di aggiungere Lexie alle amicizie sull'app del mio cellulare e di portarmi sempre dietro una mazza, solo allora si è messo buono."

"Gli piaci," disse Elodie annuendo convinta.

"Sì," concordò Lexie.

"Anche lui mi piace... a volte," disse Ashlyn.

"No, gli *piaci*," ribadì Elodie con enfasi.

"Va beh, sono troppo impegnata per uscire con qualcuno. Non sono nemmeno sicura di voler uscire con un militare. Guardatevi, voi tre, siete uno straccio, tutte preoccupate," spiegò Ashlyn.

"Tu no? Cioè, non sei preoccupata?" le chiese Kenna.

Ashlyn abbassò lo sguardo sul suo bicchiere di vino e mormorò: "Sono spaventata a morte, cazzo."

Kenna allungò una mano e le strinse il braccio per solidarietà. Non c'era bisogno di aggiungere altro, sapevano bene tutte come si sentivano. Anche se Ashlyn e Slate non stavano insieme, sembrava comunque esserci un certo legame.

"Tu invece che ci dici, Carly?" chiese Elodie.

"Che vi dico di cosa?" ribatté Carly.

"Che ci dici di te e Jag? Scott mi ha detto che vi mandate messaggi di continuo."

"Siamo amici," affermò Carly decisa. "*Solo* amici."

"Hmmm," commentò Elodie scettica.

"Dovevate vederlo, quella sera al Duke's, quando l'ex di Carly si è presentato tutto incazzato," disse Lexie ad Ashlyn. "Ve lo giuro, quello stronzo non era arrivato nemmeno da due secondi che Jag stava già scortando via Carly, lontano dalla sua portata."

"Mi stava solo aiutando," protestò Carly.

"Puoi protestare finché vuoi, ma è ovvio che voi due siete più che amici," disse Kenna.

Carly sospirò: "Faccio proprio schifo a capire gli uomini. *Schifo* totale. Pensavo che Shawn fosse fantastico, quando ci siamo conosciuti, poi avete visto com'è andata a finire."

"Allora, che vuol dire, che se non esci ufficialmente con Jag allora non diventerà uno stronzo?" le chiese Lexie.

"Qualcosa del genere," confermò Carly un po' sulla difensiva.

"Non diventerà uno stronzo," dissero allo stesso tempo Elodie e Lexie.

Risero tutte, scoprendo di pensarla allo stesso modo.

"È solo che odio dovermi continuamente guardare alle spalle, per vedere se Shawn mi sta seguendo," disse Carly.

"Ti segue?" chiese Kenna preoccupata.

"Non che io sappia. Ma ho visto suo figlio sulla spiaggia del Duke's, l'altro ieri."

"Cosa, cosa, cosa? Shawn ha un *figlio?*" domandò Kenna.

"Non te l'avevo detto?" chiese Carly.

"No, sono sicura che non me l'avevi mai detto. Quanti anni ha?"

"Ventidue."

"Wow, ha quasi la tua età," commentò Kenna.

"Infatti. Penso sia per questo che *non* gli andava giù che suo padre uscisse con me. Immagino Shawn sia stato sposato per poco, quando aveva circa vent'anni. Hanno avuto un figlio, la moglie lo ha scaricato e gli ha lasciato il figlio, Luke, lo ha cresciuto Shawn. All'inizio, conoscendolo, mi ha fatto un'ottima impressione. Poi ho capito che il loro rapporto non era molto sano."

"In che senso?" domandò Elodie.

"È solo... strano. Cioè sono più che altro amici, non padre e figlio, ma sono *molto* vicini. Per me non è mai stato un problema, ma Luke vive ancora con Shawn e fanno tutto insieme. Non riesco a spiegarlo bene, è solo... strano."

"Non dovresti riferire alla polizia di aver visto Luke?" le chiese Lexie.

Carly si chiuse nelle spalle: "Non ho un'ordinanza restrittiva contro di *lui* e poi non mi ha nemmeno guardata. Era solo seduto vicino alla piscina."

"Ma è comunque strano, di per sé," commentò Kenna.

Carly fece di nuovo spallucce: "In ogni caso, ecco perché ho rinunciato agli uomini. Non voglio vivere il resto della vita pensando che uno dei miei ex, o qualche parente stia aspettando il momento giusto per sbucare da chissà dove con un machete o un'altra arma, dato che faccio chiaramente schifo a capire le persone. Ho chiuso, basta uomini."

"Non fai schifo a capire le persone," le disse Ashlyn. "Su questo punto ti batto alla grande. Io ho traslocato alle Hawaii per un uomo che ho incontrato in un locale, pensavo che fosse meraviglioso, ho stravolto tutta la mia vita per venire qui, pur di stare con lui. Poi ho scoperto che era un lunatico. Fidati, non hai l'esclusiva sul mercato degli uomini fuori di testa."

Ashlyn e Carly si scambiarono un sorriso caustico di commiserazione.

Kenna fece un respiro profondo e alzò il bicchiere di vino dicendo: "Brindisi!" Probabilmente lo disse a voce un po' troppo alta, ma in quel momento non le importava affatto.

"Brindisi!" risposero tutte immediatamente, alzando i bicchieri.

"Alle amiche e ai nostri uomini... sì, sono *tutti* nostri, anche se voi due non volete ammetterlo," annuì, lanciando un'occhiatina decisa ad Ashlyn e Carly, prima di proseguire. "Brindiamo perché i cattivi si diano una mossa a farsi ammazzare, arrendersi o che altro, perché i nostri SEAL possano tornare a casa."

"Ottimo brindisi!"

"Amen!"

"Evvai, evvai!"

"Bevete, brutte sceme!"

Kenna quasi sputò fuori il vino alle parole di Ashlyn, lo deglutì e poi rise con tutte le altre.

Dopo essersi scolate altre tre bottiglie di vino, molto dopo il tramonto, decisero che era ora di andare a dormire. Si avviarono all'interno, ognuna verso il proprio letto, per prepararsi alla notte.

A parte l'assenza di Marshall, Kenna era felice, mentre si preparava a dormire. Era circondata da un gruppo di amiche con cui aveva legato davvero, aveva un lavoro che le piaceva e il biglietto che aveva trovato in macchina non aveva avuto seguito. Era passato oltre un mese, non aveva avuto notizia o sentore dello stronzo che aveva picchiato il figlio al Duke's. Come tanti bulli, si era divertito cercando di spaventarla, poi si era volatilizzato nella notte.

Sì, andava senz'altro tutto bene... a parte sentire la mancanza di Marshall.

Kenna era sdraiata nel letto del suo uomo e coccolava il cuscino (che conservava ancora un po' del profumo di Marshall) e fissava fuori il firmamento, che poteva vedere dalle finestre. Non aveva idea di che ora fosse, dove stava Marshall con gli altri della squadra, non sapeva cosa facesse, ma pregò che stessero davvero tutti bene. Stare insieme a un SEAL richiedeva nervi d'acciaio.

Le amiche che si erano trovate in quell'appartamento aiutavano a sopportare meglio le preoccupazioni per la missione, Kenna rimpianse di nuovo di non averle chiamate prima. La prossima volta si sarebbe ricordata di invitarle prima per una dormita insieme.

La prossima volta...

Ci sarebbe stata una prossima volta?

Sì, Kenna era piuttosto certa che ci sarebbe stata. A meno che non succedesse qualcosa di drammatico, si sentiva che il rapporto con Marshall sarebbe durato molto a lungo.

"Ti prego, fa' che non succeda niente di drammatico," sussurrò, poi chiuse gli occhi. La stanza le girava intorno, aveva un po' di mal di testa, ma Kenna non avrebbe cambiato nulla di quella serata.

CAPITOLO SEDICI

"Cazzo," mormorò Aleck mentre camminava con gli altri della squadra verso l'aereo che li avrebbe riportati a casa dalla Germania. Erano passate sei settimane da quando erano partiti per l'Iran. Sei settimane lunghe, dure, frustranti ed estenuanti.

Erano stati lanciati a chilometri di distanza dal punto in cui doveva trovarsi l'americano che stavano per salvare, almeno secondo le informazioni dei servizi segreti. Si erano paracadutati da un elicottero ad alta quota, aprendo il paracadute molto vicini al suolo, sulle montagne dell'Iran. Da là avevano camminato per lande desolate giorni e giorni, impegnandosi a non farsi individuare da nessuno, quindi costretti a muoversi molto più lentamente di quanto potevano. Finalmente avevano trovato il loro obiettivo e lo avevano estratto senza alcun problema... ma erano stati scoperti all'ultimo secondo.

Erano stati costretti a scappare con il civile che avevano salvato, tornando su per le montagne. Erano passate altre due settimane circa, prima che trovassero il modo di scavalcare il confine con l'Iraq, che comunque non significava avere strada libera per tornare a casa. Si erano tenuti al coperto per un po', poi c'erano state le riunioni con i superiori, per comunicare le informazioni raccolte in Iran.

L'intera squadra era stata all'erta per sei settimane, l'adrenalina a mille. Quando finalmente avevano potuto cominciare i preparativi per il rientro a casa, erano tutti prontissimi a tornare negli Stati Uniti.

Però erano riusciti a completare la missione assegnata loro: salvare un compatriota americano. Non che quel tipo ne fosse molto grato. Aveva fatto il cretino tutto il tempo, lagnandosi di quella fuga, necessaria per scappare dall'Iran, evitando di venire confinati *tutti* in una cella la cui chiave sarebbe stata gettata via per sempre. Quel tipo aveva rallentato di molto la fuga (del resto se lo aspettavano) e non aveva nemmeno ringraziato una sola volta, prima di farsi portare all'ospedale da campo per farsi visitare.

Aleck e gli altri della squadra non facevano il loro mestiere per sentirsi dire grazie, lo facevano per il paese, per fare qualcosa di giusto... ma un pochino di apprezzamento, o almeno di rispetto, sarebbe stato carino.

Ormai erano semplicemente troppo sfiniti per prendersela eccessivamente con quell'uomo, che non aveva mostrato alcuna gratitudine per i loro sforzi.

Erano andati in Germania in volo, poi dovevano cambiare aereo per tornare alle Hawaii. Nessuno voleva fermarsi a dormire in Germania, pur potendo approfittare di un letto comodo e di una bella doccia. Volevano solo tornare a casa.

Aleck smaniava dalla voglia di vedere Kenna. Si era preoccupato per lei più del dovuto, tenendo conto della concentrazione necessaria per il suo mestiere. Era stato via in missione più a lungo del previsto. Kenna stava bene?

Aveva scoperto di non poter sopportare un rapporto con un SEAL?

Aleck non si era mai sentito così fragile e insicuro su un rapporto, in passato, non gli piaceva.

Si accasciò su un sedile, Mustang scelse quello di fianco a lui. L'aereo non era affollato, con gran piacere di Aleck. Probabilmente anche gli altri militari tornavano a casa; lui e i compagni venivano direttamente dalla prima linea e non si facevano una doccia da sei settimane.

"Tutto bene?" gli chiese Mustang, che si era sistemato dopo il decollo.

"Sono esausto, sporco, impaziente di tornare a casa per vedere Kenna, ma sì, a parte questo tutto bene," rispose Aleck apertamente, senza fare in alcun modo lo smargiasso come al suo solito.

"Idem," gli rispose Mustang annuendo. "Tranne che voglio vedere mia moglie, non la tua Kenna."

La tua Kenna. Diamine, che bella espressione.

"Però non mi sembri molto entusiasta, per essere un uomo che sta per rivedere la sua ragazza," osservò Mustang.

"Posso farti una domanda?" gli chiese Aleck.

"Ma certo. Puoi chiedermi sempre tutto quello che vuoi."

"Quando sono partito dalle Hawaii, io e Kenna eravamo in un momento molto intenso. Siamo passati da zero a mille in pochissimo tempo. Intendiamoci, ero contentissimo e penso anche lei. Ma non eravamo ancora stati a letto insieme... dannato Huttner e il suo tempismo di merda." Aleck fece una pausa per sbuffare e scuotere la testa. "Ma comunque, non le parlo da sei settimane. La prima settimana è stata molto dura, perché mi ero abituato a mandarle messaggi e sentirla ogni giorno. Sai, il suono della sua risata, la sua voce mentre mi racconta del lavoro, così la mia giornata andava meglio grazie *a lei*." Fece un'altra breve pausa.

Ma non dovette nemmeno fare a Mustang la domanda che lo attanagliava. Mustang lo capì.

"Adesso sei preoccupato, perché è tanto tempo che sei via e quando tornerai a casa hai paura che non sia più lo stesso rapporto," concluse Mustang.

"Esatto," confermò Aleck con un sospiro di sollievo: il suo caposquadra aveva azzeccato esattamente il problema che lo impensieriva.

"Preferisci che sia onesto con te, o vuoi che ti dica ciò che vuoi sentirti dire?" gli chiese Mustang.

"Onesto. Sempre onesto."

"Appunto, allora, c'è sempre il rischio che vi siate fatti prendere dal fervore del momento. Gli ormoni possono prendere il sopravvento. Potresti anche tornare e scoprire che non è più come prima. Potrebbe sembrarti distante. Vi siete abituati a non parlare, potrebbe essere difficile riprendere da dove vi siete lasciati. Diavolo, nelle ultime sei settimane potrebbe anche aver incontrato qualcun altro, per quel che ne sappiamo. Qualcuno che non è nell'esercito e che non se ne va senza poterle dire dove va e per quanto tempo."

"Diamine," sussurrò Aleck.

"Mi hai detto di essere onesto," gli ricordò Mustang.

"Lo so, e lo apprezzo. Ma è una seccatura."

Mustang ridacchiò: "È vero, una seccatura, ma guarda che non ho finito. Volevo aggiungere che potreste scoprirvi anche più vicini di prima, dopo il tempo passato separati. Dicono che la distanza salda i rapporti."

"Chi diamine dice una cosa del genere?" mormorò Aleck.

Mustang rise di nuovo. "Che diavolo ne so. Tu ti fidi di Kenna?"

Risposta facile: "Sì."

"Cosa provi nei suoi confronti, dopo esserle stato lontano?" gli chiese Mustang.

"Mi manca. Lei riesce sempre a farmi vedere il lato positivo della vita. Mi ha fatto pensare seriamente anche ad alcune mie convinzioni profonde. Sai, sono cresciuto senza dovermi preoccupare minimamente dei soldi, anche se cerco davvero di non lasciarmi influenzare, ovviamente me lo porto dietro. Mi fa notare le mie cavolate, ma con gentilezza. Mi piace anche che non esauriamo mai gli argomenti di cui parlare."

"Beh, l'hai conosciuta solo qualche settimana prima di partire in missione," commentò Mustang sbuffando.

"Dai, sai cosa intendo," replicò Aleck al suo amico.

"Sì, lo so, perché per me è lo stesso con Elodie. In realtà non so che grande consiglio darti, se non di vedere come stanno le cose quando torni a casa. C'è imbarazzo? È entusiasta di sapere che sei tornato? Cerca delle scuse per non vederti? Sembra riluttante? Nessuna preoccupazione al mondo potrà aiutarti. Dovrai solo valutare la situazione quando vi rivedete."

"Merda. Speravo che mi dessi qualche consiglio fantastico che mi facesse sentire meglio come per magia," brontolò Aleck.

"Lo vorrei tanto anch'io, amico mio," gli disse Mustang, "però senti, a me Kenna piace ed è ovvio che tra voi due ci sia una chimica esplosiva. Ho un buon presentimento. Secondo me, appena vi vedrete, ti accorgerai subito se i suoi sentimenti nei tuoi confronti sono gli stessi... o se i tuoi sentimenti sono gli stessi, nei suoi confronti."

"Lo spero proprio. Comunque, per la cronaca... grazie

per aver eliminato il bersaglio prima che potesse piantarmi una pallottola nel cranio. Non penso che Kenna sarebbe stata molto contenta di vedermi tornare in una bara," concluse Aleck.

"Ma vaffanculo, lo sai che non devi ringraziarmi per queste cose," gli disse Mustang. Era successo subito dopo aver liberato il loro uomo, se la stavano svignando dal carcere in cui era stato nascosto. Quando li avevano scoperti, Mustang aveva eliminato una delle guardie prima che potesse sparare (dritto in testa ad Aleck) allarmando le altre guardie.

Aleck sapeva di non dover ringraziare il caposquadra, ma c'era un'ottima ragione per aver voglia di tornare alle Hawaii tutto intero, quindi si sentiva di ringraziare. "Parli come Tex," disse Aleck con un gran sorriso.

Mustang scoppiò a ridere. "Per carità. Quel vecchio bastardo non accetta mai un grazie, vero?"

"Proprio mai."

"Allora non c'è di che," concluse Mustang, sempre sorridendo.

"Sai chi altro mi ricorda tanto Tex?" chiese Aleck.

"Chi?"

"Baker."

"Cazzo, hai ragione, è vero," concordò Mustang.

"Hai avuto sue notizie ultimamente? Dopo che è andato a New York per conto di Elodie, ti ha più detto niente?"

"No. Per quanto ne so, la mafia è contenta di starsene a New York e di lasciare in pace Elodie. Baker se la spassa dalle sue parti, a North Shore, fa surf tutto il tempo che può e cerca di sfuggire ai suoi demoni."

"Sappiamo cosa gli è successo? Come mai è diventato

così solitario?" chiese Aleck. "C'è qualcosa che possiamo fare, per aiutarlo?"

"Non ne sono sicuro, ma penso che sia una storia legata alla sua squadra di SEAL. È successo qualcosa, la squadra è stata sciolta e lui dopo poco tempo si è ritirato dal servizio attivo. Penso che gli piaccia starsene per conto suo. Ma credo anche che rimanga lucido solo aiutando gli altri."

"Secondo Midas c'è una donna interessata a lui," disse Aleck.

Mustang girò la testa di scatto per guardare Aleck: "Davvero?"

"Sì. Non la conosce, non sa come si chiama, ma quando ha portato Lexie a North Shore per presentargliela, è arrivata una donna su un furgone Volkswagen e Midas ha detto che è come se gli si fosse accesa una luce. Ha ignorato completamente lui e Lexie per andare da lei."

"Interessante," commentò Mustang, "spero che gli vada bene. Non ho mai conosciuto nessuno che abbia più bisogno di compagnia di Baker. Conosce tutti, ha anche dei contatti piuttosto loschi, eppure sembra che non lasci mai avvicinare troppo nessuno. So che sembrerà una smanceria, ma ora che sto con Elodie capisco quanto una donna può cambiarti la vita in meglio."

Aleck non riuscì a togliersi dalla faccia un sorriso divertito.

"Vai a quel paese," gli disse Mustang senza alzare il tono. "Tu aspetta e vedrai, quando il tuo rapporto con Kenna diventerà più serio, lo capirai anche tu."

Il sorriso di Aleck si smorzò: "Lo capisco già," gli disse sottovoce.

"Te ne accorgerai. Aspetta di essere stato anche dentro di lei," gli disse Mustang, senza alcuna malizia. "Quando stai con la donna che ami, c'è qualcosa che cambia completamente. Nel mio caso, vedere Elodie in pericolo è stato come un *interruttore*. So che è un po' scontato, un *cliché* tipo la principessina era in pericolo e io l'ho salvata, ma... è così, è mia, anima e corpo."

"Beh, son contento di non dover salvare Kenna. Cavolo, probabilmente ci penserebbe da sola a salvarsi, è una donna molto indipendente," scherzò Aleck, "ma ci sto alla grande, a entrare dentro di lei."

Mustang annuì, poi sospirò e appoggiò la testa allo schienale.

"Grazie, Mustang," disse Aleck, "è solo che ho tanta voglia di tornare a casa per vederla, ma ho pensato che forse per lei non è lo stesso."

"Lo scoprirai abbastanza presto. Io ho scoperto che dormire fa passare il tempo più alla svelta," gli disse chiudendo gli occhi.

"Wow, che sottigliezza originale," commentò Aleck.

Mustang si fece un altro gran sorriso, sempre senza aprire gli occhi.

Aleck decise di seguire il suo esempio, così si sistemò al meglio su quel sedile non tanto comodo e chiuse gli occhi; anche se non dormiva più di quattro ore di fila da circa sei settimane, sembrava avere difficoltà ad addormentarsi. Era troppo agitato, troppo ansioso. Pregava che Kenna fosse felice di sentire che era tornato.

——

Dopo fin troppe ore di volo, Aleck finalmente si trovò a Honolulu. Lui e gli altri dovevano partecipare alle riunioni finali, ma avevano il resto della giornata libero. Il pomeriggio del giorno dopo sarebbero andati alla base solo per qualche ora, mentre nei giorni a seguire avrebbero fatto le solite otto ore a riferire su ogni singolo minuto della missione. Solo *allora* finalmente avrebbero ottenuto alcuni giorni di riposo per scaricarsi, prima di riprendere daccapo la solita routine.

Mentre si incamminava verso la macchina, nel parcheggio, Aleck aveva in mente solo una persona: Kenna. Non le aveva ancora telefonato: aveva paura di farlo. Lui, un SEAL della marina, un killer, aveva una paura folle di telefonare alla sua ragazza per farle sapere che era tornato sano e salvo dalla missione.

Se gli avesse detto che era troppo impegnata per vederlo, o che non aveva reagito bene alla missione e che non voleva più un rapporto con lui, l'avrebbe distrutto.

Guardando l'orologio al polso, Aleck vide che erano le tre del pomeriggio. Forse Kenna stava andando a lavorare, comunque, poi voleva darsi una bella ripulita prima di vederla. In quel momento non era proprio in forma smagliante. Aveva la barba lunga, persino più lunga di quella nella foto che le aveva mostrato, gli sembrava di avere sabbia e terriccio infilati in ogni poro della pelle. Aveva bisogno di una bella doccia calda e lunga, di radersi, di mangiare qualcosa che non fosse una razione militare in scatoletta.

la sua Jeep vivace non era difficile da trovare, nel piccolo parcheggio riservato ai militari e ai civili che avevano accesso alla base; al solo vederla, Aleck sorrise. Lui e gli altri avevano ripreso le chiavi e i telefonini dagli armadietti della base; avvicinandosi alla Jeep, cliccò la chiave elettronica per aprirla.

Qualcosa sul parabrezza catturò la sua attenzione. Dopo aver gettato la sua sacca sul sedile posteriore, andò a prendere il bigliettino infilato sotto al tergicristallo. Irritato dal fatto che qualcuno fosse entrato nel parcheggio e

gli avesse lasciato un volantino sulla macchina, Aleck aprì
il biglietto.

Non era affatto un volantino pubblicitario.

Era un foglio di carta ingiallita dal sole, su cui era chiaramente piovuto più volte; Aleck capì che era stato messo
sulla Jeep almeno da qualche settimana. Lesse le parole
sbavate... e sentì ogni muscolo del corpo contrarsi.

Non sei quel genio che ti credi di essere.

La prima persona che gli venne in mente leggendo quelle
parole fu quel coglione di Kylo Braun.

Stavolta quel tipo aveva superato ogni limite.

Aleck ripiegò il biglietto e si mise al volante, mise il
biglietto nel vano portaoggetti e si prese un secondo per
fare un respiro profondo.

Immaginò che Braun avesse scoperto che la squadra
era stata inviata in missione, che sapesse il tipo di
macchina che guidava Aleck e che ne avesse approfittato
per mettere un biglietto quando sapeva di non poter essere
scoperto in azione. Era proprio un codardo, non valeva la
pena perderci un secondo, ma Aleck era comunque incazzato nero.

Dopo aver parlato con Mustang sull'aereo a proposito
di Baker, Aleck l'aveva ancora in mente. Magari poteva
dargli un colpo di telefono e vedere se poteva scoprire del
marcio su Braun, sempre che ce ne fosse. Per farlo
trasferire.

Aleck non si sentiva affatto male per il pensiero di
mandare a puttane la carriera di quel tipo. Si era tirato la
zappa sui piedi da solo, con le sue continue provocazioni,

solo perché era uno stronzo geloso. Braun voleva giocare sporco? Aleck non si sarebbe tirato indietro. Gliel'avrebbe fatta vedere nel modo peggiore: non si scherza con un SEAL.

Soddisfatto della decisione di togliersi la spina dal fianco una volta per tutte, sapendo che Baker sarebbe stato in grado di fare con discrezione il necessario per far trasferire Braun lontano dalle Hawaii, Aleck fece per infilare la chiave nel blocco di accensione... quando gli sovvenne qualcos'altro.

Midas e Mustang avevano telefonato subito a Lexie ed Elodie, appena ripresi i telefonini. Se anche Jag avesse mandato un messaggio a Carly non sarebbe stata una sorpresa.

Merda.

Aleck non aveva idea se Kenna avesse seguito il suo consiglio, trovandosi con le altre, ma se l'avesse fatto, probabilmente avrebbe già ricevuto un messaggio da una di loro, per farle sapere che la squadra era tornata.

Se Kenna avesse sentito da qualcun altro che *lui* era tornato, proprio come era successo con l'attico, Aleck capì che avrebbe passato guai seri. Kenna si sarebbe sentita di nuovo in imbarazzo, le sarebbe dispiaciuto di non essere stata avvertita subito, come avevano fatto gli altri della squadra.

Prima ancora di terminare quel pensiero, stava già prendendo il telefono. Non pensò nemmeno di mandare un messaggio, cliccò sul nome di Kenna e trattenne il fiato, portandosi il cellulare all'orecchio.

Squillò due volte, poi Kenna rispose: "Marshall?"

"Ciao, piccola."

"Oh mio Dio!" gridò lei, "sei tornato?"

Aleck ridacchiò e confermò: "Sono tornato."

A quel punto Kenna lo spaventò scoppiando a piangere.

Merda!

"Kenna? Va tutto bene, sto bene. Stiamo tutti bene, non c'è nulla di cui preoccuparsi, è tutto a posto."

"Sono solo... felicissima che sei tornato," gli disse singhiozzando.

"Respira, piccola. Se no mi fai preoccupare," le disse Aleck, che la sentì fare un gran respiro, poi un altro. "Va meglio?"

Invece di rispondergli, lei gli chiese: "Quando posso vederti?"

"Prima è, meglio è," le rispose apertamente.

"Sei già a casa?" gli chiese Kenna.

"Non ancora, sono ancora alla base. Volevo telefonarti per dirti che ero tornato prima che lo sapessi dalle altre."

"Lo apprezzo. Vai direttamente a casa o devi prima lavorare?" gli chiese.

"Vado a casa. Domani pomeriggio abbiamo una riunione, ma fino ad allora siamo liberi."

"Posso... ti dispiacerebbe se ti raggiungessi?"

Aleck sentì il battito cardiaco accelerare un poco: "Non devi lavorare?"

"Sì, ma posso avvertire. Alani mi capirà."

Aleck sbatté le palpebre sorpreso. "Dici sul serio?"

"Sì. Ma ti sorprende davvero così tanto?" gli chiese.

"Un po'," le rispose di getto. "A te piace molto il tuo lavoro e mi hai detto più volte che non ti piace mancare avvertendo solo con una telefonata, che il ristorante e il gestore dipendono dal personale e si aspettano che i turni vengano rispettati."

"Marshall, ho passato le ultime sei settimane a preoccuparmi per te, mi sei mancato da morire. Se pensi che possa andare a lavorare in questo stato, sapendo che finalmente sei tornato ma che non posso vederti, ti sbagli. Se non vuoi che venga da te, allora dimmelo. Mi dispiacerà, ma lo capirò."

Cazzo, se amava quella donna. Papale papale. Senza se e senza ma. Come poteva non amarla? Era disposta a mollare tutto, persino un lavoro che amava, per vederlo.

"Non voglio vederti? Dannazione, Kenna, ho passato ogni minuto della missione pensando a te," sbottò Aleck, "quindi sì, voglio che tu mi raggiunga. Anche se in questo preciso momento ho un aspetto tutt'altro che gradevole e mi devo dare una ripulita e devo estirpare questi peli dalla faccia, ma voglio vederti più di quanto non desideri respirare."

La sentì tirar su col naso, immaginò che stesse piangendo di nuovo.

"Non piangere," la pregò.

"Allora non dirmi delle frasi così carine," gli rispose.

Aleck si accorse di avere un sorriso da matto, chiunque lo avesse visto, probabilmente avrebbe pensato che era perso marcio. "Ti prego, raggiungimi a casa mia," le disse dolcemente, "non vedo l'ora di abbracciarti."

"Anch'io," gli rispose. "Vuoi che mi fermi a comprare qualcosa, intanto che ci sono? C'è qualcosa di cui ti è venuta particolarmente voglia, mentre eri via?"

"Sì, ma lascia stare," le rispose, "ci perderesti troppo tempo. Voglio solo vederti."

"Va bene. Comunque, per la cronaca, a casa tua c'è da mangiare. Hai detto che non era un problema se rimanevo a casa tua qualche volta, quindi ci sono andata. Il frigo non è strapieno, ma ci troverai abbastanza per sopravvivere fino a quando potrai fare la spesa."

Sentendo che Kenna aveva passato del tempo nell'attico e che aveva dormito nel suo letto, Aleck avvertì un balzo di gioia in petto... seguito dall'inizio di un'erezione. "Guida con prudenza," le disse, "non andare a sbattere contro un albero perché guidavi come una forsennata per arrivare da me."

"Va bene, io comunque non guido mai come una forsennata," replicò Kenna.

"Kenna?"

"Sì?"

"Che bello sentire la tua voce. Mi sono mancate le nostre telefonate, i nostri messaggi."

"Anche a me," gli rispose sottovoce.

"Ci vediamo presto."

"A presto," gli fece eco Kenna. "Ciao."

"Ciao."

Aleck sentì come un peso enorme sparire dalle spalle: avviò il motore e fece retromarcia nel parcheggio; il biglietto che aveva trovato era già dimenticato, nel vano portaoggetti, mentre lui accelerava per andare a casa. Doveva almeno farsi una doccia, prima che Kenna arrivasse. Anche se lei aveva tanta voglia di rivederlo, non sarebbe stata molto entusiasta del puzzo, se fosse arrivata prima che lui riuscisse a darsi una ripulita.

CAPITOLO DICIASSETTE

KENNA NON RIUSCIVA A CREDERE che Marshall fosse finalmente a casa. Sognava quel giorno da troppo tempo, finalmente era arrivato. Dopo aver parlato con Marshall, telefonò immediatamente ad Alani spiegando la situazione. La sua manager fu molto comprensiva, anche perché Kenna telefonava raramente per non lavorare quando era di turno, quindi le concesse volentieri la serata libera. Considerato che il turno stava per cominciare, la reazione positiva di Alani a quella richiesta fu molto generosa.

Kenna si prese del tempo per cambiarsi, si tolse la divisa del Duke's e indossò un paio di pantaloncini e una maglietta, non si preoccupò minimamente di acconciarsi i capelli, tenne la coda di cavallo che si era fatta per andare a lavorare.

Mentre si cambiava, il suo telefono cominciò a tintinnare notifiche, erano i messaggi delle altre.

Elodie: Sono tornati!!!!

Elodie: Se non mi senti per un po' non preoccuparti, mi sto solo ibernando a letto con mio marito!

Lexie: Hai sentito? Sono tornati a casa!
Lexie: Midas mi ha detto che Aleck parlava continuamente di te.
Lexie: Forza, ragazza mia!

Carly: Mi è arrivato un messaggio di Jag. Dice che finalmente sono tornati. Che sollievo!

Ashlyn: Santo cielo! Non ci credo, Slate mi ha mandato un messaggio per dirmi che è tornato a casa. Mi sta emozionando più del dovuto. Sarà pure uno scemo, ma è stato carinissimo ad avvertirmi!

Kenna non voleva perdere secondi preziosi, ritardando l'arrivo a casa di Marshall, così rispose con un messaggino veloce alle amiche, prima di uscire di casa. Anche se Aleck le aveva detto di non fermarsi a comprare nulla in negozio, lei fece un salto veloce sulla via di Coral Springs. Voleva trovare il modo di rendere quel ritorno ancora più speciale.

Così prese alcune delle cose che Aleck amava mangiare. Le patatine Maui alla cipolla di cui lui andava matto, un sacchetto di caffè Kona, perché si ricordava di averlo finito, del mango fresco, del succo di frutta misto (passion fruit, arancia e guava) e un sacchetto di pop corn hawaiani che a lui piacevano tanto, croccanti e aromatizzati al caffè e furikake. Kenna li trovava disgustosi, ma se a Marshall piacevano, poteva mangiarne quanti voleva.

Avrebbe voluto fermarsi anche alla Leonard's Bakery per comprare qualche malasada, ma ci avrebbe messo troppo tempo. Così prese una scorciatoia, comprando delle malasada qualunque con delle ciambelle al supermercato. Non erano altrettanto buone, ma potevano accontentarsi. Avrebbe pensato più avanti a comprare quelle migliori per Marshall.

Kenna era tutta in fermento, voleva arrivare a casa di Marshall il prima possibile. Anche se sapeva bene che Aleck non sarebbe sparito, c'era il tempo di raggiungerlo, ma le sue emozioni erano incontrollabili.

Fece del suo meglio per pagare la spesa senza sembrare troppo impaziente, ma le sembrò di perdere un'eternità, prima di rimettersi in viaggio. Più si avvicinava al complesso residenziale in cui abitava Marshall, più diventava nervosa. Che ebbrezza. Anche lui era sembrato entusiasta, più che felice di rivederla, ma lei non riusciva a non chiedersi se il loro rapporto fosse cambiato, in qualche modo.

Da parte sua, Kenna provava le stesse sensazioni per lui. Le era mancato terribilmente, tanto che lei si era rifugiata nei vecchi messaggi, quelli che le mandava prima della missione; se li era riletti più volte per sentirlo più vicino.

Quando finalmente arrivò e parcheggiò, ormai sentiva le farfalle allo stomaco.

Robert chiaramente l'aveva vista manovrare nel parcheggio (a quell'uomo non sfuggiva nulla) e quando lei aprì la portiera dell'auto, Alfonso la stava già raggiungendo rapidamente.

"Ciao," gli disse mentre lui si avvicinava.

"Buon pomeriggio, signorina Madigan. Lasci che le porti io le borse," le disse, facendo per prenderle le borse dalle mani.

"Grazie," gli rispose passandogliele, grata di quella gentilezza.

Alfonso le sorrise e si incamminarono insieme verso l'ingresso. "Il signor Smart è tornato."

Era molto carino vedere Alfonso in fermento, mentre glielo diceva. "Lo so," gli disse con un sorriso. "Per questo sono venuta. Stasera dovevo lavorare, ma come potevo concentrarmi su qualcos'altro, sapendo che Marshall era ritornato?" Kenna si accorse che stava parlando quasi a vanvera, ma era troppo entusiasta e nervosa allo stesso tempo.

"Se ha bisogno di qualcosa, non esiti a farcelo sapere," le disse Alfonso aprendole la porta dell'atrio.

"Mi sono fermata a prendere qualcosa da mangiare, i preferiti di Marshall, però non ho voluto aspettare le mala-sada di Leonard's," proseguì Kenna, "così ne ho presa qualcuna al supermercato. Speriamo che la sua voglia di dolci sia soddisfatta comunque."

Alfonso le sorrise.

Mentre si avvicinavano alla postazione della sicurezza, Robert si alzò in piedi, anche lui con un enorme sorriso in faccia: "Salve, signorina Madigan, immagino sia contenta che il signor Smart è tornato."

"Eh sì," rispose Kenna con entusiasmo.

Robert ridacchiò: "Di sicuro Alfonso gliel'avrà già detto, ma se ha bisogno di qualcosa, non esiti a contattarci."

"Va bene, grazie. Ho tenuto la dispensa e il frigo di Marshall riforniti, dato che ogni tanto sono venuta a passare il tempo in casa sua, quindi dovremmo avere tutto il necessario."

"Molto bene," disse Robert, "allora buona serata."

"Lo sarà senz'altro," mormorò Kenna, che poi tornò a rivolgersi ad Alfonso. "Ci penso io," gli disse, accennando col capo alle borse.

"È sicura? Posso portargliele su io," si offrì lui.

"Sono sicura. Il giorno che non riuscirò più a portare delle borse con la spesa... beh, immagino che dovrò chiederti di portarle per me," chiuse pigramente.

Sia Robert che Alfonso si misero a ridere.

"Ecco qua," disse Alfonso, passandole la spesa.

Kenna lo ringraziò, fece un respiro profondo e si avviò verso gli ascensori. Pensò che forse avrebbe dovuto mandare un messaggio a Marshall, per fargli sapere di essere arrivata, ma ormai era troppo tardi... aveva anche le mani impegnate.

Fece del suo meglio per non esplodere di entusiasmo, quando l'ascensore raggiunse l'ultimo piano. Percorse a grandi passi più rapida del solito il corridoio verso la porta dell'attico. Prima ancora che potesse mettere giù una borsa per bussare, la porta si aprì.

Quasi non riconobbe Marshall: aveva la faccia coperta da un bel barbone, i capelli gli erano cresciuti molto.

"Vieni qui," le disse con voce roca, passandole un braccio intorno alla vita e tirandola più vicina, per poi fare un passo indietro.

Nel momento in cui gli fu vicina, Kenna riconobbe il suo odore, quello che ormai era svanito dai cuscini. La sera in cui si era resa conto di non riuscire più a sentire quell'odore a letto ci era rimasta molto male.

Kenna lasciò cadere le borse, senza preoccuparsi di schiacciare le patatine, per aggrapparsi a Marshall. Lo sentì chiudere la porta, poi le mise una mano dietro la schiena e l'altra sotto la coda di cavallo, per prenderla dietro la nuca.

Kenna sospirò contenta e affondò il naso nel collo di Aleck, tenendolo stretto più forte che poteva. La barba le faceva il solletico al volto, ma era molto più morbida di quanto si aspettasse. Lui la stringeva altrettanto forte, con la stessa passione. Essere di nuovo con lui, vederlo coi propri occhi sano e salvo, tenerlo stretto... fu troppo.

Ancora una volta, suo malgrado, Kenna scoppiò in lacrime.

Marshall non la lasciò andare; la tenne ancor più stretta e fece del suo meglio per consolarla.

"Sto bene," le disse, sapendo esattamente quali erano le emozioni che la caricavano. "Sono qui, sono contento di vederti, di stringerti. Hai lo stesso odore che ricordavo. Non avrei mai creduto che il cocco potesse consolare tanto. Dannazione, se mi sei mancata."

Quanto tempo rimasero lì in piedi nell'atrio, abbracciandosi, Kenna non ne aveva idea. Sapeva solo che finalmente poteva rilassarsi. Non si era nemmeno accorta di quanto era stata tesa nell'ultimo mese e mezzo, lo capì solo in quell'attimo.

Finalmente, Kenna tirò fiato e si allontanò un pelo. Lui non la lasciò andare.

"Ciao," gli disse, "piacere di vederti."

"Piacere mio," le rispose, "ti trovo benissimo... sei bellissima. Non so nemmeno da dove cominciare."

Kenna sorrise. Non si era nemmeno sistemata i capelli, non erano niente di speciale, non aveva un filo di make up, se non quello che indossava per andare a lavorare. Le piacevano i complimenti generosi di Marshall.

Alzò una mano per toccargli il viso, poi esitò: "Posso?"

Lui le prese la mano e se la appoggiò alla guancia: "Puoi toccarmi ogni volta che vuoi."

Kenna sorrise e gli passò una mano in faccia.

"Che ne pensi? Dovrei tenere la barba?" le chiese Marshall.

Kenna fece spallucce: "Sei diverso. Proprio non sono abituata a vederti così. Ma non sono pronta a decidere se dovresti tenerla o raderla."

Lui sembrò confuso: "Pronta a decidere?"

Kenna cercò di tenere la faccia seria: "Sì, cioè, immagino di dover sentire com'è quando mi baci."

"Ah sì?" rispose Marshall con voce roca.

Kenna non ebbe nemmeno il tempo di rispondere, perché lui abbassò la testa e le chiude la bocca con le labbra.

Fu come tornare a casa.

Lei ne aveva bisogno. Non ci fu alcuna esitazione, si baciarono come se non si fossero visti per anni, non per sei settimane. Quando Marshall si staccò, ansimavano entrambi come se avessero corso per chilometri.

"Allora?" le chiese facendole un gran sorriso da furfante.

Kenna alzò di nuovo la mano e passò le dita tra la barba. Era bella lunga. "Ti dispiace se ti dico che mi piace di più baciarti quando ti fai la barba?" gli chiese.

"No no, anzi, ho tutto pronto il necessario per radermi in bagno, forbici e rasoi. Vuoi aiutarmi?"

Kenna lo squadrò per un momento. "Allora, se avevi già intenzione di raderti, perché mi hai chiesto la mia opinione? E se ti dicevo di tenere la barba?"

Marshall si chiuse nelle spalle con noncuranza: "Allora l'avrei tenuta."

"Tutto qua?" gli chiese Kenna un po' scettica.

"Tutto qua," confermò lui. "Durante la missione, ho avuto molto tempo per pensare a noi."

Kenna fece un'espressione seria: "Dovresti pensare a trovare i cattivi o a non mettere piede su uno di quegli ordigni esplosivi terribili, a come tornare a casa sano e salvo," lo riprese.

Marshall ridacchiò: "Infatti ci ho pensato, ma se ci avessi pensato senza sosta, ne sarei uscito pazzo. Quindi quando lo stress aumentava troppo, pensavo a noi. A te."

Cacchio, che uomo. "E allora?" gli chiese.

"Allora ho capito quanto sei importante per me. Ci siamo mossi alla svelta, ma è stato tutto... bello. Mi chiedevo cosa stessi facendo, come stavi, se avevi troppi clienti rompiscatole, se passavi da casa mia. Se mangiavi bene. Tu dinne una e io l'ho pensata. So di essere un bastardo fortunato; se tu riesci a sopportare il mio lavoro, le mie partenze improvvise per località sconosciute, per durate ignote, ogni tanto, allora non posso fare altro che farmi in quattro per renderti la vita più facile e ricca. Quindi... vuol dire anche che se ti piaccio con la barba, me la tengo. Se vuoi che mi rada, mi rado. Per me non fa alcuna differenza."

"Marshall," sussurrò Kenna, estremamente commossa.

"Non piangere," la invitò Marshall, "non ti dico queste cose per farti piangere."

"Però ci sei riuscito lo stesso," disse Kenna tirando su col naso e asciugandosi le lacrime da sotto gli occhi.

Marshall la strinse dietro al collo, dove la teneva con la mano, con presa salda, poi le disse: "Guardami, piccola."

Kenna respirò a fondo e alzò gli occhi, guardando l'uomo per cui era completamente persa. Avrebbe dovuto accorgersi di essere innamorata sentendo terribilmente l'assenza di Marshall. Non si era mai sentita così per un

uomo, in passato. Mai. Una volta aveva trascorso una settimana senza parlare con uno con cui usciva, non le aveva
dato molto fastidio.

"Sei la donna più di successo che abbia mai conosciuto.
Non ho alcun dubbio che riusciresti a raggiungere
qualunque obiettivo tu decida di realizzare. Il fatto che tu
stia con me è come un sogno, sono sei settimane che mi
pizzico per svegliarmi. Sono nelle tue mani, non devi fare
altro che aprir bocca e parlare, sono pronto a darti tutto
ciò che vuoi."

"Te. Io voglio *te*," gli rispose Kenna senza nemmeno
pensarci.

"Meno male," disse Marshall con un filo di voce.

Kenna fu sorpresa di leggergli sollievo negli occhi.
Come poteva non saperlo?

"Dai, forza, aiutami a tirarmi via questo schifo dalla
faccia, poi vedremo di preparare qualcosa da mangiare."

Kenna annuì, così Aleck le strinse ancora una volta con
affetto la nuca, poi si abbassò per prenderle le borse di
mano. Dopo aver commentato con sorpresa e soddisfazione ciò che gli aveva comprato, misero tutto a posto e
andarono nel bagno padronale.

Kenna ci aveva lasciato alcune delle sue cose, dato che
aveva fatto spesso avanti e indietro da casa sua. Aleck
annuì sorridendo verso il mobiletto di fianco al lavandino,
dove c'erano lo spazzolino da denti, il dentifricio e la
crema di Kenna: "Che bello vedere qui le tue cose." Poi si
guardò attorno e aggiunse: "Penso che il modo migliore di
procedere sia sedermi sul lato della vasca da bagno. Così
sono all'altezza giusta."

"Ma i peli cadranno tutti sul pavimento," disse
Kenna.

"Sì, allora?"

"Allora poi bisognerà ripulire per bene e tirare l'aspira-
polvere per toglierli tutti."

"Quindi?" le chiese Marshall. "Facciamo un bel macello
e poi ripuliamo. Non è un problema."

"Va bene," concordò Kenna, a cui piacque quell'atteggiamento del tutto tranquillo. "Ma almeno potremmo
prendere un cestino, puoi tenerlo sotto per catturare il più
della barba."

Lui annuì e Kenna prese il cestino di plastica che si
trovava sotto al lavandino per metterlo a terra tra i piedi di
Aleck, seduto sul bordo della vasca da bagno.

Marshall allora prese un paio di forbici che sembravano
molto affilate e gliele porse dal lato dell'impugnatura:
"Signora, vuole farmi l'onore?"

"Ehm, non ho idea di come si fa," gli disse Kenna
incerta, mentre prendeva le forbici.

"Non ti puoi sbagliare... beh, a meno che non decidi di
pugnalarmi con quelle forbici. Basta che elimini la barba,
vai più vicina che puoi alla pelle, più i peli sono corti, più
diventa facile raderli via."

"Va bene, ma se ti taglio e sanguini sul pavimento del
bagno, non dare la colpa a me," gli disse scherzando stando
in piedi davanti a lui.

Marshall alzò un braccio e le prese morbidamente un
polso per dirle solennemente: "Mi fido di te."

Kenna deglutì sonoramente e annuì. Non stava certo
per tagliargli i capelli con chissà quale stile. Non poteva
sbagliare... se non tagliandogli la faccia. A quel pensiero, si
schermì mentalmente, poi fece un respiro profondo e si
mise all'opera.

Cominciò con la parte facile, la barba sotto al mento; la
tagliò lasciandola cadere nel cestino. Sempre facendo
attenzione, continuò a tagliare la barba di Aleck fino al

punto in cui doveva mettere le forbici attaccate alla pelle per tagliare i peli più corti possibile.

"Rilassati, Kenna, stai andando bene," le disse Marshall.

Lei annuì, sempre coi muscoli tesi.

Non le fu di aiuto sentire che la afferrava sui fianchi, così abbassò lo sguardo: "Che c'è?" gli chiese, pensando di aver fatto qualcosa di sbagliato.

"Continua pure," la invitò Marshall.

Kenna tagliò via altri peli... ma per fortuna si fermò per controllare cosa stava facendo, quando lui le infilò le mani sotto la maglia, accarezzandole la pelle nuda.

Kenna si agitò un poco e gli ricordò: "Soffro il solletico."

Lui cambiò subito il modo in cui la stava toccando, ma lei rimase comunque ferma, mentre lui girovagava con le mani.

"Hai finito?" le chiese, sapendo benissimo che non aveva finito.

"No."

"Beh, non abbiamo tutta la notte," la provocò, "sto pensando che avremmo altro da fare."

Bastarono quelle parole, l'atmosfera cambiò subito e si elettrizzò.

Kenna sentì i capezzoli sotto la maglia che diventavano turgidi; erano all'altezza degli occhi di Marshall, che senz'altro li notò, infatti fece scivolare le mani in alto, le spinse sotto il reggiseno le mise sui seni.

Kenna chiuse gli occhi e gemette, gli mise le mani sulle spalle per tenersi in equilibrio, facendo attenzione a non colpirlo con le forbici.

"Cavolo, come rispondi subito," le mormorò palpandole la pelle.

"È merito tuo," gli rispose apertamente. Kenna non ricordava di aver mai risposto così al tocco di altri uomini. Bastava che Marshall *respirasse* e lei si trasformava in creta tra le sue mani.

Dopo un momento, Kenna pronunciò il nome di Marshall quasi come un lamento.

A quel punto fu lui a respirare a fondo, poi si alzò quasi spaventando Kenna. Le tolse le mani di dosso e le prese le forbici. Poi la fece spostare verso il mobile.

Kenna lo osservò tranquilla mentre lui rapidamente si toglieva gli ultimi ciuffi di baba con le forbici. Poi Marshall prese un tubetto di crema da barba e se la spalmò in faccia con movimenti semplici e rapidi, prese un rasoio e le chiese: "Vuoi avere di nuovo il piacere?"

Kenna spalancò gli occhi terrorizzata: "No," gli disse con enfasi.

Marshall ridacchiò, poi si mise al lavoro per radersi il resto della barba che gli era cresciuta nelle sei settimane precedenti.

Kenna tremava al solo pensiero di agitare un rasoio vicino alla faccia di Marshall, ma lo guardò affascinata mentre lui si radeva, come probabilmente aveva fatto altre migliaia di volte nella vita. Gli si avvicinò da dietro, gli avvolse le braccia intorno alla vita e lo guardò riflesso nello specchio.

Quando lui si interruppe per sciacquare il rasoio, lei fece un gran sorriso e gli infilò le mani sotto la maglia.

Lui la guardò subito negli occhi riflessi nello specchio. Anche con la faccia mezza coperta di crema da barba, invece di trovarlo ridicolo, Kenna lo trovava eccitante. Era proprio un bell'uomo.

Lei mosse le mani verso l'alto fino a sfiorargli i capez-zoli, con cui cominciò a giocherellare. Li pizzicò, li tirò, si indurirono immediatamente e Kenna non riuscì a trattenersi e si spinse più contro la schiena di Marshall.

"Vuoi farmi finire?" le chiese lui.

Lei fece un gran sorriso: "Sì."

"Allora dovresti spostare le mani."

Spostare le mani? Poteva farlo volentieri.

Lentamente, Kenna mosse le mani verso il basso, passandogliele sulla pancia e fermandole all'altezza della vita. Lui si diede qualche altro colpo di rasoio prima che lei facesse un'altra mossa.

Marshall indossava un paio di pantaloni della tuta grigi, secondo lei al limite della legalità. Gli uomini ben dotati con i pantaloni della tuta potevano eccitare qualunque donna etero, ma per Kenna vedere il *suo* uomo, con *quei* pantaloni, le fece venir voglia di gettarli via perché nessun'altra potesse vedere ciò che le apparteneva.

Quel pensiero non la sorprese nemmeno. Marshall *era* il suo uomo... proprio come lei era la sua donna.

Spostò rapidamente le mani sotto la fascia elastica e sentì per la prima volta l'uccello.

Era già mezzo duro, ma appena glielo toccò si indurì, allungandosi in erezione tra le sue mani, mentre lei lo stringeva più forte.

"Cazzo," gemette Marshall, mentre lei glielo accarezzava.

Marshall sopportò quel tocco un altro momento, poi si avvicinò allo specchio e con movimenti aggressivi si rase il resto della barba. Quei movimenti furono più maschi di quanto Kenna potesse sognare, stava per aprire la bocca, per dirgli di fare attenzione, quando lui gettò il rasoio nel lavandino, allungò un braccio per prendere un asciugamani e se lo passò in faccia, togliendo i resti della crema, prima di gettare di nuovo l'asciugamani sul mobiletto.

Poi prese le mani di Kenna e se le tirò fuori dai pantaloni, prima di girarsi: lei ebbe una frazione di secondo per ammirare il viso sbarbato ed essere contenta, perché così somigliava più al Marshall che lei ricordava, quando lui si gettò con le labbra sulla bocca di lei.

A quel punto lei poté pensare solo al modo in cui avvicinarsi di più al suo uomo.

Kenna inclinò la testa e alzò una gamba, mentre si baciavano. Marshall si girò su se stesso e la sollevò, Kenna si ritrovò seduta sul mobiletto. Lui non smise di baciarla, mentre le faceva divaricare le gambe e si infilava verso di lei. Le mise una mano dietro il sedere e la tirò fino al bordo del mobile, in modo da appoggiarle l'uccello proprio dove lei lo voleva.

Fu un bacio confuso, scoordinato, il più appassionante che lei avesse mai vissuto. Lui le portò le mani verso l'orlo della maglia e staccò la bocca da lei giusto il tempo di dire: "Su le braccia."

Kenna non pensò nemmeno di commentare: era favorevole al cento per cento a quanto Marshall aveva in mente... l'importante era finire nudi tutti e due. L'elastico che le teneva a posto la coda di cavallo si sfilò dai capelli, mentre lui le toglieva la maglia sfilandogliela dall'alto, ma Kenna lo notò appena. Gli portò le mani dietro la testa mentre lui la abbassava per succhiarle la parte alta dei seni, spinta fuori dal reggiseno.

Poi Marshall si diede da fare con le mani, sbottonandole i pantaloncini e abbassandole la cerniera, la guardò negli occhi e le ordinò: "Tira su i fianchi, così posso toglierti i pantaloncini."

"Sì," gli rispose lei leccandosi le labbra. Kenna sapeva di essere bagnata, lo sentiva da come le si erano inumidite le mutande. Dopo aver gettato via a calci i propri pantaloncini, lei allungò le mani per afferrare i pantaloni di Marshall, che però la distolse da quel gesto e la prese di nuovo da dietro il sedere, non esitò ad accovacciarsi e le mise la bocca dritto sulle mutandine bagnate.

"Porco cane!" esclamò Kenna inarcando la schiena tra le mani di Marshall.

"Ho bisogno di te, devo assaggiarti. Sei settimane fa mi sono visto sfumare l'occasione di sentirti sulla lingua, mi sono rotto di aspettare," disse Marshall, più a se stesso che a lei, prima di spostare di lato senza mezzi termini il tassello delle mutandine e abbassare di nuovo la testa.

Kenna era già stata con degli uomini che le avevano praticato il sesso orale, ma nessuno aveva mostrato nemmeno lontanamente lo stesso entusiasmo di Marshall.

Lei non poté fare altro che rimanere su quel mobile, mentre lui la divorava come se stesse morendo di voglia per quel sapore. Le leccò la passera in tutta lunghezza, poi le stimolò il clitoride, facendola sussultare.

"Calma," le mormorò, "prenditi le mutandine e tienile da una parte," le disse.

"Sì, capo," commentò Kenna, che non esitò a portarsi una mano tra le gambe. "Sai che sarebbe più facile se mi togliessi le mutandine," lo informò.

"Non vedo l'ora," le rispose, per poi tornare a leccarle e succhiarle le pieghe bagnate.

Con le mani libere, Marshall la tenne ben ferma contro la faccia e fece impazzire Kenna di piacere. La succhiò, la mordicchiò, la leccò; non passò molto tempo e Kenna si sentì sull'orlo dell'orgasmo.

"Ci sono quasi!" gli disse ansimando.

Marshall gemette e aumentò il ritmo con cui la stimolava tra le gambe. Sembrava sapere esattamente cosa le serviva per raggiungere il culmine, le chiuse le labbra intorno al clitoride, usò la lingua come fosse un vibratore, succhiandola allo stesso tempo.

Kenna cominciò a tremare e prima di accorgersene andò oltre il culmine del piacere. Marshall non smise di stimolarle il clitoride. Anzi, glielo succhiò con più forza, facendole durare più a lungo l'orgasmo. Solo quando lei lo tirò per i capelli dicendogli: "Basta, ti prego! Merda, Marshall," allora lui la leccò un'ultima volta e poi la guardò in faccia.

Kenna gli vide in faccia un'espressione molto soddi-sfatta, ma non trovò le energie per farglielo notare. Poi lui la sbalordì abbassandosi di nuovo per leccarla con dolcezza tra le gambe, raccogliendo con la lingua tutti i succhi.

"Se avessi saputo cosa mi ero perso, cosa stavo per godermi nel giro di un'ora o anche meno, non sarei soprav-vissuto alla missione," borbottò Marshall.

Quelle parole...

Kenna non sapeva nemmeno come descriverle.

Senza preavviso, Marshall si alzò in piedi e la sollevò dal mobile tenendole le mani dietro al sedere. Kenna si lasciò sfuggire un gridolino e si aggrappò a lui, tenendosi stretta mentre lui la portava verso la camera da letto. La lasciò cadere sul letto senza tanta delicatezza, ma Kenna non fu per nulla offesa: era troppo impegnata a guardarlo avidamente, mentre lui si toglieva la maglia, lasciandola cadere per terra senza curarsene.

"Via le mutandine e il reggiseno," le disse, mentre si afferrava i pantaloni.

Kenna non tolse gli occhi dal gonfiore che Marshall aveva tra le gambe, sollevò i fianchi e si tolse le mutandine, poi inarcò la schiena e si sganciò il reggiseno, gettandolo di lato.

Kenna spalancò gli occhi quando vide l'uccello saltar

fuori dai pantaloni che Marshall si abbassò insieme alle mutande. Era enorme, grosso, lei sentì l'acquolina in bocca.

Doveva sentirlo dentro. Subito.

Lui ovviamente la pensava allo stesso modo, dato che si abbassò per aprire un cassetto del comodino. Lei sapeva già che in quel cassetto c'era una confezione di preservativi, li aveva visti un'altra sera. Lui aprì la confezione e in breve stava già infilando il suo uccello maestoso in un profilattico.

Lei voleva toccarglielo. Voleva toccare *lui*. Ma aveva anche troppa voglia di sentirlo tra le gambe. Lo avrebbe esplorato più avanti. Molto più avanti.

Lui colpì il letto con un ginocchio, facendola sorridere.

"Sei pronta?" le chiese, tenendosi la base dell'uccello e accarezzandosi le palle allo stesso tempo.

"Sì," gli rispose con voce roca. Era davvero pronta. Sognava quel momento da settimane. Sognava di stare con lui.

Marshall allungò le mani per afferrarla dalle caviglie, poi la tirò più vicina.

Kenna rise cadendo sulla schiena, ma le passò la voglia di ridere quando Marshall le fece divaricare le gambe con le ginocchia, avvicinandosi. Lei si aspettava che la prendesse subito, senza aspettare, invece fu sorpresa perché lui si abbassò e le mise le mani ai lati delle spalle, per poi fissarla, mentre lei sentiva l'uccello pulsarle contro la pancia.

"Sei mia," le disse, quasi ruggendo. La voce di Marshall era più profonda del normale, quel suono lussurioso fece vibrare Kenna di desiderio.

"E tu sei mio," gli rispose.

Allora lui sorrise e Kenna quasi si sciolse. Dannazione, quanto era affascinante.

"Adesso ti scopo. Ti scopo con forza, rapidamente. Ti sta bene?"

"Oh sì," gli rispose con un filo di voce.

"Allora, dopo che sarai venuta sull'uccello, farò l'amore con te, a lungo, lentamente, fino a farti venire di nuovo."

"Ma così non ti divertirai tanto," scherzò Kenna, "tu quando pensi di venire?"

"Oh, vedrai che verrò, piccola," le rispose con un gran sorriso. "Dopo di te. Voglio guardarti, sentire i tuoi muscoli stringersi intorno al mio uccello, sentire che sono *io* l'uomo dentro di te, quello che ha la fortuna di vedere queste tette fantastiche sobbalzare mentre ti prendo, quello che ti fa spargere crema sul suo uccello."

Kenna ridacchiò e alzò gli occhi al cielo: "Finora sento solo tante parole, ma niente azione," si lamentò, agitandosi contro di lui; voleva sentirlo dentro.

Allora lui si mosse, si drizzò sulle ginocchia e si avvicinò di più, poi portò una mano in basso e le strofinò il clitoride con il pollice, facendola sussultare.

"Sei pronta a prendermi?" le chiese.

"Sì."

"Io non credo, non ancora, non voglio farti male."

Quelle parole sembravano rivolte più a se stesso che a lei, Kenna sentì che quell'uomo stava per cambiarle la vita, per sempre. Dopo quella sera, lei non sarebbe più stata la stessa donna. Lo sapeva.

Con più circospezione di quanta se ne aspettasse, senz'altro più di quanta ne aveva *lei*, Marshall si mise a giocare col clitoride, facendola tornare eccitata. Poi passò la punta dell'uccello sulle sue grandi labbra bagnate; quando finalmente fu soddisfatto, sentendola ben scivolosa, abbastanza per penetrarla senza dolore, si infilò dentro di lei con facilità.

Dopo averla penetrata, non si fermò fino ad averlo infilato tutto. Non le lasciò il tempo di adattarsi, si spinse dentro semplicemente e senza rallentare, fino a sentire le palle che le sfioravano il sedere.

Kenna gemette e divaricò le gambe, cercando di avvicinarsi. Era molto bagnata e non aveva provato alcun dolore. Si sentiva piena, *molto* piena, ma senza alcun dolore, così disse: "Ummmm."

"Ti piace?" le chiese.

"Molto," lo rassicurò.

Era tutto ciò di cui lui aveva bisogno. Marshall si tirò indietro, poi si spinse dentro con forza, provocandole un grugnito.

Poi lui ripeté lo stesso movimento, più volte. La scopò forte, veloce, proprio come le aveva promesso. Kenna non sapeva proprio cosa piacesse alle altre donne, quando venivano penetrate dagli uomini, ma a lei piaceva essere presa in quel modo. Così non aveva bisogno di pensare a cosa fare per raggiungere l'orgasmo. Doveva solo prendere ciò che Marshall le dava.

Marshall le stava dando tutto. Ogni volta che la sbatteva, lei si sentiva attraversare il corpo da una scossa di piacere. Per lei non era facile venire senza stimolarsi il clitoride, ma grazie a tutti i preliminari, prima della penetrazione, si trovò di nuovo sul punto di esplodere.

L'orgasmo la colse di sorpresa. Un attimo prima si godeva il piacere di sentire Marshall dentro di sé, mentre apprezzava l'espressione concentrata e intensa sul suo viso, mentre un attimo dopo si sentì venire, le tremarono le gambe e i muscoli addominali si contrassero.

Kenna inarcò la schiena mentre Marshall continuava a

scoparla, nonostante le vibrazioni che le facevano tremare il corpo.

"Sei bellissima," le disse ansimando.

Quando lei smise di tremare, lui si spinse dentro fino in fondo e portò una mano tra i loro corpi.

"Marshall, no," disse Kenna ansimando.

"No?" le chiese, bloccandosi su di lei.

Merda. Kenna si ricordò quel che lui le aveva raccomandato, che se mai gli avesse detto di fermarsi, lui si sarebbe fermato subito. Ma lei non voleva fermarlo, voleva solo dirgli che in quel momento era estremamente sensibile, così gli spiegò: "Ho solo bisogno di un attimo di respiro, ma continua, vai avanti," gli disse con un sorriso, accarezzandogli le cosce con le mani.

Lui fece un gran sorriso: "Va bene, ma sai, sono un essere umano e sognavo questo momento da sei settimane, posso resistere solo fino a un certo punto, prima di venire."

"Allora dai, vieni," gli disse quasi esortandolo.

Kenna quasi scoppiò a ridere per il muso imbronciato del suo uomo: "Ma volevo sentirti venire di nuovo intorno al mio uccello. La prima volta me lo sono perso perché ero troppo impegnato a scoparti."

A quel punto lei *rise* davvero. "Ecco, perfetto." Le piaceva tanto quel loro modo di stuzzicarsi. Le piaceva il sesso con Marshall anche perché era divertente. Sì, era intenso, tanto bello e stimolante da sovrastarla di piacere, ma ridendo si aggiungeva una dimensione tutta nuova al sesso, un'esperienza per lei rara. "Però vacci piano. Non ho avuto così tanti orgasmi ravvicinati... mai."

"Mai?" le chiese.

"Merda, adesso ti ho trasformato in un mostro, vero?" scherzò lei.

"Esatto, cazzo, proprio così. Un mostro maniaco della

passera della sua donna," le disse Marshall con parole grezze.

"Fai l'amore con me," gli sussurrò, "ma vacci piano con il mio povero clitoride," aggiunse Kenna.

Marshall annuì e lo tirò fuori lentamente, per poi spingerlo dentro di nuovo. Gli piaceva... era quasi liberatorio. Non era un'ondata esagerata di piacere, come quando la scopava con forza. Le portò una mano sul petto mentre spingeva dentro di lei lentamente, poi le strinse un capezzolo.

Kenna inarcò di nuovo la schiena e gemette, sentendo i muscoli pelvici stringersi intorno all'uccello di Marshall.

"Ti piace," le disse. Non glielo stava domandando. Era piuttosto evidente, dato che quasi gli stava strangolando l'uccello.

I minuti successivi passarono con Marshall che giocava con i capezzoli di Kenna, scoprendo dove le piaceva farsi toccare. Non passò molto tempo e Kenna fu pronta a venire di nuovo.

"Toccati," le disse, "così non ti farò male."

Mentre Marshall le pizzicava i capezzoli e giocava con le tette, Kenna si massaggiò il clitoride. Con il mignolo gli sfiorava l'uccello ogni volta che lui lo tirava fuori, voleva farlo star bene come lei, in quel momento.

"Devi venire, ma avvertimi prima," le disse Marshall.

Kenna annuì e cominciò a muovere un po' più velocemente le dita sul suo clitoride, estremamente sensibile. "Ci sono quasi..."

Marshall si spinse di nuovo dentro di lei e rimase fermo mentre le pizzicava un capezzolo più forte di prima. Quello stimolo in più le bastò per raggiungere di nuovo il picco del piacere. Non fu un orgasmo intenso come quelli di prima, ma Kenna se sentì comunque tremare, i muscoli interni si contrassero ritmicamente intorno all'uccello di Marshall, infilato dentro di lei in profondità.

"Davvero, non esiste sensazione migliore al mondo del sentirti venire intorno al mio uccello," le disse Marshall ansimando. Poi, senza nemmeno spingere, cominciò a tremare, mentre finalmente anche lui veniva.

Erano entrambi sudati, a Kenna sembrava di aver appena lavorato per ventiquattr'ore di fila, ma non ricordava di essere mai stata tanto soddisfatta dopo aver fatto sesso, mai come in quel momento.

"Penso che mi hai fatto morire," gli disse, quando Marshall si lasciò cadere al suo fianco, tenendola vicina. Quel movimento glielo fece scivolare fuori, facendo sospirare entrambi.

Poi lui la baciò alla tempia dicendole: "Ma che bello."

"Proprio bello," confermò Kenna.

Rimasero sdraiati insieme per un momento, poi Marshall sospirò di nuovo. "Devo occuparmi del preservativo."

Kenna annuì e lo guardò scendere dal letto e andare in bagno. Aveva un sedere di una bellezza unica. Bello piano, sodo, da far venire l'acquolina in bocca. Ma non era nulla, rispetto al panorama di quando tornò.

Kenna non aveva nemmeno cominciato a mangiarselo con gli occhi, quando lui scostò le lenzuola e le fece cenno di infilarsi sotto. Non si erano nemmeno preoccupati di spostare le coperte, Kenna si mise a ridere. Avevano avuto entrambi troppa voglia di stare insieme, finalmente, troppa per preoccuparsi di un dettaglio così insignificante, come andare *sotto* le coperte.

Era ancora molto presto, ma a Kenna non importava. Si accoccolò contro Marshall e gli passò le dita sul viso, ora bello liscio, dato che si era fatto la barba. C'era una leggera irritazione dovuta alla lama del rasoio, gli ultimi colpi non erano stati morbidi.

"Lo sai," gli disse con disinvoltura, del resto era una donna adulta, poteva parlare di prevenzione anticoncezionale senza arrossire... forse, "io prendo la pillola."

Lui la fissò senza batter ciglio.

"Cioè... te lo dico nel caso preferissi non usare il preservativo. Inoltre, sono sana, non ho alcuna malattia, niente del genere. Anche se so che la pillola non è sicura al cento per cento, quindi se preferisci continuare a usarlo, per me va bene lo stesso. Non sono pronta ad avere figli. Per nulla."

"Io vengo controllato due volte l'anno dalla marina e ho sempre superato gli esami medici col massimo dei voti," le disse Marshall.

"Bene," gli disse Kenna sottovoce.

"Mi stai dicendo che posso entrare dentro di te senza preservativo?" le chiese.

"Beh, sì. Non abbiamo avuto il tempo di parlarne prima, ma grazie per non esserti lamentato per il preservativo..."

Marshall rimase in silenzio per un lungo momento, quasi imbarazzante, tanto che lei cominciò a sentirsi a disagio. Ne aveva parlato troppo presto? Doveva aspettare?

Ma a quel punto lui si mosse rapidamente. Spinse Kenna sulla schiena e si mise sopra di lei. Kenna sentì la punta dell'uccello bagnato che si appoggiava alle sue pieghe scivolose. Senza dire una parola, lui si spinse di nuovo dentro. Non ce l'aveva duro come prima, ma riuscì comunque a riempirla.

"Marshall?" lo chiamò Kenna aggrappandosi ai suoi bicipiti.

Lui non spinse, rimase solo dentro di lei, immobile.

"Scusa, non potevo farne a meno. Dovevo sentirti subito dentro a pelle nuda. Sei bella calda, cazzo, sei bagnatissima. Se potessi sentirti come ti sento io, capiresti."

Kenna rise e lo fece gemere.

"Cazzo, anche mentre ridi è fantastico," le disse quasi lagnandosi.

"Non badare a me, me ne rimarrò qui sdraiata," lo provocò.

"Mi sa che verrò molto presto. Scusami."

Lei si fece seria, comprendendo quanto Marshall fosse vicino al culmine, così gli chiese: "Si sente tanto la differenza?"

"Non sono mai stato dentro una donna senza un preservativo. È davvero meraviglioso, non puoi capire."

Che strano, era molto intimo osservare la reazione di Marshall che la scopava senza protezione. Quel SEAL così tosto e grosso in quel momento non la intimidiva affatto. "Muoviti, Marshall. Scommetto che ti piacerà anche di più." Le sembrava di essere un'istruttrice che insegnava a un verginello come fare l'amore. Quel pensiero la fece sorridere.

Marshall la guardò negli occhi e cominciò a spingersi lentamente dentro di lei. Aveva le pupille molto dilatate, tanto che quasi lei non gli vedeva il bel colore marrone degli occhi.

"Scusami, piccola! Non riesco a trattenermi."

"Allora non trattenerti," gli rispose.

Ancora qualche spinta e l'uccello di Marshall cominciò a pulsarle dentro, mentre lui veniva una seconda volta. Lei rimase colpita, non solo per la rapidità con cui gli era tornato duro, ma per il poco tempo in cui era riuscito a venire di nuovo.

Lui fremette e si lasciò cadere di nuovo sul fianco. Però le tenne una mano dietro il sedere, per rimanere attaccato a lei. Kenna finì per trovarsi sopra l'ampio petto di Marshall, il cui uccello era lungo e spesso a sufficienza per non scivolare subito fuori.

"Santo cielo, non devo alzarmi," disse Marshall con un sorriso meravigliato in volto.

"I vantaggi di non usare il preservativo. Anche se gli svantaggi sono... appiccicaticci," lo avvertì.

"Sono disposto a lavare le lenzuola ogni giorno," le rispose, mangiandosi le parole in estasi.

Era carinissimo, Kenna non si era mai sentita tanto felice.

Gli appoggiò la testa sul lato del collo e sentì che lui la stringeva e le metteva una mano dietro la nuca. Quella posizione familiare era qualcosa di cui aveva già desiderio.

"Kenna?"

"Sì?"

"Ti amo."

Lei si bloccò. Era mezzo addormentato? L'aveva detto con convinzione?

Sentì la mano dietro la nuca stringersi: "Mi hai sentito?"

Così rispondeva a entrambe le domande. "Sì," gli disse sottovoce.

"Ottimo. Non me lo devi dire anche tu, perché so che probabilmente adesso ti ho fatta andare nel pallone, ma ormai non potevo più tenermelo dentro. Il giorno in cui mi sei saltata addosso è stato il giorno migliore della mia vita."

"Non ti sono saltata addosso," protestò lei in automatico.

"Volevo solo assicurarti che per me questa non è solo

un'avventura. Non è un rapporto occasionale. Ti voglio nella mia vita, a lungo termine. E... non ho mai detto prima a una donna di amarla."

"Davvero, mai?"

"No. Il legame che ho con te è speciale, me ne sono accorto. Sarei un idiota se non mi aggrappassi a te con tutto me stesso. Ti amo, te lo dico non per vincolarti, ma per farti sapere come la penso."

Kenna sapeva che era una follia: non si conoscevano da tanto tempo, ma sotto sotto, nel suo cuore, sentiva anche lei ciò che le aveva detto. Il loro *era* un legame speciale. "Penso di amarti anch'io," gli sussurrò.

Lui rise: "Mi sta bene."

"È solo che..."

"Shhh, non mi devi alcuna spiegazione. Anche solo ciò che hai detto mi entusiasma tantissimo, sappi solo che farò di tutto per cambiare quel 'penso' con un bel 'sono sicura'."

Kenna sorrise e ammise. "Non penso sarà molto difficile."

Rimasero entrambi in silenzio per qualche minuto, poi Marshall le chiese: "So che è presto, ma vuoi dormire?"

Kenna non era molto stanca, ma annuì comunque.

"Ottimo, io sono esausto," ammise Marshall. "Ho la sensazione che al mio risveglio avrò ancora voglia di te."

Kenna ridacchiò: "Adesso ti ho trasformato in un maniaco sessuale."

"Solo con te," la rassicurò. Poi Marshall si voltò e la baciò di nuovo sulla tempia. "Grazie per essere venuta qui, per avermi voluto vedere appena sono tornato a casa. Grazie per aver parlato con Robert (eh sì, quando sono tornato non faceva altro che parlare di te). Grazie, per essere te stessa."

"Grazie *a te* per essere tornato tutto intero," ribatté Kenna.

Non passò molto tempo e Marshall si addormentò. Kenna immaginò che anche lei si sarebbe sentita esausta, se fosse appena tornata da un lungo viaggio come Marshall, probabilmente dall'altra parte del globo. Per non parlare dei due orgasmi.

Finalmente lo sentì scivolare fuori, gemendo nel sonno. Kenna sorrise e si spostò da sopra di lui, accoccolandosi al suo fianco. Fissò fuori dalla finestra il sole che stava tramontando lentamente; non ricordava un tempo in cui si era sentita così contenta.

CAPITOLO DICIOTTO

ALECK SI SVEGLIÒ quella sera stessa, vigile e pronto a ripartire, come se avesse dormito per dodici ore filate. Gli servì solo un momento per raccapezzarsi, ricordandosi dov'era e che Kenna era al suo fianco. Non aveva resistito, aveva dovuto assaggiarla di nuovo, istigandola a salirgli sopra per dargli uno spettacolo mozzafiato: lo aveva cavalcato con grande passione, scopandolo fino a venire entrambi di nuovo.

Poi erano tornati a dormire.

Qualche ora dopo, si era svegliato sentendo la bocca di Kenna sull'uccello, non potendo fare altro che esplodere subito.

Aleck poteva ammettere di sicuro che con Kenna c'era la massima intesa, a letto; si sentiva un fortunato bastardo. Sapeva anche che la passione a letto poteva anche scemare, col tempo... ma certamente non in breve. Non ne aveva mai abbastanza di quella donna.

Quando si svegliarono entrambi per la terza volta, il sole faceva capolino all'orizzonte. Erano stati a letto almeno dodici ore, Aleck si sentiva alla grande.

Gli piaceva tenere stretta Kenna che dormiva, si godeva quel contatto, quando sentì bussare alla porta.

"Ma che cazzo?" mormorò, uscendo subito con destrezza dall'abbraccio di Kenna. Se c'era qualcuno alla porta, così presto, non era certo un buon segno.

"Che succede?" gli chiese Kenna mezza addormentata, tirandosi su col gomito.

Vederla così, a letto, fece venir voglia ad Aleck di tornare subito sotto le coperte con lei. Kenna aveva un seno esposto, i capelli in disordine, alcuni segni rimasti dai succhiotti che le aveva fatto la notte, Aleck sentì l'uccello pulsargli.

Quando si sentì di nuovo bussare alla porta, lui imprecò sottovoce. "Rimani a letto. Vado a sbarazzarmi di chiunque sia, poi ci facciamo una doccia."

"Insieme?" gli chiese sorridendo.

"Eh sì," le rispose.

L'espressione sensuale sul viso di Kenna lo rassicurò, era proprio quella la risposta che lei sperava di sentire.

Aleck indossò i pantaloni della tuta, che erano rimasti sul pavimento, in mezzo alla stanza, ma non si curò di indossare una maglia. Chiunque ci fosse alla porta, doveva accettare di vederlo a torso nudo. Era il minimo, per aver osato bussare alla porta così presto.

Quando Aleck attivò il videocitofono sul pannello vicino alla porta, fu sorpreso di vedere Robert in piedi fuori dalla porta. Così aprì, pregando che non fosse successo nulla di grave. Voleva passare la mattina a viziare Kenna.

"Robert," lo salutò annuendo.

"Mi dispiace tantissimo di averla disturbata così presto, signor Smart. Tolgo subito il disturbo. Il mio turno comincia tra poco. Ieri, quando la signora Madigan è arrivata, ha accennato ad Alfonso di essere dispiaciuta, perché non era riuscita a fermarsi da Leonard's per prendere alcune malasada per darle il benvenuto. Così mi sono fermato mentre venivo al lavoro e ne ho presa qualcuna per voi due."

Aleck rimase senza parole, allungò una mano e prese il pacchetto che Robert gli porgeva: "Wow, ehm, grazie."

"Ci mancherebbe, è il minimo che io possa fare per ringraziarla per il suo servizio." Robert gli fece un cenno di rispetto col capo e poi si girò per andar via, nel corridoio.

Aleck lo seguì con gli occhi per un poco, poi sorrise e chiuse la porta. Il profumo delle paste si diffuse fino a riempirgli le narici, Aleck sentì lo stomaco brontolare. Non ricordava nemmeno l'ultima volta che aveva mangiato qualcosa di buono, anche se quei dolci forse non gli facevano proprio bene, poteva ben permettersi qualche strappo, dopo la robaccia che aveva mangiato, o non mangiato, nelle ultime sei settimane.

Aleck ebbe la sensazione che Robert non si fosse fatto in quattro comprando le malasada solo *per lui*. Tante altre volte era tornato da missioni anche più lunghe e Robert non gli aveva riservato quel trattamento privilegiato. Era tutto grazie a Kenna, che era proprio il tipo di donna a cui tutti volevano stare vicino. Volevano tutti farla sorridere. Aleck sapeva con certezza che le emblematiche paste hawaiane l'avrebbero fatta sorridere.

Senza preoccuparsi di andare a prendere piatti o posate, Aleck portò il pacchetto in camera da letto.

"Chi era?" gli urlò Kenna dal bagno.

Aleck non si trattenne e chiuse gli occhi dalla contentezza. Era così che si sentivano Mustang e Midas? Doveva essere così. Era una mattina così... normale. Lei che gli chiedeva chi era alla porta, mentre si lavava i denti in bagno. Era tutto ciò che Aleck non sapeva di volere.

Con un gran sorriso, aprì il pacchetto e si fermò in piedi appena dentro la porta del bagno, rispondendole: "La fatina delle malasada."

Kenna si stava ancora asciugando la bocca dopo averla risciacquata, si voltò verso di lui con uno sguardo confuso... ma appena vide il pacchetto di dolci, anche lei sorrise. Alla grande. "Santo cielo, muoio di fame! Ieri sera non abbiamo nemmeno cenato!" esclamò, allungando una mano per prendere una delle goduriose paste, simili a delle ciambelle. Ne morse un gran boccone e chiuse gli occhi in estasi nel masticare.

"Le ha portate Robert."

Appena Kenna mandò giù, gli chiese: "Il *nostro* Robert? Dalla reception?"

"Il solo e unico. Immagino che tu abbia detto ieri ad Alfonso di non essere riuscita a comprarne, lui l'avrà detto a Robert, che si è fermato a prenderle mentre veniva al lavoro."

"Sul serio?" gli chiese.

"Eh sì."

"Wow. Dovremo trovare il modo di ringraziarlo. È stato... si è fatto davvero in quattro. Idea, posso fargli avere un buono regalo per il Duke's. Ha detto che ci viene spessissimo."

Aleck sorrise appena, per il modo in cui Kenna diceva "dovremo" con tanta facilità. Gli piaceva stare in coppia con lei. Anzi, lo *amava*. "Vuoi che ci sediamo in terrazza e ci rimpinziamo prima della doccia?"

"Sì," gli rispose lei immediatamente. Poi Kenna indossò un accappatoio che Aleck sapeva per certo di non avere in casa, prima di partire per la missione. Il fatto che Kenna avesse portato alcune delle sue cose lo rese ancora più felice.

Aleck non poteva ricordare un mattino migliore. Normalmente, dopo una missione, faceva fatica a toglier-sela dalla mente. Continuava a pensare a cosa aveva fatto e a cosa avrebbe potuto fare meglio. Invece quel mattino non poteva far altro che apprezzare il bel sorgere del sole e la donna altrettanto preziosa che aveva di fianco.

Mangiarono qualche pasta sulla terrazza, poi fecero la doccia (che si trasformò in un'altra occasione per fare l'amore a lungo) poi lui preparò delle frittatine per entrambi. Dopo una bella colazione, si misero a sedere sul divano, Kenna si appoggiò a lui e gli raccontò tutto ciò che era successo a Oahu mentre lui era via. Aleck era felice e rilassato. Sì, quello stato d'animo era in gran parte dovuto anche al sesso, ma soprattutto alla presenza confortante di Kenna, che non gli aveva fatto domande sulla missione; aveva sentito la mancanza di Aleck, ma se l'era comunque cavata alla perfezione, proprio come lui si aspettava.

Aleck comprese quanto era importante l'indipendenza di Kenna. In passato, aveva sempre pensato che la donna con cui stava avesse in qualche modo *bisogno* di lui... o almeno dei suoi soldi. Per quanto fosse un desiderio recon-dito, sotto sotto pensava di volere una donna che baciasse il terreno su cui lui camminava. Era un pensiero ridicolo, ripensandoci. Se Kenna fosse stata quel tipo di donna, avrebbe fatto molta più fatica a sopportare la distanza causata dalla missione.

Dopo aver sentito della serata in cui Kenna e le altre si erano fermate a dormire nell'attico, oltre alle storie dei clienti più memorabili (nel bene o nel male) che Kenna aveva servito al Duke's, di quanto avesse conosciuto

Robert e gli altri della sicurezza, Aleck fu profondamente soddisfatto e grato di aver trovato una donna come lei.

L'orologio si avvicinava sempre più al momento in cui Aleck doveva prepararsi per andare alla base per una revisione iniziale della missione. Gli uomini della squadra dovevano ripercorrere insieme agli ufficiali superiori tutto ciò che era successo in Iran, il perché e il come si poteva far meglio in futuro, sia per gli uomini sul campo che per quelli che avevano raccolto le informazioni e predisposto i piani. Anche Kenna doveva passare da casa sua per prepararsi al turno di lavoro al Duke's.

"Stasera smonti alla solita ora, vero?" le chiese Aleck.

"Se non succede niente di strano, sì, perché?"

"Se per te va bene, stasera mi piacerebbe venire da te."

Lei era accoccolata contro il fianco di Aleck, che le teneva un braccio sulle spalle. Kenna inclinò la testa per poterlo guardare in faccia. "Ma hai detto che devi lavorare a lungo per tutto il resto della settimana. Casa mia è lontana dalla base."

"Non è molto lontana. Cioè, c'è gente che viene alla base navale da ogni parte dell'isola," le disse.

"Però..." Kenna stava per protestare.

Aleck sentì come una stretta allo stomaco. Kenna *non* voleva farlo venire a casa sua?

"Ti spiego," le disse sottovoce, "ora che ho passato la notte tenendoti stretta a me, non ho proprio voglia di dormire da solo, se posso evitarlo. So che ci saranno molte occasioni in cui non avremo altra scelta, ma farmi una decina di chilometri in più non è niente, se significa poterti vedere dopo il turno e abbracciarti mentre dormo."

Kenna lo fissò con un'espressione che Aleck non riuscì a comprendere.

"Se preferisci di no, ti basta dirlo," le comunicò.

Lei spalancò gli occhi e scosse subito la testa. "Ma no! Non è che non voglio. Cioè, certo che mi farebbe un sacco di *piacere* se ti fermassi da me. Ma non sarebbe molto più logico se venissi io da te? Io non mi devo alzare presto il mattino dopo, invece tu sì."

Aleck si sentì sollevato: "Sei una donna davvero molto indipendente."

Lei lo guardò confusa per quel cambio di argomento. "Sì," gli confermò.

"Sei stata da sola per tanto tempo. Sei perfettamente in grado di badare a te stessa. È tutto molto chiaro... ma devo ammettere che non mi piace ancora l'idea di farti guidare fino a qui di notte."

Kenna si fece un po' scura in volto.

Ma lui proseguì: "Se vieni qui quando finisci di lavorare, sarà tardi. Io sarò ancora in riunione quando tu dovrai ripartire per il Duke's, quindi non potrei accompagnarti. Probabilmente non è una buona idea venirti a prendere, perché altrimenti la tua macchina rimarrebbe tutta la notte nel parcheggio di Waikiki. Potrei venire da te a prenderti quando torni a casa, per portarti qui, ma a quel punto se devo spostarmi tanto vale che rimanga da te. È solo che... ho pensato a te per sei settimane, stare con te mi rilassa in un modo che non riesco a spiegare. Riesci a placare i demoni che mi tormentano in testa."

"Marshall," sussurrò Kenna.

"Ma se non sei pronta a passare regolarmente la notte con me, allora va bene," Aleck cercò di rassicurarla. "Farò il possibile per vederti più spesso, troverò un modo. Però non voglio tornare al rapporto che avevamo prima della missione. Ormai vederti una volta alla settimana non mi basta più." Finì col prender fiato, accorgendosi di quanto veloce aveva parlato, come per riuscire a convincerla meglio.

"Hai finito?" gli chiese Kenna accennando un sorriso.

"Ho finito," confermò lui un po' timidamente.

"Mi farebbe molto piacere se tu venissi da me stasera. Casa mia non somiglia per nulla a casa tua, ma ogni volta che vuoi venire, sei sempre il benvenuto. Non ci sono servizi di sicurezza, nessun Robert, niente spiaggia su cui sdraiarsi, ma posso offrirti una poltroncina a sacco meravigliosa," gli disse.

"Ti amo," sbottò Aleck. Si rifiutò di dispiacersi per averle detto quelle parole così presto nel loro rapporto.

"Ti amo anch'io," gli rispose lei, un po' indecisa.

"Ma *pensi* di amarmi o lo *sai*?" la pungolò.

Lei sorrise convinta: "So di amarti. Lo so già da un po' di tempo, ma ieri sera mi hai colto un po' di sorpresa, credo. Ero solo sorpresa che anche tu mi amassi."

Aleck si abbassò e la baciò dolcemente. Per quanto volesse spingerla sul divano e mostrarle fisicamente quanto ci teneva a lei, non c'era tempo. Così tenne il bacio leggero. "Se mi mandi un messaggino poco prima di finire il lavoro, posso partire per tempo così ci troviamo da te."

"Oggi pomeriggio, prima di andare al lavoro, ti faccio una copia delle chiavi," gli disse Kenna. "Così puoi andare e venire quando vuoi. Non ho una serratura biometrica all'avanguardia, dovrai accontentarti della cara vecchia chiave."

Aleck chiuse gli occhi e si lasciò riscaldare per un momento da quelle parole.

"Marshall?"

"Sto bene," le rispose senza aprire gli occhi. "Sto solo memorizzando bene questo momento."

La sentì spostarsi più vicino e poi mettersi a cavalcioni

su di lui. Aleck aprì gli occhi e si trovò faccia a faccia con Kenna, che con una mano lo prese dietro la nuca, appoggiandogli l'altra su una guancia. Si sentì circondato da lei e subito la avvolse con le braccia, tenendola stretta. Se era così che si sentiva *lei*, quando le metteva una mano dietro la nuca, per forza le piaceva. Era una presa intima, che anche a lui piaceva moltissimo.

"Io *sono* indipendente," gli disse, "sono da sola da molto tempo, mi pago l'affitto, mi faccio la spesa, decido per me stessa dove lavorare, chi sono i miei amici e cosa faccio nel tempo libero. Ma non vuol dire che non voglio averti nella mia vita il più possibile. A volte ci si sente soli a essere troppo indipendenti. Non l'avevo capito finché non ti ho conosciuto. Sono anni che guido al buio e nessuno mi ha mai detto nulla. Mi piace sentirti preoccupato per me, mi piace sapere che vuoi rendermi la vita più semplice. Ma anch'io provo lo stesso per te. Tu lavori sodo, non vorrei mai aggiungere altro stress alla tua vita."

"Infatti non sei uno stress," le disse Aleck senza pensarci due volte.

"Beh, il nostro è un rapporto ancora giovane," replicò lei sorridendo, mentre lo accarezzava col pollice sulla guancia liscia. Non avere più la barba era una sensazione un po' strana per lui, dopo tanto tempo, ma non gli dispiaceva affatto essersi raso: gli piaceva poter sentire il tocco di Kenna sulla pelle.

"Tu non sei affatto uno stress in più nella mia vita," insisté Aleck, "e ho la sensazione che non lo sarai mai. Non mi interessa se siamo insieme da un mese o da quarant'anni. So di essere fortunatissimo ad averti, farò di tutto per non incasinarci... e anche per viziarti. Guidare venti o trenta minuti in più per andare a lavorare vale davvero la pena, se significa poterti dare di persona la buona notte e svegliarmi al tuo fianco la mattina."

"Sei troppo buono," gli sussurrò Kenna.

"È impossibile," le disse Aleck.

Lei gli piegò le dita intorno al collo, mentre lui si avvicinava per baciarla dolcemente sulla fronte.

Dopo un momento, Kenna gli disse: "Sentiti pur libero di portati dietro un po' delle tue cose, così non dovrai preoccuparti ogni volta di preparare una borsa."

"Va bene," le rispose Aleck soddisfatto. Non poteva pensare a nulla di meglio che vedere i propri vestiti e gli oggetti da bagno insieme a quelli di Kenna, a casa di Kenna.

Anzi, in verità c'era qualcosa di meglio: *tutte* le cose di Kenna, ma nell'attico.

Ma farla vivere a Coral Springs significava costringerla a guidare al buio tutte le sere, dopo il lavoro. Aleck si accigliò pensando ai problemi logistici, nel portare avanti il rapporto.

"Come mai ti sei fatto serio?" gli chiese Kenna.

"Logistica," le rispose apertamente.

"Di che?"

"La nostra. Ma possiamo anche parlarne più avanti. Per ora sono solo contento di vederti stasera," le spiegò. Ma Aleck stava già pensando al futuro. Magari poteva vendere l'attico e trovare casa a Waikiki. C'erano molte abitazioni pregiate anche vicino al Duke's, dove lei lavorava.

"Anch'io," concordò lei.

Aleck sospirò, sapeva di dover andare, per arrivare puntuale alla riunione alla base.

"Devi andare," gli disse Kenna, come leggendogli nella mente. Gli accarezzò di nuovo la guancia, poi si scostò liberandogli le gambe e gli porse la mano come per aiutarlo ad alzarsi.

Quel gesto fece sorridere Aleck, che le prese la mano e si alzò, per poi abbracciarla. "Grazie."

"Per cosa?" gli chiese lei, con la bocca contro il suo collo, chiusa nell'abbraccio.

"Per essere così meravigliosa, per amarmi, per accettare il mio amore, per sostenermi in quello che faccio."

Lei non gli rispose, ma strinse l'abbraccio. "Prego," gli rispose dolcemente. Lui la sentì respirare a fondo, poi Kenna si allontanò dicendogli: "Esco con te."

"Ottima idea."

Nel giro di pochi minuti, si tenevano per mano e camminavano nel corridoio verso l'ascensore. Uscirono nell'atrio e Aleck fu un po' divertito da Kenna, che gli mollò la mano per andare dietro il bancone della sicurezza ad abbracciare Robert dicendogli: "Grazie *mille* per i dolci di stamattina, è stata una sorpresona! Davvero non c'era bisogno, ma ti siamo entrambi molto grati."

"È stato un piacere, signora Madigan," le disse Robert con un gran sorriso.

"Pensi che potrai mai darmi del tu?" lo provocò.

"Probabilmente no. È una questione di regolamento, sa..." le rispose Robert.

Kenna si limitò a scuotere la testa. "Beh, non mi interessa come mi chiami, mi importa solo di poter dire che siamo amici."

Robert sembrò colto di sorpresa per un momento, poi fece un gran sorriso e Aleck pensò che stesse per fare un balletto di gioia sul posto, nell'atrio del complesso residenziale.

"Guidate con prudenza," disse Robert a Kenna, che

prese di nuovo per mano Aleck e si avviò con lui verso l'uscita.

"Faremo attenzione!" rispose Kenna.

Aleck salutò Robert con un cenno del mento.

Quando arrivarono alla Malibu di Kenna, Aleck le prese il viso tra le mani, scrutandola in silenzio.

"Che c'è? Perché mi guardi così intensamente, all'improvviso?" gli chiese afferrandogli i polsi.

"Voglio riportarti in casa, strapparti i vestiti di dosso e affondare di nuovo la faccia nella tua passera," sbottò Aleck.

Kenna arrossì e strinse la presa sui polsi di Aleck. "Sì, beh, dobbiamo essere adulti e comportarci da adulti," gli disse.

"Scoparti fino a farci esplodere entrambi è un comportamento da adulti," scherzò lui.

"È vero," gli rispose Kenna, "ma io intendevo riferirmi al lavoro, alla spesa, alle responsabilità... quel tipo di comportamenti da adulti."

"Scherzi a parte, la notte scorsa è stata la notte più meravigliosa della mia vita," le disse Aleck con tono serio.

"Beh, in pratica eri vergine," gli rispose Kenna rimanendo impassibile.

"Mi è sembrato di fare tutto per la prima volta... perché ero con te." Aleck non sapeva da dove gli veniva tutto quel romanticismo, ma non gli importava. Sapeva bene che Kenna parlava del fatto che lui non avesse mai fatto l'amore prima senza un preservativo, ma tutto ciò che avevano fatto gli era sembrato... più grande... più intenso.

"Va bene, dov'è il mio grande e tosto SEAL?" gli chiese.

"Eccolo qui, piccola," le rispose Aleck. "Ammazzerò chiunque osi torcerti un solo capello. O chiederò al mio amico Baker di rintracciare chi ti mette un dito addosso, chiunque sia, se ne pentirà."

"Wow, allora va bene. Eccolo qui," commentò Kenna, che poi si avvicinò ad Aleck per baciarlo sul mento con leggerezza. Lo baciò sulla guancia, quindi sulle labbra. "Mi piace il tuo lato sentimentale, tanto quanto rispetto e ammiro il tuo carattere da SEAL," lo rassicurò, "anche se immagino dovrei dirti di non ammazzare nessuno, per quanto faccia figo."

"Non mi stai aiutando a controllare il mio istinto di prenderti in spalla e riportarti subito a letto," le disse Aleck.

Kenna rise, poi gli appoggiò le mani sul petto e lo spinse. Anche con una certa forza. Aleck le tolse le mani dal viso e fece un passo indietro, per non cascare per terra.

"Che ne dici, va meglio?" gli chiese Kenna con un gran sorriso.

"Va male," replicò Aleck, "ma... grazie. Ero sul punto di mandare al diavolo tutto, marina inclusa, a quel paese le conseguenze."

"Penso proprio che non ti avrebbero licenziato," disse Kenna spensierata, "gli amici della squadra sarebbero venuti a cercarti e ti avrebbero preso in giro per tutta la vita per i peli sul sedere, che avrebbero visto trovandoti in piena azione."

"Non ho i peli sul sedere," si lamentò Aleck.

Kenna accennò un sorriso.

"Non ce li ho!" insisté lui.

Kenna scoppiò a ridere. "Va bene, va bene, non ce li hai. Ma avresti dovuto vedere che faccia hai fatto!"

Aleck si accorse di aver riso e sorriso di più nelle ultime ventiquattr'ore di quanto non facesse da secoli. Gli facevano quasi male le guance.

"Dai, forza, vai a lavorare," gli disse riprendendo il controllo, "ci sentiamo dopo e ci vediamo stasera."

"Sì, puoi contarci," confermò Aleck.

Poi la prese dietro il collo e la tirò a sé per un ultimo bacio, lungo e profondo. Quando si staccarono, ansimavano entrambi. "Guida con prudenza," le disse Aleck.

"Anche tu."

"Ti amo, piccola."

"Ti amo anch'io."

Aleck seguì la Malibu di Kenna che usciva dal parcheggio, poi le suonò il clacson una volta quando lei svoltò a destra, mentre lui svoltava a sinistra. Solo arrivando al cancello di ingresso della base, Aleck si accorse che stava ancora sorridendo. La sua vita era bella. Molto bella.

CAPITOLO DICIANNOVE

LA SETTIMANA successiva fu una delle migliori nella vita di Kenna. Passò ogni notte con Marshall, a casa propria o da lui. Non aveva problemi ad ammettere di preferire di gran lunga l'attico, rispetto al proprio appartamentino. Lui aveva un letto più grande, tanto per cominciare, era un uomo a cui piaceva avere tanto spazio, sia per dormire che per fare l'amore con lei. Per non parlare della doccia e del bagno, che stimolavano molto di più a fare marachelle. A lei piacevano molto i pavimenti riscaldati e gli asciugamani caldi, quando finalmente usciva dalla doccia.

Poi c'erano Robert, la terrazza di Marshall, la cucina fantastica.

Cavolo, le piaceva proprio tutto di Coral Springs. Era difficile credere di essersela presa così tanto, scoprendo che Marshall ci viveva. Ormai anche lei si era abituata per bene alle piccole agiatezze di quel complesso residenziale.

Marshall era tutto ciò che lei aveva mai sognato in un uomo. Stava facendo proprio di tutto per viziarla... e ci riusciva. L'unico aspetto di quel rapporto che preoccupava Kenna era l'incertezza, non sapere quando sarebbe arrivata la missione successiva. Ormai lo vedeva tutti i giorni e sarebbe stato molto più difficile doverlo veder partire, sia perché si sarebbe preoccupata per lui, sia perché le sarebbe mancato tantissimo.

Ma... se la sarebbe cavata, perché quella era la vita della compagna di un militare.

Era venerdì, Kenna era rimasta nell'attico di Marshall la sera prima, lui aveva avuto qualche giorno libero e l'avevano passato insieme. Gli uomini della squadra, Elodie e Lexie si erano trovati tutti nel complesso per farsi una grigliata e Kenna non ricordava di aver riso mai così tanto. Elodie si era imposta sui ragazzi che cercavano di grigliare degli hamburger, ma era chiaro che lo facevano sempre. Dopo aver mangiato, erano saliti tutti all'attico di Marshall e Kenna si era divertita alzando un po' il gomito con Elodie e Lexie.

Nell'attimo stesso in cui gli amici se n'erano andati, Marshall si era gettato su di lei. Non avevano fatto in tempo nemmeno ad andare in camera da letto; l'aveva presa in sala, sulla tavola, scopandola con una ferocia primordiale che Kenna non aveva mai vissuto prima.

La mattina dopo si sentiva un po' indolenzita, ma non avrebbe rinunciato per nulla al mondo all'esperienza erotica della sera prima.

Kenna stava andando al lavoro; Marshall, Jag e Pid sarebbero venuti al Duke's più tardi, quella sera. Marshall aveva promesso che non sarebbero stati d'intralcio, avrebbero passato il tempo al bar, a bere un paio di drink, poi lui l'avrebbe seguita a casa di lei. Sabato sera, dopo il turno al ristorante, sarebbero tornati insieme all'attico. Avevano intenzione di passare la domenica alla North Shore. Marshall aveva un amico che ci viveva e glielo voleva presentare.

Kenna ne aveva sentite parecchie sul misterioso Baker, era entusiasta di incontrarlo, finalmente, quasi quanto era stata entusiasta di intrufolarsi nella spiaggia privata di Coral Springs con Marshall.

Quindi era di ottimo umore (come poteva non esserlo, dopo la settimana passata con Marshall) e sorrideva con gioia a chiunque incontrava nei negozi all'Outrigger, andando verso il Duke's.

La follia cominciò appena entrata in cucina. Il ristorante era affollatissimo, i clienti erano tanti e molto vivaci. Sembravano tutti felici di essere in compagnia di amici e parenti, mangiando bene e brindando all'inizio del fine settimana.

Solo un'ora dopo aver cominciato a lavorare, Kenna ebbe l'occasione di tirar fiato per un momento. Era in cucina e cercava di rilassarsi una decina di minuti, quando entrò Carly.

Il buon umore che aveva accompagnato Kenna tutto il pomeriggio svanì vedendo l'amica.

"Hai un aspetto da schifo," sbottò Kenna.

"Eeeh, grazie tante," rispose Carly con un accenno di risata, che però si trasformò quasi subito in una tosse secca.

"Vai a casa," la esortò Kenna.

Carly scosse la testa. "Non ho la febbre, ti dico che sto bene."

"Sì, ma hai una brutta tosse e si vede che hai un mal di testa pazzesco."

Carly trasalì: "Come fai a vederlo?"

"Perché strizzi gli occhi e invece di girare la testa, ti giri con tutto il corpo. Inoltre, sei anche pallida. Dai, vai a casa," le ripeté.

"Mi dispiacerebbe troppo tornare a casa, è venerdì

sera. Oggi c'è stata una maratona, siamo pieni zeppi," protestò Carly.

"Io e Charlotte possiamo pensare ai tuoi tavoli intanto che Alani cerca qualcuno. Sai che Justin probabilmente sarà felice di venire, specialmente di venerdì, perché le mance sono buone. Tra l'altro, più tardi dovrebbe esserci un temporale pesante. Cioè, mettono venti fortissimi e un vero diluvio. L'ultima cosa che vuoi è trovartici in mezzo, quando già stai male. Puoi prenderti un giorno di malattia," concluse dolcemente Kenna.

Carly sospirò e guardò per terra, poi disse sottovoce: "Ma stasera viene Jag."

Kenna avrebbe voluto chiudere il pugno in segno di vittoria e urlare "lo sapevo!" Invece si tenne per sé il trionfo per l'evidente interesse dell'amica nei confronti del SEAL. "Sì, ma come pensi si sentirà *lui* se ti vede in questo stato? Non gli piacerà," proseguì Kenna, rispondendosi da sola, prima che Carly intervenisse.

L'amica sospirò: "So che hai ragione, ma non l'ho più visto, da quando è tornato, stasera avevo proprio voglia di incontrarlo."

Kenna ebbe l'impressione che se l'amica non fosse stata così male non avrebbe mai ammesso quell'interesse ad alta voce. "Ma vi siete parlati, vero?" le chiese.

"Sì, ci siamo scritti, poi l'altra sera mi ha telefonato," ammise Carly.

"Allora puoi mandargli un messaggio per fargli sapere che sei malata e che vai a casa. Lui ti capirà."

Carly abbassò le spalle, ma annuì dicendo: "Stasera mi sento davvero male."

"Parla con Alani, scrivi a Jag, poi vai a casa. L'ultima cosa che vuoi è peggiorare. Fidati, una volta mi è rimasta la febbre per dieci giorni, pensavo di morire. Non potevo alzarmi che già mi girava la testa. Poi mi venivano i colpi di freddo e un attimo dopo avevo caldo, una vera schifezza. Non voglio che ti venga la febbre, stai già abbastanza male così."

"Va bene, allora vado. Potresti..." la voce di Carly svanì.

Ma Kenna sapeva già cosa volesse chiederle l'amica: "Parlo io con Jag, gli dico che ti è dispiaciuto tantissimo andar via senza vederlo."

"Grazie, ma non dipingermi come sul letto di morte. Altrimenti poi lui si presenta a casa mia con una porzione gigante di zuppa di pollo e con una sporta piena di pillole."

"E lo troveresti un brutto gesto?" le chiese Kenna, senza alcuna punta di sarcasmo.

"Sì," borbottò Carly, "non posso innamorarmi, in questo momento, proprio non posso."

Kenna voleva protestare, convincere l'amica che Jag era un brav'uomo e che non aveva nulla a che fare con l'ex di Carly, ma aveva l'impressione che non sarebbe servito, poteva parlare fino a perdere la voce, ma l'amica avrebbe comunque puntato i piedi. Era troppo cocciuta. Del resto, Kenna non poteva biasimarla, non dopo tutto quello che le aveva fatto passare Shawn.

Carly si girò per andare a cercare Alani, ma poi tornò a voltarsi all'improvviso verso Kenna: "Oh, volevo dirti... penso di aver visto Luke, prima."

"Chi?" le domandò Carly confusa.

"Luke. Il figlio di Shawn. Era di nuovo fuori, sulla spiaggia, davanti al ristorante."

"Cosa stava facendo?"

"Nulla. Era solo là in piedi, non stava guardando affatto verso il Duke's, fissava l'oceano. Poi sono stata distratta da alcuni clienti al tavolo e quando ho guardato di nuovo in quella direzione era sparito. Non penso voglia dire qualcosa, sai che ho un'ordinanza restrittiva contro Shawn, ma non contro il figlio, ma mi guardo sempre attorno per vedere se c'è il mio ex, quindi mi sorprende rivedere di nuovo Luke da queste parti."

"Quindi pensi che anche Shawn sia nei paraggi?" le chiese Kenna. "Pensi che Luke ti stia spiando per riferire al padre?"

"Non lo so, ma volevo dirtelo, in caso vedessi Shawn. Non dovrebbe avvicinarsi al Duke's, quindi se lo vedi chiama pure la polizia."

Kenna era felice che Carly fosse così attenta, era un sollievo sapere di poter coinvolgere le autorità, qualora Shawn avesse violato l'ordinanza restrittiva. Dopo tutto il tempo che era passato, Kenna aveva una mezza paura che Carly volesse solo dimenticarsi di tutta quella baraonda. "Va bene, farò come dici. Ma tu fai molta attenzione, tornando a casa."

"Ma certo, specialmente dopo i biglietti che mi ha inviato."

"Biglietti?" le chiese Kenna, sentendo improvvisamente una strana agitazione nello stomaco.

"Sì. Quello stronzo pensa di essere un gran furbo. Come se non lo sapessi che è lui che me li lascia."

"Non sapevo che stessi ricevendo dei biglietti da lui. L'hai detto alla polizia?" le chiese Kenna.

"Che vantaggio ne trarrei? Cioè, li ho tenuti, non si sa mai, ma ho l'impressione che portandoli alla polizia lo farei solo agitare ancor di più. Ho cercato di non prestargli alcun tipo di attenzione, nella speranza che comprenda che non sta ottenendo da me le reazioni che si aspetta... in pratica, che non ho intenzione di tornare da lui, che non succederà mai."

"Ma non va bene," le disse Kenna, "non va bene che ti

mandi dei biglietti, ecco, penso che dovresti dirlo alla polizia."

Carly sospirò: "Se me ne arriva un altro, lo denuncio."

"Grazie. Sono solo preoccupata per te. Non voglio che ti succeda qualcosa di brutto," le disse Kenna.

"Lo apprezzo, più di quanto tu creda. Fidati, negli ultimi due mesi sono stata la donna più attenta e circospetta dell'isola. Non ho alcuna fiducia in Shawn. Solo perché non ha fatto altro che lasciarmi dei biglietti misteriosi sulla macchina, non significa che non stia facendo bollire qualcosa in pentola. È un tipo paziente, subdolo, mi fa troppa paura. Vorrei solo che avesse *già* fatto la sua mossa, è una cosa brutta da dire? So che l'ordinanza restrittiva deve averlo fatto incazzare, ho la sensazione che voglia aspettare solo il momento giusto per fare di nuovo lo stronzo in modo plateale."

"Beh, se è così, finirà dentro," commentò Kenna, che poi abbracciò l'amica stringendola forte. "Sono orgogliosa di te e ti voglio un bene dell'anima. Non so che farei, se ti succedesse qualcosa. Vai a casa e riposati. Domani mandami un messaggio per farmi sapere se stai meglio."

"Va bene. Anch'io ti voglio bene, grazie per essere una grande amica. Quando ho cominciato a lavorare qui al Duke's, non ero sicura che mi piacesse, ma tu mi hai fatto sentire come a casa."

Kenna le sorrise, poi Carly se ne andò a cercare il manager.

Kenna *odiava* sapere che Carly, anche dopo vari mesi, viveva ancora sulle spine, nel timore che il suo ex facesse qualcosa. Kenna si sentiva un'ingenua, aveva creduto che Shawn ormai avesse recepito il messaggio che con Carly era tutto finito.

Poi, mentre se ne stava là in piedi riflettendo sulla situazione dell'amica, un altro pensiero la colpì.

Se Shawn aveva lasciato dei biglietti a *Carly*... forse il biglietto che lei aveva trovato non era del cliente arrabbiato del Duke's. Forse gliel'aveva lasciato Shawn.

Merda! Non le era nemmeno passato per la testa. Ma era logico, se Shawn si era incazzato perché non poteva vedersela con Carly, forse aveva cercato di raggiungere le persone vicine alla sua ex. Per non parlare del fatto che Kenna lo aveva fatto incazzare, affrontandolo direttamente, l'ultima volta che era venuto al Duke's.

Kenna decise in quel momento di tener d'occhio l'amica (e di fare attenzione lei stessa), poi avrebbe parlato con Marshall spiegandogli il prima possibile la situazione, anche per sentire cosa ne pensasse lui; poi fece un respiro profondo e tornò a lavorare.

Dopo un'ora, Vera le disse che era arrivato Marshall con gli amici. Lei non aveva molto tempo, ma niente poteva impedirle di andare a salutarli. Marshall sembrò quasi sentirla arrivare e si voltò quando lei gli fu vicina.

Kenna gli camminò dritta tra le braccia, sospirando contenta. Amava l'emozione che provava ogni volta, vedendolo, un'emozione che lui sembrava ricambiare. Poi Kenna si tirò indietro e sorrise a Marshall, infine si rivolse anche agli altri.

"Ciao, che piacere vedervi!" Kenna fece un sorrisetto a Jag. "Carly ha detto che le sei mancato."

Lui fece spallucce: "Mi sarei incazzato se fosse rimasta solo per vedermi, dato che stava da schifo. La vedrò un'altra volta."

"Per la cronaca," proseguì Kenna, non riuscendo a tenere la bocca chiusa, "vedrai che prima o poi arriva. È solo che adesso è ancora un po' scottata."

A quelle parole, Kenna poté giurare di aver visto le spalle di Jag rilassarsi un pochino. "Non posso certo biasimarla, con tutto quello che le ha combinato il suo ex."

Kenna annuì.

"Vorrei tanto che stessi qui con noi a chiacchierare, ma probabilmente dovrai tornare a lavorare," le disse Marshall, che poi la baciò brevemente e proseguì: "Ti sta sempre bene se passiamo del tempo al bar?"

"Ma certo," gli rispose Kenna, "mi fermo quando posso."

"Non preoccuparti, ce la caveremo," le disse Marshall, "concentrati pure su ciò che devi fare."

Mentre Kenna guardava i tre uomini dirigersi nella zona del bar, non riusciva a togliersi il sorriso dalla faccia.

"Cacchio, cara, tre uomini davvero affascinanti," le disse Vera. "Se non mi piacessero le donne, proverei a farti un po' di concorrenza."

Kenna scoppiò a ridere per le parole della collega. "Per la cronaca... solo uno di loro sta con me."

"Peccato, speravo proprio ti piacessero le porcherie di gruppo," le disse Vera sottovoce facendole l'occhiolino, per poi tornare all'ingresso per accogliere i clienti in arrivo al ristorante.

Kenna scosse la testa alle battute della collega e tornò a lavorare.

———

Un'ora dopo, Aleck non riusciva a togliere gli occhi di dosso a Kenna, che si spostava nel ristorante. Da quando era arrivato, aveva passato ogni minuto a pensare a cosa farle più tardi, quella notte, tornati da lei.

"Sono contento di vedere che il vostro rapporto funziona a meraviglia," gli disse Jag dal posto vicino.

Aleck si sforzò per portare l'attenzione da Kenna all'amico. Erano seduti a un tavolino vicino al bar, sparavano cavolate e si godevano il tempo libero.

"È meravigliosa," rispose Aleck, "invece che mi dici di Carly?" Non riuscì a trattenere la curiosità.

Jag fece spallucce: "È complicato."

Pid sbuffò e mormorò: "Direi che è un eufemismo da Oscar."

"Sono incazzato, il suo ex l'ha spaventata troppo, tanto che adesso vive praticamente da reclusa. Quello stronzo ha lasciato persino un biglietto sulla mia macchina, quando sono passato a vedere se Carly era al lavoro, l'altro giorno. Sta esagerando... e Carly pensa ancora che ignorandolo lo farà smettere."

"Aspetta, come dici? Un biglietto?" gli chiese Aleck, posando di nuovo il bicchiere sul tavolo, con un po' troppa forza.

"Sì. Diceva solo *È mia*. Non era firmato, ma so chi me l'ha scritto. Chi altri poteva essere?" chiese Jag.

La mente di Aleck cominciò a turbinare per la rivelazione di Jag. Gli tornò spontaneo il pensiero del biglietto che *lui* aveva trovato in macchina. Lui aveva immaginato che fosse di Kylo Braun. Ma se non fosse stato lui? E se fosse stato Shawn a scrivere anche quel biglietto?

Aleck aprì la bocca per raccontare a Jag e Pid di aver ricevuto anche lui un biglietto, ma proprio in quel momento una forte raffica di vento si alzò dalla spiaggia e fece rovesciare un bicchiere quasi vuoto su un tavolo vicino, tanto che la donna seduta a quel tavolo si mise a urlare dallo spavento.

La tempesta si stava avvicinando rabbiosa... Aleck sentì

un brivido percorrergli la schiena, un oscuro presagio lo colpì. Si sentiva proprio come in missione, quando stava per scoppiare un casino.

Cominciò a perlustrare il ristorante con gli occhi per trovare Kenna. Doveva tenerle gli occhi addosso, accertarsi che stesse bene. Era una sensazione difficile da spiegare, ma Aleck sentiva senza ombra di dubbio che il pericolo era vicino. Fin *troppo* vicino.

———

La tempesta preannunciata dalle previsioni era arrivata e il personale del Duke's era impegnato ad aprire le barriere di plastica intorno al perimetro del ristorante. Di notte erano chiuse, ma quando il Duke's era aperto le barriere erano sempre a portata di mano. Però quella sera avevano aspettato un po' troppo per aprirle, ormai il vento aveva invaso il bar e il ristorante, spazzando via tovaglioli e rompendo qualche bicchiere. Per fortuna, l'ora di punta della cena era arrivata e ormai passata, quindi i clienti più vicini alla spiaggia si spostarono all'interno, più al coperto, mentre il personale era impegnato ad aprire il più rapidamente possibile le barriere contro il vento.

Kenna aveva appena fissato l'ultimo schermo in plastica quando sentì dietro di lei un trambusto. La sua prima reazione fu voltarsi verso il bar, dove i ragazzi erano ancora seduti. Marshall la stava fissando con un'espressione molto intensa che lei faticava a interpretare.

Non ebbe il tempo di rifletterci troppo, perché si sentì una donna gridare.

Kenna si voltò verso quel grido... e si bloccò terrorizzata dalla scena che vide.

Un uomo camminava rapidamente nel ristorante, dritto verso di lei: era Shawn, l'ex di Carly.

Il suo sguardo non era *affatto* felice.

Indossava un giubbotto molto simile a quello che lei aveva visto nelle foto di Marshall, quando era in missione. C'erano tante tasche... ma ciò che catturò l'attenzione di Kenna fu la scatola che c'era attaccata davanti.

Al centro c'era una lucina rossa che lampeggiava.

Avvicinandosi, Shawn si mise una mano in tasca ed estrasse una pistola. Si fermò a un metro da Kenna e le puntò l'arma dritta in faccia, poi sbraitò: "Dov'è Carly?"

Per una frazione di secondo, proprio come nel classico cliché, Kenna vide la sua vita scorrerle davanti agli occhi.

Guardando la canna della pistola, Kenna capì quanta voglia avesse di vivere. Le venne subito voglia di telefonare ai genitori; era passato troppo tempo da quando aveva parlato con loro. Voleva passare ancora la notte con Marshall. Voleva passare le notti di tutta una vita. Voleva viaggiare, sposarsi, avere dei figli.

"Dov'è Carly?" sbraitò di nuovo Shawn, facendo un passo verso di lei. Prima ancora che Kenna potesse pensare di muoversi, lui la prese per un braccio e le portò la pistola alla tempia, cominciando a trascinarla verso la zona del bar.

Proprio doveva anche lei voleva andare, verso Marshall e gli altri due amici, con la speranza che potessero mettere fuori gioco quello stronzo come avevano già fatto.

Kenna sentiva le persone urlare tutt'intorno, mentre correvano via quasi travolgendosi tra loro per scappare sulla spiaggia, per sfuggire a quel pazzo con la pistola.

"Ha staccato presto," rispose Kenna a Shawn senza più esitare; non era mai stata tanto contenta in vita sua che l'amica non fosse presente.

La sfilza di parolacce che uscirono dalla bocca di Shawn dopo avergli risposto fu sorprendente. Non che Kenna fosse infastidita dalle parolacce. Anche lei ogni tanto ne sparava qualcuna. Ma lei non aveva mai nemmeno *sentito* alcune delle parole borbottate da Shawn.

Kenna tirò il braccio nel tentativo di liberarsi, ma Shawn le affondò le dita nella carne, costringendola a proseguire verso il bar.

Proprio come Kenna si aspettava, Marshall, Jag e Pid non erano scappati via al primo segno di pericolo. Erano tutti e tre in piedi, vicino alle loro sedie, stavano soppesando la situazione con occhi sbarrati. Paulo e Kaleen erano dietro il bancone del bar, immobili.

Shawn puntò l'arma in quella direzione, contro nessuno in particolare, poi sparò un colpo senza preavviso, mandando in frantumi una bottiglia su una mensola alta del bar.

A quel punto fu Kenna a gridare. Per una frazione di secondo, aveva avuto paura che la pistola fosse puntata contro Marshall.

Jag e Pid balzarono dietro il bancone e afferrarono i due baristi, per trascinarli a terra, dietro la dubbia sicurezza del bancone di legno.

Invece Marshall, con un tocco di follia, raddrizzò la schiena e fissò Shawn. Kenna avrebbe voluto dirgli di non fare stupidaggini, di pensare a sopravvivere, ma non ne ebbe occasione.

"Ma certo, il SEAL grande e grosso non si spaventa," sogghignò Shawn.

"Non mi spaventano i bulli," disse Marshall con un tono di voce profondo, duro, agghiacciante che Kenna non gli aveva mai sentito usare. Lei aveva conosciuto il Marshall uomo, un uomo divertente, sarcastico, che le aveva sempre parlato con rispetto, con sensualità, con amore. Il Marshall di quel momento era completamente diverso. Era un altro uomo.

Era il SEAL della marina, concreto, letale.

"Getta la pistola a terra, prima che la situazione precipiti," ordinò Marshall a Shawn.

"Non ci penso nemmeno. La vedi questa?" chiese Shawn indicando la scatola con la lucina lampeggiante. "È una bomba. Una cazzo di bomba bella *grossa*. C'è abbastanza ANFO da far saltare non solo questo ristorante, ma tutto questo cazzo di palazzo. Posso farlo crollare in un *attimo*."

Kenna non sapeva esattamente cosa fosse l'ANFO, ma aveva guardato abbastanza episodi di *Mythbusters* per sapere che la situazione non era affatto rosea.

"Ma il bello è che il detonatore è un interruttore girevole al mercurio."

Kenna non sapeva cosa fosse nemmeno quello, ma a giudicare dall'espressione sul viso di Marshall, capì che era qualcosa di brutto. Molto brutto.

"Esatto, coglione. Se tu o i tuoi amici cercate di sbattermi a terra di nuovo, saltiamo tutti in aria. Se mi sparate e cado, saltiamo. Anche se mi piego troppo in avanti, *saltiamo tutti in aria, cazzo*. Per cui... adesso che sono riuscito ad avere la vostra attenzione e che abbiamo capito chi comanda," si voltò verso Jag e Pid, che erano in piedi dietro il bancone del bar, "fuori dalle palle. Andatevene via."

I due SEAL sembravano molto incazzati, ma fecero come Shawn aveva ordinato.

Ormai nel ristorante erano rimasti solo Shawn, Kenna, Marshall, Paulo e Kaleen, almeno per quanto ne sapesse Kenna. A meno che i due baristi non fossero scappati senza alzarsi in piedi. Lei sperava che fossero scappati... o che avessero premuto il pulsante di allarme segreto collegato direttamente alla polizia. Tutti gli altri erano scappati sulla spiaggia, al buio, sotto la pioggia, o verso l'uscita principale del Duke's.

Shawn teneva Kenna per il bicipite con una presa ben salda, mentre camminava verso Marshall.

Kenna poteva vedere il suo uomo stringere i denti, con i pugni stretti, ma per il resto fermo immobile.

Shawn si fermò appena fuori dalla portata di Marshall e alzò di nuovo la pistola.

Kenna sentì il cuore in gola e quasi smise di respirare.

Invece di sparare immediatamente per uccidere Marshall, Shawn sembrava aver voglia di chiacchierare. "Proprio come pensavo... non sei tosto come pensi di essere," lo beffeggiò Shawn.

A quelle parole, Kenna vide un lampo negli occhi di Marshall... quasi le sembrò si trattasse di rispetto. Ma forse era solo una luce riflessa.

Oppure Marshall stava solo cazzeggiando con Shawn per poter trovare un modo di metterlo fuori gioco.

"Ottimo lavoro. Non avevo idea che fossi stato tu a lasciarmi quel biglietto sulla Jeep. Come hai fatto a entrare nel parcheggio della base? È sorvegliato dai militari."

Kenna sentì la mente turbinare. *Biglietto?* Anche lui aveva ricevuto un biglietto?!

"Ho un adesivo della base sulla macchina. Ho fatto dei lavori per i militari," gli rispose Shawn. "Di chi *pensavi* che fosse quel biglietto?"

Kenna ebbe l'impressione di trovarsi come in un'altra dimensione. Se Shawn non avesse avuto un'arma puntata verso Marshall, se non avesse avuto una cazzo di *bomba* attaccata al corpo, lei avrebbe potuto scambiare quei due come due vecchi amici che si raccontavano quanto successo ultimamente.

"C'è un tipo alla base che mi rompe le palle da un po' di tempo," rispose Marshall, apparentemente non turbato dal fatto che aveva la canna di una pistola puntata contro. "Mi ha detto quasi le stesse parole, non tanto tempo fa. Ho pensato che fosse lui che mi voleva far incazzare."

Shawn rise. Non era una risata felice, era piuttosto piena di soddisfazione.

"Che mi dici del tuo biglietto?" chiese Shawn scuotendo Kenna, "non ti ha fatto cagare sotto?"

"No,"gli rispose lei, con più coraggio di quanto in realtà sentisse.

"Che schifo di bugiarda. *Tutte* bugiarde queste troie," commentò Shawn fremente di rabbia, scuotendola ancor più forte, fino a farle male.

Kenna sapeva che le sarebbero venuti dei bei lividi in quel punto, le sarebbero rimasti i segni almeno per una settimana... sempre che arrivasse a vivere così a lungo. Sentiva il braccio pulsare di dolore dove Shawn la teneva stretta, cercò di nuovo di liberarsi da quella presa, ma lui le rise in faccia.

Kenna era già terrorizzata, a quel punto, ma lo sguardo da folle di Shawn le fece gelare il sangue nelle vene. Sentì in lontananza le sirene della polizia e pregò che le pattuglie arrivassero alla svelta. Ma allo stesso tempo si preoccupò di cos'avrebbero fatto i poliziotti. Senza sapere della bomba, avrebbero forse cercato di sparare a Shawn, facendolo cadere a terra, innescando la bomba.

Merda!

Shawn cominciò senza preavviso a camminare all'indietro, tornando a puntarle la pistola alla tempia, Kenna quasi inciampò mentre lui la trascinava via.

"Volevo solo prendere ciò che mi appartiene e andarmene," annunciò Shawn. "Ma quella brutta troia ha rovinato tutto, come al solito. So che era qui, prima, aspettavo che foste tutti e tre nello stesso posto."

"Cosa volevi fare?" gli chiese Marshall, facendo un passo in avanti e seguendo lentamente Shawn, che si portava verso l'uscita sulla spiaggia. Il vento soffiava ormai forte, fischiando dietro le deboli pareti di plastica che Kenna aveva appena installato. La pioggia scrosciava copiosa, tanto che la costa quasi non si vedeva, l'oceano non era molto lontano dal ristorante.

"Volevo prendere ciò che mi appartiene, dopo aver ucciso te e questa stronza impicciona," rispose Shawn senza esitazione.

Kenna tremò. Buon Dio, che incubo.

"E adesso?" gli chiese Marshall.

"Voglio ancora Carly," rispose Shawn, "la voglio perché è mia." Poi scosse di nuovo Kenna, facendola incespicare. "Ma mi accontenterò di *questa* troia per il momento."

"Toglitelo dalla testa," disse Marshall con un tono di voce omicida.

Shawn rise. "Scusa tanto, bel SEAL, ma andrà proprio così. È tutto organizzato e tu non puoi farci un cazzo di niente. Quando ce ne saremo andati, non ti rimarrà che soffrire pensando a cosa farò con la troia che ti scopi. Ti chiederai se ha paura, se le faccio del male. Ma te lo dico subito: andrà proprio così. Si pentirà di aver ficcato il naso negli affari miei, proprio come te ne pentirai anche tu."

A quel punto Shawn puntò la pistola verso Marshall.

Kenna agì d'istinto nel momento stesso in cui Shawn mosse il braccio: con la mano libera colpì con tutta la forza il braccio con cui Shawn impugnava la pistola, facendolo puntare in alto proprio mentre lui premeva il grilletto.

Marshall si stava già tuffando di lato, andando a sbattere contro una sedia.

Shawn allora sferrò un pugno in faccia a Kenna con la mano che teneva la pistola, facendola gridare dal dolore alla tempia. Kenna sentì il sangue che cominciava a scorrerle in faccia, ma non cadde a terra.

Nonostante tutto, Shawn non le lasciò mai andare l'altro braccio. Le sirene si avvicinavano, ormai erano quasi arrivate, Shawn non attese che Marshall si rimettesse in piedi: riprese a camminare all'indietro, ma molto più veloce, nell'ovvio tentativo di scappare prima che arrivassero i poliziotti... mentre Kenna sperava che entrassero da un momento all'altro.

"È ora di andare," grugnì Shawn.

Kenna non aveva idea se Shawn stesse parlando con lei o con Marshall, ma in fin dei conti non importava. Non sapeva dove la stesse portando, non potevano certo farsi una passeggiata sulla spiaggia e confondersi con una folla inesistente. Ormai sembrava sul punto di arrivare un uragano, tutte le persone si erano messe al riparo. Ma Shawn doveva chiaramente avere un piano di fuga.

Kenna pregò di riuscire in qualche modo, chissà come, a scappare prima che Shawn realizzasse il suo piano.

CAPITOLO VENTI

ALECK ERA *INCAZZATO*... così arrabbiato che faceva troppa fatica a pensare con la mente lucida. Aveva pochissime scelte. Shawn era un pazzo scatenato, ma non era stupido. Aveva fatto in modo che fosse difficilissimo fermarlo.

A quanto si vedeva, la bomba era un vero ordigno. Aleck non era un esperto artificiere, per un attimo rimpianse di non avere al fianco quell'ex SEAL di cui Mustang gli aveva parlato, quando lo aveva incontrato in California, andando a prendere l'ammiraglio Mast, il comandante di Phantom. L'artificiere si chiamava Dude e si diceva che fosse uno dei massimi esperti di esplosivi mai passati dai SEAL. Lui sì che avrebbe saputo valutare quella bomba e scoprire come eliminare quel bastardo senza trasformare la spiaggia in un cratere enorme. Ma Dude non c'era e Aleck doveva scoprire come porre fine alla minaccia senza far saltare l'ordigno.

Immaginò che Shawn non avesse attivato la bomba se non al suo arrivo al ristorante. Gli interruttori al mercurio erano molto delicati, gli interruttori *girevoli* al mercurio ancor di più. Bastava uno scatto improvviso per innescare l'esplosione, Aleck non avrebbe mai fatto nulla per mettere Kenna in pericolo, non più di quanto già lo fosse.

Ma il pensiero che quel bastardo la torturasse gli aveva fatto salire alle stelle l'adrenalina. Aleck si sarebbe piuttosto sacrificato, pur di non lasciar fuggire Shawn con Kenna.

Non gli erano sfuggite le costanti occhiate di Shawn verso l'oceano, anche se non si poteva vedere molto, con tutta quella pioggia e quel vento. La via di fuga più ovvia era il mare. Ormai la polizia doveva aver già circondato quel quartiere di Waikiki, era impossibile scappare a piedi o in macchina. Non dopo aver minacciato di far saltare un intero palazzo.

Per quanto incazzato, Aleck era anche orgoglioso di Kenna, che non si era fatta prendere dal panico, non aveva compiuto gesti inconsulti. Era rimasta relativamente calma, considerando le circostanze, probabilmente aspettava di vedere come sarebbe stata liberata.

Ma il punto era proprio quello: Aleck non ne aveva idea. Shawn aveva il coltello dalla parte del manico.

Nel momento stesso in cui Aleck mise piede sulla spiaggia, uscendo dal riparo del ristorante, si ritrovò bagnato fino al midollo. In una situazione meno delicata, si sarebbe meravigliato della potenza del temporale che ormai imperversava. La spiaggia di Waikiki, normalmente calma e serena, in quel momento era tutt'altro. L'oceano ribolliva e spumeggiava rabbioso. Anche se le onde non erano come quelle che lambivano normalmente la North Shore, erano le più alte che Aleck avesse mai visto su quel lato dell'isola.

Almeno quello era un vantaggio. Il temporale impediva qualunque piano di fuga rapida escogitato da Shawn.

Jag e Pid non erano andati lontano, uscendo dal bar.

Aleck se li sentiva alle spalle, mentre si avvicinava al bersaglio, ma non sapeva proprio come fare per mitigare il pericolo. Sulla spiaggia non esisteva alcun nascondiglio; Shawn poteva vedere ogni loro movimento. La mente di Aleck turbinava alla ricerca di qualche soluzione, ma in quel momento non poteva far altro che aspettare, nella speranza che Shawn facesse qualche errore... e che non riprendesse a sparare.

Shawn e Kenna erano a una decina di metri di distanza, proprio davanti ad Aleck, che non voleva avvicinarsi troppo, temendo che Shawn facesse del male a Kenna.

"Lasciala andare!" gridò Aleck, per farsi sentire sull'impeto del vento.

"Vaffanculo!" gli gridò Shawn, trascinando Kenna e sparando un altro colpo.

Aleck sentì il proiettile sfiorargli la gamba, ma non si mosse di un millimetro: non aveva certo intenzione di morire in quel modo, per nulla al mondo. Non dopo tutto ciò che aveva visto e fatto nella vita. Uomini e donne senza alcun rispetto per la vita umana. Era stato picchiato, torturato, aveva camminato per chilometri e chilometri su terreni di ogni tipo, aveva resistito una settimana senza mangiare... dopo essere stato ferito.

No, quel bastardo di Shawn non sarebbe riuscito a eliminarlo... quella era diventata la missione più importante della vita di Aleck: salvare la donna che amava. Non poteva trovare Kenna e perderla subito.

Non poteva. Il rimorso lo avrebbe ucciso.

Shawn stava indietreggiando nell'acqua... Aleck fu preso dal terrore. Quel pazzo furioso sapeva quanto poco bastasse per far saltare quella bomba. Perché rischiava di immergersi nelle onde tumultuose, col rischio di perdere l'equilibrio?

Niente di ciò che faceva Shawn aveva senso.

"Calma," mormorò Aleck più a se stesso che al pazzo che aveva davanti.

"Vuoi fermarmi? Vieni a prendermi, stronzo!" gli gridò Shawn. "Non mi prenderai mai vivo e se muoio io, muore anche questa stronza!"

Aleck sentì alle spalle più persone. Finalmente era arrivata la polizia. Nessuno cominciò a gridare a Shawn minacciandolo di spargli, così Aleck capì che i poliziotti erano stati informati della situazione. Probabilmente era stato Jag, o forse Pid, i due compagni erano ancora dietro di lui.

"Si faccia da parte," gli disse il poliziotto più vicino, "ci pensiamo noi."

Ma Aleck non voleva farsi da parte; anzi, fece un passo verso l'oceano. L'adrenalina gli scorreva nelle vene, rabbia e frustrazione lo sconvolgevano, spingendolo a fare qualcosa. Voleva correre verso la donna che amava, portarla via dal pericolo. Ma non poteva fare *nulla*, se non rischiando di farla ferire, o di farla perire.

Aleck non aveva alcun modo di aiutare Kenna.

Non si era mai sentito così inerme in tutta la vita.

La pioggia cadeva ancora copiosa dal cielo, sembrava quasi che madre natura si fosse arrabbiata per lui.

Shawn si guardò di nuovo alle spalle, verso l'oceano, Aleck capì che stava cercando una imbarcazione: ecco il piano di fuga. Forse il suo complice era in ritardo, forse la barca era stata ribaltata dalla tempesta, almeno questo sperava Aleck. Era un pensiero sadico, ma chiunque fosse in combutta con Shawn, chiunque l'avesse aiutato a rapire una donna innocente, meritava di morire.

Aleck era pieno di dolore e di rimorso, mentre guardava Kenna agitarsi nella presa di Shawn. A che serviva tutto l'addestramento da SEAL, se non poteva sfruttare le sue capacità quando gli servivano di più: per salvare la donna che per lui era più importante di chiunque altro al mondo?

———

Kenna non era calma quanto poteva sembrare. Nella sua mente, urlava come una forsennata assetata di sangue. Ma lasciar capire a Shawn quanto era pietrificata non sarebbe servito a *niente*, né per lei, né per la situazione.

Kenna continuava a guardare Marshall, rimpiangendo ogni cosa che non avevano avuto il tempo di fare...

Scuotendo la testa, allontanò ogni pensiero di resa. Non era ancora morta. Nemmeno Marshall. Se qualcuno poteva tirarla fuori da quella situazione, era proprio lui.

Ma anche da lontano, nonostante la pioggia torrenziale, Kenna poteva vedere la paura e la frustrazione sul volto di Marshall.

Lui e i suoi compagni non potevano rischiare di passare all'attacco. La bomba sarebbe senz'altro esplosa, uccidendo tutti.

Shawn arretrò sul bagnasciuga e Kenna si accigliò confusa: "Cosa fai, dove vai?"

"Stai zitta!" le ordinò Shawn.

Ma lei lo ignorò. "Hai intenzione di scappare a nuoto? Ma è una follia! Ti farai ammazzare. Questa tempesta è più forte di ogni altra mai vista prima e..."

"Ti ho detto di startene zitta, porca troia!" le urlò di nuovo. "È tutto pronto, ce ne andremo e ci divertiremo insieme. Quando mi porteranno Carly, tu potrai anche morire. Ti do la mia parola che quella troia lo saprà, che è tutta colpa sua. La mia parola vale di più della legge. Carly si pentirà di aver anche solo *provato* a mollarmi..."

Poi Shawn continuò a farneticare sottovoce... e Kenna capì che ormai era uscito di senno. Lei aveva sempre sospettato che quel tipo non fosse proprio ben centrato, ma quella sera, non riuscendo a mettere le mani su Carly e vedendo fallire il suo grande piano... era andato oltre il limite.

Un uomo pazzo con una bomba e una pistola, una combinazione che non lasciava presagire nulla di buono.

Marshall urlò: "Lasciala andare!" e Kenna sussultò dallo spavento, quando Shawn sparò di nuovo.

"Smettila!" gli urlò, vincendo la paura con la rabbia. "Finirai per ucciderlo!"

"È proprio quello che voglio," rispose Shawn ridendo. "Quel coglione pensa di essere un tipo tosto. Adesso chi è che comanda?"

Le onde lambivano i polpacci di Kenna, ogni volta che un'onda colpiva Shawn, lui traballava. Non in modo molto evidente... ma abbastanza da farle venire un'idea.

La sabbia le lambiva già i piedi e più si spingevano verso il largo, più diventava difficile stare in equilibrio. Era solo questione di tempo, prima che Shawn si sbilanciasse e cadesse, trascinando giù anche lei e innescando la dannata bomba che si era attaccata al petto.

Valutando a occhio la distanza tra il ristorante, Marshall e il punto in cui si trovava lei in quel momento, sul bagnasciuga, Kenna capì che quella era l'occasione migliore che le si prospettasse per mitigare i danni alle strutture e agli altri, riuscendo anche a sfuggire. Immergendosi di più, non sarebbe stata in grado di correre nell'acqua agitata, non abbastanza veloce da mettere una distanza minima tra sé e l'ordigno.

A quel pensiero, ogni rumore sembrò svanire.

Kenna non aveva idea se il suo piano avrebbe funzionato, Shawn poteva anche spararle alle spalle nel momento stesso in cui la vedeva correr via. Ma lei si rifiutò di starsene buona a *lasciare* che Shawn la uccidesse... o che la trascinasse nell'imbarcazione che chiaramente stava aspettando.

L'arrivo di un altro gruppo di poliziotti catturò l'attenzione di Shawn, distogliendola da Marshall.

La mano con cui le teneva il braccio allentò di poco la presa.

Kenna guardò un'ultima volta Marshall negli occhi; poteva ben vedere la tensione che lo faceva vibrare, stava per fare qualcosa, lei se lo sentiva.

Ma Shawn era ancora armato e avrebbe ucciso l'uomo che lei amava, prima ancora che potesse avvicinarsi. Kenna ne era certa, quanto era certa di chiamarsi Kenna.

Kenna accennò *Ti amo* con le labbra verso Marshall, poi respirò profondamente.

Lui scosse la testa, una maschera di paura...

In quel momento un'onda si infranse sulle gambe di Kenna e Shawn.

Lui spostò il peso per rimanere in equilibrio.

Kenna partì.

Strattonò il braccio bagnato, liberandolo dalla presa, poi si mise a correre, fendendo le onde che sembravano impegnarsi a farle perdere l'equilibrio, anche se con la loro spinta in realtà l'aiutavano ad avvicinarsi a riva.

Un'altra onda si infranse contro di lei proprio mentre usciva dall'acqua. Kenna incespicò in avanti, riprese l'equilibrio e si mise a correre più veloce che poteva sulla sabbia, lontano dalla pistola. Lontano dalla bomba. Sperando e pregando che la polizia si occupasse di Shawn.

Per un momento straziante, non sentì nulla.

Poi si sentirono raffiche di spari.

Kenna corse più veloce.

Dopo una frazione di secondo, ci fu un'esplosione massiccia e l'onda d'urto colpì Kenna con violenza tale da farla volare in avanti. Kenna atterrò in modo scomposto, il mento le rimbalzò sulla sabbia.

Poi sentì la schiena scottata da un'ondata di calore. Sentì il rumore dei vetri infranti che superava quello del vento e delle onde.

Kenna rimase immobile, non osava nemmeno respirare. Sentiva dolore... ma era viva.

"Kenna!"

Non aveva mai sentito un suono tanto bello in tutta la vita.

Trattenendo un gemito, rotolò sulla schiena e guardò in su, vedendo l'uomo che amava con tutto il cuore.

"Kenna, parla, dimmi qualcosa! Stai bene? Merda, ti esce sangue dal mento!"

Lei sorrise. La pioggia le cadeva negli occhi, costringendola a sbattere le palpebre rapidamente. Le faceva male il braccio, le faceva male la testa, dove Shawn l'aveva colpita. Il mento le pulsava di dolore, ma respirava ancora, era viva e anche Marshall era vivo.

Quindi Kenna stava benissimo, alla grande.

Alzò un braccio e mise una mano dietro la nuca di Marshall, avvicinandolo. "Te l'avevo detto che non avevo bisogno di un uomo," gli disse debolmente, con la voce un po' tremante. Poi lo baciò, come se la sua vita dipendesse da quel bacio.

CAPITOLO VENTUNO

ALECK GRUGNÌ mentre l'infermiera finiva di dargli i punti alla gamba. Lui voleva solo riportare a casa Kenna; aveva insistito di venire medicato solo dopo di lei. La sabbia l'aveva aiutata, assorbendo la caduta, così Kenna era riuscita chissà come a non riportare alcuna ferita alla schiena per l'esplosione della bomba, però aveva una ferita aperta sul mento. Gliel'avevano ripulita per bene, perché c'era entrata molta sabbia, poi le avevano dato dei punti. Aleck l'aveva tenuta per mano per tutto il tempo, rifiutandosi di lasciarla andare.

L'aveva quasi persa.

Si era accorto del momento in cui Kenna aveva deciso di fare qualcosa, non aveva mai avuto tanta paura quanto in quell'attimo.

Ma Kenna aveva scelto alla perfezione il momento giusto per scappare. Shawn era stato scosso da un'onda, che l'aveva fatto oscillare, aveva fatto fatica a mantenere l'equilibrio per alcuni secondi preziosi... che erano bastati a Kenna per raggiungere la spiaggia.

L'ultima decisione di Shawn, nella sua miserabile vita, era stata puntare l'arma verso Kenna che scappava.

I poliziotti non avevano esitato e gli avevano sparato varie volte.

Aleck aveva avuto appena il tempo di gridare "a terra" prima che l'ordigno esplodesse.

In effetti, Shawn non aveva mentito riguardo alla quantità di esplosivo che aveva usato. Per fortuna, era caduto all'indietro nel mare in tempesta e un'altra ondata l'aveva sommerso proprio quando l'interruttore al mercurio aveva innescato l'esplosione. Senza quell'onda, molto probabilmente l'esplosione avrebbe raggiunto il Duke's e un bel pezzo del resort Outrigger. Invece l'acqua aveva in qualche modo attutito la forza d'urto.

Comunque era rimasto un cratere enorme sulla sabbia e parti del corpo di Shawn erano sparpagliate sulla spiaggia. Ma quella situazione di pericolo si era risolta senza altre morti.

Aleck era corso col cuore in gola verso il corpo immobile di Kenna. Lei si era girata e gli aveva sorriso; la sensazione della mano di Kenna dietro la nuca gli aveva fatto venire le lacrime agli occhi. Ma solo quando lei l'aveva baciato profondamente e con grande passione, solo allora Aleck si era convinto appieno che Kenna stava bene.

Ormai Kenna era stata medicata, toccava a lui. Aleck odiava gli ospedali, avrebbe preferito lasciare che fossero Pid o Jag a chiudere il graffio che il proiettile sparato da Shawn gli aveva lasciato nella gamba, ma Kenna non aveva voluto sentire storie. Siccome lui era disposto a tutto, per la donna che amava, aveva ceduto.

"Non fare il poppante," gli disse Kenna sorridendogli.

"Gli uomini più forti e tosti di solito fanno proprio così," le disse l'infermiera ridacchiando.

Aleck le prestò pochissima attenzione: non aveva occhi che per Kenna, che aveva i capelli in totale disordine, ancora pieni di sabbia. I lineamenti del corpo erano nascosti dal camice che le avevano dato per cambiarsi. Aveva un aspetto stanco, con gli occhi circondati da cerchi scuri... ma era viva e tutta intera. Aleck non poteva chiedere altro.

L'infermiera finì di applicare i punti alla gamba di Aleck e disse che sarebbe tornata in un momento, lasciando Aleck e Kenna da soli nella saletta del pronto soccorso.

Prima che lui potesse muoversi, prima ancora che potesse attirare Kenna tra le braccia e semplicemente stringerla a sé, la tendina fu aperta e gli altri della squadra si avvicinarono al lettino.

Mustang, Midas, Slate, Jag, Pid (c'era anche quel matto di Baker Rawlins) entrarono tutti insieme all'improvviso

Aleck deglutì a fatica per l'emozione che gli fece venire un groppo in gola, vedendo tutti i compagni di squadra.

Non aveva idea di come avessero fatto per poterlo raggiungere, ma in quel momento non gli importava. Si mise a sedere sul lettino e si girò, facendo penzolare le gambe di lato e ignorando le fitte di dolore. Kenna gli si accoccolò al fianco e appena lei lo sfiorò, Aleck sentì di potersi finalmente rilassare.

"Che piacere vederti vivo e non in mille pezzi," disse Pid.

"Che situazione di merda," mormorò Jag, passandosi una mano nei capelli.

"La tempesta si è affievolita appena cinque minuti dopo l'esplosione," disse Mustang. "È come se madre natura avesse detto un bel 'vaffanculo' a quello stronzo, per poi acquietarsi soddisfatta una volta che il bastardo è saltato in aria, andandosene al suo posto all'inferno."

"Ho sentito che ci impiegheranno dei giorni per togliere dalla spiaggia tutti i pezzi del corpo di Shawn," disse Midas.

"Che schifo," mormorò Kenna, prima di prendere fiato e mettersi ben dritta in piedi: "Ma se lo meritava."

"Peccato che sia morto senza soffrire," commentò Baker.

Kenna lo guardò, come accorgendosi in quel momento che nel gruppo c'era qualcuno che lei non conosceva.

"Baker," le disse lui, porgendole la mano. Kenna gliela strinse, poi lui non la lasciò andare. "Ho visto i nastri della sicurezza, una bella fuga audace," le disse.

Lei si sorprese che Baker fosse già riuscito a vedere i video della sorveglianza del Duke's, o forse dell'Outrigger, ma non lo diede a vedere e rispose: "Era una situazione senza via d'uscita, o facevo una mossa io, oppure lasciavo che Marshall facesse qualcosa, col rischio di farsi ferire o ammazzare, altrimenti bisognava aspettare che arrivasse un complice a prenderci, per poi soffrire ancor di più per mano di Shawn."

"Non c'era davvero nulla che potessi fare, senza far esplodere quel bastardo e far morire Kenna," disse Marshall, con voce preoccupata. "Non mi sono mai sentito così impotente in tutta la vita."

"A volte la cosa migliore da fare è aspettare l'occasione giusta," disse Mustang.

"Proprio come ho fatto io," intervenne Kenna.

"Ti dispiacerebbe restituirle la mano?" chiese Aleck, non riuscendo a trattenersi, mentre fissava Baker, che teneva ancora stretta la mano di Kenna.

Baker accennò un sorriso, ma annuì e fece un passo indietro.

"Allora tu sei il famigerato Baker," disse Kenna.

"In persona," le rispose lui.

Kenna aprì la bocca per dire qualcos'altro, ma fuori dalla tendina si sentì un certo trambusto.

Si voltarono tutti per vedere Elodie e Lexie che si avvicinavano al lettino, seguite dall'infermiera che aveva appena dato i punti alla gamba di Aleck.

L'infermiera sospirò: "Vi concedo due minuti per dirvi quello che volete, poi filate tutti fuori. Guardate che vi concedo due minuti solo perché ho sentito quel che è successo oggi e immagino lo strazio che avete passato. I vostri due amici non rimarranno in ospedale a dormire, quindi potete anche assalirli più tardi. Da un'altra parte. *Non* nel mio reparto di pronto soccorso."

Aleck le annuì con gratitudine, mentre Elodie e Lexie andavano dritte da Kenna per coinvolgerla in un abbraccio a tre.

Baker si avvicinò agli altri: "Scoprirò chi era il complice di quel tipo," disse a voce bassa, "non si scherza con i SEAL."

"Il sospettato numero uno è il figlio, Luke," mormorò Jag.

"Lo sto già controllando," rispose Baker.

Aleck guardò l'amico più anziano e gli disse semplicemente: "Voglio aiutarti."

Baker scrollò le spalle in modo evasivo.

Aleck si accigliò. Sapeva che Baker aveva le sue regole e non si preoccupava troppo di agire ai margini del lecito, ma gli piaceva lavorare da solo.

"È la mia donna, sono responsabile io," spiegò Aleck tranquillamente, contento che Kenna fosse impegnata con le amiche e non prestasse attenzione a lui o a Baker. Aleck sapeva bene che tutti gli altri compagni di squadra lo stavano ascoltando. C'entravano un po' tutti, in particolare modo Jag, che non aveva detto molto; ma il fatto che Shawn fosse l'ex di Carly probabilmente lo stava consumando dentro.

Baker non sembrò turbato dalle parole di Aleck, scrollò a malapena le spalle di nuovo dicendo: "È amica di tutti noi." Poi annuì ad Aleck e agli altri e se ne andò senza proferire parola.

"Dannazione, volevo parlare con Baker," si lamentò Elodie, "Mi scappa sempre via prima che riesca a parlargli per bene."

"Beh, vorrà dire che sarà per un'altra volta," le disse Mustang.

"Cacchio," disse Elodie imbronciandosi.

Kenna si avvicinò di soppiatto ad Aleck, che si alzò in piedi lentamente, appoggiando il peso sulla gamba con circospezione, contento di accorgersi che gli antidolorifici che gli avevano somministrato stessero facendo effetto. Sentì appena una fitta di dolore, ma sapeva bene che nei giorni successivi sia lui che Kenna avrebbero sofferto. Lui aveva in mente di rintanarsi con lei nell'attico e di non uscirne per almeno una settimana. Si sarebbero curati a vicenda... godendosi il fatto di essere entrambi ancora vivi.

"Almeno non dovremo preoccuparci che quel deficiente dia ancora fastidio a Carly," disse Elodie appoggiandosi a Mustang.

Aleck guardò negli occhi Jag e capì che anche lui stava pensando la stessa cosa. Sì, Shawn era uscito di scena, ma c'era sempre un complice.

Carly forse non lo sapeva, ma stava per ritrovarsi un SEAL incollato al fianco. Jag si sarebbe assicurato che Carly fosse al sicuro fino al momento in cui il misterioso complice che doveva arrivare dall'oceano non fosse stato scoperto e catturato, ponendo così fine una volta per tutte a qualunque minaccia contro Carly.

"Non posso credere che qualcuno sia così pazzo da mettersi in mare con un temporale in arrivo," mormorò Kenna. "Cioè, sempre presumendo che Shawn volesse scappare dalla spiaggia nel modo che hanno detto i poliziotti, probabilmente si tratta di Luke, il figlio di Shawn."

"Scopriremo chi era il complice e faremo in modo che in futuro non costituisca più una minaccia per Carly," disse Jag, con un tono di voce che lasciava trapelare chiaramente la sua determinazione.

"Possiamo parlare del biglietto che hai trovato... e di cui non mi hai parlato?" domandò Aleck a Kenna.

Lei si voltò verso di lui. "In realtà pensavo che fosse quel cretino del Duke's. Quello che aveva picchiato il figlio davanti alla moglie, sai, quando ho chiamato la polizia," gli disse. "Mi aveva detto proprio di farmi gli affari miei. Il biglietto mi è arrivato dopo quell'incidente, il giorno dopo che sei partito per la missione. Poi, ti dico la verità, me ne sono dimenticata, con tutto quello che è successo, specialmente perché non ne ho ricevuti altri. Inoltre, neanche *tu* mi hai detto di aver ricevuto un biglietto."

Aleck respirò a fondo; non aveva alcun diritto di prendersela con Kenna, quando anche lui aveva ricevuto un biglietto e l'aveva ignorato. Gli dispiaceva più di quanto potesse esprimere, per non averlo preso più seriamente. "Hai ragione, avrei dovuto dirti qualcosa. Anche Jag ne ha ricevuto uno," le disse.

Kenna guardò l'altro SEAL a occhi spalancati: "Anche tu?"

"Sì. Ho immaginato fosse di Shawn, ma neanche io mi aspettavo che arrivasse a fare un gesto così estremo," disse Jag.

"Nel momento in cui ho scoperto del biglietto ricevuto da Jag, ho messo insieme i pezzi del puzzle, ma era troppo tardi," disse Aleck, "Shawn era già nel ristorante."

"Carly ha ricevuto un biglietto, anzi, più di uno," disse Kenna tremando, "sono proprio contenta che se ne fosse andata."

"Qualcun *altro* ha ricevuto dei dannati biglietti?" domandò Mustang guardando Elodie e Lexie.

"Non guardate me," disse subito Elodie, scuotendo la testa.

"No no, nemmeno io," aggiunse Lexie facendo spallucce.

"Beh, in futuro, se qualcuno di voi *ricevesse* delle minacce scritte, non importa chi pensiate che sia, possiamo metterci d'accordo che se ne parla?" domandò Mustang.

Annuirono tutti immediatamente.

Scoprendo di non essere stato il solo a ignorare il biglietto, Aleck avrebbe dovuto sentirsi meglio, ma non fu così, perché il suo errore aveva quasi causato la morte di Kenna. Se le fosse successo qualcosa di più grave di un semplice taglio sotto al mento, lui non si sarebbe mai perdonato.

"Va bene, il tempo è scaduto," disse l'infermiera tornando di fretta verso il lettino. "Ora tutti fuori."

Tutti gli amici a uno a uno si avvicinarono per abbracciare di cuore Kenna. Aleck scoppiò quasi a piangere, vedendo quanto tutti si preoccupassero per lei. Lui non era un uomo geloso come tanti altri. Lui *voleva* che i suoi amici ci tenessero alla sua donna, quanto lui teneva alle donne dei suoi amici.

Elodie e Lexie si soffermarono un po' più a lungo per

salutare, Elodie promise di portare molti pasti pronti così Kenna non doveva preoccuparsi di cucinare.

"Portali pure da me," le disse Aleck.

Elodie sorrise: "Ma certo."

Kenna lo guardò con la coda dell'occhio, ma non si lamentò né obiettò.

Lexie promise di venirla a trovare presto e di portare con sé anche Ashlyn.

Slate disse ad Aleck che avrebbe aspettato lui e Kenna per portarli a casa. "Porteremo le vostre auto a Coral Springs," aggiunse prima di andarsene.

Quando gli amici se ne furono tutti andati, l'ambiente divenne fin troppo tranquillo.

"Ora vi porto i documenti, poi sarete dimessi," disse l'infermiera. "Lei si sieda, riposi la gamba, si rilassi," gli ordinò, poi se ne andò.

Aleck la ignorò; si sentiva bene, la gamba era a posto. Lui aveva bisogno solo di abbracciare Kenna. La strinse al petto e sospirò profondamente. Era stata una serata infernale, in alcuni momenti lui aveva temuto di non poterla riabbracciare mai più.

"Che schifezza," gli mormorò contro il collo.

"Eggià."

"È così che vi sentite, durante una missione?" gli chiese.

Aleck non trattenne una risata e le disse: "Nemmeno lontanamente, cazzo."

Kenna lo guardò negli occhi. "Davvero."

"Davvero. In missione non mi sono mai sentito così impotente come questa sera. Non avevo un piano, ero bloccato dalla paura per te. Sapevo che, se avessi fatto la mossa sbagliata, potevo causare la tua morte. Non avevo la squadra al mio fianco... beh, non tutti, ma nemmeno Jag e Pid avevano un piano. È una situazione di merda per un

SEAL. Ma soprattutto sapevo che non sarei stato in grado di campare se ti fosse successo qualcosa. Non mi sarei mai ripreso. Quindi sì, una vera schifezza."

"Marshall," gli sussurrò.

"Sono fiero di te," le disse lui portandole una mano dietro la nuca, in quel gesto ormai familiare che entrambi amavano tanto. "Dal primo giorno, in cui mi sei saltata addosso, ho sempre saputo che eri una donna attiva. Non te ne staresti seduta a far nulla, se c'è qualcuno in pericolo, anche se quel qualcuno sei tu."

"Non ti sono saltata addosso," brontolò lei senza troppo fervore.

"Ti amo," le disse Aleck, "tanto che quasi mi fa paura. Sei riuscita a cambiare tutto il mio atteggiamento verso la vita. Il sole sembra splendere di più, l'acqua è più fresca, l'aria più pulita. Mi sveglio pensando a te, sei nella mia mente anche quando vado a dormire. Sei letteralmente la cosa migliore che mi sia mai successa, non ho idea di cosa farei senza di te."

"Ma io non vado da nessuna parte," gli disse Kenna, "ormai sei incastrato con me."

"Per sempre?"

"Eh sì."

"Ottimo. Allora ci sposiamo?"

Kenna accennò una risata nasale. "Ehm..."

"Hai detto per sempre."

Kenna si alzò in punta di piedi e lo baciò sulle labbra. Fu un bacio breve, Aleck voleva disperatamente approfondirlo. Ma ci sarebbe stato tutto il tempo di riaffermare la vita, più tardi. Lui aveva in mente di fare l'amore per giorni. A lungo, lentamente, poi con forza, rapidamente. Voleva stare dentro di lei anche molto tempo dopo essere stati entrambi soddisfatti. Aveva bisogno di quel legame, bisogno di sentire sul petto il cuore di Kenna battere, mentre la teneva stretta.

"Sì," gli disse lei semplicemente. "Ma non stasera, non domani. Poi voglio una festa hawaiana stile luau, con tanto di maiale arrosto. Voglio una grande festa, ma senza formalità. Voglio che tutti siano felici e contenti, a loro agio. Ehm... sempre che a te vada bene," concluse un po' incerta.

Aleck ridacchiò: "A me basta che la giornata finisca col te che porti il mio anello al dito e io che porto il tuo al mio dito, per il resto puoi avere le nozze che preferisci."

"Dobbiamo invitare i nostri genitori," aggiunse lei.

"Ma certo. Non vedo l'ora di presentarti i miei," le disse Aleck, sapendo già che sia il papà che la mamma si sarebbero innamorati pazzamente di Kenna, proprio come lui.

"Idem," disse Kenna. "Ti amo, Marshall. Tantissimo. Avevo troppa paura che facessi qualcosa e ti facessi ammazzare."

"Ora è tutto finito," le disse Aleck, ignorando la vocina della sua coscienza, che gli ricordava che c'era ancora una questione in sospeso.

"Voi due siete pronti ad andare?" chiese l'infermiera, avvicinandosi di nuovo e facendo sussultare Kenna per lo spavento.

Aleck la strinse per un secondo, poi la lasciò andare lentamente. Kenna si girò e annuì all'infermiera: "Siamo pronti."

Dopo venti minuti, erano già seduti sul sedile posteriore della Chevy Trailblazer di Slate. Fu Kenna a portare avanti la conversazione fino a Coral Springs, facendo attenzione a non nominare Shawn, il Duke's o tutto quanto era successo.

Slate accostò più vicino che poteva all'ingresso del palazzo e fece il giro del veicolo per aprire la porta, da cui uscirono sia Kenna che Aleck. Ormai erano le tre di notte e in giro non c'era nessuno, Aleck ne fu contento: voleva solo portare Kenna di sopra e a letto, prima che crollasse.

Slate sorprese completamente Aleck quando lo avvicinò per avvolgerlo in un abbraccio accorato dicendogli: "Son contento che non ti sei fatto ammazzare."

Poi annuì a entrambi e tornò in macchina dietro al volante.

"I tuoi amici mi piacciono davvero molto," disse Kenna sottovoce.

Piacevano molto anche ad Aleck. "Dai, ti faccio strada così poi riposi."

"Anche *tu* devi riposare, la gamba ti farà male."

La gamba di Aleck cominciava a farsi sentire, ma lui non voleva ammetterlo; era più preoccupato di Kenna che di se stesso.

Annuirono al guardiano notturno senza fermarsi a chiacchierare.

Appena entrati nell'attico, chiusa la porta, senza nemmeno parlare, Aleck e Kenna andarono subito in camera da letto. Si cambiarono, si lavarono i denti e saltarono nel letto.

Kenna si accoccolò con attenzione al fianco di Aleck, che si rilassò per la prima volta da quando aveva visto Shawn al Duke's.

Non si dissero nulla, non c'era bisogno di dire altro. Erano entrambi vivi e per il momento non desideravano altro.

Kenna si addormentò quasi subito, mentre Aleck impiegò un po' di più. Rimase sdraiato al buio, abbracciando la persona più preziosa e importante della sua vita e riflettendo su come quella serata poteva andare diversamente. Finalmente anche lui si addormentò fissando davanti agli occhi l'immagine di Kenna coperta di sabbia, sdraiata sulla spiaggia sotto la pioggia torrenziale, ma sorridente. Kenna non aveva bisogno di un uomo, ma lui aveva un dannato bisogno di *lei*.

EPILOGO

"No. Assolutamente no," disse Kenna con enfasi. Ormai sia lei che Marshall si erano quasi completamente ripresi dalla serata orribile di due settimane prima. Avevano passato la prima settimana rintanati nell'attico; Robert aveva sentito cos'era successo e si era incaricato di assicurarsi che avessero sempre tutto il necessario. Elodie aveva fatto arrivare dei pasti pronti molto succulenti, Lexie e Ashlyn avevano mandato messaggi senza tregua.

Anche i compagni di squadra di Marshall erano stati molto carini, a modo loro. Erano andati a prendere le macchine parcheggiate a Waikiki e avevano aggiornato costantemente Aleck sugli sviluppi del lavoro.

L'unico punto ancora da risolvere era Carly. Kenna le aveva parlato solo brevemente; Carly si era messa a piangere, scusandosi profusamente, era devastata da quanto accaduto. Per quanto Kenna continuasse a garantirle che non era colpa sua, Carly continuava a sentirsi responsabile.

Poi Kaleen aveva mandato un messaggio a Kenna per farle sapere che Carly si era licenziata dal Duke's.

Ultimamente Carly non rispondeva più alle telefonate o ai messaggi.

Kenna era quasi sul punto di prendere la macchina per andare a casa di Carly e *costringerla* a parlare, quando Aleck le aveva detto che Jag era costantemente in contatto con lei e le aveva assicurato che Carly aveva solo bisogno di un po' di tempo per elaborare l'accaduto. Kenna non era contentissima, ma si fidava di Jag e sapeva che c'era lui a tenerla d'occhio, così aveva deciso di lasciare in pace Carly... almeno per un po'.

Poi sarebbe arrivato il momento di fare una lunga chiacchierata con Carly, ma se davvero aveva bisogno di tempo per dimenticare tutto, Kenna l'avrebbe aspettata.

Marshall era tornato al lavoro e Kenna aveva lavorato un paio di turni al Duke's, nella fascia oraria del pranzo, ma aveva tanta voglia di tornare alla normalità il prima possibile. Ormai Shawn aveva creato abbastanza problemi.

Kenna e Marshall avevano appena finito di cenare ed erano seduti in terrazza a godersi la serata, quando lui le aveva dato la notizia bomba.

"È la soluzione migliore," le disse Marshall cercando di convincerla dolcemente.

Kenna scosse la testa informandolo: "No, dico davvero, non sia mai. Non posso credere tu abbia anche solo *pensato* di vendere quest'attico."

"Ma mi sembra più logico che viviamo a Waikiki," le disse Marshall, tenendo un tono di voce tranquillo. "Ho fatto delle ricerche online e ci sono dei palazzi incredibili anche in quella zona. Vista oceano, perché lo so che ti piace tantissimo questa terrazza."

"Non è solo la terrazza," insisté Kenna, "c'è la spiaggia dove siamo usciti per il nostro primo vero appuntamento, c'è Robert, ormai non potrei immaginare di non vederlo tutti i giorni, poi c'è il bagno grande dove mi hai fatto quel bel servizio la prima volta... sono i *ricordi*, Marshall. Adoro questo posto, non vorrei vivere altrove."

"Vieni qui," le disse Marshall porgendole una mano.

Kenna non era sicura di essere dell'umore giusto per delle coccole, in quel momento, ma si alzò comunque e gli prese la mano. Lui se la tirò al fianco sulla sdraio e le mise un braccio dietro la schiena, stringendola saldamente. Rimasero sdraiati così per qualche minuto, poi lui parlò.

"Pensavo di prendere casa a Waikiki solo per renderti la vita più facile. Nelle ultime due settimane hai passato qui tutte le notti, ma è una rottura dover fare tanta strada per andare a lavorare."

Kenna si tirò su appoggiandosi su un gomito per poter guardare negli occhi Marshall: "Lo so che ti ho fatto una tirata quando ho scoperto che vivevi qui, ma ormai amo tutto di Coral Springs. I ricordi che ci siamo creati qui sono insostituibili. Certo, capisco che probabilmente non ci vivremo per tutta la vita, mentre i ricordi rimarranno per sempre, ma non c'è bisogno di cambiar casa proprio adesso."

"Non mi piace costringerti a viaggiare di notte," le spiegò Aleck.

Kenna sapeva che il rapporto si basava proprio su questo, lo scambio reciproco. Avrebbe voluto protestare, dicendo di essere perfettamente in grado di spostarsi di notte in macchina da sola, ma dopo tutto ciò che era successo anche lei capiva il bisogno di Marshall di proteggerla.

"Che ne dici se passo a prenderti dopo il lavoro?" le suggerì lui, "tanto non riuscirò a dormire se non sei a casa. Magari possiamo cercare un taxi o qualcuno che fa la stessa strada, per arrivare al Duke's nel pomeriggio, quando sarò ancora al lavoro. Ti andrebbe bene, come soluzione?"

"Se ci consente di vivere qui a Coral Springs, allora va bene," gli rispose. "Qui sei più vicino alla base, quindi se c'è un'emergenza ci puoi arrivare alla svelta."

Marshall si abbassò e la baciò con convinzione. Quando si staccò da lei, Kenna era già eccitata da morire. Lui abbassò gli occhi per guardarle i seni, poi la guardò di nuovo in faccia. Lei sentiva i capezzoli sfiorare la maglietta che indossava. Non si era preoccupata di indossare un reggiseno, quando si era cambiata, una volta tornata a casa dal lavoro quel pomeriggio, dopo il turno dei pranzi.

Senza dirle nulla, Marshall si alzò in piedi, la prese per mano e la tirò in casa tanto alla svelta da farla arrancare. Ma lei non aveva paura di inciampare, Marshall non l'avrebbe mai lasciata cadere per terra.

Non si fermarono se non una volta arrivati al letto. Lui le tolse la maglia senza parlare, poi le tirò giù leggings e mutandine. Infine, la prese in braccio e la gettò sul letto come se fosse leggera come una piuma.

Kenna si mise a ridere e si tirò su appoggiandosi sui gomiti per guardare Marshall che si spogliava. Nel giro di pochi secondi, lui la raggiunse. Non dissero nulla, mentre lui si sistemava tra le gambe di Kenna, facendole divaricare per scendere con la testa.

Kenna annaspò, piena di eccitazione. Lei e Marshall avevano già fatto l'amore, dopo la serata terribile di due settimane prima, ma lui era stato sempre molto delicato. A lei piaceva molto essere trattata con delicatezza, ma le mancava quel lato di lui, il Marshall che prendeva in mano la situazione, impaziente, dominante che non aveva esitazioni e non aveva bisogno di chiedere.

La libido di Kenna andava alle stelle, quando lui si

comportava in quel modo. Kenna gemette mentre lui la mangiava selvaggiamente, come se non potesse mai averne abbastanza. La leccò, la succhiò, la scopò con le dita chiudendole la bocca intorno al clitoride. Non le servì molto altro per raggiungere l'orgasmo; stava ancora tremando, quando lui si mise in ginocchio, si masturbò qualche volta per spargere un po' di liquido; nel giro di poco, stava già appoggiando la punta dell'uccello sull'apertura di Kenna.

"Sì," lo incoraggiò, sentendolo esitare per una frazione di secondo.

Poi lui la penetrò ancora una volta. Era molto bagnata, molto eccitata, fu molto facile entrare; sembrava fatta apposta per lui... e lei si sentiva così.

La scopò con forza, rapidamente, gemendo ogni volta che si spingeva in lei fino in fondo. Poi lui spostò una mano tra i loro corpi per stimolarle il clitoride con tocco sicuro. Sapeva esattamente come e dove toccarla per farla andare al settimo cielo.

Infatti lei andò al settimo cielo. Venendo, Kenna lo strinse forte con i muscoli interni. Marshall gemette mentre la scopava durante l'orgasmo, spingendosi così in profondità che Kenna sentiva quasi un pizzico di dolore. Poi anche lui venne. Venne. Venne così tanto che lei pensava non si fermasse più.

Quando finalmente lui riaprì gli occhi e la guardò, lei si sciolse per l'espressione amorevole di Marshall.

Lui si lasciò cadere su un fianco, tenendola stretta per il sedere per non uscire subito, poi rotolò di schiena. Era una delle posizioni preferite di Kenna, che lo cavalcava, mentre lui si teneva dentro di lei e le offriva il petto come cuscino. Lui le tenne la mano dietro il sedere, un segno chiaro che gli piaceva rimanere esattamente com'erano.

Poi lui parlò, per la prima volta da quando erano andati

in camera da letto: "Ti amo, Kenna. Vivrei ovunque, anche sulla Luna, se tu lo volessi. Voglio solo che tu stia bene, che tu sia felice."

"Sono felice," lo rassicurò, "non potrei immaginare di vivere altrove."

"Va bene."

"Va bene?" gli chiese. "Allora rimaniamo qui? Non se ne parla più di vendere questo attico e di trasferirsi a Waikiki?"

Marshall annuì.

"Evvai!" esclamò Kenna con un gran sorriso.

Marshall fece una smorfia soddisfatta e scosse la testa esasperato.

"Lo sai che è presto, vero?" le chiese. "Andiamo già a dormire?"

La smorfia allegra di Marshall si fece più perfida: "Un sonnellino va bene, ma poi devi succhiarmelo e io te la mangio di nuovo, poi voglio prenderti da dietro e poi scoparti ancora faccia a faccia."

"Io avrei voce in capitolo in tutto questo?" gli chiese provocandolo.

"No."

Ma lei sapeva bene che non era così. Lui non avrebbe mai fatto nulla, se lei non fosse stata d'accordo al cento per cento. "Va bene. Ma voglio provare anche a cavalcarti al contrario. Sai, mi metto sopra ma verso i tuoi piedi."

"Affare fatto," le rispose senza esitare.

Come se lei potesse aspettarsi che Marshall non fosse d'accordo.

Poi lei si agitò appena su di lui e lui le strinse la natica con la mano.

"Stai ferma," le disse, "voglio provare a dormire rimanendo dentro di te."

Accidenti se le piaceva quando le dava degli ordini.

Kenna si strinse intorno all'uccello, che reagì con uno scatto.

"No," le disse, sculacciandola appena, "è troppo presto e ti ho presa con forza, devi riprenderti."

Eh sì, le piaceva davvero quel lato di Marshall. "Allora smettila di eccitarmi," gli disse lamentandosi.

Allora lui le sorrise, facendola sospirare di contentezza, mentre le portava la mano dietro la nuca sussurrandole: "Ti amo, tantissimo, accidenti."

"Anch'io ti amo," gli rispose.

Poi rimasero tranquilli a lungo, godendosi la gioia dell'amore.

Mentre Marshall si addormentava, la mano che le teneva dietro al collo si rilassò. Kenna non era sicura che Marshall dicesse sul serio, quando suggeriva un pisolino, forse era un po' stressato, per via della proposta di traslocare.

Lei non era minimamente stanca, ma le piaceva tanto starsene sdraiata sul suo uomo, mentre lui dormiva. Si sarebbe svegliato presto e avrebbe fatto tutto ciò che le aveva promesso. Era un uomo di parola, uno dei milioni di motivi per amarlo. Ormai Kenna aveva smesso di cercare dei difetti, ne aveva, senza dubbio, ma lei li riteneva trascurabili, rispetto a tutte le qualità positive.

Kenna guardò fuori dalla finestra, le nuvole sembravano ovatta nel cielo azzurro. Il sole stava per tramontare, nel giro di una mezz'oretta... lei non poté fare a meno di pensare a quanto fosse diverso il tempo, due settimane prima. *Quella* sera. Se non ci fosse stato un temporale a imperversare, chissà come sarebbe andata a finire, meglio non pensarci. La pioggia e il vento potevano anche essere stati spaventosi, ma le avevano salvato la vita. Avevano salvato anche Marshall.

"Kenna. Non ti stai riposando," le mormorò Marshall stringendole la presa dietro la nuca.

"Scusa," gli sussurrò, anche se non era per nulla dispiaciuta.

"Hai bisogno di riposare," le ripeté.

"Va bene, va bene, adesso chiudo gli occhi," gli rispose.

Lui girò la testa e la baciò sulla tempia, poi riprese quasi subito a russare.

Kenna pensava di non aver bisogno di un uomo, ma si sbagliava.

Aveva bisogno di *quell'uomo*.

Si addormentò con il viso sorridente, sapendo che qualunque cosa le riservasse il futuro, avrebbe *sempre* avuto bisogno di Marshall al suo fianco.

———

Dopo un mese, Pid e gli altri della squadra erano tesi, su un elicottero in volo verso l'ambasciata degli Stati Uniti in Algeria. Il paese nordafricano era in preda a una feroce lotta di potere... il popolo si era ribellato al presidente, che deteneva il potere da oltre vent'anni. Una folla senza precedenti, il dieci per cento della popolazione, era scesa in strada per protestare contro quel governo ininterrotto. All'inizio le proteste erano state pacifiche, ma col tempo c'erano stati sempre più atti di violenza e gli Stati Uniti avevano deciso di evacuare il personale diplomatico fino a quando le acque non si fossero calmate.

L'aspetto più triste era il numero di stranieri diretti in Algeria per approfittare dell'incertezza. Case e negozi venivano svaligiati o bruciati, il saccheggio era dilagante.

"Test, test, test," disse Mustang al microfono, per controllare che le radio funzionassero per bene.

"Ricevo."

"Forte e chiaro."

"Cinque su cinque."

Intervennero tutti i membri della squadra per far sapere al leader che lo sentivano senza problemi.

"Atterraggio tra cinque. Le famiglie sono disperate e vogliono scappare, dovremo fare il massimo per mantenere l'ordine. Dobbiamo rassicurare tutti che verranno evacuati, ma ci saranno vari viaggi e un viavai di diversi elicotteri," spiegò Mustang.

Pid annuì insieme agli altri. Conosceva il piano, lo avevano ripercorso varie volte, esaminando ogni possibile imprevisto. Erano SEAL, erano abituati ad avere un piano di riserva anche per il piano di riserva. Avevano studiato le mappe della zona circostante l'ambasciata e sapevano dove trovarsi, in caso avessero dovuto separarsi.

Dopo quattro minuti e quarantatré secondi, l'elicottero atterrò all'eliporto sul tetto dell'ambasciata.

Pid e gli altri uscirono rapidamente e si diressero verso il gruppo di uomini, donne e bambini ammassati vicino alle scale.

Mustang si mosse per primo e parlò al gruppo, spiegando quante persone sarebbero salite sul primo volo. Pid e Midas controllarono i documenti d'identità per accertarsi di far salire solo cittadini americani. Era uno degli aspetti più difficili di quell'incarico: era capitato tante volte di dover allontanare amici o persone care degli americani tratti in salvo, perché non c'era spazio per tutti, anche perché a volte non tutti avevano i documenti necessari per uscire dal paese.

Il primo elicottero avrebbe accolto dieci persone. Pid

controllò i documenti dell'ambasciatore, un uomo di mezza età, e della moglie, che aspettavano di salire a bordo. Lei aveva al fianco due bambini, entrambi terrorizzati. Pid si sforzò di sorridere ai bimbi per rassicurarli, ma lui non era mai stato tanto bravo coi bambini, che infatti lo guardarono a malapena, stringendosi alla madre.

Pid si voltò verso la prossima persona che doveva imbarcarsi, quando si sentì tirare alla cintura. Guardò in basso e vide uno dei bambini (sembrava quello più grande) in piedi vicino a lui.

Pid si inginocchiò per guardare il bimbo negli occhi e gli disse: "Andrà tutto bene."

"Monica," gli disse il bimbo con voce tremante dalla paura.

Pid si accigliò. "Cosa?"

"Monica non c'è."

"Chi è Monica?" gli chiese Pid.

"La tata. Il papà ha detto che non c'era tempo di tornare a casa, ma non voglio partire senza di lei. Ci aspetta, avrà paura!"

Pid diede al bimbo una strana pacca sulla spalla: "La troveremo."

"Me lo prometti?"

Pid esitò per un secondo, poi annuì: "Te lo prometto."

Il bimbo lo guardò con occhi tristi proprio mentre la madre gli prendeva la mano, facendolo camminare alla svelta verso l'elicottero, come temendo che qualcuno cambiasse idea impedendo la loro partenza.

Pid si alzò in piedi e si girò verso Slate. "Hai sentito?"

Slate annuì e ricordò a Pid: "Non dovremmo andare in giro per la città a cercare le persone in difficoltà. Abbiamo i nostri ordini."

"Lo so, ma sembra che questa Monica stesse aspettando che l'andassero a prendere."

"Non sappiamo nemmeno se è americana," disse Slate, provando a ragionare.

Pid annuì, ma si fece serio. Non sapeva il perché, ma quel bimbo lo aveva commosso in modo particolare. Forse perché, pur essendo impaurito, aveva mostrato quanto volesse bene alla tata parlando di lei a Pid. "Quando finiamo di caricare questo elicottero, passerà un po' di tempo prima che arrivi il successivo. Ho studiato le mappe, so che la casa dell'ambasciatore non è molto lontana..."

Slate lo fissò per un attimo, poi annuì. "Ne parlo con Mustang e poi vengo con te."

Pid sospirò mentalmente, sollevato, poi fece un cenno col mento a Slate. Si sarebbero infiltrati nella casa per parlare con la tata. Se la tata era americana, l'avrebbero portata via per trarla in salvo. Altrimenti le avrebbero detto che la famiglia era al sicuro, consigliandole di stare al riparo. Potevano andare e tornare nel giro di venti minuti. Al massimo trenta.

––––––––

Monica Collins camminava impaziente avanti e indietro. Dov'erano finiti? La famiglia ormai doveva essere tornata.

Desmond Laws, ambasciatore degli Stati Uniti in Algeria, e la moglie erano partiti due ore prima con i due bambini per sbrigare delle faccende e non erano più tornati. Lei aveva la mattina libera, quindi non era andata con loro. Era rimasta a casa, perché non era molto furbo *uscire* con tutte quelle proteste, ma Desmond le aveva detto di non preoccuparsi e se n'era andato via. Non erano più tornati e le proteste si avvicinavano sempre più alla casa.

Lei aveva paura di rimanere, ma ancor più paura di uscire. Da piccola, il papà le ripeteva sempre *Stai buona e proteggi le tue cose*. Ma Monica non pensava che quella casa fosse il luogo più sicuro in cui rimanere, in quel momento.

La folla era sempre più inferocita e le proteste proseguivano. Lei aveva guardato il telegiornale, aveva visto rivoltosi rompere le finestre di negozi e case, saccheggiando ciò che potevano, arrivando perfino a bruciare macchine e palazzi. La casa che il governo americano aveva fornito ai Laws era in un quartiere solitamente molto sicuro. Ma niente era più come prima, al tempo in cui Monica era arrivata in Algeria.

Sentì un suono dalla porta sul retro e sussultò... si voltò e vide un uomo in piedi dall'altra parte del vetro. Indossava pantaloni e camicia color verde mimetico, con le maniche tirate su. Aveva bocca e naso coperti da un fazzoletto, oltre a dei segni di vernice nera sul viso. Aveva anche un fucile a tracolla sul petto e Monica riuscì a intravedere un tatuaggio nero sull'avambraccio.

Si fissarono l'un l'altra per un momento, poi l'uomo sorrise. Lei capì che stava sorridendo dalle rughe di espressione intorno agli occhi. Ma lei ebbe l'impressione che quell'uomo stesse cercando di tranquillizzarla...

Quasi come se fosse pronto a mettere in atto un piano di cui era entusiasta.

I militari non le andavano molto a genio. Dopo l'infanzia che aveva passato, c'era da aspettarselo.

"Va tutto bene!" le urlò in modo da farsi sentire nonostante il vetro che li separava. "Sono un SEAL della marina, sono qui per salvarti. Apri la porta."

Ma lei non si mosse, quindi lui si accigliò. "Il mio

amico sta facendo il giro davanti, siamo qui per aiutarti. Dai, apri la porta così non dovrò romperla."

Invece di muoversi verso la porta scorrevole in vetro, Monica si girò e corse verso le scale.

L'istinto e gli anni di condizionamento da bambina la spingevano a nascondersi, per scappare dal militare.

Le immagini del padre in uniforme mimetica le passarono per la testa, spingendola a scappare con ancor più disperazione.

Appena arrivò in cima alle scale, il suono degli spari echeggiò in tutta la casa insieme al suono del vetro infranto.

Una voce profonda gridò: "Sono un SEAL! Puoi fidarti di me!"

No. Monica era una maga nel nascondersi e sentendo la voce di quell'uomo le era venuta la pelle d'oca, inoltre aveva notato lo sguardo interessato negli occhi di quell'uomo, quando i loro sguardi si erano incrociati, quindi si era convinta che la sua vita dipendesse dalla sua abilità di trovare il nascondiglio perfetto e non fare rumore. SEAL della marina o meno, lei non si fidava.

Monica non si fidava di *nessuno*.

Aveva riscontrato ormai fin troppe volte che le persone erano spesso infide e imprevedibili. Lei si lasciava andare solo con i bambini, che non erano ancora macchiati dalla vita. Erano ingenuamente onesti. Dicevano ciò che pensavano, invece di nascondere lo sdegno e il disgusto.

Appena dopo essersi infilata nel suo nascondiglio, sentì il cigolio familiare del pavimento in legno.

Trattenne il fiato, non osava muovere un muscolo. Non aveva sentito quell'uomo salire le scale, doveva essersi mosso in modalità da combattimento.

Era diventato un cacciatore... e lei era la preda.

Monica chiuse gli occhi e si sforzò di rallentare il battito cardiaco. Se quell'uomo avesse scoperto il nascondiglio, per lei non sarebbe finita bene. Ne era convinta fino al midollo.

Quando il SEAL entrò nella stanza, Monica pregò con tutta se stessa, come mai aveva fatto prima.

Ti prego, fa' che non mi trovi. Ti prego, fa' che non mi trovi.

Libro 4, *Trovare Monica,* Prossimamente !

NOTE

CAPITOLO TRE

1. Disturbo post-traumatico da stress. [NdT]

Salvare Annie (Feb 2022)

Armi e Amori

Proteggere Caroline
Proteggere Alabama
Proteggere Fiona
Il Matrimonio di Caroline
Proteggere Summer
Proteggere Cheyenne
Proteggere Jessyka
Proteggere Julie
Proteggere Melody
Proteggere il Futuro
Proteggere Kiera
Proteggere i figli di Alabama
Proteggere Dakota

Ace Security

Il riscatto di Grace
Il riscatto di Alexis
Il riscatto di Bailey
Il riscatto di Felicity
Il riscatto di Sarah

BIOGRAFIA

L'autrice

Susan Stoker è annoverata da *New York Times*, *USA Today* e *Wall Street Journal* quale scrittrice di successo, le cui collane di libri includono Badge of Honor: Texas Heroes, SEAL of Protection e Delta Force Heroes. Sposata con un sottufficiale dell'esercito in pensione, Stoker ha vissuto in ogni dove negli Stati Uniti - dal Missouri alla California e al Colorado - e attualmente vive sotto i grandi cieli del Texas. Quale vera sostenitrice del "vissero felici e contenti", Stoker ama scrivere romanzi in cui una relazione romantica si trasforma in amore.

Per ulteriori informazioni sull'autrice e il suo lavoro, visita il sito web www.stokeraces.com